RUTH RENDELL

Der Krokodilwächter

Buch

Über Nacht bricht Lizas Welt zusammen. Aufgewachsen auf einem völlig abgeschiedenen englischen Landsitz, kennt sie die Welt nur aus den Erzählungen ihrer Mutter Eve – als teuflische Bedrohung. Mit ihren siebzehn Jahren hat Liza noch nie einen Bus benutzt, eine Schule besucht oder Kontakt zu Gleichaltrigen gehabt. Und plötzlich eröffnet ihr Eve, daß Liza dieses Zuhause verlassen muß. Die weltfremde Zweisamkeit ist zu Ende. Denn Eve hat einen Mann getötet.

Autorin

Ruth Rendell, auch unter dem Pseudonym Barbara Vine bekannt, wurde 1930 in South Woodford/London geboren. Bevor sie sich ganz dem Schreiben von Kriminalromanen widmete, arbeitete sie einige Jahre als Journalistin. Ihr erstes Buch erschien 1964; seitdem hat sie über dreißig Romane und vier Bände mit Kriminalgeschichten verfaßt. Für ihre in fünfzehn Sprachen übersetzten Bücher hat Ruth Rendell dreimal den Edgar-Allan-Poe-Preis und viele andere internationale Ehrungen erhalten.

Ruth Rendell im Goldmann Verlag:

Das geheime Haus des Todes. Roman (42582) · Das Haus der geheimen Wünsche. Roman (42692) · Der Krokodilwächter. Roman (43201) · Der Liebe böser Engel. Roman (42454) · Der Mord am Polterabend. Roman (42581) · Die Brautjungfer. Roman (41240/5825/7284) · Die Tote im falschen Grab. Roman (43580) · Die Werbung. Roman (42015/5853) · Eine entwaffnende Frau. Roman (42805/43110) · Mord ist ein schweres Erbe. Roman (42583) · Schuld verjährt nicht. Roman (43482) · Stirb glücklich. Stories (41294/5843) · Lizzies Liebhaber. Stories (43308) · Ruth Rendell/Helen Simpson. Das Haus der geheimen Wünsche/Die Sünden des Fleisches. Zwei Romane in einem Band (41169)

Bislang nur als gebundene Ausgabe im *Blanvalet Verlag:* Die Besucherin

RUTH RENDELL

Der Krokodilwächter

Roman

Aus dem Englischen von
Cornelia C. Walter

GOLDMANN

Die Originalausgabe erschien unter dem Titel
„The Crocodile Bird"
bei Hutchinson, London

Umwelthinweis:
Alle bedruckten Materialien dieses Taschenbuches
sind chlorfrei und umweltschonend.
Das Papier enthält Recycling-Anteile.

Der Goldmann Verlag
ist ein Unternehmen der Verlagsgruppe Bertelsmann

Neuveröffentlichung 4/97

Umschlaggestaltung: Design Team München
Druck: Elsnerdruck, Berlin
Krimi 5952
AB · Herstellung: sc
Made in Germany
ISBN 3-442-05952-6

1 3 5 7 9 10 8 6 4 2

Für Don, Simon,
Donna und Philip

I

Es war abends um neun, als die Welt anfing auseinanderzufallen. Nicht um fünf, als es passierte, auch nicht um halb sieben, als die Polizisten kamen und Eve zu ihr sagte, sie solle ins Schlößchen hinübergehen und sich nicht blikken lassen, sondern um neun, als wieder alles ruhig war und draußen Dunkelheit herrschte.

Liza hoffte, es wäre alles vorbei. Sie sah zu, wie der Wagen langsam die Straße entlang auf die Brücke zufuhr, dann ging sie zurück ins Torhaus und beobachtete ihn oben von ihrem Zimmerfenster aus; die roten Rücklichter, während er die Brücke überquerte, und die weißen Scheinwerfer, als er wieder in ihre Richtung zeigte, wo die Straße anstieg und sich durch die Hügel wand. Erst als sie die Lichter nicht mehr sehen konnte, als nirgends mehr ein Licht zu sehen war außer dem roten Mond und einer Handvoll Sterne, erst da hatte sie das Gefühl, daß sie in Sicherheit waren.

Unten fand sie Eve, die ihr ruhig entgegensah. Nun würden sie reden, aber natürlich über andere Dinge, oder lesen oder Musik hören. Eve lächelte ganz leicht, aber dann setzte sie eine neutrale Miene auf. Sie hatte kein Buch auf dem Schoß oder Nähzeug in der Hand. Liza bemerkte, daß Eves Hände zitterten, und bekam Angst. Das richtige Angstgefühl kam erst beim Anblick dieser kleinen, sonst so ruhigen Hände, die nun leicht zitterten.

Eve sagte: »Ich habe dir etwas sehr Ernstes zu sagen.«

Liza wußte, um was es ging. Es ging um Sean. Eve hatte das mit Sean herausbekommen, und es behagte ihr nicht.

Erschrocken dachte sie daran, was Eve mit Männern machte, die ihr nicht behagten oder ihren Plänen im Weg standen. Eve würde alles dran setzen, sie von Sean fernzuhalten, und wenn das nicht klappte, was würde sie dann machen? Sie selbst war in Sicherheit, wie immer, sie war der kleine Vogel, der im tödlichen Rachen pickte, aber Sean war verwundbar, er war, das sah sie ganz deutlich, vielleicht der nächste Kandidat. Sie wartete gespannt.

Es ging um etwas ganz anderes. »Ich weiß, es wird schwer, Liza, aber es muß sein.«

Wieder verstand Liza sie falsch. Sie glaubte, Eve meinte sie beide. Immerhin hatte genau diese Drohung schon tagelang in der Luft gelegen. Diese Schlacht hatte Eve nicht gewinnen können, diese Eroberung konnte sie nicht machen.

»Wann sollen wir gehen?«

»Nicht wir. Du. Der Polizei habe ich gesagt, du wohnst nicht hier. Die denken, du kommst nur ab und zu auf Besuch her. Ich habe ihnen deine Adresse gegeben.« Eve sah Liza durchdringend an. »Deine Adresse in London.«

Und da fing es an – alles fiel auseinander, und blanke Angst setzte ein. Liza begriff, daß sie bis zu diesem Augenblick keine Ahnung gehabt hatte, was echte Angst war, bis jetzt, ein paar Minuten nach neun an einem Abend Ende August. Sie merkte, daß Eves Hände aufgehört hatten zu zittern und schlaff in ihrem Schoß lagen. Sie ballte die Fäuste.

»Ich hab keine Adresse in London.«

»Jetzt hast du eine.«

Lizas Stimme überschlug sich: »Ich versteh nicht ganz.«

»Wenn sie glauben, du wohnst hier, werden sie dich fragen, was du gesehen und gehört hast und vielleicht – vielleicht, was früher war. Es ist nicht bloß, daß ich dir nicht zutraue...« Eve verzog das Gesicht zu einem etwas grimmigen Lächeln, »... so gut zu lügen wie ich. Es ist auch zu deinem eigenen Schutz.«

Hätte Liza nicht solche Angst gehabt, sie hätte losgelacht. Hatte Eve ihr denn nicht gesagt, daß man lügen sollte, um sich selbst zu schützen, und daß totalitäre Herrscher diese Methode anwandten, um Geheimpolizei und Lügenpropaganda zu rechtfertigen? Aber sie war zu erschrocken, so erschrocken, daß sie ganz vergaß, Eve, wie schon seit Jahren, beim Vornamen zu nennen, und wieder in die kindliche Anrede verfiel.

»Ich kann nicht allein weg, Mutter.«

Eve merkte es. Sie merkte alles. Sie zuckte zusammen, als hätte diese Anrede ihr einen stechenden Schmerz versetzt. »Doch, du kannst. Du mußt. Bei Heather bist du gut aufgehoben.«

Also das war die Adresse. »Ich kann doch hierbleiben. Ich kann mich verstecken, wenn sie wiederkommen.« Wie ein Kind benahm sie sich, nicht wie jemand mit fast siebzehn. Und dann: »Die kommen doch nicht wieder.« Ein scharfes Atemholen, ihre Stimme hörte sich ganz fremd an, wie die eines Babys. »Oder?«

»Ich glaube schon. Nein, ich *weiß* es. Diesmal bestimmt. Wahrscheinlich morgen früh.«

Liza war klar, daß Eve nicht die Absicht hatte, es ihr zu erklären, und sie wollte auch gar keine Erklärung. Was sie wußte, war ihr lieber als die Schrecken einer unverblümten Beichte, eines Schuldgeständnisses, vielleicht einer Entschuldigung. Sie wiederholte: »Ich kann nicht weg.«

»Du mußt. Am besten heute abend noch.« Eve sah in die Dunkelheit hinaus. »Gleich morgen früh.« Sie kniff kurz die Augen zusammen und machte ein gequältes Gesicht. »Ich weiß, daß ich dich auf so etwas nicht vorbereitet habe, Lizzie. Vielleicht hab ich alles falsch gemacht. Ich kann nur eins sagen, ich habe es gut gemeint.«

Sie soll bitte nicht noch mal das mit dem eigenen Schutz sagen, flehte Liza im stillen. Sie flüsterte: »Ich hab aber Angst.«

»Ich weiß – o ja, ich weiß.« Die Stimme klang zärtlich und doch unglücklich, irgendwie sehnsüchtig, und in Eves großen, dunklen Augen lag Mitgefühl. »Paß auf, es wird schon nicht so schlimm, wenn du genau das machst, was ich dir sage, und schließlich bist du dann doch bei Heather. Du tust doch immer, was ich dir sage, nicht wahr, Lizzie?«

Nein. Früher ja, da schon. Ihre Angst ließ sie verkrampft und stumm werden.

»Heather wohnt in London. Da hab ich dir die Adresse aufgeschrieben. Du mußt bis zur Bushaltestelle laufen, du weißt doch, wo die ist, auf dem Weg ins Dorf, zwischen der Brücke und dem Dorf, und wenn der Bus kommt – der erste kommt um halb acht –, steigst du ein und sagst dem Fahrer, wo du hinwillst. Da steht es. Du hältst ihm dein Geld hin und sagst: ›Zum Bahnhof, bitte.‹ Der Bus bringt dich zum Bahnhof, er hält direkt vor dem Bahnhof, und da, wo ›Fahrkarten‹ steht, gehst du rein und kaufst dir eine einfache Fahrkarte nach London. ›Einmal London, einfach‹, sagst du. Da steht es auch: ›Paddington, London‹.

Ich kann Heather nicht anrufen, um ihr zu sagen, daß du kommst. Wenn ich zum Telefonieren ins Haus rübergehe, kann Matt mich sehen. Vielleicht ist die Polizei auch drüben. Aber Heather arbeitet zu Hause, sie ist bestimmt da. Am Bahnhof Paddington gehst du dahin, wo ›Taxi‹ steht, und nimmst ein Taxi zu ihr. Du kannst dem Taxifahrer ja den Zettel mit ihrer Adresse zeigen. Das kannst du doch alles, Lizzie, nicht wahr?«

»Warum kommst du denn nicht mit?«

Eve schwieg einen Augenblick. Sie sah nicht Liza an, sondern das Gemälde von Bruno an der Wand, Shrove bei Sonnenuntergang, in Lila, Gold und dunklem Blaugrün.

»Sie haben mir verboten, wegzugehen. ›Sie haben doch hoffentlich nicht vor, wegzugehen‹, haben sie gesagt.« Sie zog in einer typischen Bewegung die Schultern hoch, ein leichtes Achselzucken. »Du mußt allein gehen, Liza. Ich geb dir noch Geld mit.«

Liza wußte, daß sie es drüben im Schlößchen holte. Als Eve weg war, dachte sie an die Feuerprobe, die ihr nun bevorstand. Es wäre ganz unmöglich. Sie sah sich schon verloren, so wie manchmal in ihren Träumen. Das waren die Träume, in denen sie mutterseelenallein an einem ihr unbekannten Ort umherlief, aber waren ihr denn nicht alle Orte unbekannt? Ganz allein in einer grauen, verlassenen Wüste aus Beton und Häusern, leeren Tunnels und hohen, fensterlosen Mauern. Ihre Phantasie erschuf sich diese Bilder aus den beeindruckenden viktorianischen Romanen und fast vergessenen Fernsehbildern in Schwarzweiß – eine verdreckte Gasse in einem Dickens-Roman oder einem Filmstudio. Aber es war unmöglich. Eher würde sie sterben.

Eve gab ihr hundert Pfund in Scheinen und etwas Kleingeld. Sie drückte es ihr in die Hand und schloß behutsam die Finger darum, zweifellos dachte sie, Liza hätte noch nie Geld in der Hand gehabt; sie wußte ja nicht, daß sie damals die Stahlkassette entdeckt hatte.

Die genau abgezählten Münzen waren für den Bus. Was sollte sie dem Fahrer sagen? Wie sollte sie fragen? Eve begann es ihr zu erklären. Sie setzte sich neben Liza und ging die Anweisungen mit ihr durch, die sie aufgeschrieben hatte.

Liza fragte: »Und was geschieht dann mit dir?«

»Vielleicht gar nichts, dann kommst du zurück, und alles wird wieder wie früher. Aber wir müssen damit rechnen, daß sie mich wahrscheinlich verhaften und ich vors Zivilgericht komme und dann – vor ein noch größeres

Gericht. Aber auch dann wird es vielleicht gar nicht so schlimm, vielleicht gibt's nur ein oder zwei Jahre. Bei so was sind sie heute nicht mehr so streng, nicht mehr wie –«, selbst jetzt konnte sie noch beruhigend und lustig sein, »– in den Geschichtsbüchern. Keine Folter, Lizzie, keine Verliese, keine ewige Kerkerhaft. Aber wir müssen der Tatsache ins Auge blicken, daß es – ein Weilchen dauern kann.«

»Du hast mir nie beigebracht, Tatsachen ins Auge zu blicken«, sagte Liza.

Es war, als hätte sie Eve eine Ohrfeige verpaßt. Eve zuckte zusammen, obwohl Liza es ganz sanft gesagt hatte, fast verzweifelt.

»Ich weiß. Ich habe immer nur dein Bestes gewollt. Ich hätte nie gedacht, daß es so weit kommen würde.«

»Was hast du denn gedacht?« fragte Liza, doch sie wartete die Antwort nicht ab, sondern ging hinauf in ihr Zimmer.

Eve kam herein, um ihr gute Nacht zu sagen.

Sie war gutgelaunt, als sei nichts geschehen, und lächelte entspannt. Diese Stimmungsumschwünge erschreckten Liza mehr denn je. Sie dachte sich, bestimmt würde Eve sofort einschlafen und tief und fest schlummern. Eve gab ihr einen Gutenachtkuß und riet ihr, morgen ganz früh loszugehen und nur ein paar Sachen mitzunehmen, nicht zu viel, denn Heather habe ganze Schränke voller Kleider. Strahlend lächelnd sagte sie, es klinge zwar schrecklich, aber seltsamerweise fühle sie sich nun endlich frei.

»Das Schlimmste, was passieren konnte, ist passiert, Lizzie, es ist irgendwie richtig befreiend.«

Das letzte, was Liza auffiel, bevor ihre Mutter aus dem Zimmer ging, war, daß sie Brunos goldene Ohrringe trug.

Eigentlich hatte sie vorgehabt, überhaupt nicht zu schlafen, aber sie war jung, und der Schlaf kam von selbst. Vom Geräusch eines Zuges wachte sie auf. Sie setzte sich im Dunkeln auf und begriff sofort, daß es ein Traum gewesen war. Schon seit Jahren, seit ihrer Kinderzeit, war kein Zug mehr durch dieses Tal gefahren. Ohne Züge war die Stille noch größer gewesen.

Die Angst kam wieder, noch bevor ihr einfiel, wovor sie Angst hatte. Ein vages, unausgesprochenes Entsetzen tauchte bedrohlich vor ihr auf, eine große schwarze Wolke, die in die Einzelteile ihrer Furcht zerbarst: der Abschied vom Haus, der Bus – angenommen, der kam nun nicht? –, der furchterregende Zug, in ihrer Vorstellung hundertmal größer als der Zug hier im Tal mit seinem Spielzeugmotor, Heather, in ihrer Erinnerung groß, seltsam, unnahbar und voller Geheimnisse, die sie Eve hinter vorgehaltener Hand zuflüsterte.

Bei all dem hatte sie Sean ganz vergessen. Wie sollte sie nur Sean benachrichtigen? Unter der schweren Last der Verwirrung und Verzweiflung warf sie sich wieder aufs Bett, vergrub ihr Gesicht in die Laken und hielt sich die Ohren zu. Doch das Vogelgezwitscher ließ ihr keine Ruhe. Die Vögel waren hier manchmal von morgens bis abends das einzige, was ein Geräusch verlauten ließ. Im Morgengrauen setzte der Chor mit einem Pfeifen ein, dann folgte ein einzelner Triller, und bald sangen hundert Vögel in ebenso vielen Bäumen.

Diesmal richtete sie sich ganz auf. Im Torhaus war alles still. Draußen schien bis auf die Vögel alles ruhig, da der Wind nachgelassen hatte. Die Vorhänge am Fenster waren wie immer weitgeöffnet, denn außer den Lichtern von Shrove her gab es keine anderen. Sie kniete sich vor dem Fenster aufs Bett.

Zwischen den hohen, bewaldeten Bergkämmen und

dem nachtklaren, leuchtenden Himmel war eine Trennlinie zu sehen. Bald würde im Osten dort drüben ein roter Streifen erscheinen und sich als schimmerndes rotes Lichtband entrollen. Inzwischen war schon etwas zu sehen, die Silhouette des Hauses, ein einsames Licht im Stallgebäude, eine tiefschwarze, formlose Waldlandschaft.

Eine Ahnung von dem, was da draußen war, gab dem Anblick allmählich Gestalt, oder vielleicht hob das kalte Leuchten kurz vor der Dämmerung die Landschaft aus dem Dunkeln nun ins morgendliche Zwielicht. Die Rieselwiesen wirkten wie bleiche Wolken, und die doppelreihig stehenden Erlen auf beiden Seiten des Flusses schienen aus der Dunkelheit ihrer Umgebung herauszutreten. Liza konnte jetzt die Umrisse der dahinterliegenden Hügel erkennen, aber noch nicht ihre grüne Farbe und auch die Landstraße nicht, die sie wie ein weißer Gürtel auf halber Höhe durchschnitt.

Sie stand auf, öffnete behutsam die Tür und horchte. Eve, die tagsüber nie ruhte, immer munter, aufmerksam, aufgeweckt war und alles merkte, schlief bei Nacht wie ein Murmeltier. Heute würde sie verhaftet werden, und trotzdem schlief sie tief und fest. Wie vorher schon beschlich Liza das ungute Gefühl, ihre Mutter sei verrückt, nicht ganz richtig im Kopf, doch woher sollte sie das wirklich wissen? Sie hatte ja keine Vergleichsmaßstäbe.

Wenn sie nicht darüber nachdachte, was sie nun tun sollte, sondern sich auf praktische Dinge konzentrierte, wenn sie überhaupt an nichts dachte, war alles halb so schlimm. Diese Augenblicke waren jetzt zu bewältigen, nicht die Zukunft. Sie ging hinunter auf die Toilette und zog sich dann an. Hunger hatte sie nicht, sie dachte, sie würde nie wieder etwas essen. Schon beim Gedanken an Essen, an ein Stück Brot oder ein Glas Milch, wurde ihr schlecht. Sie zog die langen Baumwollhosen an, die Eve genäht hatte, ein T-Shirt aus dem Billigshop, ihre Turnschuhe und Eves alten braunen Parka und verteilte die hundert Pfund auf beide Taschen.

Ob sie sich von Eve verabschieden sollte?

Als sie die Tür zum Zimmer ihrer Mutter öffnete, fiel ihr ein, daß es das erste Mal war, daß sie nicht anklopfte, solange Eve drin war, das erste Mal, seit damals Bruno gekommen war oder sogar noch früher, seit das mit Jonathan angefangen hatte. Eve lag auf dem Rücken und schlief. Sie trug ein dezentes, hochgeschlossenes weißes Nachthemd, und ihr dichtes braunes Haar war über die Kissen gebreitet. Sie lächelte im Tiefschlaf, als träumte sie von lauter angenehmen Dingen. Beim Anblick dieses Lächelns durchlief Liza ein Schauder, und sie machte die Tür schnell wieder zu.

Inzwischen war es nicht mehr dunkel. Wolken erhoben sich von dem dünnen roten Gürtel über den Baumkronen, dunkelblaue Federwolken wurden hinaufgezogen in den hellerwerdenden Himmel. Vogelgezwitscher erfüllte die Stille mit lautem und doch seltsam fernem Klang. Unwillkürlich mußte Liza wieder ihren Gedanken nachhängen. Die Haustür öffnen, ins Freie treten und sie hinter sich zumachen war das Schwerste, was sie je getan hatte. Erschöpft lehnte sie sich einen Augenblick ans Gartentor. Nie wieder würde ihr etwas so schwerfallen. Ihren Schlüssel hatte sie aus unerfindlichen Gründen mitgenommen.

Die Kälte der Morgendämmerung berührte ihr Gesicht wie eine kühle, feuchte Hand. Da war wieder diese Übelkeit, und sie atmete tief durch. Wo sie wohl morgen um diese Zeit sein würde? Daran wollte sie lieber nicht denken. Sie machte sich auf den Weg, erst langsam, dann immer schneller, und versuchte sich auszurechnen, wie spät es war. Weder sie noch Eve hatten je eine Armbanduhr gehabt. Es mußte zwischen halb sieben und sieben sein.

Für Scheinwerfer schon zu hell, doch die beiden Autos, die sie in der Ferne die gewundene Straße entlang auf die Brücke zufahren sah, hatten Licht an. Sie dachte sich, daß sie zusammengehörten, weil beide Licht anhatten und hintereinander auf ein bestimmtes Ziel zufuhren.

Inzwischen war sie an der Stelle angelangt, wo der Weg auf die Brücke führte und keine hohen Bäume mehr wuchsen. Sie konnte das Blitzen des Morgenlichts auf dem Fluß und die Tunnelöffnung auf der anderen Seite sehen, wo früher der Zug in den Hügel getaucht war. Plötzlich wurden beide Scheinwerferpaare ausgeschaltet. Liza konnte die Autos nicht mehr sehen, wußte aber, daß sie in ihre Richtung kamen. Eine andere Möglichkeit gab es nicht.

Wenn sie auf der Brücke lief, müßten sie an ihr vorbei, aber wahrscheinlich würden sie nicht vorbeifahren, sondern anhalten. Sie erklomm die Böschung und versteckte sich im spätsommerlichen Gestrüpp der Weißdorn-, Brombeer- und Schneebeerbüsche. Die Autos glitten lautlos vorüber. Eins hatte eine blaue Lampe auf dem Dach, die aber nicht eingeschaltet war.

Liza hatte die ganze Zeit die Luft angehalten und stieß sie nun mit einem gedehnten Seufzer aus. Sie würden zurückkommen – und Eve mitbringen – und dabei an der Bushaltestelle vorbeifahren. Sie hastete die Böschung hinunter und rannte auf die Brücke. Der Fluß war breit, tief und wie gläsern, erst viel weiter oben schwappte das Wasser an die Felsblöcke und kräuselte sich zwischen ihnen. Auf der Brücke angekommen tat Liza etwas Unvernünftiges, sie blieb stehen, drehte sich um und blickte zurück.

Vielleicht würde sie dies alles nie mehr wiedersehen, niemals zurückkehren, und so blieb sie stehen und blickte zurück wie die Frau auf dem Gemälde in Shrove House, die hochgewachsene, traurige Frau in den weißen Gewändern, von der Eve ihr erzählt hatte, es sei Lots Weib und ihre verlassene Heimat Sodom und Gomorrah. Doch anstelle jener öden, gottlosen Stätten sah sie zwischen den Bäumen, die sich im Nebel aus den Rieselwiesen erhoben, den Erlen, Balsamtannen und Schwarzpappeln, die schöne Silhouette von Shrove House.

Die Sonne, die mit golden flirrendem Licht aufgegangen war, goß einen blassen, bernsteinfarbenen Schein auf die steinerne Fassade, auf den mittleren Ziergiebel mit dem Wappen unbekannter Provenienz, auf die breite, an beiden Seiten von Treppenaufgängen gesäumte Terrasse, auf die schmale Tür zu ebener Erde und die weit ausladende obere Tür. Das hier war die Gartenseite, identisch mit der Seite zum Toreingang hin, außer daß ein schöner Portiko die Vorderansicht zierte. Sämtliche Fenster waren blank verspiegelt vom Licht, das wie eine Haut auf ihnen lag. Das Haus wirkte ebenso unverrückbar wie die Umgebung, in der es ruhte, ebenso natürlich und heiter.

Von nirgends konnte man Shrove besser sehen als von hier. Bäume sorgten dafür, daß es von den Hügeln nicht einsehbar war. Die wußten schon, wie sie ihre Herrenhäuser vor Blicken schützten, die alten Baumeister, hatte Eve gesagt. Liza nahm lautlos Abschied vom Haus und lief über die Brücke auf die Landstraße. Die Stelle, wo der Bus hielt, befand sich ein paar hundert Meter weiter oben auf der linken Seite. Eve sollte doch denken, was sie wollte, sie kannte die Stelle genau, sie war oft hierhergekommen, hatte den Bus gesehen, einen grünen Bus, aber nie die Versuchung verspürt, einzusteigen.

Wie spät es wohl war? Viertel nach sieben? Wann wohl der nächste Bus käme, falls sie diesen verpaßte? In einer Stunde? In zwei Stunden? Wieder bauten sich unüberwindliche Schwierigkeiten vor ihr auf. Festungswälle von

Schwierigkeiten türmten sich auf ihrem Weg, unmöglich, sie zu erklimmen. Sie konnte nicht auf offenem Feld auf den Bus warten und riskieren, daß die Polizeiautos an ihr vorbeifuhren.

Trotzdem ging sie unbeirrt auf die Bushaltestelle zu, verlagerte ihre Tasche auf die andere Schulter und grübelte über die Sache mit dem Zug nach. Vielleicht gab es erst viel später wieder einen Zug nach London. Früher war der Zug recht selten hier durch das Tal gekommen, bloß viermal täglich in jeder Richtung. Woher sollte sie überhaupt wissen, ob der Zug, in den sie einstieg, auch nach London fuhr?

Als sie Motorengeräusch hörte, drehte sie sich um, aber sie waren es nicht. Dieses Auto war rot, mit einem Klappverdeck, und es ratterte. Beim Vorbeifahren hinterließ es einen ungewohnten Geruch, metallisch, ätzend, qualmend.

An der Haltestelle wartete bereits jemand. Eine alte Frau. Liza hatte keine Ahnung, wer sie war und woher sie kam. Hier gab es keine Häuser, erst wieder am Ortsrand des Dorfes. Als sie sich der Haltestelle näherte, fühlte sie sich ungeschützt, ausgeliefert, die Zielscheibe unsichtbarer, aufmerksamer Blicke. Die Frau sah herüber und wandte sich schnell wieder ab, als wäre sie verärgert oder angewidert.

Als wieder ein Auto vorbeigefahren kam, wußte Liza, daß sie hier nicht bleiben konnte, sie konnte nicht hier am Straßenrand stehenbleiben und auf den Bus warten. Was sollte sie da? Herumstehen und glotzen? Denken – an was? Sie konnte ihre Gedanken nicht ertragen, und die Angst lag ihr wie ein Bissen, zu heiß zum Runterschlucken, im Mund. Wenn sie hier neben der alten Frau mit dem gesenkten Blick wartete, würde sie bestimmt umfallen, kreischen oder sich an die grasbewachsene Straßenböschung werfen und heulen.

Da überkam sie der Drang, einfach loszurennen, und sie

gab nach. Ohne darauf zu achten, ob ein Auto kam, rannte sie über die Straße und verschwand zwischen den Bäumen auf der anderen Seite. Die alte Frau starrte ihr nach. Liza hielt sich an einem Baumstamm fest. Sie umklammerte ihn und schmiegte ihr Gesicht an die kühle glatte Rinde. Warum hatte sie nicht schon früher daran gedacht? Plötzlich war ihr eingefallen, was sie zu tun hatte. Wenn sie nur schon gestern abend daran gedacht hätte, wie unbeschwert wäre die letzte Nacht gewesen! Bloß wäre sie dann schon gestern abend weggegangen, gleich nachdem Eve es zu ihr gesagt hatte, und in der Dunkelheit über die Felder geflüchtet.

Dicht neben ihr verlief ein Fußweg über den Paß. Einen Paß konnte man es eigentlich nicht nennen, ein Paß verlief zwischen Bergen, aber sie hatte das Wort mal gelesen, und es gefiel ihr. Zuerst mußte sie fast hundert Meter den Hügel hinaufklettern. Als sie das Rumpeln des Busses hörte, dessen Motorengeräusch ganz anders war als das eines Autos, sah sie hinunter. Irgendwie erriet sie, daß er pünktlich gekommen war. Die alte Frau stieg ein, und der Bus fuhr davon. Liza kletterte weiter. Sie wollte nicht mehr da sein, wenn die Autos zurückkamen. Als sie den Wegweiser gefunden hatte, stieg sie über den Zauntritt und nahm den Weg, der dicht an der Hecke entlang führte. Inzwischen war die Sonne aufgegangen und schien warm.

Sie war erleichtert, von der Straße weit weg zu sein und zu wissen, daß sie auf dem Rückweg unterhalb von ihr vorbeikommen würden. Sobald dieser Weg aufhörte, würde sie auf ein Gewirr von Feldwegen stoßen, die zwischen Böschungen vergraben und durch Hecken geschützt weitab von den großen Durchgangsstraßen in alle Himmelsrichtungen führten. Der nächste Ort war sieben Meilen entfernt. Von hier aus würde sie nicht mehr als eine halbe Stunde brauchen und wäre kurz nach acht bei ihm. Sie verwarf den Gedanken, daß er vielleicht gar nicht mehr da war, daß er weitergereist war, sie wütend im Stich gelassen hatte und geflüchtet war.

Die Vögel hatten aufgehört zu zwitschern. Alles war still, ihre eigenen Schritte geräuschlos auf dem sandigen Pfad. Die weißgoldenen Blütenköpfchen der Kamille waren überall im Gras aufgetaucht, und die verblühte Klematis klammerte sich wie ein Altmännerbart aus üppigem grauen Lockenhaar an die Hecken. Sie begegnete schon den ersten Tieren, einem halben Dutzend bunter Kühe und zwei grauen Eseln, die das fette Gras abfraßen. Eine rötlichbraune Katze auf der Rückkehr von der nächtlichen Jagd warf ihr einen mißtrauischen Blick zu. Bisher hatte sie kaum Katzen gesehen, meistens nur auf Bildern, und freute sich über den Anblick wie über den eines exotischen wilden Tieres.

Der freundliche Morgen und ihr glänzender Einfall ließen die Angst rasch schwinden. Sie hatte nur noch die vage Befürchtung, er könnte vielleicht nicht da sein. Am nächsten Zauntritt war der Fußweg zu Ende, und sie gelangte auf ein Sträßchen, das so schmal war, daß sie, wenn sie sich ausgestreckt hingelegt hätte, mit den Händen die eine Seite und mit den Füßen die andere hätte berühren können. Ein kleines Auto wäre zwischen den steilen, fast senkrechten Böschungen und den grünen Befestigungen, über die die langen Blätter der längst verwelkten Pflanzen hingen, gerade durchgekommen. Die Äste an den Bäumen schlossen sich über ihr.

Es war nun eben, sogar ein wenig abschüssig, und sie fing an zu laufen. Sie rannte vor ihrer Jugend davon und vor einem wachsenden Gefühl von Freiheit, aber auch vor einer beklemmenden Ahnung. Wenn er nun weg war und es ihr morgen oder am nächsten Tag hatte sagen wollen...

Sie ballte die Fäuste in den Taschen und zerknüllte die Scheine, nur zwei Handvoll – war das viel oder wenig?

Sie rannte weiter durch den grünen Tunnel, und ein Hase lief quer vor ihr her. Ein Fasanenhahn kreischte und torkelte flügelschlagend über den Weg, ein schlechter Läufer und ein noch schlechterer Flieger, dicht hinter ihm seine beiden Hennen, die scharrend an der Böschung Schutz suchten. Mit solchen Dingen kannte sie sich aus, viel besser, glaubte sie, als die meisten Leute, aber ob das genügte? Ob es ausreichte, bis sie alles andere lernen konnte?

An einer Weggabelung mit einem winzigen Grasdreieck in der Mitte teilte sich das Sträßchen. Sie nahm die rechte Abzweigung, wo das Gelände noch steiler abfiel, mußte aber noch zweimal abbiegen, bevor sie den Wohnwagen da unten stehen sah. Ihr Herz machte einen Sprung. Alles war gut. Er war da.

Der Wohnwagen war seit Mitte des Sommers schon wochenlang auf einem sandigen Platz geparkt, von dem ein Saumpfad abging, der als Trennlinie zwischen Feld und Wald verlief. Er war eigentlich für Pferde gedacht, aber Liza hatte noch nie ein Pferd oder einen Reiter auf diesem Pfad gesehen. Außer Sean hatte sie dort noch nie jemanden gesehen. Sein alter Triumph Dolomite, der aussah wie ein Wagen aus einem Sechziger-Jahre-Film, war am üblichen Platz abgestellt. Die Vorhänge an den Wohnwagenfenstern waren zugezogen. Nur zur Arbeit stand er früh auf. Sie war gerannt, ging das letzte Stück zum Wohnwagen aber langsamer, stieg die zwei Stufen hinauf, und nachdem sie die rechte Hand, in der sie immer noch die Geldscheine hielt, aus der Tasche gezogen hatte, hob sie sie an die glatte Oberfläche der Tür.

Mit erhobener Hand zögerte sie. Sie holte tief Luft. Obwohl sie nichts kannte außer Naturgeschichte und bruchstückhaften Informationen aus viktorianischen Romanen, wußte sie doch, daß Liebe unberechenbar ist, ein Glücksspiel, eine enttäuschende Sache. Dieses Wissen bezog sie aus romantischen Dramen und Liebesgedichten, aus den Seufzern der Verlassenen, der Bitterkeit der Verschmähten, aber auch aus einem gewissen Instinkt heraus. Unschuld ist nie unwissend in diesen Dingen, außer in den Romanen des 19. Jahrhunderts und selbst da nicht immer. Sie stellte sich vor, wie er sie mit einem falschen Wort oder einem gleichgültigen Blick umbringen könnte, dann atmete sie aus und klopfte.

Von drinnen kam seine Stimme. »Ja? Wer ist da?«

»Sean, ich bin's.«

»Liza?«

Nur etwas erstaunt, etwas ungläubig. Im Nu hatte er die Tür geöffnet. Er war nackt, hatte sich bloß schnell ein Bettlaken umgewickelt. Ins helle Licht blinzelnd, starrte er sie an. Wenn sie jetzt das leiseste Anzeichen von Überraschung in seinem Blick bemerkte, wenn er sie fragte, was sie hier suchte, würde sie tot umfallen, es würde sie umbringen.

Er sagte nichts. Er nahm sie bei der Hand und zog sie ins muffig-warme Wageninnere, das nach Mann roch, und umarmte sie. Es war keine normale Umarmung, sondern ein allumfassendes In-die-Arme-Schließen. Er umschlag sie und hielt sie fest umfangen wie eine Hand eine Frucht oder einen Tannenzapfen umschließt, sanft, aber bestimmt, sinnlich genießend.

Sie hatte ihm alles erklären wollen und sich schon ausgemalt, wie sie ihm die ganze lange Geschichte erzählen würde, die in den gestrigen Ereignissen gipfelte. Sie hatte sich bereits eine Rechtfertigung und eine Verteidigung zurechtgelegt. Aber er ließ sie nicht zu Wort kommen. Irgendwie gelang es ihm ohne Worte, ihr klarzumachen, wie glücklich er über ihr unerwartetes Auftauchen war und daß er sie ohne viele Erklärungen begehrte. Als er seine Arme etwas lockerte, hob sie den Blick, um sein schönes Gesicht zu betrachten, die Augen, die sein ganzes Aussehen veränderten, wenn sie vor Verlangen ganz weich wurden. Aber auch daran wurde sie gehindert, durch seinen Kuß, zudem er seine Lippen an ihre führte, so süß und warm, und sie blind und stumm machte.

Wenn das Klappbett heruntergelassen war, füllte es den ganzen Wohnwagen aus. Ihr Gesicht immer noch an das seine gedrückt, schälte sie sich aus den Kleidern, ließ ihre Sachen nacheinander auf den Boden fallen, stieg aus den Baumwollhosen und schleuderte die Turnschuhe von den Füßen. Sie hob die Arme wieder hoch und wollte ihn so halten wie er sie vorhin. Er ließ sich von ihr aufs Bett ziehen. An manchen Stellen spürte man noch seine Körperwärme. Sie lagen nebeneinander, ihre Brüste weich und voll an seinem Oberkörper, Hüfte an Hüfte, die Beine ineinander verschränkt. Er fing an, sie zart und leicht mit der Zungenspitze zu küssen. Sie wandte sich lachend ab.

»Ich bin weggerannt! Ich bin zu dir gekommen, für immer.«

»Du bist ja toll«, sagte er. »Du bist die größte«, und dann: »Und was ist mit ihr?«

»Keine Ahnung. Die Polizei war da, mit zwei Wagen, wahrscheinlich haben sie sie mitgenommen.« Sie genoß seinen verwunderten Blick, sein Interesse. »Da war ich aber schon weg. Freust du dich?«

»Ob ich mich *freue?* Ich bin absolut platt. Aber was sagst du, die Polizei? Was für Polizei?«

»Keine Ahnung. Die Polizei aus der Stadt.«

»Was hat sie getan?«

Sie legte die Lippen an sein Ohr. »Soll ich's dir erzählen?«

»Erzähl mir alles, aber nicht jetzt.«

Er streichelte mit beiden Händen über ihren Körper, in einer langen, bedächtigen Bewegung den Rücken entlang und zog sie in einem sanften Bogen an sich. Ohne hinzusehen, spürte sie seinen bewundernden Blick auf ihrer glatten, weißen Haut. Ihre Hüften berührten sich, sein Schenkel drückte sich fest an ihren, Wärme zu Wärme und Haut an Haut.

»Sag jetzt nichts, Liebling«, sagte er. »Laß es uns tun.«

2

Sie schlief ziemlich lang. Sie war sehr müde. Es war auch Erleichterung und eine Atempause. Als sie aufwachte, saß Sean am Bett und betrachtete sie. Sie streckte die Hand nach ihm aus und hielt ihn fest.

Sean war eine Augenweide. Sie hatte nicht viele Vergleichsmöglichkeiten, nur den Mann auf dem Gemälde auf Shrove, ein paar körnige Schwarzweißbilder von Schauspielern in alten Filmen, den Postboten, den Heizölmann, Jonathan und Bruno, Matt und noch einige andere. Sein Gesicht war blaß, er hatte scharfgeschnittene Gesichtszüge, eine gerade Nase und rote, für einen Mann ziemlich volle Lippen, dunkle Augen, in denen sie Träume und Hoffnungen zu sehen glaubte, und wie mit chinesischen Pinselstrichen gemalte Brauen. Auf Shrove hatte sie im Salon ein Gemälde gesehen, mit Weidenlaub, Vögeln mit rosigen Kehlen und mit einer seltsamen Blume, von der Eve sagte, es sei Lotus, und mit Buchstaben aus schwarzen Strichen, die aussahen wie Seans Augenbrauen. Sein Haar war schwarz wie Kohle. Das hatte Liza gelesen, denn soviel sie wußte, hatte sie selbst noch nie Kohle gesehen.

»Du hast fünf Stunden geschlafen.« Er sagte es voller Bewunderung, als wollte er sie für eine besondere Heldentat loben.

»Beim Aufwachen habe ich erst nicht recht gewußt, wo ich bin. Ich hab noch nie woanders geschlafen als im Torhaus.«

»Mach keinen Witz«, sagte er.

»Doch, wieso sollte ich? Ich hab noch nie woanders als

zu Hause geschlafen.« Sie wunderte sich selbst darüber. »Das hier ist jetzt mein Zuhause.«

»Du bist toll«, sagte er. »Hab ich ein Glück mit dir, denk bloß nicht, ich wüßte es nicht. Ich hätte nie gedacht, daß du kommst, ich dachte, sie kommt bestimmt nie und *bleibt* bei mir, sie geht weg, und ich verlier sie. Lach nicht, ich weiß, daß ich ein Idiot bin.«

»Ich würde doch nie lachen, Sean. Ich liebe dich. Liebst du mich denn?«

»Das weißt du doch.«

»Dann sag es.«

»Ich liebe dich. So, zufrieden? Hab ich dir nicht gerade bewiesen, daß ich dich liebe? Ich möchte es dir andauernd beweisen. Laß mich zu dir, Liebling, wir machen's noch mal, okay? Weißt du, was mir am liebsten wäre? Wenn ich's dir andauernd machen könnte, wir würden nicht mehr essen und schlafen und fernsehen und so, sondern immer und ewig bloß das eine tun, bis wir sterben. Wär das kein schöner Tod?«

Statt einer Antwort sprang sie auf und verzog sich, seinem Griff ausweichend, ans andere Bettende. Dort hatte er ihre Sachen hingelegt, die einzelnen Kleidungsstücke ausgeschüttelt und so sorgfältig nebeneinandergelegt, wie Eve es gemacht hätte. Hastig schlüpfte sie in die Hose und zog das T-Shirt über den Kopf.

Sie sagte ernst: »Ich will aber nicht sterben. Nicht so und nicht anders.« Ihr kam ein Gedanke, den sie nie zuvor in Betracht gezogen hatte. »Sean, du würdest es doch nie mit mir machen, wenn ich's nicht will, oder?«

Einen Augenblick war er wütend. »Warum sagst du denn so was? Was soll diese Frage? Manchmal versteh ich dich nicht.«

»Schon gut. War bloß so ein Einfall? Hast du nie häßliche Einfälle?«

Er zuckte die Achseln, das Leuchten und die Begierde waren aus seinem Gesicht gewichen. »Ich mach uns Tee. Oder hättest du lieber eine Cola? Ich hab auch Cola da, aber das ist so ziemlich alles. Nix sonst hab ich nicht da zum Essen, wir müssen was einkaufen.«

»Nichts«, dachte sie bei sich. »Sonst habe ich nichts da zum Essen.« Diesmal würde sie es ihm nicht sagen. »Sean«, sagte sie, den Rücken an die Wand gelehnt, aus der Ecke herüber, »Sean, wir müssen *weg*. Ich meine, weg von hier. Wir brauchen viele Meilen Abstand zwischen uns und ihr.«

»Deiner Mutter?«

»Was denkst du wohl, warum die Polizei da war? Ich hab dir doch gesagt, daß die da waren.« Noch während sie es sagte, wußte sie, daß er nichts gedacht und nicht zugehört hatte. Wahrscheinlich hatte er es gar nicht gehört, als sie das mit der Polizei sagte. Verzehrt vom Verlangen, verrückt nach ihr, war er für alles andere unzugänglich gewesen. Sie wußte, wie sich das anfühlte, wenn man bloß noch ein taubes, blindes, besinnungsloses *Ding* war, ganz dick, atemlos und benommen vor Lust. »Ich hab dir doch gesagt, daß die Polizei da war.«

»Wirklich? Weiß ich gar nicht mehr. Was wollten die?«

»Kann ich die Cola haben?« Sie zögerte und zog das Zögern in die Länge. »Eigentlich hätte ich zu ihrer Freundin Heather fahren sollen. Da hat sie mich hingeschickt, denkt sie jedenfalls. Aber ich bin zu dir gekommen.«

»Sag doch, was hat sie denn getan?«

Sein Gesichtsausdruck war ein bißchen ungläubig und ein bißchen – nun ja, nachsichtig, das war wohl der Ausdruck dafür. Er würde schon noch sein blaues Wunder erleben. Es war nicht, was er dachte – sie suchte in ihrer Phantasie –, daß sie gestohlen oder was Illegales mit Geld gemacht hätte. Er setzte sich wieder auf seinen Platz und sah sie gespannt an. Seine vollkommene Konzentration gefiel ihr.

»Sie hat jemand umgebracht«, sagte sie. »Vorgestern. Deshalb waren sie da und haben sie mitgenommen, und ich fürchte, mich suchen sie auch, die wollen bestimmt, daß ich als Zeugin auftrete oder so. Die wollen mich bestimmt ausfragen, und dann bringen sie mich womöglich zu irgendwelchen Leuten in Pflege. So was hab ich schon mal gehört. Ich bin so jung, ich werd erst im Januar siebzehn.«

Sie hatte seine Konzentration falsch gedeutet. Er hatte ihr gar nicht zugehört. Wieder hatte er nicht gehört, was sie sagte, aber diesmal aus einem anderen Grund. Den Mund leicht geöffnet, starrte er sie an. Als sie es bemerkte, zog er die Oberlippe hoch wie beim Anblick von etwas Entsetzlichem.

»Was hast du da gesagt?«

»Was? Das mit meinem Alter? Daß ich als Zeugin auftreten soll?«

Er zögerte und schien schwer zu schlucken. »Daß sie jemand umgebracht hat.«

»Es war gestern, nachdem ich von unserem Treffen im Wald zurückkam. Glaub ich jedenfalls. Ich meine, ich hab's nicht direkt gesehen, aber ich weiß, daß sie ihn umgebracht hat.«

»Hör auf, Liebling.« Ein ungeschicktes Grinsen. »Das glaub ich nicht.«

Dagegen war sie wehrlos, sie wußte nicht, was sie darauf erwidern sollte. Sie nippte ein paarmal an der dreieckigen Dosenöffnung. Eve hatte einmal gesagt, wenn eine Katze nicht weiß, wie sie sich verhalten soll, wedelt sie mit der Schwanzspitze. Ihr war zumute wie einer Katze, aber ohne Schwanz zum Wedeln. Jetzt war er am Zug, sie wußte nicht weiter.

Er stand auf und ging ein paar Schritte. Im Wohnwagen war es so eng, daß man nur wenige Schritte machen konnte. Sie nahm noch einen Schluck und beobachtete ihn.

»Warum sagst du so was«, sagte er, »von wegen, sie hätte jemand umgebracht? Soll das ein Witz sein? Hast du Spaß gemacht?«

»Es stimmt aber.«

»Das *kann* nicht sein.«

»Hör mal, Sean, ich hab mir das nicht ausgedacht. Deshalb bin ich doch abgehauen, ich wollte nicht, daß die mich mitnehmen und einsperren und mich wo hinschikken. Ich wußte, diesmal kommen sie. Diesmal dauert es nicht lange, und sie kriegen es heraus. Ich hab die ganze Nacht auf sie gewartet.«

Sein von Natur aus blasses Gesicht war noch weißer geworden. Sie bemerkte es verwundert. »Du meinst, sie hat aus Versehen jemand getötet, stimmt's?«

»Diesen Ausdruck kenn ich nicht.« Es war ein Satz, den sie, seitdem sie zusammen waren, oft sagen mußte.

»Sie hat auf Vögel geschossen und dabei unabsichtlich jemand erschossen, war es so? Du hast gesagt, sie würde nie auf Vögel oder Kaninchen schießen, das hast du gesagt, als wir uns gerade kennengelernt hatten.«

Lediglich die letzten paar Worte kamen tatsächlich bei ihr an. Bei der Erinnerung daran mußte sie lächeln. Sie glitt vom Bett herunter und legte die Arme um ihn. »War das nicht wunderbar, daß wir uns kennengelernt haben? Es war das Beste, was mir je passiert ist.«

Diesmal war er derjenige, der sich aus der Umarmung löste. »Ja, Liebling, okay, es war super. Aber du mußt es mir sagen. Das mit dem Mord, das meinst du ernst, stimmt's? Was ist passiert? Ist es ein Dieb gewesen?«

»Nein«, sagte sie, »nein, du kapierst es nicht.«

»Verdammt, kapieren tu ich's erst, wenn du mir's endlich sagst.«

»Ich werd's versuchen.« Sie setzten sich, und sie nahm seine Hand. »Sie hat ihn umgebracht, Sean. Weißt du, so was gibt es tatsächlich.« Aus ihrem Mund hörte sich das kühn und ungewohnt an. »Sie hat ihn umgebracht, weil sie ihn loswerden wollte. Sie wollte ihn aus dem Weg schaffen, egal wieso, das ist doch jetzt unwichtig.«

Diesmal sagte er nicht, daß er ihre Worte bezweifelte, sondern: »Das *kann* ich nicht begreifen.«

Wie hatte Eve immer gesagt? »Dann mußt du es einfach akzeptieren.«

»Wen hat sie denn umgebracht?« An seinem Tonfall merkte sie, daß er immer noch glaubte, sie würde lügen.

»Das ist doch egal.« Sie wurde ungehalten. »Einen Mann. Du kennst ihn nicht. Sean, es ist die Wahrheit, du mußt mir glauben.« Allmählich gingen ihr die Augen auf. »Ich kann nicht mit jemand zusammensein, der denkt, ich lüge ihn an.« Nachdem sie erst fröhlich gelacht hatte, war sie jetzt den Tränen nahe. Sie suchte nach einem Ausweg. »Ich kann's dir nicht beweisen. Was mach ich bloß, damit du mir's glaubst?«

Mit leiser Stimme sagte er: »Irgendwie glaub ich dir's ja – jetzt.«

»Ich werd dir alles erzählen.« Sie war voller Eifer. Sie faßte ihn an den Schultern und kam ganz dicht heran. »Ich erzähl dir alles, wenn du willst, von Anfang an, als ich klein war, seit ich mich erinnern kann.«

Er küßte sie. Wenn er ihr Gesicht so dicht vor sich hatte, konnte er der Versuchung nicht widerstehen, sie zu küssen. Seine Zunge schmeckte nach dem süßen Karamelzeug der Coca-Cola, ihre wahrscheinlich auch. Sie saßen auf dem Bett, einen anderen Sitzplatz gab es im Wohnwagen nicht, und ihr Körper entspannte sich, sie glitt rückwärts und sank auf die Matratze, sie begehrte ihn so heftig wie morgens, als sie angekommen war. Er zog sie an den Händen zu sich hoch.

»Ich will, daß du mir alles erzählst, Liza, ich will alles über dich wissen. Aber nicht jetzt. Sag mir jetzt, was deine Mutter getan hat.«

Sie schmollte frustriert. »Wozu? Du glaubst mir ja doch nicht.«

»Doch, das hab ich doch gesagt.«

»Ich finde, wir sollten weg von hier, wir sollten schon längst unterwegs sein und nicht hier rumsitzen und quatschen.«

»Keine Sorge, darum kümmer ich mich dann schon. Sag mir jetzt lieber, wie das war mit deiner Mutter und diesem Mann.« Sie merkte an seinem Blick, daß ihm ein Gedanke kam. »Hat er versucht, sie zu vergewaltigen, war es das?«

»Er hat ihr beigebracht, wie man mit einer Schrotflinte auf Tauben schießt. Er war draußen beim Schießen und sie meinte: ›Zeig mal, wie das geht.‹«

»Du machst doch einen Witz.«

»Es ist die Wahrheit. Wenn du das sagst, erzähl ich dir gar nichts.«

»Also gut. Und weiter.«

»Ich hasse es, wenn man auf Vögel schießt. Ich hasse es, wenn Leute schießen, egal auf was, Kaninchen, Eichhörnchen, egal, es ist *gemein*. Und ich dachte, Eve – meine Mutter – ich dachte, sie auch. Das hat sie jedenfalls gesagt, so hat sie mich erzogen. Aber zu ihm sagte sie, die Tauben würden ihr Gemüse fressen, und er solle ihr zeigen, wie man schießt, und er war einverstanden. Weißt du, Sean, ich glaube, er hätte alles getan, was sie von ihm wollte.«

»Sie ist eine attraktive Frau.«

»Attraktiver als ich?«

»Red doch keinen Quatsch. Hast du das alles beobachtet?«

»Ich war doch im Wald bei dir gewesen«, erwiderte Liza. »Sie haben mich nicht gesehen. Ich kam durch den Garten, und sie standen da im Gras, wo die neuen Bäume sind. Man kann weithin alles hören von dort, weißt du. Selbst wenn jemand ganz leise spricht, hört man es. Ich sah die beiden mit der Flinte da stehen und dachte mir, jetzt sagt sie ihm, er soll nicht auf die Tauben schießen. Das durfte er ja, weißt du, die Fasanenjagd fängt zwar erst im Oktober an, aber auf Tauben schießen darf man, wann man will. Die armen Geschöpfe! Ihm konnte es ja egal sein, er war kein Bauer, die fraßen ja nicht seine Kohlköpfe, und wenn schon, Tauben wollen schließlich auch leben, oder?

Ich dachte, na gut, jetzt sagt sie ihm, er soll aufhören, aber so war's nicht. Sie bekam da draußen gerade Schießunterricht. Ich wußte, daß sie mit ihm schon mal darüber gesprochen hatte, aber ich hätte doch nie gedacht, daß sie es ernst meint. Als ich die beiden sah, hab ich mich gefragt, um Himmels willen, was macht sie denn? Er erklärte ihr die Flinte, und sie sah zu, und dann gab er sie ihr.

Ich wollte nicht zusehen, wie die Vögel umgebracht wurden, und ging gerade wieder zum Torhaus zurück, als der Schuß fiel und gleich darauf ein erstickter Schrei zu hören war. Ich machte kehrt und rannte quer über den Rasen, und da stand sie und sah hinunter auf die Stelle, wo er lag. Die Flinte hatte sie nicht mehr in der Hand, sie hatte sie fallengelassen und sah hinunter auf ihn und das viele Blut um ihn herum.«

Sean hatte sich die Hand vor den Mund gehalten. Seine Augen waren weit aufgerissen. Er zog die Hand weg und rieb sich mit einer seltsamen Bewegung die Wange. »Was hast du dann gemacht?« fragte er tonlos.

»Gar nichts. Ich bin nach Hause gegangen. Sie hat's der Polizei nicht gesagt und ich auch nicht, also muß es Matt gewesen sein. Kennst du Matt?«

»Klar kenn ich den.«

»Er war oben am Haus. Aber ich glaub nicht, daß er mehr gesehen hat als ich. Er hat sich's gedacht.«

»Aber du sagst doch, die Polizei war gerade gekommen, als du weg bist – wann? Vor ein paar Stunden?«

»Die waren gestern abend da. Sie haben mich nicht gesehen. Weißt du, sie sind gar nicht ins Torhaus gekommen, diesmal noch nicht. Zuerst kamen Autos und ein schwarzer Kombi, in dem die Leiche abtransportiert wurde. Das hab ich alles von meinem Schlafzimmerfenster aus beobachtet. Eve sagte, ich soll oben bleiben und ja nicht rauskommen, damit mich niemand sieht. Ich wollte nicht, daß die mich sehen. Sie ist nach Shrove raufgegangen, und ich glaube, dort hat die Polizei mit ihr gesprochen. Mit ihr haben sie gesprochen und mit Matt und mit Matts Frau.

Sie wußte, sie würden wiederkommen, also hat sie gesagt, ich muß weggehen. Es sei zu meiner eigenen Sicherheit, meinte sie. Da bin ich weggelaufen zu dir. Das ist alles.«

»Das ist alles?«

»Nicht *alles*, Sean. Es wird lang dauern, bis ich dir alles erzählt habe.«

»Ich geh schon mal den Anhänger ankuppeln«, sagte er.

Sie ging mit ihm hinaus. Es war ein warmer, fast schwüler Tag, und nachmittags um zwei stand die Sonne wie eine Lichtpfütze am weißen Himmel. Während sie ihm zusah, pflückte sie Brombeeren von der Hecke und schob sich ganze Hände voll in den Mund. Sie hatte schrecklichen Hunger.

Der zerbeulte Dolomite zog den Wohnwagen mit der

langsamen, behäbigen Zielstrebigkeit eines alten Kutschpferdes voran. Er stöhnte ein wenig und stieß einen Schwall schwarzen Drecks hinten raus. Liza setzte sich auf den Beifahrersitz und schlug die Tür zu. Auto und Anhänger rumpelten mit einem Ruck vom Grasstreifen auf den festeren Belag des Feldwegs.

»Wohin sollen wir fahren?«

»Wir müssen dahin, wo sie mich den Anhänger abstellen lassen. Bevor du gekommen bist, hab ich gedacht, vielleicht probier ich's mal bei Vanner's, die suchen jetzt Pflücker für die Cox Orange, das wär doch was für uns beide.«

»Die Cox sind aber erst in der dritten Septemberwoche reif«, sagte sie, erfreut, mit etwas auftrumpfen zu können, was sie wußte und er vielleicht nicht. »Wie weit ist es bis dort?«

»Fünfundzwanzig Meilen oder dreißig. Ist dir das weit genug?«

»Ich weiß nicht. Was kannst du sonst noch?«

Er lachte. »Elektroinstallation, sozusagen, Wasserhähne abdichten, Messer schleifen, ich bin ein halber Automechaniker, Auto waschen, Gartenarbeit – das müßtest *du* ja wissen – Fenster putzen, alles, ganz egal.«

»Wieso dann Äpfel?«

»Zur Abwechslung. Ich nehme an, im September werd ich immer Äpfel pflücken und im Juli Kirschen.«

»Ich hab Hunger«, sagte sie, »ich hab *verdammten* Hunger.«

»Nicht fluchen, Liza.«

»Du fluchst doch auch. Von wem hab ich's denn?«

»Bei mir ist das was anderes. Du bist eine Frau. Ich mag's nicht, wenn Frauen fluchen.«

Sie zog die Schultern hoch, wie Eve. »Ich hab schrecklichen Hunger. Kaufen wir jetzt was zu essen?«

»Ja, wir holen uns was über die Straße.« Er sah sie an, da fiel es ihm wieder ein und er erklärte ihr: »Was Fertiggekochtes zum Mitnehmen, okay? Oder wir finden eine Imbißstube, Little Chef oder so, wenn's an der Autostraße einen gibt.«

Jetzt fürchtete sie sich nicht mehr. Ihre Angst war vielleicht nicht ausgelöscht, nur beiseite geschoben. Die Aussicht, in eine Imbißstube zu gehen, fand sie aufregend. Und sie war gerade mit Sean zusammengewesen. In einer Cafeteria war sie im Lauf der Jahre schon ein paarmal gewesen, aber ein richtiges Restaurant, so nannte man es wohl, das war doch etwas anderes. Da fiel ihr wieder ein, was sie beim Abschied vom Torhaus mitgenommen hatte.

»Ich hab Geld. Hundert Pfund.«

»Meine Güte«, sagte er.

»Es ist im Wohnwagen, in meiner Jacke.«

»Hast du es geklaut?« Er hörte sich streng an.

»Natürlich nicht. Eve hat es mir mitgegeben.«

Er erwiderte nichts. Sie schaute aus dem Fenster auf die vorbeiziehende Landschaft, alles war neu für sie, unbekanntes Territorium. Sie fuhren gerade durch ein Dorf, als die Kirchturmglocke drei Uhr schlug, und waren zehn Minuten später in einer ziemlich großen Ortschaft, wo sie auf dem Marktplatz parkten.

Die umliegenden Straßen auf beiden Seiten des Parkplatzes waren mit Läden gesäumt. Etwas Ähnliches hatte sie schon einmal woanders gesehen, – eine Reinigung, eine Bausparkasse, ein Maklerbüro, ein chinesisches Restaurant, ein Second-Hand-Laden, ein Stehimbiß, noch eine Bausparkasse, ein Versicherungsbüro, ein indisches Restaurant, eine Bank, ein Pub, ein Grußkartengeschäft, und noch ein Maklerbüro. Durch einen Torbogen in rosa Glas und Goldmetall ging es in eine ausgestorbene Einkaufshalle. Vielleicht waren alle Städte so, innen alle gleich, vielleicht war das hier die Norm.

Seans geübter Blick erfaßte rasch die Lage. »Die Imbißstuben sind zu, dafür ist es zu spät. Die Pubs sollten eigentlich länger offen haben, tun sie aber komischerweise nie. Ich kann uns ja Pie und Chips holen oder so.«

Ihr Hunger war größer als ihre Enttäuschung. »Was du willst. Brauchst du Geld?«

Sie hatte es so leicht dahingesagt und versucht, den richtigen Tonfall zu finden, weil sie es ja noch nie gesagt hatte. Doch aus irgendeinem Grund war er beleidigt. »Den Tag werd ich hoffentlich nie erleben, wo mich meine Freundin aushalten muß.«

Nachdem er gegangen war, kletterte sie aus dem Wagen. Sie streckte die Arme über ihren Kopf und spürte den Geschmack der Freiheit. Das war ziemlich berauschend, und irgend etwas ließ sie erschauern; doch am Wetter konnte es nicht liegen, es war warm wie an einem Hochsommertag. So hatte sie sich noch nie gefühlt, so schwindlig, benommen war vielleicht der richtige Ausdruck, so als würde sie gleich hinfallen.

Sie öffnete die Wohnwagentür und kletterte hinein. Nur fünf Minuten sitzen und ein paarmal tief durchatmen, dann fühlte sie sich schon viel besser. Sie verstaute das Bett in der Wand, faltete Laken und Decken zusammen und klappte den Tisch herunter, so daß für die Mahlzeit alles bereit war, als Sean zurückkam. Aus den Paketen, die er trug, drang Fett durch das Einwickelpapier, und es roch durchdringend nach Frittieröl.

Sie war wirklich hungrig gewesen, und die Pommes frites und Blätterteigpasteten, die er auswickelte, dufteten verlockend, aber sie konnte sich nicht beherrschen. Unvermittelt brach sie in Tränen aus. Er hielt sie fest an sich gedrückt und streichelte ihr übers Haar, während sie laut schluchzte. Sie zitterte am ganzen Körper, und ihr Herz pochte.

»Ist ja gut, ist ja gut, Liebling. Du hattest einen Schock, das ist ein nachträglicher Schock, es wird schon wieder gut. Ich paß auf dich auf.«

Er tröstete sie. Er streichelte ihr übers Haar, und als sie nur noch weinte, nicht mehr schluchzte und schrie, tupfte er ihr zart wie mit Frauenfingern die Augen trocken, so wie Eve früher, wenn sie zärtlich sein wollte. Während sie sich allmählich beruhigte, tat er etwas, was sie besonders gern an ihm mochte; er begann, sie mit seinem Kamm mit den dicken, stumpfen Zähnen zu kämmen. Der Kamm fuhr sanft durch ihr langes schwarzes Haar, vom Ansatz bis in die Spitzen, und als er innehielt, spürte sie, wie seine Finger sie kaum berührten und dann auf ihrem Nacken und am Ohrläppchen verhielten. Sie zitterte, aber diesmal war es kein Schock oder Schwindelgefühl.

»Gib mir einen Kuß«, sagte er.

Der Kuß war leidenschaftlicher, als er erwartet hatte, ein intensiver, sinnlicher Kuß voll gezügelter Energie, die nun hervorbrach. Er mußte über sie lachen. »Komm, wir essen. Ich hab gedacht, du hättest Hunger.«

»Und ob, ich sterbe vor Hunger.«

»Das kam mir aber nicht so vor.«

Es war die erste Fleischpastete ihres Lebens. Sie konnte nicht beurteilen, ob sie gut oder passabel oder schlecht war, aber sie schmeckte. Früher hatte sie nie mit den Fingern essen dürfen. Es hatte viele, mit sanfter Gewalt durchgesetzte Regeln gegeben und viel gutgemeinten Zwang.

»Wenn wir dort sind, wo wir hinwollen«, sagte sie, »erzähl ich dir meine Lebensgeschichte.«

»Gut.«

»Ich hab ja keine Ahnung, aber so eine Lebensgeschichte wie meine gibt's wohl nicht oft, glaub ich.«

»Du hast ja noch einiges vor dir, vielleicht siebzig Jahre.«

»Kann ich die letzte Fritte haben? Ich erzähl's dir von Anfang an, seit ich mich erinnern kann. Das heißt, als ich vier war und sie den ersten umgebracht hat.«

Sie riß ein Stück von der Klopapierrolle ab, die er anstelle von Papiertaschentüchern neben dem Bett liegen hatte, und wischte sich den Mund sauber. Als sie sich wieder zu ihm umdrehte, um zu sagen, sie sei fertig, wenn er wollte, könnten sie jetzt losfahren, bemerkte sie, daß er sie mit entsetztem Blick anstarrte.

3

Eins der ersten Dinge, an die sie sich erinnern konnte, war der Zug. Es war Sommer, und sie ging mit ihrer Mutter gerade in den Feldern spazieren, als sie plötzlich das Pfeifen eines Zuges hörten. Das einspurige Gleis verlief unten im Tal zwischen dem Fluß und den niedrigeren Berghängen. Es war nur eine kleine Nebenstrecke, aber später, als sie älter war, sagte ihre Mutter, es sei die schönste Eisenbahnstrecke der Britischen Inseln. Ihre Augen leuchteten, als sie das sagte.

Aber an jenem Nachmittag, als Liza vier war, fuhren nicht viele Gäste mit, und die wenigen sahen bestimmt nicht hinaus, um die Aussicht zu genießen, sondern auf die Bergseite, denn als Mutter winkte und sie auch, winkte niemand zurück. Die Eisenbahn zuckelte gemächlich voran und verschwand in dem runden schwarzen Tunnel, der den Berg durchstach.

Liza meinte, sie konnte mit ihrer Mutter noch nicht sehr lange dort gewohnt haben, als sie ihren ersten Zug sah. Denn sonst hätte sie bestimmt schon einmal einen gesehen. Wahrscheinlich wohnten sie erst seit ein paar Tagen im Torhaus. Damals hatte sie keine Ahnung gehabt, woher sie gekommen waren, und auch später noch lange nicht. Sie konnte sich an nichts erinnern, was vor diesem Tag gewesen war, an keine Gesichter, keine Orte, keine Stimmen und keine Gefühle.

Es gab nur Mutter.

Es gab nur das Torhaus, wo sie wohnten, und den überwölbten Torweg mit dem einzimmrigen Häuschen auf der anderen Seite und in der Ferne Shrove, das Herrenhaus. Zur Hälfte von schönen, hohen Bäumen verdeckt, schimmerten seine Mauern geheimnisvoll lockend zwischen den Stämmen hindurch. Wenn Mutter ihr Geschichten vorlas, in denen, wie so oft, ein Palast vorkam, sagte sie immer: »Wie Shrove, so sieht ein Palast aus, ein Herrenhaus wie Shrove.« Doch das einzige, was Liza vom echten Shrove gesehen hatte, bis sie fast fünf war und die Blätter sich braun färbten und von den Bäumen wehten, war ein fast unwirkliches Grau, eine glitzernde, gläserne Fläche und das Glänzen von sonnenbeschienenem Schiefer.

Später sah sie es dann in voller Größe, die von einem wappengeschmückten Ziergiebel durchbrochene Balustrade, die es krönte, die zahlreichen Fenster, die Treppenfluchten und Statuen, die in den Nischen standen. Schon damals fiel ihr auf, wie es sich fast wohlig zu räkeln, dazusitzen und sich selbstgefällig lächelnd in der Sonne zurückzulehnen schien.

Fast jeden Tag ging Mutter in dieses Haus hinauf, das einem Märchenschloß ähnelte, manchmal für einige Stunden, manchmal nicht länger als zehn Minuten, und bevor sie ging, sperrte sie Liza in ihrem Zimmer ein.

Das Torhaus war das Pförtnerhaus von Shrove. Später, als Liza älter war, erzählte ihr Mutter, es sei im gotischen Stil erbaut und bei weitem nicht so alt wie das Herrenhaus selbst. Es sollte aussehen, als ob es aus dem Mittelalter stammte, und hatte ein Türmchen mit einem Zinnenkranz und einem hohen Spitzgiebel. Aus der einen Giebelseite sprang ein Mauerbogen, der über ein paar Torgänge hinunter auf der anderen Seite zu dem Häuschen führte, das mit seinen schmalen Fensterspalten und der eisenbeschlagenen Pforte wie die Miniaturausgabe eines Ritterschlosses wirkte.

Auf den eisernen Torflügeln, die immer geöffnet waren,

stand in geschwungener Schrift *Shrove House.* Torhaus, Bogengang und Schlößchen waren aus kleinen Backsteinen gemauert, ungefähr das bräunliche Dunkelrot von Hagebutten. Oben hatten Liza und Mutter ihre Schlafzimmer, unten befanden sich Wohnzimmer, Küche und separates Toilettenhäuschen. Das war alles. Liza hatte das Turmzimmer mit Aussicht über den Garten und den Wald bis weit in die Ferne. Es behagte ihr überhaupt nicht, in ihr Zimmer gesperrt zu werden, aber sie hatte keine Angst, und soweit sie sich erinnern konnte, protestierte sie nie.

Mutter hatte immer eine Beschäftigung für sie. Sie hatte damit angefangen, Liza Lesen beizubringen, und so gab sie ihr Bücher mit Stoffseiten, die mit großen Buchstaben bedruckt waren. Sie gab ihr auch Papier und zwei Buntstifte und ein Buch als Unterlage. Liza bekam ihren Orangensaft in einem Fläschchen, denn bei einem Glas oder einer Tasse hätte sie den Saft bloß auf dem Boden verschüttet. Manchmal bekam sie zwei Kekse, aber bloß zwei, oder einen Apfel.

Liza hatte keine Ahnung, was Mutter in Shrove House machte, aber später erfuhr sie es, als Mutter sie mitnahm und nicht mehr im Zimmer einsperrte – außer wenn Mutter einkaufen ging. Aber das war über ein halbes Jahr später, nachdem alles passiert war und es Winter geworden war und Schnee die Hänge bedeckte und nur noch die riesigen blauen Zedern und die hohen schwarzen Tannen ihr Nadelkleid behielten.

Davor, im Sommer, kamen die Hunde. Außer auf Bildern hatte Liza noch nie einen Hund oder eine Katze oder ein Pferd oder irgendwelche anderen Tiere gesehen, nur die wildlebenden. Sie glaubte, daß die beiden einen Tag später gekommen waren, nachdem sie und Mutter spazierengegangen waren und den ersten Zug gesehen hatten, aber es hätte auch an einem anderen Tag eine Woche oder sogar einen Monat später gewesen sein können. Es war nicht leicht, sich an so weit zurückliegende Zeitabschnitte zu erinnern.

Die Hunde gehörten Mr. Tobias. Aber nicht er brachte sie vorbei, sondern ein anderer Mann. Liza hatte Mr. Tobias noch nie gesehen, nur von ihm gehört, und es sollte noch sehr, sehr lange dauern, bis sie ihm begegnen sollte. Der Mann, der die Hunde brachte, kam in einem kleinen Lastwagen mit einer Abtrennung aus weißem Maschendraht vor dem Fond des Wagens, damit die Hunde nicht auf die Vordersitze springen konnten. Er hieß Matt und war ein kleiner, gedrungener Mann mit breiten Schultern, der sehr kräftig aussah und auf dessen breiter Stirn die Haare wie Borsten an einer Bürste wuchsen.

»Das sind Dobermann-Pinscher«, sagte Mutter. Sie erklärte einem immer alles langsam und ausführlich. »In Deutschland, das ist ein Land weit weg von hier, da wurden sie früher zu Polizeihunden ausgebildet. Aber die hier sind Haustiere.« Sie wandte sich an Matt, der sie merkwürdig anstarrte: »Wie heißen sie denn?«

»Das da ist Heidi und das ist Rudi.«

»Sind es auch nette und freundliche Hunde?«

»Die sind bestimmt brav bei Ihnen und bei der Kleinen. Frauen fallen sie nicht an, das hat man ihnen so beigebracht. Ich selber würde mich allerdings auf den nächsten Baum retten, wenn die in der Nähe sind und jemand ruft: ›Faß! Beiß tot!‹«

»Tatsächlich? Davon hat Mr. Tobias gar nichts gesagt.«

»Er dachte sich wahrscheinlich, dann nehmen Sie sie nicht in Pflege.« Er blickte umher und starrte die Hügel jenseits des Tales an, als wäre dort der Himalaya. »Bißchen einsam hier draußen, was? Hier ist ja nicht gerade viel los.«

»Mir gefällt's so.«

»Na ja, solche Leute muß es auch geben, obwohl ich jetzt gedacht hätte, so ein hübsches Mädel wie Sie will vielleicht bißchen was Lebhafteres. Die Lichter der Großstadt, äh, tanzen gehen, Kino? Sagen Sie mal, Sie hätten nicht zufällig eine Tasse Tee für mich, oder?«

»Nein, das habe ich nicht«, erwiderte Mutter, nahm in die eine Hand die Hundeleinen, in die andere Lizas Händchen, ging ins Torhaus und machte die Tür zu. Der Mann draußen auf den Stufen sagte etwas, das Liza nicht verstand, und Mutter meinte, es sei etwas Unanständiges, das man nie sagen dürfe. Sie hörten, wie der Lastwagen beim Anlassen aufheulte, als wäre er wütend.

Die Hunde fingen an, Liza abzulecken, erst ihre Hände, und als sie sie streichelte, leckten sie ihr das Gesicht. So etwas wie ihr Fell hatte sie noch nie angefaßt, es glänzte wie Leder, war weich wie ein Pelzchen und so glatt wie ihr eigenes Haar, nachdem Mutter es frisch gewaschen hatte.

Sie sagte zu Mutter: »Heidi und Rudi sind schwarz, mit Braun eingefaßt«, worauf Mutter gelacht und gesagt hatte, es stimmte, genauso sähen sie aus.

»Du erinnerst dich doch nicht Wort für Wort an alles, was deine Mutter und er gesagt haben, oder?« meinte Sean.

»Nicht genau. Aber so *ähnlich* war es. Ich weiß alles, was sie so sagt oder sagen könnte. Ich kenne sie so gut, weißt du, es ist, als ob ich sie deswegen so perfekt kenne, weil ich sonst niemanden kenne.«

»Und was ist mit mir? Mich kennst du doch.«

Sie merkte, daß er verletzt war, und versuchte es wieder gutzumachen. »*Jetzt* kenne ich dich. Damals nicht.«

»Also, erzähl weiter. Was war mit den Hunden?«

»Eve hat sich um sie gekümmert, für Mr. Tobias. Er mußte verreisen, er hat seine Mutter in Frankreich besucht, und aus irgendeinem Grund konnte er die Hunde nicht mitnehmen.«

»Wegen Quarantäne.«

»Was?«

»Wenn er zurückgekommen wäre, hätte er die beiden ein halbes Jahr in Quarantäne tun müssen, das heißt in einen Zwinger. Das ist so vorgeschrieben.«

»Das war es wahrscheinlich.«

»Und warum konnte sich dieser Matt nicht um sie kümmern, wo der gewohnt hat?«

»Im Lake District. Er hatte einen Job, er hat den ganzen Tag gearbeitet. Er konnte nicht mit ihnen laufen – oder mochte nicht. Jedenfalls wollte Eve es Mr. Tobias zuliebe tun, sie wollte ihm gefallen.

Wir sollten sie zwei oder drei Wochen in Pflege nehmen, so genau weiß ich das nicht mehr. Ich liebte sie über alles, ich wünschte mir auch einen Hund, nachdem sie wieder weg waren, aber Eve war dagegen. Sie sagte, Mr. Tobias hätte es nicht gern.«

»Also waren es nicht die Hunde, die sie umgebracht hat?«

»Ich hab dir doch gesagt, es war ein Mensch, ein Mann.«

Liza erfuhr nie, wer er war und was er vorgehabt hatte. Nachdem inzwischen zwölf Jahre vergangen waren und sie erwachsen war und das, was Erwachsene taten, selbst tat, konnte sie es sich denken.

Sie war diejenige, die ihn zuerst sah. Mutter war auf Shrove drüben und hatte Liza in ihrem Zimmer eingesperrt. Wo die Hunde waren, wußte sie nicht. Wahrscheinlich im Schlößchen, da schliefen sie nachts immer oder auch auf Shrove, denn irgendwie war es ja *ihr* Haus. Es gehörte Mr. Tobias, ihrem Besitzer.

Mutter war schon ziemlich lange fort. Wer konnte heute

noch sagen, wie lang diese lange Zeit eigentlich war? Es ist anders, wenn man vier ist. Eine halbe Stunde? Eine Stunde? Oder nur zehn Minuten? Sie hatte die Buchstaben in ihrem Stoffbuch gelesen und Wörter daraus gemacht, »Hund«, »Katze«, »Bett«, »Liege«. Das Fläschchen war leergesaugt, und mit dem Buntstift hatte sie sämtliche Papierbögen bekritzelt.

Sie kletterte aufs Bett und kroch auf allen vieren ans Fenster. Das Turmzimmer war sechseckig und hatte drei Fenster, war aber so eng, daß das Bett nur an der Fensterwand stehen konnte, von der aus man die beste Aussicht hatte. Die Sonne schien und funkelte auf dem Fluß, und der Wind blies die Wolken voran und ließ ihre Schatten über die hohen Berghänge ziehen. Irgendwo in der Ferne pfiff ein Zug und kam aus dem Tunnel heraus in ihr Blickfeld. Sie kletterte auf einen Stuhl, um aus dem Fenster zu schauen, das auf den Torweg und das Schlößchen hinausging.

Da draußen war nie jemand. Da draußen war nie jemand zu sehen außer Mutter und morgens der Milchmann und der Postbote und an manchen Nachmittagen Mr. Frost auf seinem Traktor. Ab und zu fuhr ein Auto auf dem Weg zur Brücke vorbei. Meistens war der Weg verlassen, das einzige, was sich in der Scheune am anderen Ende blicken ließ, war die weiße Eule, und deshalb erschrak sie heftig, als sie den Mann sah. Er hielt eine der Gartenpforten auf und blickte zum Herrenhaus hinüber, ein großer Mann in Hosen, die Mutter Jeans nannte, brauner Lederjacke und mit einem Leinenrucksack.

Plötzlich sah er in Richtung ihres Fensters und entdeckte sie zwischen den Vorhängen. Sie wußte, daß er sie sah, und bekam Angst. Sie hätte nicht sagen können, warum, aber es hatte etwas mit seinem Gesicht zu tun, es war kein freundliches Gesicht, so eins hatte sie noch nie gesehen, über und über mit gelbbraunen Haaren bedeckt, dicken, gelockten Haarbüscheln, zwischen denen Augen hervorstarrten und die Nase hervorsprang. Später dachte sie sich, daß sie das Gesicht vielleicht deshalb nicht freundlich gefunden hatte, weil es einen Bart hatte, was ihr neu war. Sie sah erst wieder einen, als Bruno und Mutter sie einmal in die Stadt zum Einkaufen mitnahmen.

Sie hatte Angst, er würde ins Torhaus kommen und sie schnappen. Sich vom Fenster wegducken, über den Fußboden kriechen und sich unterm Bett verstecken würde auch nichts nützen, das war ihr klar. Sogar damals schon. Unter dem Bett fühlte sie sich nicht sicher, nur ein *bißchen* sicherer, und hoffte, es würde ein Weilchen dauern, bis er sie fände. Mutter hatte die Zimmertür abgeschlossen und auch die Eingangstür am Torhaus, aber deswegen dachte Liza noch lange nicht, der Mann würde sie nicht finden.

Es dauerte ziemlich lang, bis Mutter zurückkam. Sie holte Liza hervor und umarmte sie und meinte, sie habe keinen Mann gesehen, und wenn da einer wäre, sei der wahrscheinlich harmlos. Und wenn nicht, würde sie Heidi und Rudi auf ihn hetzen.

»Wie willst du das wissen?« fragte Liza.

»Ich weiß alles.«

Liza glaubte ihr aufs Wort.

Am späten Nachmittag klopfte es an der Haustür, und als Mutter aufmachte, stand der Mann mit dem Bart auf der Treppe und fragte, ob er ein Glas Wasser haben könne. Liza dachte, Mutter würde es ihm abschlagen, sie hielt sich an Mutters Rockzipfel fest und spähte ängstlich umher, bis Mutter sagte, sie solle loslassen und sich nicht so anstellen. Der Mann sagte, er falle ihr doch hoffentlich nicht zur Last.

»Geh bitte und hol ihm Wasser, Liza«, sagte Mutter. »Aber nicht im Glas, nimm einen Becher. Das kannst du doch.«

Liza konnte es. In manchen Dingen hatte Mutter sie zur Selbständigkeit erzogen. Aber natürlich nur in manchen. Schon seit langem hatte sie sich selbst Wasser geholt, wenn sie Durst hatte, war auf den Stuhl neben der Spüle geklettert, hatte sich einen Becher vom Regal geholt, den Wasserhahn aufgedreht und den Becher gefüllt und dann den Hahn sorgfältig wieder zugedreht. So machte sie es jetzt auch, füllte den Becher, auf dem eine Dame mit Krone abgebildet war, und brachte ihn zur Haustür. Unterwegs verschüttete sie ein bißchen, aber dafür konnte sie nicht.

Der Mann trank das Wasser. Sie bekam so selten andere Leute zu sehen, daß ihr an den wenigen, die sie sah, alles auffiel. Er hielt den Becher in der linken Hand, nicht in der rechten wie Liza oder Mutter, und am dritten Finger dieser Hand hatte er einen breiten Goldring. Es war das erste Mal, daß sie jemanden mit einem Ring am Finger sah, denn Mutter trug keinen.

Er sagte zu Liza: »Danke schön, Mäuschen«, und gab ihr den Becher zurück. »Ist hier in der Gegend irgendwo ein B. und B. zu haben?« fragte er Mutter.

»Ein was?«

»B. und B. Bed and Breakfast. Eine Privatpension.«

»Hier in der Gegend ist überhaupt nichts zu haben«, gab Mutter zurück und schien sich über ihre Antwort fast zu freuen. Sie machte einen Schritt nach draußen, so daß er ausweichen mußte und breitete die Arme aus. »Was man hier sieht, das ist zu haben.«

»Na, ich geh dann wohl weiter.«

Mutter antwortete nicht darauf. Sie tat etwas, was Liza überhaupt nicht an ihr mochte. Es war die Art, wie sie die Schultern hochzog und wieder fallenließ und ihrem Gegenüber dabei starr in die Augen sah, ohne ein Lächeln oder irgendeine Regung. Nun ja, was heißt »ihrem Gegenüber«. Bisher hatte Liza es nur sich selbst gegenüber erlebt.

Von einem Fenster im Obergeschoß aus, dem in Mutters Giebelzimmer, von wo aus man den Weg überblicken konnte, sahen sie den Mann weggehen. Nur von hier aus konnte man den Feldweg am Wald entlang sehen, der in der einen Richtung zur Brücke führte und sich in der anderen erst zu einer Fahrspur und dann einem Fußpfad verengte. Der Mann ging langsam, als käme ihm sein Rucksack mit jedem Schritt schwerer vor. An der Stelle, wo der Weg eine Biegung machte und schmaler wurde, blieb er stehen und warf einen Blick in Richtung Shrove oder vielleicht auch bloß auf die Hügel.

Zwischen den Bäumen verloren sie ihn dann aus den Augen, hielten aber weiter Ausschau und sahen ihn kurz darauf wieder auftauchen, inzwischen eine winzige Gestalt, die den Fußweg unterhalb der Ahornhecke entlangtrottete. Danach wurde ein richtiges Spiel zwischen den beiden daraus, bei dem jede behauptete, ihn immer noch sehen zu können. Aber als Liza zu ausgelassen wurde, hob Mutter sie vom Fenster herunter, und sie gingen nach unten, um mit Lizas Lesestunde fortzufahren. Jeden Nachmittag bekam sie eine Stunde Unterricht im Lesen und morgens eine Stunde Schreibunterricht. Im Lauf der Zeit dauerte der Unterricht immer länger, später kam Rechnen dazu und Zeichnen, aber als der Mann mit dem Bart kam, waren es bloß zwei Stunden pro Tag.

Jeden Morgen in aller Frühe, lang vor dem Schreibunterricht, nahmen sie die Hunde mit hinaus. Heidi und Rudi waren von jeher gewohnt, im Haus zu wohnen, und sollten deshalb draußen keine Hundehütte haben, was Mutter lieber gewesen wäre, sondern im Schlößchen drüben schlafen. Bevor die Hunde kamen, war Liza noch nie dort gewesen, aber Mutter hatte einen Schlüssel und nahm sie mit, und da sah sie einen Raum, der den gleichen Grundriß hatte wie ihr Schlafzimmer, mit sechs Seiten und schmalen Bogenfenstern, nur daß in diesen hier keine Scheiben waren. Auf dem Steinfußboden lagen Stroh, zwei alte Decken und zwei alte Kissen für die Hunde. Rudi und Heidi sprangen übermütig umher, stubsten sie mit der Schnauze, leckten ihr Gesicht und machten ein Getöse vor lauter Erleichterung und Freude darüber, herausgelassen zu werden.

Liza hatte sich überlegt, wie schrecklich es wäre, wenn sie draußen auf den Rieselwiesen dem Mann mit dem Bart begegnen würden. Aber sie begegneten niemandem, sie trafen dort selten jemanden, nur eine heimkehrende Füchsin mit einem Kaninchen im Maul. Mutter befahl den Hunden: »Platz! Sitz!«, und sie gehorchten ihr. Sie erzählte Liza von Füchsen und wie sie lebten und daß sie ihre Jungen im Fuchsbau großzogen, daß die Menschen sie jagten und daß das nicht recht sei.

Das war vielleicht der Morgen gewesen, an dem sie ihren ersten Eisvogel sah. Es war ungefähr zu der Zeit, sie war sich nicht ganz sicher. Mutter sagte, Eisvögel seien selten, und wenn man einen sah, sollte man es dem örtlichen Eisvogelverein melden. Es muß also an dem Morgen gewesen sein, denn als sie nach Hause kamen und die Hunde wieder im Nebenhaus waren, sperrte Mutter sie in ihrem Zimmer ein und ging nach Shrove hinüber, um zu telefonieren.

Liza las die Wörter im Stoffbuch und malte auf eins von den Blättern ein Bild von Mutter. Vielleicht war es doch an einem anderen Tag gewesen, aber sie war der Meinung, es war der Tag mit dem Eisvogel. Ungefähr damals fing sie an, sich einzubilden, alle Männer hätten helle Haare und alle Frauen dunkle. Der Mann, der das Heizöl brachte, war hellhaarig, auch der Postbote und Matt und der Mann mit dem Bart, aber Mutter und sie waren dunkel. Sie malte ein Bild von Mutter mit ihrem langen dunklen Haar, das ihr bis über den Rücken reichte, und dem langen bunten Rock und den Sandalen.

Es war gerade fertig, als Mutter die Tür aufschloß und sie herausließ. Da war etwas anderes im Wohnzimmer, Liza erspähte es sofort. Es hing an der Wand über dem Kamin, ein langes, dunkelbraunes Rohr mit einem Holzgriff. Sie hatte noch nie so etwas gesehen, aber ihr war klar, daß Mutter es von Shrove mitgebracht hatte.

»Das war ein Gewehr«, sagte Sean.

»Eine Schrotflinte. Auf Shrove gab es massenhaft Gewehre. Später hab ich mal darüber nachgedacht – viele Jahre später –, ich glaube, der Mann hat ihr damals wirklich Angst eingejagt. Angst ist vielleicht nicht der richtige Ausdruck, sie hat nie Angst. Sagen wir, er hat ihr eine Gefahr bewußt gemacht.«

»Ja, vielleicht dachte sie, das hätte sie nicht sagen sollen, von wegen, was man hier sieht, das ist zu haben. Ich meine nur, na ja, wo doch weit und breit keine Menschenseele war.«

»Kann sein.«

»Aber er war weg, oder?«

»Er ist wiedergekommen.«

Abends blieb es fast bis zehn hell, aber Liza wurde um sieben ins Bett gesteckt. Sie bekam ihr Abendbrot, immer Vollkornbrot mit Ei oder einer Scheibe Käse. Kuchen und Süßigkeiten waren nicht gestattet, und erst viele Jahre später fand sie heraus, was das überhaupt war. Danach gab es Obst, so viel sie mochte, und ein Glas Milch. Dreimal pro Woche kam der Milchmann, noch ein Mann mit hellen Haaren.

Nach dem Abendbrot las Mutter ihr eine Geschichte

aus den Büchern von Hans Christian Andersen oder Charles Kingsley vor, die sie aus der Bibliothek von Shrove ausgeliehen hatte. Dann kam ihr Bad dran. In der Küche hatten sie eine Badewanne mit Holzdeckel. Nachts wurde sie in ihrem Zimmer nie eingesperrt, sie wurde überhaupt nur eingesperrt, wenn Mutter nach Shrove hinüberging oder in die Stadt zum Einkaufen. Liza wußte: wenn sie nicht einschlafen konnte, hatte es keinen Zweck, zu rufen oder zu schreien, denn Mutter reagierte nicht darauf, und wenn sie nach unten kam, zuckte Mutter nur die Achseln und warf ihr einen ihrer wortlosen Blicke zu, bevor sie sie wieder nach oben brachte.

Also blieb ihr nichts anderes übrig, als oben herumzuwandern, aus den Fenstern zu schauen, in der Hoffnung, etwas zu sehen, was aber selten vorkam. Falls Mutter ahnte, daß Liza in ihr Zimmer ging und mit ihren Sachen spielte, ließ sie sich jedenfalls nichts anmerken. Mutter saß abends da und las Bücher, das wußte Liza, oder hörte Musik, die über Drähte aus einem schwarzen Kästchen in ihre Ohren kam.

In Mutters Zimmer machte sie die Schranktür auf und besah sich eingehend die langen, leuchtend bunten Röcke, die Mutter immer trug, und die anderen Sachen, die sie nie trug, lange Schals, ein paar große Strohhüte, ein gelbes Kleid mit einem Volant am Saum. Sie sah in das Schmuckkästchen, das in einer Schublade in der Frisierkommode aufbewahrt wurde, und hätte genau aufzählen können, was darin lag: eine lange Kette mit grünen Perlen, ein Kamm aus braungesprenkeltem Material, in den funkelnde Glitzersteinchen eingelassen waren, eine holzgeschnitzte Brosche und eine aus Perlmutt. Mutter hatte ihr gesagt, daß man das so nannte, als sie die Brosche einmal angesteckt hatte, so wie sie ihr erklärt hatte, die Perlen seien aus Jade und die zwei Paar Ohrringe aus Gold.

An diesem Abend fehlten die grünen Perlen und ein Paar Ohrringe, weil Mutter sie trug. Liza machte das Kästchen wieder zu, ging in ihr Zimmer zurück und kniete sich aufs Bett, um aus dem Fenster zu schauen. Der Garten am Torhaus, wo Mutter später Erbsen, Bohnen und Salat, Beerensträucher und Erdbeeren unter Netzen anpflanzte, war damals größtenteils brachliegendes Erdreich. Mutter hatte dort tagsüber gearbeitet und die Erde mit einem Spaten umgesetzt. Es stand dort nur ein einziger Baum, ein Kirschbaum, der aus dem weichen, rotbraunen Boden wuchs, und zwei lange, grasbewachsene Gartenwege führten über das Anwesen.

Liza wandte den Blick nach oben, sie wartete auf den letzten Zug in Richtung Süden, der kurz nach halb neun hier durchkommen würde. Damals hatte sie noch keine Ahnung von Himmelsrichtungen und Uhrzeiten, aber Mutter brachte ihr gerade bei, wie man die Uhrzeit bestimmte und Landkarten las; doch sie wußte, der letzte Zug würde aus dem Tunnel kommen, solange es noch hell, die Sonne aber bereits untergegangen war. Der ganze Himmel war rot, obwohl man von ihrem Zimmer aus nicht sehen konnte, wo die Sonne unterging. Sobald sie verschwunden war, wurden die Hügel grau, und der Wald wechselte von Grün zu einem weichen Dunkelblau.

Der Zug pfiff am Tunnelausgang und kam angeschnauft. Innen brannte Licht, obwohl es draußen immer noch recht hell war. Gleich würde er im Bahnhof Ring Valley Halt, den man aber von hier aus nicht sehen konnte, einfahren. In der Ferne wurde der Zug immer kleiner und länger und krümmte sich wie die Tausendfüßler, die bei der Hintertür wohnten. Nachdem er verschwunden war, gab es von diesem Fenster aus nichts mehr zu sehen. Liza krabbelte vom Bett und schlich auf Zehenspitzen über den Flur in Mutters Zimmer zurück.

Von hier aus konnte man die Fledermäuse beobachten, die gegenüber unter dem Scheunendach hausten und auf Nachtfalter und Mücken Jagd machten. Manchmal sah sie die große gelblichweiße Eule, die ein Gesicht hatte wie die Katze in ihrem Buch. Eine echte Katze hatte sie noch nie gesehen. An diesem Abend war es jedoch noch etwas zu früh für Eulen. Bei Einbruch der Dämmerung begannen die roten und rosa Geranien in dem kleinen Vorgartenbeet unter ihr zu verblassen, und die Tabakblüten leuchteten heller. Bei geöffnetem Fenster hätte man sie riechen können, denn in der Abenddämmerung kam ihr Duft heraus.

Gerade als Liza meinte, nun würde nichts mehr passieren, nun würde es ohne weitere Zwischenfälle dunkel werden, ging die Haustür auf und Mutter trat ins Freie; sie trug ihren grün-lila-blau-gemusterten Rock mit dem lila Oberteil, die grüne Perlenkette, die Goldohrringe und hatte sich eine schwarze Stola umgewickelt. Sie öffnete die Pforte in der Gartenmauer, schloß die Tür am Schlößchen auf, und die Hunde kamen herausgerannt. Mutter sagte: »Still. Platz«, und sie saßen still, obwohl sie, wie Liza sehen konnte, vor Aufregung über die erzwungene Ruhe nervös zitterten.

Mutter sagte: »Na, dann los«, und die beiden begannen herumzutollen, an ihr hochzuspringen und sie abzulekken, ließen aber von ihr ab, als sie nicht reagierte. Sie ging ums Torhaus herum, bis sie außer Blickweite war, die Hunde dicht hinterher, aber Liza wußte, daß sie sich nicht weit entfernen würde, das tat sie abends nie.

Liza rannte in ihr Zimmer zurück, kletterte aufs Bett und drückte die Nase ans Fenster. Draußen stieß eine Fledermaus so dicht vor ihr herab, daß sie erschreckt zurückwich, obwohl sie wußte, daß die Scheibe dazwischen war. Rudi und Heidi spielten hinten im Garten, rauften miteinander, knurrten sich im Spaß an und kugelten wild herum. Mutter war nicht bei ihnen, sie war bestimmt wieder ins Haus gegangen.

Draußen auf dem Flur horchte Liza, aber sie konnte Mutter unten nicht hören. Sie rannte in Mutters Zimmer ans Fenster. Mutter saß auf dem Mäuerchen und lauschte der Musik, die aus ihrem Kopfband kam, und hielt das schwarze Kästchen in den Händen.

Wo waren die Hunde? Nicht mehr im Garten hinten, stellte sie fest, als sie wieder auf ihr Bett hüpfte. Bestimmt waren sie wie schon ein paarmal durch die Zaunlücke hindurch in den Wald entwischt. Aber sie waren gut erzogen und kamen immer zurück, wenn man sie rief.

Jetzt würde es bestimmt langweilig, wenn nicht mehr passierte, als daß Mutter auf dem Mäuerchen saß und abwartete, bis die Hunde fertig gespielt hatten. Liza kam nie auf den Gedanken, ins Bett zu schlüpfen und den Versuch zu machen einzuschlafen, anstatt zwischen den Zimmern hin- und herzuwandern. Entweder sie schlief zufällig auf ihrem eigenen Bett ein, oder Mutter fand sie schlafend auf dem Boden im Flur oder im Sessel neben dem Fenster an der Haustür. Morgens wachte sie immer in ihrem eigenen Bett auf. Aber dahin wollte sie jetzt nicht, sie war überhaupt nicht müde.

Vielleicht hatte Mutter beschlossen, etwas anderes zu tun. Liza rannte hinüber und sah nach. Mutter saß immer noch da und hörte Musik. Es war fast dunkel, aber nicht so dunkel, daß man den Mann mit dem Bart nicht mehr sehen konnte, der von der Brücke herauf den Weg entlangkam. Der Mann sah genauso aus wie vorher, bloß daß er diesmal seinen Rucksack nicht dabeihatte.

Seine Schritte waren lautlos auf dem sandigen Untergrund. Mutter hätte sie sowieso nicht gehört, solange sie das Ding auf dem Kopf hatte und die Musik, die man Wagner nannte, in ihre Ohren strömte. Auf einmal bekam

Liza Angst. Mutter hatte gesagt, die Hunde würden sie beide beschützen, aber die Hunde waren nicht da, die Hunde waren weit weg im Wald.

Liza machte die Augen zu.

Warum hatte sie nicht an die Scheibe getrommelt, um Mutter zu warnen? Das war ihr erst danach eingefallen. Als der Mann das erste Mal kam, war sie unters Bett gekrochen, beim zweiten Mal hatte sie ihm etwas zu trinken gebracht. Diesmal hielt sie sich die Augen zu. Sie unterhielten sich, sie konnte ihre Stimmen hören, aber nicht das, was sie sagten. Ganz vorsichtig spreizte sie die Finger und lugte hindurch, aber sie waren verschwunden, Mutter und der Mann, sie waren entweder so nah ans Torhaus gekommen, daß man sie nicht mehr sehen konnte, oder hinters Haus gegangen. Sie rannte nach hinten, und gerade als sie aufs Bett sprang, stieß Mutter einen Schrei aus.

»Was hat er mit ihr gemacht?« fragte Sean.

»Sie hat es mir nie erzählt, sie hat nie ein Wort darüber gesagt, damals nicht und auch später nicht. Inzwischen weiß ich es natürlich. Als sie schrie, bekam ich solche Angst, daß ich mir die Ohren zuhielt, aber ich konnte es immer noch hören, das Fenster stand ja offen. Ich dachte, der Mann würde sie packen und sie – oh, gefangennehmen oder so und dann raufkommen und mich schnappen.«

»Du warst noch ein kleines Kind.«

»Und weit und breit keine Menschenseele. Das weißt du ja. Da war ja niemand. Sonst wäre das Ganze doch gar nicht passiert.«

Es war nicht dunkel, sondern der Anfang der langen mittsommerlichen Dämmerung. Als Mutters Schrei erstarb, hörte sie den Mann lachen, konnte aber nicht verstehen, was er flüsterte. Neugierig spähte sie aus dem

Fenster und sah Mutter auf dem Grasweg liegen, den Mann auf ihr drauf. Mit einer Hand versuchte er sie festzuhalten, mit der anderen machte er seine Jeans auf.

Liza war so verängstigt, daß sie keinen Laut von sich gab und sich nicht rührte. Aber Mutter schon. Mutter warf den Kopf unter dem Arm des Mannes herum, mit dem er sie am Hals hinunterdrückte, und biß ihn in die Hand. Er fuhr hoch und zog die Hand weg, dabei schrie er das Wort, das Matt auf der Treppe gebraucht hatte, und Mutter kreischte: »Heidi, Rudi! Faß! Beiß tot!«

Die Hunde kamen aus dem Wald. Sie rannten, als hätten sie auf diese Aufforderung gewartet, als hätten sie unter den Bäumen gehockt und nur auf diesen Befehl gehorcht. Im Halbdunkel sahen sie nicht mehr wie freundliche, nette Hunde aus, die einem das Gesicht leckten, sondern wie Höllenhunde, obwohl Liza damals noch nie etwas von Höllenhunden gehört hatte.

Sie sprangen den Mann nicht an, sie flogen auf ihn zu. Ihre acht kräftigen, schwarzen Läufe hoben ab und kamen durch die Luft geflogen. In ihren weitaufgerissenen Mäulern konnte Liza die blitzenden weißen Zähne sehen. Der Mann hatte gerade aufstehen wollen, aber als die Hunde ihn anfielen, kippte er nach hinten um. Er hielt die Hände vors Gesicht und wälzte sich hin und her. Heidi hatte die eine Hälfte seines dichten, gelben Barts im Maul, und Rudi verbiß sich in seinem Hals. Die Hunde stießen ein seltsames Geräusch aus, es klang wie ein heiseres Knurren.

Mutter sprang flink auf, als ob nichts geschehen wäre, und strich sich den Rock glatt. Sie stellte sich auf ihre typische Art hin, die Hände in die Seiten gestützt, die Stola locker um ihre Schultern hängend, und sah seelenruhig zu, wie die Hunde den schreienden, fluchenden Mann zurichteten. Nach einer Weile sagte sie: »Gut, das ist genug. Still jetzt. Aus.«

Sie gehorchten sofort. Schlau, wie sie in dem Augenblick aufhörten, als sie es sagte. Rudi hatte ein bißchen Blut von dem Mann im Gesicht und Heidi ein Stück Bart im Maul. Der Mann wälzte sich, den Kopf zwischen den Armen, wieder herum, aber er hatte aufgehört zu schreien und gab keinen Ton mehr von sich. Mutter beugte sich über ihn und betrachtete ihn eingehend, aber sie berührte ihn nicht, sondern stieß ihn nur mit ihrem kleinen, zierlichen Fuß an.

In ihrem Zimmer oben entfuhr Liza ein winziger Laut, ein leises Wimmern wie bei einem Hund, der an einer geschlossenen Tür jammert.

Sean fragte heiser: »War er tot?«

»O nein, *tot* war er nicht.«

»Was hat sie gemacht?«

»Gar nichts. Sie hat ihn bloß angeschaut.«

»Hat sie denn keine Hilfe geholt? Auf Shrove gab's doch Telefon, hast du gesagt.«

»Natürlich hat sie keine Hilfe geholt«, erwiderte Liza unwirsch.

Mutter packte die Hunde an den Halsbändern und brachte sie zum Schlafen ins Schlößchen hinüber. Liza beobachtete es vom anderen Fenster aus und hörte sie dann ins Haus kommen und die Tür hinter sich zumachen. Sie ging auf den Flur hinaus und horchte. Im Wohnzimmer rückte Mutter einen Stuhl herum, und es hörte sich an, als ob sie daraufgestiegen und heruntergesprungen wäre. Liza krabbelte quer übers Bett, um sich noch einmal den Mann im Gras anzusehen. Er lag immer noch da, aber nicht mehr mit dem Gesicht nach unten.

Inzwischen war es völlig dunkel geworden, so dunkel, daß man nur noch die Umrisse des Mannes ausmachen konnte, der zusammengekrümmt, die Arme um den Kopf auf den Knien, dasaß. Bald würde er aufstehen und weggehen und sie in Ruhe lassen. Sie spähte hinaus in die Dunkelheit und hoffte, daß das geschehen würde.

Plötzlich sah sie den Mann ganz deutlich in einem langen Lichtkegel. Die hintere Tür stand offen, und aus der Küche drang Licht. Sie rümpfte die Nase und verzog angewidert das Gesicht, denn Gesicht und Bart des Mannes waren eine einzige blutige Masse. So hatten ihre Knie einmal ausgesehen, als sie hingefallen und sich auf dem Kiesweg verletzt hatte.

Mutter trat in den Lichtschein hinaus und richtete das, was sie da im Arm hatte, auf ihn und es gab einen gewaltigen Knall. Der Mann taumelte, fiel rückwärts um, zuckte noch ein wenig, erzitterte und lag still. Im Schlößchen begannen die Hunde wild zu bellen. Mutter kam wieder ins Haus, machte die Tür zu, und dann ging das Licht aus.

4

Da sie statt auf der Fernstraße über die Landstraßen fuhren, erreichten Sean und Liza am späten Nachmittag Vanners Obstfarm. Es war eine Obstbaugegend, Hektar um Hektar standen die stark gestutzten, gedrungenen Apfelbäume in langen Reihen und wechselten sich mit Comisebirnen und Guter Luise ab. Die großen Holzkisten für die Apfelernte waren in den Ecken der Obstgärten zu Stapeln aufgetürmt. Liza sah Frauen auf Leitern stehen und die großen, grünen Comisebirnen pflücken. Von den Birnen waren nur ein paar als Fallobst hängengeblieben, aber die Discovery und Jonagold hatten so üppig getragen, daß der Boden unter den Bäumen leuchtendrot von liegengebliebenen Äpfeln war.

Sean bog rechts auf Vanners Anwesen ein. Er war schon einmal dagewesen und kannte sich aus. Die lange, schnurgerade Asphaltstraße war auf beiden Seiten von Erlen gesäumt, glatten, rasch wachsenden Bäumen, die hohe Hekken bildeten. Er mußte ausweichen, um einen offenen Sportwagen in entgegengesetzter Richtung vorbeizulassen, der gerade von der Verkaufsstelle der Farm kam. Eine Frau saß am Steuer. Sie hatte glänzendes, blondes Haar, rotgeschminkte Lippen und lackierte Fingernägel und trug goldene Ohrringe. Liza starrte sie fasziniert an.

»Liebling, glaubst du etwa immer noch, daß alle Frauen dunkel sind und alle Männer hell?«

»Natürlich nicht. Ich war doch damals erst *vier*.«

»Es gibt nämlich noch andere Unterscheidungsmöglichkeiten.« Er legte ihr die Hand in den Schoß und grub die Finger zwischen ihre Beine. »Wetten, du kannst nicht weiterreden, wenn ich das mache. Na los, versuch's doch. Wetten, das schaffst du nicht.«

»Das kann ich auch«, sagte Liza und griff nach ihm. »Für dich ist es schlimmer, du kannst nämlich nicht mehr Auto fahren.«

Er schnappte lachend nach Luft und griff nach ihrer Hand. »Laß mal lieber, bis wir da sind, sonst muß ich mit dem Anhänger halten, und wir behindern den Verkehr.«

Der Platz für Wohnwagen befand sich an einer abgelegenen Stelle, wo die Obstgärten aufhörten und die Erdbeerfelder anfingen. Die Erdbeerernte war längst vorbei, die Selbstpflücker waren abgefahren und die Felder nur noch eine trostlose Ödnis aus braunen Ranken und abgestorbenen Blättern. Eine Reihe haushoher Schwarzpappeln auf einer hohen Böschung trennte diese Felder von den Discoveryäpfeln, und im Schatten der Pappeln stand an einer von ausgetrockneten Schlammfurchen durchzogenen Stelle ein Schild mit der Aufschrift: *Hier Wohnwagenparkplatz für Pflücker.* Neben dem Schild war ein Wasserhahn, und ein auf Pappkarton aufgesprühter Pfeil deutete auf die Mülltonne.

Vielleicht waren noch andere Pflücker da, es war aber nur ein einziger Wohnwagen zu sehen. Er war ganz hinten an der Böschung abgestellt und wirkte unbewohnt oder jedenfalls so, als hätte schon lange niemand mehr darin gewohnt. Tür und Fenster waren geschlossen und die Vorhänge zugezogen. Trotzdem stellte Sean seinen Wagen und den Anhänger so weit entfernt wie möglich ab.

Er kuppelte den Anhänger nicht ab und schaltete auch den Generator nicht ein, um den Wassertank aufzufüllen. Er und Liza stiegen wortlos und kaum einen Blick wechselnd aus, gingen in den Wohnwagen und liebten sich. Sie ließen sich gerade noch Zeit, das Bett herunterzuklappen.

»Weißt du, was«, meinte Sean, als es vorbei war und sie warm und feucht und wohlig seufzend in seinen Armen lag, »jetzt, wo wir da sind und eine Bleibe haben, kannst du doch zur Familienplanung gehen oder so und dir die Pille holen. Dann muß ich nicht mehr dauernd diese Dinger benutzen, die hasse ich.«

Sie sah verständnislos zu ihm hoch. Nachdem er es ihr erklärt hatte, sagte sie: »Dann mußt du aber mitkommen. Ich weiß doch nicht, was ich sagen soll.«

»Warst du denn noch bei keinem Arzt nicht?«

Wenn sie jetzt sagen würde: »Warst du denn *je* beim Arzt«, wäre er beleidigt, also sagte sie nichts. »Eve war ein paarmal mit mir. Zum Glück bin ich gesund. Sie sagte, ich hätte als Baby alle Impfungen bekommen.«

»Ja, okay, aber die Impfungen nützen dir auch nichts, wenn du dir ein Kind machst.«

»Wenn *du* mir ein Kind machst.«

Er lachte. Es gefiel ihm, wenn sie ein wenig bissig wurde. Er drückte sie fest an sich und sagte: »Macht's dir was aus, darüber zu reden, oder ist jetzt nicht der richtige Moment? Ich wollte fragen, was ist passiert, nachdem deine Mutter den Kerl mit dem Bart erschossen hat.«

»Wieso sollte es mir was ausmachen?«

Sie wußte wirklich nicht, wieso. Eve sagte immer, die Leute würden am allerliebsten über sich selbst reden, und jetzt, wo sie dieses Gefühl zum ersten Mal genoß, verstand sie, daß sie recht hatte. Sie genoß es außerordentlich, zu überlegen, sich alles durch den Kopf gehen zu lassen und auszuwählen, welche Sachen sie ihm erzählen wollte und welche nicht. Es war ihr Leben, und sie begriff allmählich, wie ungewöhnlich es bisher verlaufen war.

»Ich fing an zu weinen, ich konnte nichts dafür. Ich lag auf dem Bett und heulte.«

»Kein Wunder.«

»Na ja, und dann kam Eve rauf und nahm mich in den Arm. Sie holte mir einen Schluck Wasser und sagte, ich sollte doch nicht weinen, keine Sorge, es würde schon alles wieder gut. Der Mann sei weg, sie hätte ihn weggepustet.«

»Menschenskind.«

»Sie wollte nicht, daß ich dachte, sie hätte ihn getötet. Sie wußte nicht, daß ich alles gesehen hatte. Ich hab's ihr auch nicht gesagt. Ich war zwar erst vier, aber irgendwie war mir klar, daß ich's ihr besser nicht sagte. Sie wußte lediglich, daß ich den Mann hatte kommen sehen und den Schuß gehört hatte. Sie legte sich zu mir ins Bett, und das gefiel mir. Ich hatte immer mit ihr in einem Bett schlafen wollen, aber sie hat's mir nie erlaubt. Sie war so schön warm und so *jung*. Weißt du, wie alt sie jetzt ist?«

»Ungefähr fünfunddreißig?«

»Sie ist achtunddreißig. Das ist doch jung, oder? Ich meine, für uns ist das nicht jung, aber manche Leute finden das jung, meinst du nicht?«

»Kann schon sein«, sagte Sean, der einundzwanzig war. »Woher hat sie eigentlich diesen komischen Namen – Eve?«

»In Wirklichkeit heißt sie Eva. Das ist deutsch. Ihr Vater war Deutscher. Ich wußte nicht, wie sie hieß, bis ich Mr. Tobias mal Eve zu ihr sagen hörte. Für mich war sie eben Mutter. Und als Bruno sie dann immer Eve nannte, fing ich auch an, und sie hatte nichts dagegen.«

»Wer ist Bruno?«

»So ein Mann. Der kommt aber erst viel später, von dem erzähl ich dir dann schon noch. Da hatten wir nun also diesen anderen Mann tot im Gras liegen, besser gesagt Eve, mit mir hatte das Ganze nicht viel zu tun. Damals kam ja nie einer zu uns, nur der Milchmann und der Mann mit dem Heizöl und der Mann, der im Cottage und auf Shrove den Strom ablas. Und die gingen nie in den hinteren Garten oder stellten irgendwelche Fragen.

Der Milchmann war komisch. Das fiel mir immer stärker auf, je älter ich wurde. Ich kannte ja keine anderen Kinder, also wußte ich nicht, ob er wie ein Kind redete, aber Eve meinte, er sei geistig auf dem Stand eines Achtjährigen. Er redete immer übers Wetter und über Züge, von was anderem redete der nicht. ›Da kommt der Zug‹, sagte er dann und: ›Bald kriegen wir einen Wolkenbruch.‹ Der merkte nie etwas. Die Leiche hätte bei uns auf der Türschwelle liegen können, und der wäre einfach drübergestiegen.«

»Was war dann damit«, fragte Sean, »mit der Leiche?«

Sie wußte es nicht genau. Damals vermischten sich die tatsächlichen Ereignisse mit ihren Träumen. Sie hatte in jener Nacht schrecklich geträumt, war schreiend aufgewacht und hatte festgestellt, daß Eve in ihr eigenes Bett gegangen war. Doch dann war sie zurückgekommen, hatte sie getröstet und war, soweit Liza sich erinnern konnte, die ganze Nacht über bei ihr geblieben.

Aber so konnte es gar nicht gewesen sein, dachte sich Liza später, denn als sie am nächsten Morgen aus dem Fenster schaute, war der Mann nicht mehr da. Was bedeutet Tod für ein vierjähriges Kind? Am Abend vorher hatte sie nicht wirklich begriffen, daß der Mann nie wieder aufstehen würde, nie wieder sprechen, lachen und herumlaufen würde. Sie hatte einfach furchtbar Angst gehabt. Als er fort war, dachte sie, er sei von ganz allein gegangen. Er sei wieder ganz geworden und weggegangen.

Erst Jahre später, als sie viel älter war, ihre Erinnerungen kombinierte und sie mit ähnlichen aktuellen Geschehnissen verglich, begriff sie, daß er tot war und Eve ihn mit der Schrotflinte von Mr. Tobias getötet hatte. Eve hatte ihn nicht bloß getötet, sondern auch seine Leiche beseitigt.

Eve war eine zierliche Frau mit schmaler Taille und schlanken, grazilen Beinen. Sie hatte kleine Hände mit langen, nach oben spitz zulaufenden Fingern. Sie hatte ein Gesicht, das an den Wangenknochen breit war und sich zum Kinn hin verjüngte, eine hohe Stirn, eine schmale Oberlippe und einen schönen, vollen Mund. Die leicht gebogene, hübsche Nase war ein wenig zu klein geraten für ihr Gesicht. Sie hatte große, haselnußbraune Augen und schwarze Augenbrauen wie chinesische Pinselstriche, ähnlich wie Sean, und das dichte, glänzende schwarze Haar fiel ihr halblang über den Rücken. Aber sie war wirklich sehr klein, nur etwa einsfünfzig oder höchstens einsfünfundfünfzig groß. Liza wußte nicht, was sie wog, sie hatten keine Waage, aber als sie sechzehn war, schätzte Eve ihr eigenes Gewicht auf etwa fünfundneunzig Pfund und das von Liza auf hundert Pfund oder ein bißchen drüber, was wahrscheinlich stimmte. Und diese winzige Frau hatte einen Mann von der Stelle geschafft, der anderthalbmal so viel wog wie sie und über einsachtzig war.

Wo hatte sie ihn hingebracht? Irgendwo in den Wald, dachte sich Liza, als es ihr um jenen sechzehnten Geburtstag herum wieder einfiel. Sie hat die Leiche auf die Schubkarre gehoben, ist damit durch die Lücke im Zaun in den Wald gefahren und hat ihn dort vergraben. In der Nacht, während Liza schlief und bevor sie schreiend aufwachte. Oder Mutter war, nachdem sie sie im Arm gehalten und getröstet hatte, bis sie wieder eingeschlafen war, hinuntergegangen und hatte im Dunkeln schweigend ihr Werk verrichtet.

Das erste, was sie am nächsten Morgen sah, als sie aus dem Fenster schaute – noch bevor sie feststellte, daß der Mann verschwunden war – war Matt, der die Tür am Schlößchen aufmachte und die Hunde herausließ. Der sollte doch erst gegen elf kommen, sagte Mutter und kam eilig ins Zimmer. Sie klang verärgert und böse. Liza ging ans andere Fenster. Die Hunde waren direkt zu der Stelle gelaufen, wo der Mann gelegen hatte, rannten aufgeregt im Gras schnüffelnd herum und stießen ihre Schnauzen in die Erde.

»Da muß irgendwas sein, was sie fasziniert«, sagte Matt, als Liza und Mutter nach draußen kamen, »haben die da vielleicht Knochen vergraben?«

»Wissen Sie eigentlich, wie spät es ist?« wollte Mutter wissen. »Es ist erst halb sieben.«

»Na, so was. Du meine Güte. Ich hab gestern hier bis abends zu tun gehabt und wollte heute gleich als erstes rüberkommen. Hoffentlich hab ich euch Mädels nicht aus dem Bett geworfen.«

Mutter ignorierte es. »Ist Mr. Tobias schon aus Frankreich zurück?«

»Er kommt heute abend wieder. Er will seine Hunde da haben, wenn er heimkommt. Sind wohl seine einzige Gesellschaft. Für mich wär das nichts, ich mag ein bißchen Trubel, aber jedem das Seine.«

»Genau«, erwiderte Mutter nicht besonders freundlich.

»Man sollte meinen, er schafft sich 'ne Freundin an – tut er auch, ist aber wohl nichts Festes.« Matt redete daher, als wüßte Mutter das alles nicht schon längst. »Natürlich ist er stinkreich, hat ein eigenes Haus und das hier und das in London, und die Mädels rennen ihm die Bude ein, aber ich will Ihnen mal was sagen, er interessiert sich gar nicht dafür.« Er zwinkerte Liza rätselhaft zu. »Sich auf irgendwas festzulegen, mein ich.«

Trotz allem, was passiert war, scheute sich Liza nicht, den Hunden die Arme um den Hals zu legen und jedem einen zarten Kuß auf den glänzenden schwarzen Schädel zu drücken. Als sie fort waren, weinte sie ein bißchen. Sie fragte Mutter, ob sie nicht auch einen Hund anschaffen könnten.

»Nein, auf keinen Fall. Du brauchst gar nicht zu fragen.«

»Warum denn nicht, Mutter, warum nicht? Ich will so gern einen Hund, ich hab Heidi und Rudi so lieb, ich will auch einen Hund.«

»Dann willst du eben.« Mutter lächelte, als sie das sagte, sie war nicht verärgert und nannte Liza Lizzie, wie immer dann, wenn sie sich über sie freute oder nicht allzusehr enttäuscht über sie war. »Hör mal, Lizzie, nehmen wir an, Mr. Tobias würde nach Shrove ziehen? Das könnte doch sein, es ist ja sein Haus – eins von seinen Häusern. Dann kämen Heidi und Rudi auch mit, und was wäre dann mit unserem Hund? Die mögen keine anderen Hunde, die würden ihn anfallen. Die würden ihm weh tun.«

So wie sie dem Mann weh getan hatten, wollte Liza sagen, aber sie sagte es nicht. Statt dessen meinte sie: »Kommt er denn? Das wär schön, wenn er käme, dann hätten wir *seine* Hunde und bräuchten keinen eigenen. Kommt er?«

Mutter sagte einen Augenblick lang nichts. Dann legte sie den Arm um Liza und drückte sie an sich und sagte: »Das hoffe ich, Lizzie, ich hoffe, daß er kommt«, aber sie lächelte nicht und stieß einen tiefen Seufzer aus.

Der nächste Tag war Mutters Einkaufstag. Alle zwei Wochen besorgte sie die Sachen, die der Milchmann nicht brachte. Er brachte außer Milch auch noch Butter, Eier, Haferflocken, Orangensaft, Brot und Joghurt, aber nie Fleisch oder Fisch. Bis sie selbst Gemüse im Garten hatten, mußte Mutter es kaufen. Sie mußte auch Obst und Käse kaufen. Der Bus, der zu den Geschäften fuhr, also in die Stadt, kam viermal täglich, und Mutter mußte den

Feldweg entlang über die Brücke gehen und dann noch hundert Meter auf der Straße bis zur Bushaltestelle. Wenn Mutter in die Stadt fuhr, nahm sie Liza nie mit. Dann wurde Liza in ihr Zimmer gesperrt.

Das war sie gewohnt und akzeptierte es, aber diesmal nicht. Zuerst gab sie nach, setzte sich mit ihrem Bilderbuch und den Buntstiften aufs Bett und nuckelte an ihrem Fläschchen mit Orangensaft. Als besonderen Leckerbissen hatte Mutter ihr einen Apfel gegeben, einen Golden Delicious, denn im Juli gab es noch keine einheimischen. Sie kniete auf dem Bett und sah zu, wie Mutter den Weg entlang auf die Hauptstraße zuging. Dann richtete sie den Blick aus der Ferne in den Vordergrund und betrachtete die Stelle, wo der Mann gewesen war und die Hunde und wo es geknallt hatte. Sie fing an zu schreien.

Wahrscheinlich hatte sie nicht die gesamten anderthalb Stunden geschrien, die Mutter weg war, vielleicht war sie zwischendurch eingeschlafen. Aber sie schrie, als Mutter zurückkam. Mutter sagte: »Ich laß dich nicht mehr allein«, und lange Zeit blieb das auch so, aber eines Tages eben nicht.

Es war vielleicht am gleichen Abend oder an einem Abend ein paar Tage oder Wochen später, jedenfalls war es, als die Hunde wieder fort waren; Liza spielte nach dem Gutenachtsagen gerade ihr Spiel »Zwischen den Zimmmern wandern«. Sie probierte Mutters Strohhüte auf, den goldgelben mit dem weißen Band und den braunen mit dem cremefarbenen Tuch herum, und streichelte über Mutters Wildlederschuhe, in denen Dinger steckten, die man Leisten nannte. Als ihr das langweilig wurde, stöberte sie in der Schmuckschatulle.

Da Mutter das eine Paar Ohrringe und die Perlmuttbrosche gerade trug, waren diese Sachen natürlich nicht in der Schatulle. Liza hängte sich die Jadekette um den Hals, steckte sich den Kamm mit den Glitzersteinchen ins Haar und bewunderte das Ergebnis im Spiegel. Sie hob die Holzbrosche hoch und sah darunter einen goldenen Ring liegen.

Wem der wohl gehörte? Sie hatte ihn noch nie gesehen, sie hatte an Mutters Finger noch nie einen Ring gesehen. Als sie ihn interessiert untersuchte, stellte sie fest, daß an der Innenseite etwas geschrieben stand, aber sie war erst vier und konnte noch nicht richtig lesen. Damals brachte sie den Ring auch noch nicht mit dem Mann mit dem Bart in Verbindung.

»Es war sein Ring, stimmt's?«

»Es muß seiner gewesen sein. Ich hab ihn mir später noch mal angesehen, als ich lesen konnte. Da stand: ›TMH und BHH. 3. März 1974.‹ Ich wußte damals nicht, was das bedeutete, aber jetzt denke ich, es war sein Ehering. Victoria hatte auch einen Ehering. Tragen Männer denn Eheringe?«

»Manche schon, glaub ich.«

»Es waren seine Initialen und die von seiner Frau und der Hochzeitstag, meinst du nicht?«

»Den hat sie ihm abgenommen, vom Finger«, sagte Sean und verzog angewidert das Gesicht.

»Keine Ahnung, wieso. Vielleicht hatte sie vor, ihn zu verkaufen. Sie dachte sich wohl, wenn sie den mit vergräbt, buddelt ihn vielleicht jemand aus.«

»Warum hat sie das getan?«

»Was? Den Mann erschossen?«

»Warum hat sie keinen Krankenwagen gerufen und ihn ins Krankenhaus bringen lassen? Du hast doch gesagt, er konnte aufsitzen, der wär schon wieder in Ordnung gekommen. Sie konnte ja nichts dafür, niemand hätte ihr die Schuld gegeben, wenn sie gesagt hätte, daß er sie vergewaltigen wollte.«

»Ich hab das auch nie ganz begriffen«, sagte Liza. »Aber so hätte es sein können. Später hat mir mal jemand von einem Kind erzählt, das von Hunden angefallen wurde, und da ist mir ein Licht aufgegangen. Es war Bruno, genau, der hat mir das erzählt. Weißt du, der Mann hätte es denen im Krankenhaus gesagt, und die hätten es der Polizei gemeldet. Das mit den Hunden, mein ich. Und dann hätten sie die Hunde umgebracht.«

»Eingeschläfert.«

»Ja, so nennt man das wohl. Sie hätten die Hunde eingeschläfert, so wie in Brunos Geschichte. Mr. Tobias liebte seine Hunde über alles, er hätte Eve die Schuld gegeben und sie entlassen und uns aus dem Torhaus rausgeschmissen. Das dachte sie jedenfalls. Vielleicht hätte er das getan, vielleicht nicht. Sie glaubte es jedenfalls, und darauf kam es an. Sie wollte auf keinen Fall von Shrove weg, weißt du, Shrove war ihr das Allerwichtigste auf der Welt, sogar noch wichtiger als ich. Na ja, und Mr. Tobias, der war ihr auch wichtig, aber nur in ganz gewisser Hinsicht.«

Sean sah sie verständnislos an. »Das kapier ich nicht.«

»Egal. Mehr gibt's dazu eigentlich nicht zu sagen. Wenn die Hunde den Mann getötet hätten, hätte sie's nicht tun müssen. Ich nehm an, daß sie das gedacht hat. Aber sie hatten ihn nicht getötet, also mußte sie es tun, sonst hätte er es der Polizei erzählt. Sie sperrte die Hunde ein, ging ins Haus, holte das Gewehr und erschoß ihn.«

»Einfach so? Damit Mr. Tobias nicht auf sie sauer ist?«

Liza sah ihn nachdenklich an. »Ich weiß nicht. Jetzt, wo du das sagst, weiß ich wirklich nicht. Vielleicht steckte noch mehr dahinter. Vielleicht hatte sie noch einen anderen Grund, ihn zu hassen, aber das werden wir wohl nie erfahren, stimmt's?«

Sie sah zu, wie Sean aufstand und sich am Waschbecken wusch. Er schlüpfte wieder in seine Jeans und suchte sich ein frisches T-Shirt heraus. Ihr fiel ein, daß sie nichts zum Anziehen dabeihatte außer den Sachen, die in einem Haufen auf dem Boden lagen. Sie würde sich von ihm etwas leihen müssen, das ihr paßte, und sobald sie etwas Geld mit Apfelpflücken verdient hätte... Die hundert Pfund, sie hatte die hundert Pfund ganz vergessen.

»Ich würde gern in den nächsten Ort fahren«, sagte sie, »und in einem richtigen Restaurant was essen. Geht das?«

»Klar geht das. Warum nicht? Wir können ja chinesisch essen gehen.«

Liza wusch ihr Höschen und die Socken im Waschbekken aus. Sie mußte ihre Jeans ohne etwas darunter anziehen, aber das machte nichts. Sie war mächtig stolz auf ihre Jeans, nicht zuletzt, weil es ein richtiger Kampf gewesen war, bis Eve ihr welche gestattet hatte. Sie hatte gleich zwei Paar erstanden, diese hier und noch eine, die sie jedoch zurückgelassen hatte. Eve konnte Hosen nicht leiden und hatte nie im Leben Jeans getragen. Liza borgte sich ein langärmliges, kariertes Hemd von Sean und dachte ein bißchen an Eve und fragte sich, wo sie jetzt wohl steckte und was mit ihr los war.

Sean hatte die gleichen Gedanken. »Morgen sollten wir mal eine Zeitung kaufen. Ich nehm an, du hast noch nie eine Zeitung gesehen, stimmt's? Ich mein, eine richtige Tageszeitung.«

»O doch.« Sie war ein bißchen sauer. Auf Shrove hatte sie einmal in einem Zeitungsständer eine Tageszeitung gefunden, die sich *The Times* nannte, eine Nummer, die in dem Jahr vor ihrer Geburt erschienen war. Eve hatte sie ihr weggenommen, bevor sie sie genauer hatte lesen können. »Eigentlich sollten wir uns einen Fernseher anschaffen.«

»Na, ich wette, das ist etwas, was du bestimmt noch nie gesehen hast.«

Sie antwortete ihm ziemlich herablassend. »Auf Shrove hab ich jeden Tag ferngesehen. Eve hat nie etwas davon erfahren, sie hätte es mir verboten, aber ich hab ihr nichts gesagt. Das war nämlich mein Geheimnis.«

»Wie ich«, sagte Sean.

»Nicht ganz so wie du. Du bist viel besser. Aber dich kannte ich ja damals noch nicht. Ich hab *jahrelang* ferngesehen, bis der Apparat kaputtging und Jonathan ihn nicht reparieren lassen wollte.« Sie mußte über seinen Gesichtsausdruck lachen. »Wir könnten hier doch einen anschließen, oder? Könnte dein Generator den betreiben?«

»Das hoff ich«, meinte er. »Klar könnte der das.«

»Dann kauf ich uns einen.« Plötzlich fiel ihr etwas ein. »Bloß, ich weiß nicht – sind hundert Pfund viel Geld, Sean?«

Er erwiderte ziemlich verdrießlich: »Für uns ist es viel, Liebling«, und dann: »Einen kleinen Tragbaren kriegt man schon dafür, aber ob mit Farbe, das weiß ich nicht.«

Sie sah ihn verwundert an. »Gibt's das auch in Farbe? Wirklich?«

Als sie zum Auto hinausgingen, stellten sie fest, daß der andere Wohnwagen, ein Campmobil, nicht, wie zuerst angenommen, unbewohnt war. Drinnen brannte Licht, und am Fenster zur Straßenseite war das Rollo hochgezogen. Sie mußten auf dem Weg daran vorbei. Im Innern deutete ein kräftigeres, blaueres Leuchten als die Deckenlampe auf das Vorhandensein eines Bildschirms hin, und als sie in einem Meter Abstand daran vorbeigingen, sah Liza das kleine Rechteck, ausgefüllt mit leuchtenden Farben, das smaragdgrüne Gras, die gelbgesprenkelten Blätter und einen orange-schwarzen Tiger, der darin umherstreifte.

»Ich hab eine Menge nachzuholen«, sagte sie.

Das Leben im Torhaus war so schlicht gewesen. Vieles

davon würde Sean langweilig finden oder nicht glauben. Das meiste würde sie ihm gar nicht erzählen, sondern es schön für sich behalten. Zum Beispiel, wie Eve Liza nicht mehr im Cottage alleinlassen wollte, nicht einmal mit verriegelten Türen; wenn Liza so herzzerreißend schrie, brachte sie es einfach nicht übers Herz. So war sie dazu gezwungen worden, Liza mitzunehmen.

Und so kam es, daß Liza Shrove House zum ersten Mal betrat. Den Palast, das Haus der Bilder und Geheimnisse, Puppen und Schlüssel, Bücher und Schatten. Sean würde es nie so sehen, niemand würde das so sehen außer ihr selbst und Eve. Vor allem Eve.

5

Sie gingen die Zufahrtstraße zwischen den Bäumen hinauf, zwischen den fast kugelförmigen Weißbuchen und den spitz zulaufenden Lärchen, den Silberbirken, deren Blätter im Wind zitterten, und den Sumpfzypressen, die zwar aus Louisiana stammten, hier am feuchten Flußufer jedoch gut gediehen. Es gab riesige Zedern und noch höhere Douglastannen und Wellingtonia, die sogar noch höher waren, lauter schwarze Bäume, die einem nur dunkelgrün vorkamen, wenn man direkt unter ihnen stand. Die Bäume wurden lichter, und zum ersten Mal erblickte sie das Haus, das ihr damals aber nur wie ein großes Haus mit einer Unmenge von Fenstern vorkam.

Ein Mann war gerade beim Rasenmähen, hoch oben auf einem Sitz auf Rädern. Sie hatte ihn schon ein paarmal gesehen und sollte ihm noch oft begegnen. Er hieß Mr. Frost und war kein junger Mann mehr, sondern hatte Falten und weißes Haar und kam immer mit dem Fahrrad vom Dorf auf der anderen Flußseite herüber. Weißes Haar war nur eine andere Art von hellem Haar, und seines hier bestätigte Lizas Überzeugung. Er hob grüßend die Hand in Mutters Richtung, und Mutter nickte zurück, aber sie wechselten kein Wort.

Eine Treppe führte auf der einen Seite zur Eingangstür von Shrove hinauf zu einer Plattform, von der die Treppe auf der anderen Seite wieder hinunterführte. An den Treppen waren breite Geländer wie drüben am Torhaus, nur daß diese hier aus Stein waren und oben herum ein breiter Steinrand verlief. Darauf standen Vasen aus Stein und dazwischen steinerne Leute, die zu den Bäumen hinüberblickten.

Liza und Mutter stiegen die linke Treppe hinauf, und Liza hielt sich an der steinernen Balustrade fest. Hier war alles riesig, und sie kam sich dadurch noch kleiner als gewöhnlich vor. Sie hob den Blick, als Mutter sagte, sie solle sich das Wappen mit Schwert, Schild und Löwe ansehen. Das Haus ragte hoch vor ihr auf, die funkelnden Fensterscheiben und das Dach verloren sich im Himmel. Mutter schloß die Eingangstür auf, und sie gingen hinein.

»Du rennst hier nicht herum, Liza«, sagte Mutter, »und kletterst auch nicht auf die Möbel. Hast du verstanden? Laß mal deine Hände sehen.«

Liza streckte sie ihr hin. Sie waren sehr sauber, weil Mutter sie noch zum Händewaschen geschickt hatte, bevor sie herüberkamen, und sie die ganze Zeit Mutters Hand gehalten hatte.

»Gut. Hier drin kannst du sie dir nicht schmutzig machen. Also merk dir das, *langsam*, nicht rennen.«

Die Teppiche unter den Füßen fühlten sich weich und dick an, und die Zimmerdecken waren sehr hoch. Keine von den Decken war einfach nur weiß, alle waren in goldenen und schwarzen Quadraten gehalten oder wie ein blauer Himmel mit weißen Wolken bemalt, über den, Tücher, Bänder und Blumensträuße hinter sich herziehend, gefiederte Leute flogen. Die Lampen sahen aus wie riesige Regentropfen, und an einigen Wänden hingen seltsame, dünne Teppiche. Eine Wand war von einem riesigen Gemälde vollkommen bedeckt. Mutter nannte es »Die Geburt des Achill«, viele Männer mit Helmen und Frauen in weißen Gewändern waren darauf abgebildet, die sich alle auf einen goldenen Apfel stürzten, während eine Frau in Grün mit einem dicken, nackten Baby auf dem Arm dabeistand.

Mutter ging mit ihr durch den Salon und zeigte ihr den Kamin mit dem Frauengesicht darauf, den mit Blumen bemalten Kaminschirm und die Tische aus glänzend poliertem Holz mit glitzernden Metallstückchen drin und andere mit Perlmutt wie auf Mutters Brosche. Die Rahmen an den hohen Glastüren seien aus Mahagoni, sagte Mutter, und über zweihundert Jahre alt, aber fast wie neu. Liza und Mutter traten durch die Tür hinaus auf die hintere Terrasse, und als Liza die Treppe hinunterlief und vom Rasen aus zu Mutter hochschaute, erschrak sie, denn die Rückseite des Hauses war genauso wie die Vorderseite, das gleiche Wappen mit Schwert, Schild und Löwen, die gleiche Balustrade um das Dach und an den Treppen, die gleichen Fenster und die gleichen Statuen in den Nischen.

Mutter rief ihr zu, das sei so gedacht, und sie solle mal genau hinsehen, dann würde sie merken, daß es doch nicht ganz gleich sei. Die Statuen seien Frauengestalten, nicht Männer, die Eingangstür würde fehlen, und anstelle von Efeu wüchsen in den Steinvasen auf der Terrasse dunkle, spitze Bäumchen.

Also lief Liza wieder hinauf und ging mit Mutter weiter in die Küche. Von einem Haken hinter der Schranktür holte Mutter eine Schürze hervor, eine große, häßliche braune Schürze, und band sie sich um, so daß ihre weiße Baumwollbluse und der lange, weite grünblaue Rock bedeckt waren. Sie nahm ein sauberes gelbes Staubtuch von einem Stapel, band sich etwas so um den Kopf, daß man ihr Haar nicht mehr sehen konnte, rollte einen Staubsauger hervor und fand eine große Dose mit malvenfarbener, nach Lavendel riechender Möbelpolitur.

Drei Stunden verbrachten sie in Shrove House, während denen Mutter die Teppiche saugte, die Oberflächen und Verzierungen an den Möbeln abstaubte und die Tische polierte. Alles würde sie heute nicht schaffen, sagte sie und erklärte Liza, daß sie jeden Tag ein bißchen etwas erledigte und zwei Tage später wieder etwas und so weiter, aber seit zwei Wochen sei sie nicht dagewesen wegen, wie sie es ausdrückte, einiger anderer Sachen. Sie habe schon befürchtet, Liza würde ihr vielleicht lästig werden oder etwas kaputtmachen, aber Liza sei wirklich ein Goldschatz gewesen.

Sie hatte sich gut gemerkt, daß sie nicht rennen sollte, und war durch alle Räume spaziert, hatte sich alles genau angesehen, den Tisch mit der Glasplatte und den gerahmten, ovalen Bildchen darunter, die kleine grüne Reiterstatue, die grüne Vase mit schwarzen Vögeln und rosa Blumen, die höher war als sie selbst. In einem Raum waren die Wände gefüllt mit Büchern, während andere Räume Tapeten hatten oder holzgetäfelt waren. In einem anderen waren anstelle von Büchern diese Dinger an den Wänden aufgehängt, wie das, mit dem Mutter so geknallt hatte. Da drin blieb sie nicht lange.

In einem anderen Zimmer stand eine Vitrine voller unterschiedlich gekleideter Puppen, die sie *zu gern* herausgeholt und in die Hand genommen hätte, doch sie gehorchte Mutter oder sorgte zumindest dafür, daß Mutter nichts merkte. Meistens gehorchte sie jedoch, denn abgesehen davon, daß sie Mutter liebhatte, fürchtete sie sich auch vor ihr.

Die Tür zum angrenzenden Zimmer war geschlossen. Liza versuchte den Türknauf zu drehen, aber die Tür ging nicht auf. Sie war abgeschlossen wie früher ihre Schlafzimmertür, wenn Mutter aus dem Haus ging; der Schlüssel war weg. Natürlich wollte sie dort unbedingt hinein, gerade weil die Tür verschlossen war. Sie rüttelte am Knauf, jedoch vergeblich.

Shrove hatte drei Treppenaufgänge. Inzwischen konnte

sie schon bis drei zählen – eigentlich sogar bis sechs. Sie ging die größte Treppe hinauf und die kleinste wieder hinunter, und nachdem sie jedes Schlafzimmer besichtigt hatte, kletterte sie auf die Sitzbank an einem Fenster – Mutter würde es nicht merken, von unten konnte man den Staubsauger brummen hören – und sah hinaus auf das grüne Tal, das gerade ein Zug durchquerte.

Schönheit war ihr zwar damals noch nicht bewußt, aber das Licht fiel ihr auf, wie strahlend hell es überall im Haus war. Nirgends gab es eine dunkle Ecke oder einen düsteren Gang. Selbst wenn, wie an jenem Tag, die Sonne nicht schien, erhellte ein klares, perlglänzendes Licht jeden Raum, und alle Gegenstände schimmerten – Glas, Porzellan, Silber, Messing und die vergoldeten Leisten und Bilderrahmen. Am größten Treppenaufgang waren auf beiden Seiten Blumen und Früchte ins Holz geschnitzt, und das Schnitzwerk glänzte in einem tiefen, kräftigen Ton, aber sie konnte nur daran denken, wie gern sie das polierte Geländer hinunterrutschen würde.

Um vier Uhr gingen sie wieder, damit sie rechtzeitig zu Lizas Lesestunde zu Hause waren.

»Wohnt Mr. Tobias denn nie hier?« fragte sie und griff nach Mutters Hand.

»Bis jetzt nicht. Seine Mutter hat eine Zeitlang hier gewohnt und sein Großvater sogar immer, es war ja sein Zuhause.« Sie sah Liza nachdenklich an, als überlegte sie, ob es nun an der Zeit wäre, es ihr zu sagen. »Meine Mutter, deine Großmutter, war seine Haushälterin. Und später seine Pflegerin. Wir haben ja im Torhaus gewohnt, meine Mutter, mein Vater und ich.« Mutter drückte Lizas Hand. »Dafür bist du noch zu klein, Lizzie. Schau mal da in der Esche, siehst du den Grünspecht? Da auf dem Stamm, wie er mit dem Schnabel die Insekten rauspickt?« Wenn also der Tag, als der Mann mit dem Bart kam, der Tag Des

Eisvogels war, so war dies der Tag Des Spechts, der Tag ihres ersten Besuchs auf Shrove.

Von da an ging Liza jedesmal mit Mutter nach Shrove hinüber, und wenn Mutter jetzt mit dem Bus in die Stadt fuhr, brachte sie Liza, anstatt sie in ihr Zimmer im Torhaus einzusperren, in ein Zimmer auf Shrove. Meistens in das venezianische Zimmer, das so hieß, weil die Pfosten des Himmelbetts aus Stäben waren, wie sie die Gondolieri in Venedig benutzen, sagte Mutter. Bis sie fünf Jahre alt war, konnte Liza schon recht gut lesen und bekam ein richtiges Buch mit. Sie hatte kein bißchen Angst, auf Shrove ins venezianische Zimmer gesperrt zu werden, auch in ihrem eigenen Zimmer hätte sie sich nicht mehr gefürchtet, dennoch fragte sie Mutter, weshalb auf Shrove und nicht zu Hause.

»Weil es auf Shrove Zentralheizung gibt und bei uns nicht. Da weiß ich dann sicher, daß du es warm genug hast. Wegen der Feuchtigkeit muß man den ganzen Winter die Heizung anlassen, selbst wenn niemand dort wohnt. Wenn man es feucht werden ließe, könnten die Möbel kaputtgehen.«

»Und wieso ist das kleine Zimmer neben dem Damenzimmer immer abgeschlossen?«

»Wirklich?« sagte Mutter. »Ich muß wohl den Schlüssel verlegt haben.«

Shrove wurde bald ihre Bibliothek und Bildergalerie. Mehr noch, denn die Gemälde wurden für sie Ratgeber und Katalog menschlicher Gesichter. Zu ihnen lief sie, wenn sie eine neue Person einordnen mußte oder eine Bestätigung brauchte. Sie waren ihr Vergleichsmaßstab und indirektes Abbild der Außenwelt. So sahen andere Leute also aus, solche Kleider trugen sie, in solchen Sesseln saßen sie, in solchen Ländern lebten sie, solche Dinge sahen sie mit ihren Augen.

In der eisigen Kälte des Winters, als die Flüsse zufroren und die Rieselwiesen einen ganzen Monat lang unter einer Schneedecke verschwanden, glitt ein schwarzer Wagen mit Schneeketten den Weg herauf und parkte vor dem Torhaus im tiefen Schnee. Zwei Männer saßen darin. Der eine blieb im Auto sitzen, der andere kam an die Haustür und läutete. Es war ein dicker Mann, der bis auf einen bläßlichen Haarkranz um seinen riesigen, glänzenden Eierkopf vollkommen kahl war.

Zufällig hatten Liza und Mutter gerade zusammen an Mutters Schlafzimmerfenster gesessen, um die Vögel an den Futterhäuschen, die sie in der Balsamtanne aufgehängt hatten, beim Fressen zu beobachten. Sie sahen den Wagen heranfahren und den Mann an die Tür kommen.

»Wenn er etwas zu dir sagt, dann sagst du nur ›ich weiß nicht‹«, sagte Mutter, »wenn du willst, kannst du auch ein bißchen weinen. Das wird dir gefallen, das findest du bestimmt lustig.«

Liza bekam nie heraus, wer der Mann war. Später konnte sie es sich natürlich denken. Er sagte, er suche nach einem Vermißten, einem Mann namens Hugh und noch was. Den anderen Namen hatte sie vergessen, aber an Hugh erinnerte sie sich.

Hugh kam aus Swansea und hatte im Juli hier in der Gegend eine Wandertour gemacht, war aber aus der Pension, wo er gewohnt hatte, verschwunden, ohne die beiden Übernachtungen zu bezahlen. Der dicke Mann erzählte noch eine ganze Menge von ihm und weshalb sie nach ihm suchten und wieso erst ein halbes Jahr später, aber Liza verstand überhaupt nichts. Er gab eine Beschreibung von Hugh, so viel verstand sie, sie erinnerte sich an seinen blonden Bart, an die Bartbüschel in Heidis Maul.

»Wir leben hier sehr zurückgezogen, Inspektor«, sagte Mutter. »Wir haben selten Besuch.«

»Ganz schön einsam.«

»Kommt darauf an, wie man's mag.«

»Sie haben diesen Mann also nie gesehen?« Er hielt Mutter in seiner Hand etwas hin, und Mutter betrachtete es kopfschüttelnd. »Sie haben ihn nicht auf der Straße draußen oder auf dem Fußweg gehen sehen?«

»Nein, tut mir leid.«

Mutter sah hoch und blickte dem dicken Mann tief in die Augen, als sie das sagte. Obwohl sie sich damals keinen Reim darauf machen konnte, begriff Liza, als sie älter war und diese Erinnerung mit ihren eigenen Erfahrungen verglich, wie Mutters Blick auf ihn gewirkt haben mußte. Ihre vollen roten Lippen waren halb geöffnet, ihre Augen groß und glänzend, ihre Haut sanft schimmernd und ihr Gesichtsausdruck, ach, so einnehmend und vertrauensvoll. Ihr herrliches, kraftvoll glänzendes dunkelbraunes Haar hing ihr wie ein seidener Umhang über die Schultern. Sie hielt einen kleinen, weißen Finger an die Unterlippe gedrückt.

»Es hätte ja sein können«, meinte der dicke Mann und bekam den Blick nicht von ihr los, dann riß er sich zusammen und wandte sich Liza zu. »Ich nehme nicht an, daß die junge Dame da ihn gesehen hat?«

Sie bekam das Foto gezeigt. Abgesehen von den Abbildungen auf Mutters Büchern hatte sie noch nie zuvor ein Foto gesehen, aber das sagte sie nicht. Sie betrachtete das Gesicht, das ihr solche Angst eingejagt hatte, und das Heidi und Rudi mit ihren Zähnen zerstört hatten, eingehend und sagte: »Ich weiß nicht.«

Er wurde neugierig. »Dann vielleicht doch?«

»Ich weiß nicht.«

»Schau dir's noch mal an, Herzchen, sieh genau hin und versuch dich zu erinnern.«

Liza bekam Angst. Nun hatte sie Mutter hängen lassen,

sie hatte ihr gehorcht und sie trotzdem hängen lassen. Der Mann mit dem Bart, der Hugh hieß, hatte ein scheußliches Gesicht, grausam und höhnisch grinsend – wer weiß, was der angestellt hätte, wenn Mutter nicht...

Sie brauchte gar nicht so zu tun, als ob sie weinte. »Ich weiß nicht, ich weiß nicht, ich weiß nicht«, schrie sie und brach in Tränen aus.

Nachdem er sich bei Mutter entschuldigt, ihr zum Abschied die Hand geschüttelt und sie ziemlich lange festgehalten hatte, ging der dicke Mann. Als er weg war, lachte Mutter schallend heraus. Sie sagte, das hätte Liza ausgezeichnet gemacht, wirklich ausgezeichnet, und umarmte sie und lachte immer noch weiter in ihr Haar. Obgleich sie Liza liebte und mochte, hatte sie doch nicht begriffen, daß Liza wirklich Angst gehabt hatte, daß sie wirklich menschenscheu und verwirrt war.

Es dauerte ziemlich lange, bis der Chauffeur den Wagen angelassen hatte, und noch länger, bis er ihn aus dem Schnee herausmanövriert hatte, ohne daß die Reifen durchdrehten. Liza beruhigte sich und fing an, sich köstlich zu amüsieren. Interessiert betrachtete sie mit Mutter vom Schlafzimmerfenster aus den Kampf des Chauffeurs.

Der Schnee schmolz, und es wurde Frühling. Die meisten Bäume, Koniferen, sahen genauso aus wie vorher, im gleichen Grünlichschwarz oder hellen Rauchblau, doch Lärchen und Sumpfzypressen bekamen neue Blätter, die aussahen wie pelzige Klümpchen, in einem feinen, zarten Blaßgrün. Mutter erklärte ihr, daß auch Lärchen laubwechselnde Koniferen seien und als einzige auf den Britischen Inseln heimisch.

Primeln mit runden Sonnengesichtern kamen unter den Hecken hervor und samtig violette Veilchenbüschel an den Baumstämmen. Buschwindröschen, auch Anemonen genannt, mit Blütenblättern, die wie Papiertüchlein aussahen, wuchsen auf den Waldlichtungen. Mutter riet Liza, es nicht »An-en-omen« auszusprechen, wie viele Leute, die es eigentlich besser wissen müßten. Aber da Liza außer mit Mutter selten mit jemandem sprach, war es höchst unwahrscheinlich, daß sie die falsche Aussprache hören würde.

Sie sprach nur mit dem Postboten, aber mit dem diskutierte sie nicht über Botanik. Und mit dem Milchmann, der außer Zügen und Anzeichen für Wetterumschwung nichts merkte, und mit dem Heizölmann, der im März auf Shrove den Tank füllte, und mit Mr. Frost, dem Gärtner, der das Gras mähte, die Hecken stutzte und manchmal Unkraut jätete.

Mr. Frost redete normalerweise gar nicht. Sie sahen ihn auf dem Fahrrad am Torhaus vorbeifahren, und wenn er sie bemerkte, winkte er. Er winkte auch von seiner Rasenmähmaschine herunter, wenn er zufällig gerade den Moment erwischte, da sie die Einfahrt nach Shrove hinaufgingen. Der Heizölmann kam nur zweimal pro Jahr, im September und dann wieder im März. Liza hatte nie mit ihm gesprochen, aber Mutter einmal für fünf Minuten, das heißt, sie hatte zugehört, ungeduldig zugehört, während er ihr von seiner Ferienwohnung in Spanien erzählte und daß er einen Billigflug nach Malaga aufgetrieben habe, also das sei ja nicht zu glauben, wie günstig der sei. Liza wußte nicht, was das alles bedeutete, und so erklärte ihr Mutter, daß er in einem von den Dingern, die manchmal übers Haus brummten, aber keine Vögel waren, über das Meer flog.

Der Milchmann sagte: »Mir scheint, bald kriegen wir Frühling«, was dummes Gerede war, denn es *war* bereits Frühling, und: »Da kommt ja der Zug«, was er sich hätte sparen können, weil es jeder sehen und hören konnte.

Sie bekamen selten Post. Liza bekam nie welche. Für Mutter kamen manchmal Briefe von ihrer Tante, aber sie erklärte Liza nie, was eine Tante war, und von ihrer Freundin Heather aus London, und regelmäßig einmal im Monat kam ein Brief von Mr. Tobias. Diesmal war ein rosafarbenes Stück Papier dabei, ein Scheck, erklärte ihr Mutter. Wenn sie das nächste Mal einkaufen ginge, würde sie das rosa Papier mitnehmen und es auf die Bank bringen, und die würde es in Geld verwandeln. Wie die gute Fee mit dem Zauberstab, meinte Liza, die sich damals sehr für Märchen interessierte, aber Mutter verneinte und erklärte ihr, das Geld habe sie sich verdient, indem sie das Haus von Mr. Tobias putzte, sich darum kümmerte und aufpaßte, daß dort nichts passierte.

Im April bekamen sie wieder die Hunde in Pflege. Matt brachte sie her und erzählte Mutter, Mr. Tobias sei verreist, diesmal in die Karibik, oder wie das hieß, nicht nach Frankreich. Liza umarmte Heidi und Rudi, die sie gleich wiedererkannten und sich schrecklich freuten, sie wiederzusehen. Hatten sie den Mann mit dem Bart namens Hugh schon vergessen? Hatten sie vergessen, wie sie ihn angefallen hatten? Liza überlegte sich, ob sie Matt wohl auch anfallen würden, wenn sie »Faß! Beiß tot!« rief.

»Warum kommt denn Mr. Tobias nie selbst?« wollte Liza von Mutter wissen, während sie mit den Hunden spazierengingen.

»Ich weiß nicht, Lizzie«, sagte Mutter und seufzte.

»Gefällt es ihm hier nicht?«

»Anscheinend gefällt es ihm in Sri Lanka und in Mosambik besser und in Montagu Square und in diesem schrecklichen Lake District«, drückte Mutter sich etwas unverständlich aus. »Aber eines Tages kommt er vielleicht. Bestimmt kommt er eines Tages, du wirst sehen.«

Anstatt selbst zu kommen, schickte er eine Postkarte.

Darauf war ein Bild mit silbrigem Sand und Palmen und tiefblauem Meer. Auf die Rückseite hatte Mr. Tobias geschrieben:

Hier ist es wunderbar. Es tut gut, aus dem kalten, grauen England mal wegzukommen, besonders in dieser grausamen Zeit, aber da bist du ja wahrscheinlich anderer Meinung. Grüß mir Heidi und Rudi und natürlich deine Tochter. Alles Liebe, J. T.

Weil Liza noch keine Schreibschrift lesen konnte, nicht einmal die schöne, geschwungene, große Schrift von Mr. Tobias, las Mutter ihr die Karte vor. Mutter machte ein mißmutiges Gesicht und sagte, es gefalle ihr gar nicht, daß er seine Hunde vor ihrer Tochter erwähnte, aber Liza fand nichts dabei.

»Was das T heißt, weiß ich«, sagte sie, »aber was ist der Name, der mit J anfängt?«

»Jonathan«, antwortete Mutter.

Als der Sommer kam, konnte Liza schon Beatrix Potter lesen und die Märchenbücher von Andrew Lang, wenn die Buchstaben groß genug gedruckt waren. Sie konnte ihren Namen und ihre Adresse schreiben und einfache Sätze, natürlich nur in Druckschrift, konnte die Uhrzeit ablesen, bis zwanzig zählen und einfache Rechenaufgaben lösen. Mutter zeigte ihr die Bibliothek auf Shrove und sagte, wenn sie größer sei, dürfe sie alle die Bücher dort lesen, wenn sie wollte. Zu *ihr* habe Mr. Tobias gesagt, sie solle sich doch die Bücher nehmen, die sie lesen wolle, er wisse doch, daß sie gern lese, und die Einladung gelte selbstverständlich auch für ihre Tochter.

»Jonathan«, sagte Liza.

»Ja, Jonathan, aber du mußt Mr. Tobias zu ihm sagen.«

Es gab dort Geschichtsbücher und Geographiebücher

und Bücher über Sprachen und Philosophie und Religion. Liza merkte sich die Wörter, ohne ihre Bedeutung zu verstehen. Mutter sagte, da seien auch viele Bücher mit Geschichten, das bedeutete erfundene Sachen, nicht solche, die sich wirklich zugetragen hätten, und die würde man Romane nennen. Die meisten seien vor langer Zeit geschrieben worden, vor über hundert Jahren, was ja nicht verwunderlich sei, denn sie hätten dem Vater von Mr. Tobias' Großvater gehört, der das Haus 1862 gekauft habe, als er reich geworden sei. Die Bücher seien jetzt ziemlich veraltet, sagte Mutter, was ja wohl nichts Schlimmes sei, und sah Liza dabei mit schräggelegtem Kopf an.

Es wurde ein heißer Sommer, und eines Tages ging Liza mit Mutter zu einer sehr tiefen Stelle im Fluß, zu einem Becken unterhalb der Stromschnelle, von der das Wasser steil herabgeschossen kam, und Mutter brachte ihr bei, wie man schwimmt. Mutter war eine gute, ausdauernde Schwimmerin, und bei ihr fühlte Liza sich sicher, selbst da, wo das Wasser so tief war, daß Mutter mit den Füßen nicht mehr bis auf den Grund reichte. Nachdem sie das zweite oder dritte Mal dort gewesen waren und gerade den Weg heraufkamen – später meinte Mutter, wären sie doch über das Grundstück beim Haus gegangen wie sonst –, mußten sie sich plötzlich flach an die Hecke drücken, um ein Auto vorbeizulassen. Es fuhr aber nicht vorbei, sondern hielt an, und eine Dame streckte den Kopf aus dem Seitenfenster.

In dem Moment mußte Liza ihre Theorie über den Zusammenhang zwischen Haarfarbe und Geschlecht revidieren, denn die Haare der Dame waren blond. Ansonsten hatten sie nicht besonders viel Ähnlichkeit mit Haar, sondern wirkten wie aus blaßgelbem, durchscheinendem Material geformt, einer Art mit Lack überzogenem Zitronengelee vielleicht. Die Dame hatte ein Gesicht wie das Äffchen auf den Abbildungen in Lizas *Dschungelbuch* und auf den Handrücken Schnüre unter der Haut und ein braunes Papierkleid, das man, wie Mutter ihr später erklärte, Leinen nannte und das aus einer Pflanze mit blauen Blumen gemacht wurde, die wie Gras auf den Feldern wuchs.

Die Dame sagte: »Ach, meine Liebe, ich hab Sie ja schon ewig nicht mehr gesehen. Kommen Sie denn gar nicht mehr ins Dorf? Ich muß sagen, ich hab Sie in der Kirche vermißt. Ihre Mutter kam ja immer regelmäßig zum Gottesdienst.«

»Ich bin aber nicht meine Mutter«, sagte Mutter äußerst kühl.

»Nein, *natürlich* nicht. Und das ist Ihr Töchterchen?«

»Ja, das ist Eliza.«

»Sie kommt ja dann bald zur Schule, nehm ich an. Ich weiß gar nicht, wie Sie sie hinbringen wollen ohne Auto, aber es gibt ja den Schulbus. Der fährt wenigstens bis dahin, wo die Hauptstraße anfängt.«

In einem Ton, bei dem Liza immer Angst bekam, wenn sie ihn ihr gegenüber anschlug – doch das kam selten vor –, sagte Mutter: »Eliza wird Privatunterricht bekommen«, und ging weiter, ohne abzuwarten, daß die Dame den Kopf einzog und das Fenster hochkurbelte.

Es war das erste Mal, daß Liza etwas von Schule hörte. Sie wußte nicht, was das war. Damals kamen in den Büchern, die sie las, keine Schulen oder Schulkinder vor. Trotzdem fragte sie Mutter nicht danach, sondern wollte bloß wissen, wie die Dame hieß, und Mutter sagte, Mrs. Hayden, Diana Hayden; Liza würde sie wahrscheinlich nie mehr sehen müssen.

Im Oktober bekamen sie wieder für vierzehn Tage die Hunde und ein halbes Jahr später noch einmal. Als es Zeit wurde, daß Matt sie mit dem Kombi abholen kam, tauchte er nicht auf. »Da muß etwas schiefgegangen sein«, sagte

Mutter. Es gab ja keine Möglichkeit, sie zu benachrichtigen, weil sie kein Telefon hatten und man keine Telegramme mehr schicken konnte.

Doch als er auch am nächsten Tag nicht kam, redete sie sich ein, Mr. Tobias käme statt dessen selbst. Er hätte dem Mann gesagt, es diesmal ihm zu überlassen, er würde die Hunde nach seiner Rückkehr selbst abholen. Aber er würde ja erst heute zurückerwartet. Nachdem er sich richtig ausgeschlafen und die Müdigkeit wegen der Zeitverschiebung überwunden hätte, würde er sich ins Auto setzen oder vielmehr in den Kombi und von Ullswater herfahren, wo er wohnte, aber niemanden hatte, der sich um seine Hunde kümmern wollte. Mutter war überzeugt, daß er kommen würde. Sie ging mit Liza frühmorgens nach Shrove hinüber und putzte das Haus besonders gründlich.

Zu Hause nahm sie in der Wanne in der Küche ein Bad und wusch sich die Haare. Das war aber am nächsten Tag, morgens. Sie zog einen ihrer langen, bunten Röcke an und das enge schwarze Oberteil, legte die grüne Perlenkette um und steckte sich die Goldringe in die Ohren. Es dauerte eine halbe Stunde, bis sie ihr Haar kunstvoll geflochten und hinten am Kopf festgesteckt hatte. Und das alles, weil Mr. Tobias kam.

Er kam aber nicht. Matt kam. Am Nachmittag fuhr er herauf und zwängte sich einfach an Mutter vorbei ins Torhaus, bevor sie ihn daran hindern konnte.

»Mich hat so ein Virus erwischt, das gerade im Umlauf ist«, sagte er, »sonst wär ich schon früher gekommen.«

»Wo ist Mr. Tobias?«

»Er hat angerufen aus Mosam–, na wie das eben heißt. Heute abend ist er zu Hause, hat er gesagt. Hat er Sie denn nicht benachrichtigt? Ach je, du meine Güte. Na egal, ist ja nicht so schlimm, oder?«

Nicht so schlimm! Nachdem Matt weg war, ging Mutter hinauf in ihr Schlafzimmer, legte sich aufs Bett und weinte. Liza hörte sie schluchzen und schlüpfte zu ihr ins Bett und umarmte sie und sagte, sie solle doch aufhören zu weinen, es würde schon alles wieder gut.

Und so war es auch. Im Juni, als die Wildrosen und die Holunderbüsche blühten und im Wald die Nachtigallen sangen, kam Mr. Tobias in seinem dunkelgrünen, polierten Landrover nach Shrove und rannte, die Hunde dicht auf seinen Fersen, den Gartenweg zum Torhaus hinauf, trommelte an die Tür und rief: »Eve, Eve, wo bist du?«

So erfuhr Liza, wie Mutter mit Vornamen hieß.

Den vergangenen Tag nannte sie den Tag Der Nachtigall, denn von früh bis spät und bis tief in die Nacht hatten die Nachtigallen gesungen. Wer es nicht wußte, sagte Mutter, dachte, Nachtigallen würden nur nachts singen, aber das war falsch; denn sie sangen rund um die Uhr.

6

»Mein richtiger Name ist Eliza. Manchmal dachte ich, sie hat mich nach Eliza Doolittle in *Pygmalion* so genannt.«

»Was?« sagte Sean.

»Weil sie das gleiche mit mir vorhatte wie Pygmalion mit Galatea und wie Professor Higgins mit Eliza Doolittle, er hat sie so umgemodelt, wie er sie haben wollte, oder sagen wir, er hatte ein Ideal und versuchte, sie dem nachzubilden.«

Sean runzelte konzentriert die Stirn. »Hört sich an wie *My Fair Lady*.«

»Als ich sie danach gefragt hab, hat sie es abgestritten. Ihr habe einfach der Name gefallen.« Liza trank ihren Erdbeer-Milchshake aus und wischte sich den Mund ab. »Sean, kann ich einen Hamburger haben? Weißt du eigentlich, daß ich noch nie einen Hamburger gegessen habe?«

»Klar kannst du. Wir nehmen zweimal Hamburger mit Pommes.«

»Ist das nicht komisch? Ich hatte solche Angst, vom Torhaus und von *ihr* wegzugehen, ich dachte, ich würde vor Angst sterben.«

»Ach du, andauernd stirbst du vor irgendwas.«

»Aber nie richtig, stimmt's? Ich hatte solche Angst, und jetzt bin ich in der Welt draußen – so kommt es mir vor, in der Welt draußen –, und es gefällt mir wirklich. Oder vielleicht gefällst eben du mir. Heather hätte mir nicht gefallen.«

»Vielleicht doch. Du kennst sie ja gar nicht.«

»Oh, doch, und ob. Ich *kannte* sie. Sie ist mal zu Besuch gekommen. Aber nicht damals, erst nachdem Mr. Tobias da war.«

Sie waren in der Stadt, Liza ganz furchtsam vor den Menschenmengen überall auf den Gehsteigen, doch die Geschäfte und die große Grünanlage gefielen ihr, wo ein paar alte Leute auf Holzbänken saßen und Kinder an einem Teich die Enten fütterten. Sean weigerte sich, ihr Geld anzunehmen, er hatte noch ein wenig Erspartes, und als sie Mittagessen gingen, kaufte er zwei Flaschen Wein und sechzig Zigaretten – auch wieder etwas, das sie noch nie probiert hatte. Kaum saß er im Auto, steckte er sich eine Zigarette an.

»Eve hat gesagt, die bringen einen um.«

»Da ist sie nicht die einzige, die das sagt. Aber ich denk mir, es ist immer das gleiche, die wollen einem bloß das bißchen Freude vermiesen. Ich mein, schau dir mal meinen Opa an, der ist siebenundachtzig, der hat vierzig Stück am Tag geraucht, seit er mit vierzehn auf Arbeit gegangen ist, und dem fehlt überhaupt nichts, kerngesund und mopsfidel ist der.«

»Was ist ein Mops, Sean?«

»Es gibt ein Spiel. Mops-ich-hab-Dich, das ist so ein Gesellschaftsspiel, also, das ist das eine, und dann ist es auch noch eine Hunderasse. Ehrlich gesagt, ich weiß auch nicht, warum man das so sagt.«

»Du solltest keine Redensarten benutzen, von denen du nicht weißt, was sie bedeuten.«

Sean lachte. »Sorry, Fräulein Lehrerin.«

Weil er darauf bestand, probierte sie auch eine Zigarette. Sie mußte husten, und dann wurde ihr schlecht, aber Sean sagte, das sei beim ersten Mal immer so, man dürfe nur nicht aufgeben.

Auf dem Rückweg zum Wohnwagen gingen sie an der Obstverkaufsstelle vorbei und sprachen im Büro mit Mr. Vanner. Er hatte nicht genügend Pflücker für die Emilebirnen und stellte sie beide für den nächsten Tag ein. Beim Hinausgehen nahm Liza sich einen James Grieve aus dem Korb mit der Aufschrift: *Bedienen Sie sich und genießen Sie den feinen Geschmack.* Sie hatte bereits kräftig hineingebissen, als Mrs. Vanner hinter der Theke sie anfuhr: »Wenn's Ihnen nichts ausmacht, aber die Äpfel sind für unsere zahlenden Gäste gedacht.«

In einem so unfreundlichen Ton hatte noch nie jemand mit ihr gesprochen. Sean drückte ihren Arm, um sie daran zu hindern, etwas zu erwidern, obwohl sie das sowieso nicht getan hätte, sie war zu geschockt.

»Was für ein schreckliches Weib«, sagte sie, sobald die Tür hinter ihnen zufiel.

»Blöde, alte Zicke«, sagte Sean.

Inzwischen war noch ein Wohnmobil auf dem Parkplatz angekommen. Die Bewohner hatten bereits eine Wäscheleine gespannt und einen schwarzen Terrier an der Treppe festgebunden. Liza warf einen Blick zu dem Camper hinüber, der schon bei ihrer Ankunft dagestanden hatte, und sah unter dem hochgezogenen Rollo das blaue Licht des Bildschirms hervorleuchten.

»Weißt du, was wir vergessen haben, Sean? Wir haben den Fernseher nicht gekauft.«

»Ich kann mir was Besseres denken als Fernsehen«, sagte Sean, legte den Arm um ihre Schultern und streichelte mit den Fingerspitzen über ihren Hals.

»Und was zum Lesen«, sagte sie, als ob sie ihn gar nicht gehört hätte. »Ich brauch unbedingt was zum Lesen. Wie komme ich bloß an Bücher?«

»Keine Ahnung.« Es interessierte ihn nicht.

»Ich kann aber ohne Bücher nicht leben.«

Trotzdem kam sie bereitwillig in seine Arme, sobald sie im Wohnwagen waren und die Tür hinter sich zugemacht hatten. Rasch streifte sie ihre Kleider ab und kroch übers Bett, wo er auf sie wartete. Sie hatten sich morgens nicht die Mühe gemacht, das Bett hochzuklappen, wohl wissend, daß sie es bestimmt bald wieder brauchen würden.

Mutter sagte: »Das ist Mr. Tobias, Lizzie, von dem du schon soviel gehört hast«, und zu Mr. Tobias sagte sie: »Jonathan, ich möchte dir meine Tochter Eliza vorstellen.«

Jemandem die Hand zu schütteln, war eine ganz neue Erfahrung für Liza. Die Hand von Mr. Tobias war warm und trocken, und er hatte einen kräftigen Händedruck. Er ging in die Hocke, so daß ihre Augen auf gleicher Höhe waren. Seine waren dunkelbraun und seine Haare hellbraun, heller als seine tief gebräunte Haut. Von allen Männern, die Lisa je gesehen hatte – der Milchmann, der Postbote und der Heizölmann und Mr. Frost, der Mann von Mr. Tobias, der die Hunde brachte, und der andere, der einen Bart hatte aber keinen Namen –, von denen allen hatte Mr. Tobias die schönsten Hände. Sie waren schmal und braun mit langen Fingern und rechteckigen Nägeln.

Und er hatte eine wunderbare Stimme. Anstatt sich anzuhören wie Matt oder der Heizölmann oder der Mann mit dem Bart oder der Milchmann, deren Stimmen sich alle voneinander unterschieden, klang seine Stimme eher wie die von Mutter, aber natürlich tiefer und irgendwie weicher. Es war eine Stimme, von der man sich vor dem Schlafengehen gern eine Geschichte vorlesen lassen würde.

»Sie ist dir sehr ähnlich, Eve«, sagte er. »Sie ist eine Miniaturausgabe von dir. Vielleicht ein Klon?«

»Ich fürchte, nein«, sagte Mutter. »Aber ich bin froh, daß sie aussieht wie ich.«

Liza war überrascht, als eine Flasche und zwei Gläser zum Vorschein kamen, eine Flasche mit einer braunen Flüssigkeit, und Orangensaft für sie. Mr. Tobias war sehr groß und mußte den Kopf einziehen, um durch die Wohnzimmertür zu passen. Er trug keine Jeans wie die meisten anderen Männer, die sie kannte, oder das Unterteil eines Anzugs wie Mr. Frost, sondern Hosen aus hellbeigem Stoff mit einem Rippenmuster wie ein Pulli, ein weißes Hemd mit offenem Kragen und ein braunes Samtjackett. Eve erklärte ihr später, es sei Samt. Es sah so aus und – stellte sie sich vor – fühlte sich an wie der Maulwurf, den sie aus einem Erdhügel auf dem Rasen bei Shrove hatte hervorkommen sehen.

Sie war ihm gegenüber sehr schüchtern. Während er mit seiner Märchenonkelstimme etwas zu ihr sagte, starrte sie ihn nur mit weitaufgerissenen Augen an. Er fragte sie, was sie denn den ganzen Tag so mache und ob sie schon lesen könne und ob sie ihm vielleicht etwas malen würde. Während sie ein Bild von Shrove malte, im Hintergrund den Fluß und die Berge und Heidi und Rudi, die auf dem Rasen herumrannten, sagte er, sie käme doch bestimmt bald in die Schule. Mutter meinte brüsk, damit habe es keine Eile, und wechselte das Thema. Sie wünschte, er hätte sie von seinem Kommen unterrichtet, dann hätte sie etwas zu essen besorgt und das Haus schön geputzt.

»Wieso *du*? Dafür sollst du doch eine Frau aus dem Dorf kommen lassen.«

»Ich weiß, aber die sind so unzuverlässig, außerdem bräuchte sie einen Wagen. Es ist doch viel einfacher, wenn ich es selbst mache. Ich mache es wirklich lieber selbst, Jonathan.«

»Ich dachte mir schon, da stimmt was nicht, als ich mit Matt die Buchhaltung durchging und keine Ausgaben für eine Putzhilfe dabei waren.«

Mutter wiederholte: »Ich mache es wirklich lieber selbst.« Sie sah etwas unterwürfig zu Boden, wobei ihre langen Wimpern die Wange streiften. »Du bezahlst mich so großzügig, daß ich finde, es ist meine Pflicht.«

»Als du hierherkamst, dachte ich mir eigentlich, du könntest als eine Art Verwalterin fungieren. Du bekämst das Cottage und ein – sagen wir, ein Gehalt, um das Anwesen zu versorgen.«

»Mein lieber Jonathan, hier gibt's nichts zu versorgen außer Mr. Frost und dem Heizölmann«, sagte Mutter und beide lachten.

Liza stellte ihre Zeichnung fertig und zeigte sie Mr. Tobias, der sie sehr gut fand und sagte, sie müsse noch unterschreiben. Also schrieb sie Eliza Beck rechts unten in die Ecke und wunderte sich, daß Mr. Tobias so einen merkwürdigen, langen Blick auf ihre Unterschrift warf, bevor er sich mit einem komischen, schiefen Lächeln und hochgezogener Augenbraue an Mutter wandte.

Die Hunde schliefen diesmal nicht im Schlößchen, sondern drüben auf Shrove bei Mr. Tobias. Liza spielte mit ihnen, bis es Zeit für ihr Abendessen war, und dann begleiteten sie und Mutter die beiden ein Stückchen auf dem Weg nach Shrove und ließen sie dann laufen. Sie blieb unter der höchsten Wellingtontanne stehen und rief, sie sollten nach Hause laufen, los, und ihr Herrchen suchen. Mr. Tobias kam durch die Eingangstür die Treppe herunter und winkte ihnen zu.

Um den Hals hatte er etwas an einem Band hängen. Aus der Entfernung konnte Liza es nicht besonders gut erkennen, aber als sie näher kamen, fand sie, daß es so ähnlich aussah wie dieses Ding, das Mutter hatte und das Musik machte. Er winkte sie her und hielt sich das Ding mit beiden Händen ans Gesicht. Mutter ging geradewegs auf ihn zu und sagte, Liza solle doch nicht so schüchtern sein,

Mr. Tobias wolle nur ein Foto von ihnen machen. Aber Liza *war* nun mal schüchtern, sie versteckte sich hinter einem Baum, so daß Mutter allein aufs Bild kam.

Damals war sie aus ihrem Babyspiel schon fast herausgewachsen, das sie immer nach dem Zubettgehen gespielt hatte, wo sie von einem Zimmer und einem Fenster zum nächsten gerannt war, aber an diesem Abend hatte sie aus irgendeinem Grund wieder Lust darauf. Der Grund war vielleicht, daß Mutter heraufgekommen war, um nachzusehen, ob sie schlief. Liza tauchte unter die Decke und lag mit geschlossenen Augen gleichmäßig atmend da.

Sie blinzelte mit einem Auge, als Mutter auf Zehenspitzen hinausging, und sah, daß sie ihren schönsten Rock anhatte, den selbstgenähten aus einem blau-lila-roten Stoff, den sie in der Stadt gekauft hatte. Mutter trug den bauschigen, fast knöchellangen neuen Rock, ein enges schwarzes Oberteil und hatte einen glänzenden schwarzen Gürtel um die zierliche Taille. Sie hatte sich die Frisur gemacht, die Liza so gern mochte und die eine halbe Stunde dauerte, die Haare straff zurückgekämmt und zu einem dicken Zopf geflochten, der oben am Kopf anfing und im Nacken festgesteckt war.

Liza glaubte, die Haustür gehört zu haben. Sie sprang aus dem Bett und rannte in Mutters Zimmer hinüber ans Fenster. Mutter schlüpfte gerade durchs vordere Gartentor hinaus. Es war ein warmer Abend, immer noch hell, aber die Sonne stand schon tief am blaßblauen Himmel. Mutter hatte weder einen Mantel noch eine Stola dabei. Sie ging auf die Toreinfahrt zu. Liza rannte wieder in ihr Zimmer zurück, ins Turmzimmer, stellte sich auf den Stuhl und beobachtete, wie Mutter durch das offene Tor nach Shrove hinaufging.

Liza war noch nie zuvor alleingelassen worden, außer wenn sie eingesperrt und in Sicherheit war. Mutter ging unter den Bäumen durch den Park zum Haus hinauf; so weit war sie noch nie weggegangen. Angst kroch in ihr hoch und löste, wie bei jedem kleinen Kind, Tränen aus. Fast hätte sie gleich geschrien und geschluchzt, doch während sie noch den Atem anhielt, kam Mr. Tobias von der Rückseite des Hauses hergeschlendert. Er blieb stehen, streckte Mutter beide Arme entgegen, und sie sahen einander an.

Irgendwie war durch die Tatsache, daß Mr. Tobias da war, und die Gewißheit, daß Mutter sich bloß mit ihm traf, alles in Ordnung. Mutter ergriff seine Hände und sagte etwas und lachte. Er ging um sie herum, betrachtete sie von oben bis unten, nickte anerkennend und strich mit dem Finger über den schönen, glänzenden Zopf. Dann nahm er ihre Hand und hakte sie bei sich ein, und sie gingen ganz dicht nebeneinander aufs Herrenhaus zu. Liza machte es nichts mehr aus, daß Mutter weggegangen war, denn die beiden waren ja zusammen und blieben auf Shrove.

Ein kleines bißchen machte es ihr aber doch aus, weil sie nämlich nicht dabei war, sie fühlte sich ausgeschlossen. Doch sie hatte keine Angst mehr. Sie rannte wieder in Mutters Zimmer, um zu sehen, ob vorn etwas los war, und wenn es bloß die Kaninchen waren, die an den Grasrabatten fraßen. Abends waren immer Kaninchen da, das war nichts Aufregendes. An Mutters Gemüse konnten sie nicht, denn dort war das meiste mit Netzen zugedeckt, Salatköpfe, Kohl, Erbsen und Karotten, aber Bohnen und Erdbeeren nicht, denn die fraßen die Kaninchen nicht.

Die Sonne ging hinter dem Wald unter und färbte die Bäume schwarz und den Himmel so golden, daß es einen fast blendete. Sie sah sie versinken, bis alles Gold abgeflossen war und der Himmel erst gelb und dann rosa und rot wurde. Kaum war die Sonne weg, kamen die Fledermäuse zum Vorschein. Mutter hatte ihr erklärt, wie sie im Dunkeln nach Insekten jagten, indem ihre Piepsgeräusche, die für Menschen nicht hörbar sind, an fliegenden Gegenständen abprallen und zurückschallen.

Ein Nachtfalter flog gegen das Fenster, und Liza identifizierte ihn als Ligusterschwärmer, obwohl er einen gelbbraunen statt rosabraunen Körper hatte und seine Hinterflügel gelblich waren. Vielleicht war es auch nur ein Gemeiner Gelber Ordensbandfalter. Mutter hatte ihr aus der Bücherei auf Shrove ein Buch über Tag- und Nachtfalter und *Frohawk's Complete British Butterflies* mitgebracht. Sie rannte nach unten, um es zu holen. Vielleicht nahm sie sich auch einen Apfel, aber um diese Jahreszeit gab es ja gar keine Äpfel. Statt dessen aß sie ein paar von den Erdbeeren, die sie mit Mutter vor Mr. Tobias' Ankunft gepflückt hatte.

Sie konnte den Falter nicht finden, oder jedenfalls keine Abbildung, bei der sie mit Sicherheit sagen konnte, daß es sich um das Insekt vor dem Fenster handelte, und mußte, als sie wieder im Bett lag, eingeschlafen sein, denn sie wußte nichts mehr von dieser Nacht, und erst als sie am nächsten oder übernächsten Abend viel später in der Dämmerung aus Mutters Fenster schaute, sah sie die beiden dicht an die Mauer des Schlößchens gelehnt in der Toreinfahrt zu Shrove stehen. Mr. Tobias hatte die Arme um Mutter geschlungen und küßte sie auf eine Art, wie Liza noch nie jemanden hatte küssen sehen, nämlich auf den Mund.

In Wahrheit hatte sie noch nie jemanden küssen gesehen, außer wenn Mutter sie küßte, was ja nicht dasselbe war. Mr. Tobias ließ Mutter los, und Mutter kam ins Haus. Liza schlich ganz leise über den Flur zurück in ihr eigenes Zimmer, und als sie oben an der Treppe vorbeikam, hörte sie Mutter unten singen. Nicht sehr laut, aber es klang, als würde sie vor Freude singen. Liza kannte das Lied und wußte, daß es von einem sogenannten Mozart war, denn sie hatte Mutter oft die Platte spielen hören, auf der eine Dame davon sang, wie sie ihren Liebsten mit der Medizin heilen wollte, die sie im Herzen aufbewahrte.

Das Wochenende kam und brachte viele Besucher nach Shrove. Das seien lauter Freunde von Mr. Tobias, sagte Mutter, zwei Männer und drei Damen, sie kamen den Weg herauf am Torhaus vorbei und gingen durchs Tor zum Herrenhaus hinauf. Liza wollte wissen, ob sie und Mutter die Leute oben besuchen könnten, aber Mutter sagte, nein, sie würde erst wieder am Montag hingehen und Liza dürfe auf keinen Fall jetzt hinauf.

»Warum nicht?« fragte Liza.

»Weil ich es sage«, antwortete Mutter. »Mr. Tobias hat uns eingeladen, aber ich habe ihm gesagt, nein, diesmal nicht.«

»Warum?«

»Es ist besser so, Liza.«

Am Samstagabend sah sie die Leute von einem Spaziergang zurückkehren. Sie stand an Mutters Fenster und konnte ganz deutlich sehen, wie sie den Garten am Torhaus durchquerten. Eine der Damen war stehengeblieben und bewunderte Mutters großen Steintrog mit den Geranien, Fuchsien und Schönmalven in voller Blüte.

Die Männer waren einfach Männer, gar nichts Besonderes, aber einer von ihnen hatte statt Haaren nur die nackte Haut auf dem Kopf, und die Damen sahen nett aus, aber keine war so hübsch wie Mutter. Vielleicht fand Mr. Tobias das auch, denn als sie vorbeigingen, drehte er sich um und warf einen langen Blick auf das Torhaus. Liza glaubte nicht, daß er die Blumen ansah. An den Damen war jedoch irgend etwas Besonderes, sie sahen anders aus als die, die Liza bisher gesehen hatte, irgendwie glatter und sauberer, ihre Haare waren so säuberlich und gleichmäßig geschnitten wie bei Mr. Frost die Rasenkante an der Blumenrabatte. Alle drei trugen Jeans wie der Milchmann und Hugh, aber eine hatte eine Jacke wie Mutters Ausgehschuhe, die aus Wildleder mit den Schuhspannern drin, die Liza so gern streichelte, und einen Seidenschal mit einem Marinemuster; eine hatte einen wunderbaren Pulli mit eingestricktem Blumenmuster und ein angemaltes Gesicht wie Diana Hayden, und die dritte trug eine Art Männerhemd, das aber lang und aus hellgrüner Seide war.

Eine halbe Stunde später kam einer der Wagen die Auffahrt von Shrove herunter – eigentlich vom Stallgebäude herüber, wo die Autos immer standen –, und Mr. Tobias' Landrover voraus zeigte ihm den Weg, und am nächsten Morgen erzählte ihre Mutter, sie seien zum Abendessen in ein Hotel gefahren. Am Montag waren sie dann abgefahren, und sie ging mit Mutter nach Shrove hinauf, um die Betten abzuziehen und alles aufzuräumen. Das heißt, Mutter räumte auf. Liza unterhielt sich mit Mr. Tobias, und er zeigte ihr seine Urlaubsfotos, dann ging er mit ihr in die Bibliothek und sagte, sie dürfe sich jedes beliebige Buch nehmen, das sie gern lesen wollte. Sie gingen mit den Hunden zum Fluß hinunter und winkten dem Zug, und als sie zurückkamen, war Mutter fertig.

»Ich bin aber gar nicht glücklich darüber, daß du das alles machst, Eve«, sagte Mr. Tobias und sah *tatsächlich* nicht glücklich aus.

»Vielleicht laß ich doch jemanden kommen«, sagte Mutter.

Liza fand, daß sie ziemlich erschöpft aussah, kein Wunder, denn im Haus hatte ein schreckliches Durcheinander geherrscht. Zwar hatte Mutter nichts gesagt, als sie angekommen waren, aber Liza sah entsetzt die klebrigen Gläser, die Tassen und Teller, die überall herumstanden, das pudrige graue Zeug, das mit verbrannten Papierröhrchen vermischt in kleinen Glasschalen lag, und den großen braunen Fleck auf dem Teppich im Salon.

»Ich hätte selbst aufräumen sollen«, sagte Mr. Tobias, was Mutter komischerweise zum Lachen brachte. »Gehst du heute abend mit mir aus? Wir gehen irgendwo essen.«

»Ich kann nicht, Jonathan. Vergiß nicht, ich habe doch Eliza!«

»Dann nimm sie mit.«

Wieder lachte Mutter bloß, aber auf eine Art, die es irgendwie klar machte, daß sie nicht essengehen würden und daß der Vorschlag absurd war.

»Dann kochst du mir eben was. Im Torhaus. Es ist zwar ein winziges Kabuff, und ich werde es auch noch von oben bis unten für dich herrichten lassen, aber wenn uns nichts anderes übrigbleibt, ist es eben das Torhaus. In der Not frißt der Teufel Fliegen. Du bist auch ein kleiner Teufel, weißt du, Eve, du wickelst einen ganz schön um den Finger, aber du kochst mir heute abend was. Das heißt, wenn du nicht zu müde bist?«

»Ich bin nicht zu müde«, sagte Mutter.

Liza rechnete nicht damit, aufbleiben zu dürfen. Es war eine wunderbare Überraschung, als Mutter es ihr doch erlaubte, aber gleich hinzufügte, danach müsse sie schnurstracks ins Bett. Um sieben kam Mr. Tobias mit einer Flasche, die so etwas wie Brauselimonade enthielt, aber einen mit Draht befestigten Verschluß hatte, und einer Flasche mit etwas in der gleichen Farbe wie Mutters selbstgemachter Himbeeressig. Mit einem lauten Knall und viel Schaum sprang der Verschluß von der Limonadenflasche. Es gab Salat und Brathähnchen und Erdbeeren, und als Liza die letzte Erdbeere verzehrt hatte, mußte sie ins Bett. Seltsamerweise schlief sie sofort ein.

Am nächsten Morgen rannte sie wie an jedem Morgen in

Mutters Zimmer zum Kuscheln. Bisher war Mutter in ihrem großen Bett immer allein gewesen, aber diesmal nicht. Mr. Tobias lag bei ihr im Bett, auf der Fensterseite.

Liza blieb verblüfft stehen.

»Geh bitte einen Augenblick hinaus, Liza«, sagte Mutter.

Ein Augenblick bedeutete immer, daß man bis zwanzig zählen mußte. Lisa zählte bis zwanzig und ging wieder hinein. Mr. Tobias war aufgestanden und hatte seine breiten Schultern und seine große Gestalt so gut es ging in Mutters braunen, wollenen Morgenmantel gezwängt. Er murmelte irgend etwas, griff nach seinen Kleidern auf dem Stuhl und ging in die Küche hinunter. Liza schlüpfte zu Mutter ins Bett und umarmte sie, umarmte sie so fest, daß Mutter sagte, sie solle loslassen, sonst tue es weh. Das Bett roch anders als sonst, nicht nach frischen Laken und Mutter und ihrer Seife, sondern ein bißchen wie der Fluß in einer Trockenzeit, ein bißchen wie ans sandige Ufer gespülte tote Fische oder wie Kochwasser mit viel Salz drin.

Mr. Tobias kam gewaschen und angezogen wieder herauf und sagte, er fände es schrecklich, daß sie kein Bad hätten, und als nächstes würde er ein Bad einbauen lassen. Und wieso um alles in der Welt Eve denn kein Telefon habe? Jeder Mensch habe ein Telefon. Nach dem Frühstück ging er, kam nachmittags jedoch wieder und brachte Liza ein Geschenk mit. Es war eine Puppe. Liza hatte sehr wenig Spielsachen, und die hatte sie alle von Eve geerbt – eine Stoffpuppe, eine aus Zelluloid, einen Hund auf Rädern, den man an einer Schnur hinter sich herziehen konnte, und eine Kiste mit Bauklötzen.

Die Puppe, die Mr. Tobias ihr gekauft hatte, war keine Babypuppe, sondern ein kleines Mädchen mit dunklen Haaren wie ihre eigenen, die man waschen konnte, mit Armen und Beinen und einem Gesicht, das sich anfühlte wie echte Haut, und mit einer Garderobe zum Wechseln, wenn das Kleid, das sie gerade trug, in die Wäsche mußte.

Liza starrte sie an und brachte keinen Ton heraus.

»Bedank dich bei Mr. Tobias, Lizzie«, sagte Mutter, aber sie schien nicht besonders erfreut und meinte: »Das sollst du doch nicht, Jonathan. Das bringt sie nur auf alle möglichen Gedanken.«

»Warum nicht? Harmlose Gedanken, da bin ich sicher.«

»Na, ich aber nicht. Ich will nicht, daß sie solche Gedanken hat. Aber es ist sehr nett von dir, du bist wirklich großzügig.«

»Wie soll sie denn heißen, Liza?« sagte Mr. Tobias mit seiner sanftesten, süßesten Stimme.

»Jonathan«, antwortete Liza.

Darüber mußten beide lachen.

»Jonathan ist doch ein Männername, Lizzie, und das ist ein Mädchen. Überleg noch mal.«

»Ich weiß aber keine Mädchennamen. Wie haben denn die Damen geheißen, die bei Ihnen zu Besuch waren?«

»Letztes Wochenende? Die hießen Annabel und Victoria und Claire.«

»Dann nenn ich sie Annabel.«

Danach schlief Mr. Tobias die meisten Nächte in Mutters Bett. Liza schlief mit Annabel zusammen und nahm sie morgens mit zu Mutter ins Bett, vorher klopfte sie aber an, wie man ihr gesagt hatte, um Mr. Tobias Gelegenheit zum Aufstehen zu geben. Er blieb drei Wochen auf Shrove, dann wurden daraus vier, die Hunde blieben auch da, aber übers Wochenende wurden keine Leute mehr eingeladen.

Mutter war sehr glücklich. Sie war ganz verändert und sang viel. Sie wusch sich jeden Tag die Haare und nähte sich auch einen neuen Rock. Jeden Tag waren sie entweder oben auf Shrove, oder Mr. Tobias besuchte sie im Torhaus, und das einzige, was nicht stimmte, war, daß Mutter jedesmal, wenn Mr. Tobias mit ihnen im Landrover spazierenfahren wollte, ablehnte. Liza wollte gern ans Meer fahren, und der Vorschlag wurde auch gemacht, aber Mutter sagte nein. Also gut, meinte Mr. Tobias, dann komm übers Wochenende mit nach London, nach Montagu Square, aber Mutter sagte, das sei noch schlimmer als ans Meer.

»Es gefällt dir doch hier, Jonathan, nicht? Es ist der schönste Ort auf der Welt, so schön ist es sonst nirgends.«

»Ab und zu hab ich gern etwas Abwechslung.«

»Dann verschaff dir Abwechslung. Das ist wohl das Beste. Verschaff dir deine Abwechslung, und dann komm wieder hierher zu uns. Ich glaube es einfach nicht, daß das Haus in Ullswater schöner ist als das hier.«

»Dann komm und sieh dir's an. Wir fahren übers Wochenende hin, dann kannst du dir selbst ein Urteil bilden.«

»Ich will nie von hier weg und Liza auch nicht. Ich dachte eigentlich –« Mutter wandte sich ab und flüsterte, »–, ich dachte, es wäre für dich vielleicht jetzt interessanter, weil ich da bin.«

»Ist es auch. Das weißt du doch, Eve. Aber ich bin jung und, ehrlich gesagt, auch reich. Du weißt, daß mein Vater mir sehr viel hinterlassen hat. Ich will mich nicht für den Rest meines Lebens an einem Ort niederlassen und nichts von der Welt sehen. Das heißt aber nicht, daß ich die Welt nicht mit dir zusammen sehen will.«

Mutter sagte, sie wolle die Welt aber nicht sehen. Sie habe für ihr Leben lang genug davon, genug bis in alle Ewigkeit, und es sei alles ganz furchtbar. Sie wollte auch nicht, daß er das Torhaus herrichten und ein Bad einbauen ließ. Sie wollte nicht, daß er sein Geld für sie verpulverte. Diese Art von Luxus bedeuteten ihr und Liza gar nichts. Wenn er unbedingt gehen wolle, und sie könne ja sehen, daß er das wollte, dann solle er wenigstens die Hunde dalassen, dann wüßte sie, er würde wiederkommen.

»Ich brauche keinen Grund, um wiederzukommen. Matt kann sich um die Hunde kümmern.«

»Laß sie bei mir, dann weiß ich, daß du kommst. Du solltest sie immer bei mir lassen.«

In dieser Nacht schlief er noch einmal in Mutters Bett und kehrte morgens nach Shrove zurück. Später kam er im Landrover am Torhaus vorbei, um sich zu verabschieden. Er umarmte Mutter und küßte sie, Liza küßte er auch, und Liza sagte, Annabel werde ihn vermissen. Sie winkten dem Landrover hinterher, als er den Weg hinunterfuhr, und Liza rannte nach oben, um ihn über die Brücke fahren zu sehen. Als er außer Sichtweite war, brachte sie mit Mutter die Hunde ins Schlößchen, und Mutter sagte, sie könnten eigentlich gleich nach Shrove hinaufgehen, um aufzuräumen und alles wieder schön in Ordnung zu bringen.

Mr. Tobias hatte ein gewaltiges Durcheinander hinterlassen, obwohl er die letzten drei Wochen gar nicht oft dagewesen war. Während Mutter den Staubsauger über die Schlafzimmerteppiche schob, ging Liza ins Damenzimmer und sah nach der Tür, die immer verschlossen war. Sie probierte am Türgriff aus, ob sie diesmal zufällig offen war. War sie aber nicht. Sie ging in die Hocke, weil sie inzwischen schon recht groß war, und spähte mit einem Auge durchs Schlüsselloch, das andere kniff sie zu. Es überraschte sie, daß sie ziemlich viel erkennen konnte, ein Stück von der roten Polsterung eines Sessels und die Borte an der Armlehne, die Ecke an einer Art Tisch mit Schubladen, die leuchtend bunten, blau, grün und orangefarbenen Bücherrücken auf einem Regal. Was dort drin wohl war, das sie nicht sehen durfte?

Liza ärgerte sich, weil sie Mr. Tobias bei den verschiedenen Gelegenheiten, als sie zusammen im Haus waren, während Mutter oben oder in der Küche saubermachte, nicht von dem verschlossenen Zimmer erzählt hatte. Aber natürlich waren sie nie im Damenzimmer gewesen, es wurde nicht oft benutzt, und es bestand auch kein Grund dazu, denn es gab ja noch den Salon, das Speisezimmer und die Bibliothek. Liza war überzeugt, wenn sie Mr. Tobias gefragt hätte, dann hätte er sofort den Schlüssel geholt und die Tür aufgeschlossen.

Nächstes Mal würde sie ihn fragen. Wenn er kam, um die Hunde abzuholen. Aber die Wochen vergingen, und er kam nicht. Er schrieb auch nicht, nicht einmal eine Postkarte, und nachdem fast ein Monat vergangen war, kam Matt im Landrover und holte die Hunde ab. Zufällig sah Mutter den Landrover über die Brücke fahren. Die Farbe stimmte, und obwohl sie das Nummernschild nicht sehen konnte, war sie sich sicher, daß Mr. Tobias selbst gekommen war, und als sie den Wagen auf dem Weg sah, war sie sich noch sicherer. Mr. Tobias hatte Matt noch nie mit dem Landrover geschickt, aber diesmal schon, und als Matt weg war und Heidi und Rudi auch, ging Mutter in ihr Zimmer und weinte.

Liza hatte nie jemandem davon erzählt. Es hatte ja bisher auch niemanden gegeben, dem sie es hätte erzählen können, aber auch Sean sagte sie nichts, sondern behielt es ganz für sich. Und als Sean fragte, ob denn dieser Tobias, dem Shrove House gehörte, je wieder aufgetaucht sei, da sagte sie nur, ja, aber er sei nicht lang geblieben.

»Bist du eigentlich nie zur Schule gegangen?«

»Nein, nie. Mutter hat mich zu Hause selbst unterrichtet.«

»Das ist aber gegen das Gesetz.«

»Kann schon sein. Aber du weißt ja, wo Shrove liegt, am Ende der Welt, weitab von allem. Wer hätte es denn erfahren? Eve log die Leute doch an. Mir gegenüber war sie absolut ehrlich. Sie sagte, es sei ganz wichtig, nur dann zu lügen, wenn es sein mußte, und dann sei es ganz wichtig, zu wissen, daß es gelogen war. Als ein paar Leute danach fragten, erzählte sie, ich ginge auf die Dorfschule, und anderen sagte sie, ich ginge auf eine Privatschule. Wir trafen Diana Hayden auf der Straße, und Eve sagte ihr, wir hätten es eilig, weil sie mich zum Schulbus bringen müsse. Du darfst nicht vergessen, es waren ja nicht viele. Eigentlich bloß der Milchmann, der Postbote, der Mann, der den Strom ablas, Mr. Frost und der Heizölmann, und die würden bestimmt nicht fragen. Von denen blieb keiner länger als fünf Minuten außer Mr. Frost, der sowieso nie sprach.«

»Wolltest du denn nicht in die Schule? Ich mein, Kinder wollen doch Freunde.«

»Ich hatte ja Eve«, sagte Liza schlicht und fügte hinzu: »Ich wollte sonst niemanden. Na ja, ich hatte Annabel, meine Puppe. Sie war meine imaginäre Freundin, und ich redete mit ihr und besprach alles mögliche mit ihr. Ich bat sie um Rat, und es machte mir, glaub ich, nichts aus, daß sie keine Antwort gab. Ich hatte ja *keine Ahnung*, weißt du. Ich wußte ja nicht, daß das Leben auch anders sein konnte.

Als ich lesen konnte, ich meine, als ich richtig lesen konnte, fing Eve an, mir Französisch beizubringen. Ich glaube, mein Französisch ist ziemlich gut. Montags und mittwochs machten wir Geschichte und Geographie und dienstags Rechnen. Mit Latein fing sie an, als ich neun war, das war freitags, aber vorher hatten wir donnerstags und freitags immer Gedichtelesen und Musikerziehung.«

Sean sah sie entgeistert an. »Was für ein Leben!«

»Ich brauchte wirklich nicht zur Schule zu gehen. Wir unterhielten uns den ganzen Tag, Eve und ich. Wir machten in der Umgebung Spaziergänge. Und abends spielten wir Karten oder legten Puzzle oder lasen.«

»Du armes Ding. Was für eine grauenhafte Kindheit!«

Das wollte Liza aber nicht gelten lassen. Sie sagte wütend: »Ich hatte eine wunderbare Kindheit. Das kannst du mir ruhig glauben. Ich hab Sachen gesammelt, das ganze Torhaus war voll mit meinen gepreßten Blumen und Tannenzapfen und Behältern mit Kaulquappen und Fliegenlarven und Wasserflöhen. Ich mußte mich nie fein anziehen. Ich hab nie etwas gegessen, das mir nicht bekommen ist. Ich hab nie mit anderen Kindern gestritten oder mich gebalgt und mir weh getan.«

Er unterbrach sie und bemerkte scharfsinnig: »Aber du weißt über diese Dinge Bescheid.«

»Ja, ich weiß Bescheid. Ich sag dir auch, woher, aber nicht jetzt, nicht sofort. Vorab bloß das eine: meine Kindheit war gut, sie war in Ordnung. Man kann Eve nicht die Schuld an dem geben, was *mir* passiert ist, sie war eine wunderbare Mutter.«

Wieder bekam er diesen ungläubigen Gesichtsausdruck und schüttelte leicht den Kopf. Sie schwieg und griff zärtlich nach seiner Hand. Sie würde es ihm nicht sagen – jedenfalls jetzt noch nicht –, daß sich die Dinge geändert hatten, daß das Glück nicht ewig dauerte.

Eve erzählte ihr die Geschichte von Adam und Eva, wobei sie betonte, daß es nicht mehr war als das – eine Geschichte. Sie lasen die Stelle in der Schöpfungsgeschichte und die Vertreibung aus dem Garten Eden bei Milton, so erfuhr sie von der Schlange im Paradies und stellte sich später vor, Eve und sie würden Hand in Hand auf ihrem einsamen Weg durch den Garten Eden schreiten.

Das einzige, was sie Sean über die Monate vor ihrem siebten Geburtstag erzählte, war, daß Mr. Tobias noch einmal für einen einzigen Tag und eine Nacht zurückkam, eine Nacht, die er nicht bei Eve im Torhaus verbrachte, sondern in seinem eigenen Bett auf Shrove. Danach ging er fort, zwar nicht für immer, aber doch für sehr lange Zeit.

7

Am Anfang war Sean im Birnenpflücken besser als sie. Er wußte, wie er jede Frucht an ihrem Zweig hochheben und behutsam zurückbiegen mußte, bis sie in seine Hand fiel. Liza riß sie einfach ab. Die Birnen bekamen Druckstellen, und manchmal ritzte ihr Fingernagel die grüngesprenkelte Haut auf und verletzte das darunterliegende weiße Fruchtfleisch. Mr. Vanner würde ihr bestimmt den Lohn kürzen, sagte Sean, wenn sie sein Obst beschädigte, also bemühte sie sich, vorsichtiger zu sein. Sie war es gewohnt, zurechtgewiesen zu werden, es war keine Sache, die sie übelnahm.

Sie pflückten die Birnen, noch bevor sie reif waren, bevor sie außen gelb wurden und einen roten Schimmer bekamen und solange sie innen noch fest und knackig waren. Seit sie bei Vanner waren, schien immer die Sonne. Jeden Morgen beim Aufwachen war der Himmel zartblau, es war still, und über den Feldern lag weißer Dunst. Der Knöterich breitete schneeige Blütenwolken über die Farmgebäude, und in Mrs. Vanners Garten wucherte gelbe und orangefarbene Kapuzinerkresse. Sie fingen mit Pflükken an, bevor es richtig heiß wurde, und machten von zwölf bis zwei eine Pause. Zu Mittag gab es ein paar Tüten Kartoffelchips und Fleischpastete, Cola in Dosen und Marsriegel, die in der heißen Hosentasche ganz klebrig geworden waren.

Die Birnengärten waren von ihrem Wohnwagen ziemlich weit entfernt, und so gingen sie gar nicht erst zurück, sondern setzten sich zum Essen auf die Bank unterhalb der

Weißdornhecke. Anfangs befürchteten sie, von den anderen Pflückern bemerkt zu werden, aber niemand interessierte sich für sie oder kam herüber, und so verschwanden sie am zweiten Tag an dem abgeschiedenen Plätzchen, wo die Holunderzweige eine Art Zelt bildeten, und liebten sich im warmen, trockenen Gras. Beide wußten, daß sie am Abend im Bett miteinander schlafen würden, aber darauf zu warten, schien ihnen zu lang.

Später schlief Sean ein, ausgestreckt lag er in voller Länge da, das Gesicht auf den Armen ruhend. Liza lag neben ihm wach, ihr Gesicht an seiner Schulter und den Arm um seine Taille geschlungen. Sie betrachtete gern die Stelle, wo sein dunkles Haar am Nacken in zwei Spitzen wie Füßchen bei einem »M« wuchs, und zum ersten Mal dachte sie, daß es bei Mr. Tobias genauso war.

Mutter hatte ihr die Geschichte von *ihrer* Mutter und der Familie Tobias erst erzählt, als sie älter war. Sie mußte etwa zehn gewesen sein, als sie von ihrer Großmutter Gracie Beck, vom alten Mr. Tobias, der ebenfalls Jonathan hieß, und von dem Testament erfuhr; von Caroline, der Tochter des alten Mr. Tobias, der Mutter von Mr. Tobias (also von Jonathan) und ihrem schwerreichen Mann, der sie verlassen hatte, weil sie so ein Ekel war. Als sie sieben war, wußte Liza nur, daß Mutter und Mr. Tobias einander schon gekannt hatten, als er ein großes und Eve ein kleines Kind gewesen waren, und daß Shrove House eigentlich Mutter hätte gehören sollen und überhaupt nicht Mr. Tobias.

Ach ja, und daß Mutter Mr. Tobias liebte und er sie. Das erzählte Mutter ihr an einem Winterabend, als sie am warmen Kaminfeuer saßen und Liza die Puppe Annabel auf dem Schoß hielt. Liza hatte bemerkt, daß Mutter beim Anblick von Annabel oft Mr. Tobias einfiel.

»Das Problem ist«, sagte Mutter, »daß Mr. Tobias ein

unruhiger Geist ist und die Welt sehen will, während ich die Absicht habe, mein ganzes Leben hier zu verbringen und *nie wegzugehen.*« Letzteres sagte sie in ziemlich heftigem Ton und sah Liza dabei durchdringend an. »Weil es auf der ganzen Welt keinen Ort gibt wie diesen. Dies hier kommt dem Himmel am nächsten. Und wenn man den Himmel gefunden hat, was will man denn dann noch anderes sehen?«

»Hast du schon alles auf der Welt gesehen?« fragte Liza, während sie behutsam Annabels Haare kämmte.

»Fast alles«, sagte Mutter geheimnisvoll. »Von den Menschen hab ich jedenfalls mehr als genug gesehen. Die meisten davon sind schlecht. Die Welt wäre besser dran, wenn die Hälfte der Bevölkerung von einem gewaltigen Erdbeben verschlungen würde. Andere Orte hab ich mehr als genug gesehen. Die meisten sind furchtbar, kann ich dir sagen. Du hast ja keine Ahnung, wie furchtbar, und ich bin auch froh, daß du's nicht weißt. So wollte ich es nämlich. Eines Tages, wenn du so aufgewachsen bist, wie ich wollte, kannst du ja hingehen und dir die Welt mal ansehen. Du kommst garantiert wieder angerannt und bist froh, wenn du wieder in den Himmel darfst.«

Es interessierte Liza nicht im geringsten, sie wußte auch gar nicht, was das alles heißen sollte. »Mr. Tobias findet aber nicht, daß es anderswo furchtbar ist.«

»Er kommt schon noch drauf. Es ist nur eine Frage der Zeit, du wirst sehen. Wenn er lang genug herumgereist ist und genug gesehen hat, kommt er wieder hierher zurück. Er braucht eben nur etwas länger als ich.«

»Warum?«

»Vielleicht, weil ich mehr schreckliche Dinge gesehen habe als er oder weil ich einfach klüger bin.«

Im Frühling desselben Jahres kam Heather auf Besuch. Mutter erwähnte es erst einen Tag vor ihrer Ankunft und sagte dann auch nur: »Du schläfst nächste Woche bei mir im Zimmer, Liza. Wenn Miss Sawyer kommt, kriegt sie dein Zimmer.«

Aus den Briefen, die Mutter bekam, wußte Liza, wer Miss Sawyer war. Es war dieselbe wie Heather.

»Um Himmels willen, Kind, nenn mich bloß nicht so«, sagte Heather, als sie kaum fünf Minuten da war. »Ich heiße Heather. ›Miss Sawyer‹, das klingt ja wie eine Schulleiterin. Wie heißt denn deine Schulleiterin?«

Liza, die von dem Gesagten so gut wie gar nichts begriffen hatte, starrte sie nur an, die spindeldürre, große Gestalt mit dem kleinen Kopf und dem glänzenden roten Haar.

»Na, dann eben deine Oberlehrerin! Ich komme da nicht mehr mit, bei all den neuen Ausdrücken.«

Mutter wechselte das Thema. Sie erklärte Liza, daß sie und Heather sich im College kennengelernt hatten, und daß Heather auch Mr. Tobias kannte.

»Ist er denn noch hier?«

»Shrove ist doch *sein* Haus, Heather. Das weißt du doch noch, oder?«

Daraufhin begann Heather, Mutter hinter vorgehaltener Hand etwas zuzuflüstern. Sie warf einen Blick zu Liza hinüber, wandte sich dann rasch ab, hielt sich die Hand vor den Mund und fing an zu tuscheln. »Psssssh, psssssh, psssssh«, hörte es sich für Liza an.

Nachdem sie oben gewesen war und ihr Zimmer inspiziert hatte, sagte Heather, sie habe noch nie in einem Haus ohne Bad gewohnt. Sie habe gar nicht gewußt, daß Häuser ohne Bad überhaupt noch existierten. Aber nicht doch, sie würde es auf keinen Fall zulassen, daß Mutter ihr heißes Wasser nach oben brachte, was Mutter angeboten hatte. Sie würde die Wanne in der Küche benutzen, wie sie beide auch, es sei nur eben ziemlich lästig.

Eine weitere lästige Sache war das, wie sie es ausdrückte, »Fehlen eines Fernsehers«. Auch das begriff Liza nicht, es interessierte sie aber auch nicht besonders. Das Wetter war schön, und so machten sie ausgedehnte Spaziergänge, und Heather unternahm von Ring Valley Halt aus eine Zugfahrt. Sie mußte allein fahren. Mutter sagte, sie sei schon so oft gefahren, daß sie keine Lust mehr hätte, und deshalb durfte Liza auch nicht.

Es gab kein Auto, mit dem sie hätten Ausflüge machen können – Heather war von einem weit entfernten Bahnhof mit dem Taxi gekommen –, keinen Plattenspieler, kaum Bücher, die nach 1890 erschienen waren, und kein Restaurant, das weniger als acht Meilen weit weg war. In dem Dorf, aus dem Mr. Frost stammte, gab es etwas, das sich Pub nannte, sagte Mutter, aber da konnten sie nicht hin, denn Pubs mochten keine Kinder und würden sie nicht reinlassen.

»Pssssh, pssssh, pssssh«, flüsterte Heather hinter vorgehaltener Hand..

»Ach, sprich doch lauter, Heather«, sagte Mutter. »Du machst ein Geheimnis aus einer Sache, die gar keins ist.«

Also hörte Heather auf zu flüstern, faßte sich am Vorabend ihrer Abreise ein Herz und sagte: »Du verlierst hier noch den Verstand, Eve.«

»O nein, ich gewinne ihn zurück«, erwiderte Mutter.

»Meine Güte, was für ein pointierter Ausdruck!«

»Schon gut. Ich meine, ich werde hier wieder normal. Vielleicht werde ich sogar glücklich. Ich werde die alten Werte zurückerobern und meine Tochter fern von den abscheulichen Zwängen unserer Welt aufziehen.«

»Das klingt mir alles sehr hochtrabend und konstruiert. Na schön, es wird dir jedenfalls nicht gelingen. Dafür werden ihre Altersgenossen schon sorgen. Wenn du es satt hast, die edle Wilde zu spielen, denk dran, bei mir gibt's immer ein paar Gästezimmer.«

Diese Worte mußten Eve wieder eingefallen sein, als sie nach einem Zufluchtsort für Liza suchte. Oder Heather hatte es in einem Brief geschrieben, denn sie war nie wieder dagewesen, Liza war ihr nur dieses eine Mal begegnet.

Liza wurde sich selbst überlassen, und während Mutter die Teppiche auf Shrove mit dem Staubsauger säuberte (»Du darfst nie sagen ›gestaubsaugt‹, Lizzie«), erforschte Liza die Bibliothek. Eines der Bücher, die sie dort entdeckte, enthielt Märchen, unter anderem auch die Erzählung von »Ritter Blaubart«. Nachdem sie sie gelesen hatte, begann sie das verschlossene Zimmer mit Blaubart zu assoziieren und fragte sich ängstlich, ob vielleicht tote Bräute darin waren. Sie malte sich aus, daß der alte Mr. Tobias mehrere Frauen geheiratet, alle umgebracht und sie hinter der verschlossenen Tür hatte vermodern lassen.

Auch als Mutter ihr im Flur im Obergeschoß das Porträt des alten Mr. Tobias zeigte, ein großes Gemälde von einem Mann mit stolzer Miene und grauem Haar, aber ohne Bart, weder blau noch in irgendeiner anderen Farbe, rätselte sie immer noch herum. Sie wollte wissen, was das für ein Ding war, das da aus seinem Mund ragte, ein Stäbchen mit einem kleinen Gefäß unten dran. Mutter sagte, das sei eine Pfeife, in die man zerkleinerte Blätter steckte und sie mit einem Streichholz anzündete, aber Liza, die sich gemerkt hatte, daß Mutter sich als gute Lügnerin bezeichnete, schenkte ihr zum ersten Mal keinen Glauben.

An einem viel eindrucksvolleren Platz, wo es schön hell war und der Blick unwillkürlich darauf fallen mußte, hing ein Porträt der Dame, die Caroline hieß. Sie trug eine Art von Kleid, wie Liza es an einer echten Frau noch nie gesehen hatte, knöchellang, fließend, tief ausgeschnitten und aus Seide im gleichen Rot wie ihr Mund. Ihr Haar war kastanienbraun, ihre Haut wie die Blütenblätter der Magnolie, die sogar jetzt noch im Garten von Shrove blühte, und ihre Augen schauten grimmig. Liza verbrachte viel Zeit damit, alle Bilder im Haus zu betrachten, auf denen Leute abgebildet waren, die entweder noch lebten oder schon lange tot waren. Von Mr. Tobias gab es kein Bild, auch keines von dem reichen Mann, der Caroline davongelaufen war.

Heather schrieb Mutter einen Dankesbrief, und danach vergingen Wochen, ohne daß der Postbote an ihre Tür kam. Der Milchmann kam und sagte: »Der Zehn-Uhr-dreißig hat heute Verspätung«, und: »Dieser Sonnenschein ist ja eine wahre Wonne«, aber den Postboten sahen sie nie, bis er eines Tages einen Umschlag brachte, in dem ein kleines Heft steckte. Liza konnte gerade noch einen neugierigen Blick auf die Bilder von Bügeleisen, Haartrocknern, Handtüchern, Bettlaken, Kleidern und Schuhen werfen, bevor Mutter dazukam und es ihr wegnahm. Im Kamin brannte ein Feuer, und Mutter zerriß das Heftchen kurzerhand und warf die Fetzen ins Feuer.

Danach bekamen sie wochenlang keine Post, nichts von Mr. Tobias, bis eine Postkarte kam, eine ganz einfache, nicht einmal mit Bild, nur ein paar Zeilen standen auf der Rückseite, in denen er sie bat, die Hunde in Pflege zu nehmen.

»Aber nur, wenn es dir keine Umstände macht«, schrieb er. *»Matt würde sie auch nehmen. Es ist nur für zwei Wochen, solange ich in Frankreich bei meiner Mutter bin.«*

»Bei Caroline«, sagte Liza.

Mutter sagte nichts.

»Wohnt sie in dem Haus in dem Land, das Dordogne heißt?« Liza hatte die großen Frankreichkarten im Atlas in der Bibliothek genau studiert. »Wohnt sie da allein?

Heißt sie Mrs. Tobias?« Sie erinnerte sich an die grimmigen Augen und das rote, lippenfarbene Kleid.

»Jetzt schon. Sie heißt Caroline Tobias. Als sie verheiratet war, hieß sie Lady Ellison, aber unser Mr. Tobias hieß schon immer Jonathan Tobias, weil sein Großvater das so wollte. Sie lebt in einem Haus in der Dordogne, das ihr Mann ihr geschenkt hat, als sie sich scheiden ließen.« Mutter sah Liza nachdenklich an, als wollte sie ihr etwas erklären, überlegte es sich dann aber anscheinend anders. »Die meiste Zeit lebt sie allein dort. Mr. Tobias besucht sie nur.«

»Wir kriegen wieder die Hunde, nicht wahr?« sagte Liza. »Auch wenn Matt sie gern will, können wir sie haben, nicht wahr?«

»Natürlich nehmen wir die Hunde.«

Damit Mr. Tobias auch ganz bestimmt kam. Das begriff Liza aber erst im nachhinein, damals noch nicht.

Am Tag ihrer ersten Französischstunde *(»Voici la table, les livres, la plume, le cahier«)*, brachte Matt die Hunde. Während sie gerade die Lippen schürzte und versuchte, den komischen Laut zwischen einem e und einem u zu bilden, hörten sie den Kombi vorfahren, und dann klopfte es an der Tür. Es war, wie sie sich erinnerte, selbst für einen Apriltag ziemlich kalt, so daß der alte Elektroofen eingeschaltet war.

Die Hunde freuten sich wie jedesmal beim Wiedersehen, sprangen an ihr hoch, leckten ihr Gesicht und wakkelten mit dem Stummelchen am Hintern, wo ihnen der Schwanz kupiert worden war. Aber Rudi war in seinen Sympathiebezeugungen weniger heftig als früher, sein Atem roch schlecht und seine Schnauze war ergraut. Auf jedes Menschenjahr kommen sieben Hundejahre, sagte Matt, und das bedeutete, daß Rudi über siebzig war. Heidi war dagegen erst sechs, also zweiundvierzig.

»Muß er sterben?« fragte Liza.

Matts Haare waren viel länger als letztes Mal und hingen ihm in fettigen Strähnen herunter. »Mach dir da mal keine Sorgen«, sagte er, »bis dahin ist es noch lang.«

Aber Mutter sagte: »Ja, dieses oder nächstes Jahr wird er wohl sterben. Dobermänner werden nicht viel älter als elf.«

Im Kopfrechnen war Liza gut. »Also siebenundsiebzig.«

Das hatte zur Folge, daß Matt sie fragte, wieso sie denn nicht in der Schule sei. Bevor sie antworten konnte, sagte Mutter kühl: »Es ist doch Ostern. In der Schule sind jetzt Osterferien.«

Es vergingen noch einige Jahre, bevor Liza das Wesentliche dieser Bemerkung begriff, obwohl sie wußte, daß es schon damals etwas merkwürdig geklungen hatte. Zwar hatte Mutter nicht gelogen, es waren *tatsächlich* Osterferien, und doch hatte sie Matt einen falschen Eindruck gegeben. Später beobachtete sie Mutter bei anderen Gelegenheiten dabei und lernte es auch.

Mutter fragte Matt, wie lange sie die Hunde diesmal nehmen sollten, und er erwiderte, zwei bis drei Wochen, genau könne er es ihr nicht sagen. Aber sie würde noch Bescheid bekommen.

»Wie ich sehe, haben Sie ja immer noch kein Telefon.«

»Ich werde auch nie eins haben.«

»Dann wird's wohl eine Postkarte sein müssen.«

»Das überlassen wir am besten Mr. Tobias«, sagte Mutter mit der eiskalten Stimme, die sie manchmal hatte, und dann sagte sie weniger kalt, fast als ob sie die Frage nur sehr ungern stellte: »Kommt er sie selbst abholen?«

Liza gefiel der Blick nicht, den Matt Mutter zuwarf. Er lächelte nicht, aber es war, als würde er innerlich lachen. »Wie Sie schon sagten, das müssen wir wohl ihm überlassen.« Mit einem Augenzwinkern fügte er hinzu: »Kommt drauf an, was Miss Fastley dazu sagt.«

Liza hatte noch nie von Miss Fastley gehört, aber Mutter schien Bescheid zu wissen, sagte jedoch nichts.

»Wenn er mit ihr aus Frankreich zurückkommt«, sagte Matt.

Sobald er gegangen war, dachte Liza, sie würden nun mit der Französischstunde weitermachen, aber Mutter sagte, für heute sei es genug und sie würden jetzt mit den Hunden an den Fluß gehen. Sie zogen sich warm an und gingen durch den Garten von Shrove hinunter. Höchstwahrscheinlich waren ein paar Züge vorbeigefahren, an solche Einzelheiten erinnerte Liza sich nicht mehr, aber es war wohl die Zeit gewesen. Wahrscheinlich hatte sie dem Zug auch gewinkt, und ein paar Fahrgäste hatten zurückgewinkt. Es waren immer nur ein paar, die zurückwinkten.

Mutter stand da und schaute über das Tal zu den Bergen hinauf, wo zwischen dem frischen Grün der Bäume die weiße Straße verlief. Die Wälder waren weiß von Kirschenblüten, und unter den Hecken wuchsen Primeln.

»Sieh doch, wie schön es ist!« rief sie und breitete die Arme aus. »Ist es nicht schön, Lizzie?«

Liza nickte, sie wußte nie recht, was sie sagen sollte. Irgend etwas an der Art, wie Mutter aussah, und an dem atemlosen Ton in ihrer Stimme beunruhigte sie.

»Mich stören die Züge nicht, ich finde, die Züge machen es sogar noch besser, da sitzen so viele Leute drin, die auch sehen können, wie schön es hier ist.«

Sie erzählte Liza die Geschichte von einem Mann namens George Borrow, der Bibeln verkaufte, Bücher schrieb und in Norfolk lebte, und der dann weggezogen war und jahrelang woanders gelebt hatte, weil er es nicht aushielt, daß sie durch seine geliebte Landschaft eine Eisenbahnstrecke bauten.

»Wer ist Miss Fastley?« fragte Liza auf dem Nachhauseweg.

Mutter hatte es wohl das erste Mal nicht gehört, denn sie mußte es noch einmal sagen.

»Das ist eine von den Damen, die damals am Wochenende auf Shrove zu Besuch waren. Es ist die, die Victoria heißt.«

»Annabel war die mit dem Blumenpulli«, sagte Liza, »und Claire hatte eine Jacke wie deine Schuhe, also muß Victoria die mit der grünen Seidenbluse gewesen sein.«

»Ja, ich glaub, das war sie.«

Sie brachten die Hunde nicht gleich ins Schlößchen, sondern nahmen sie abends mit ins Haus. Rudi legte sich vor den Elektroofen und schlief ein. Er war müde vom Spazierengehen, und Mutter meinte, sie hätten mit ihm nicht so weit gehen sollen. Liza saß am Kamin auf einer Seite und Mutter auf der anderen. Liza las *Pu der Bär*, und Mutter las *Eothen* von A. W. Kingslake. Manchmal lasen sie einander ein Stück vor, und *Pu der Bär* war so lustig, daß es viele Stellen gab, die Liza gern vorgelesen hätte, aber als sie aufsah, bemerkte sie, daß Mutter gar nicht las, sondern traurig auf den Kaminvorleger starrte und ihr Tränen übers Gesicht liefen.

Liza machte keine Anstalten, vorzulesen, sondern wandte sich wieder still ihrem Buch zu. Sie dachte, Mutter weinte, weil Rudi alt war und bald sterben würde.

Liza hatte vor, das verdiente Geld anzusparen. Eve war ein Musterbeispiel an Sparsamkeit gewesen. Sie hatte ein Bankkonto gehabt und die Blechdose in der Küche und natürlich die Geheimkassette im Schlößchen. Über alles, was Eve verdiente und ausgab, führte sie genau Buch, und dieses Buch wurde konsultiert, bevor ein Stück Stoff für ein Kleid für Liza oder einen neuen Rock für Eve gekauft wurde. Die größte Ausgabe, erinnerte sich Liza, war der Plattenspieler gewesen, den Eve angeschafft hatte, damit Liza etwas über Musik erfuhr und die Werke der großen Komponisten kennenlernte. Damals war sie beinahe acht.

Sean bewunderte sie sehr für ihre Sparsamkeit. Er sagte, der vorsichtige Umgang mit Geld sei etwas, das er von ihr lernen könne. Zu Mittag könnten sie ja Cornish pasties oder Fleischpasteten und Chips essen und zum Nachtisch Schokoladenriegel, aber es wäre wohl besser, abends nicht so oft in die Stadt zu fahren und bei Burger King oder Mr. Gupta's Tandoori-Imbiß essen zu gehen. Eines Abends bemerkte Sean im Schaufenster des neuen Supermarktes eine Anzeige, auf der Aushilfskräfte gesucht wurden. Zwar ging es nur darum, Packungen auszupreisen und Dosen in die Regale zu räumen, aber er sagte, er würde sich bewerben. Der Verdienst sei mindestens doppelt, vielleicht sogar dreimal so hoch wie bei Vanner.

»Dann mach ich das auch.«

»Ich glaub, das geht nicht, Liebes. Die wollen bestimmt deine Versicherungsnummer, und du hast ja keine.«

»Kann ich eine kriegen?«

»Nur wenn du deinen Namen angibst.«

Sie fanden auch eine Familienberatungsstelle – Liza gab Seans Namen an und nannte sich Elizabeth Holford – und ein schwarzes Brett im Fenster eines Zeitungskiosk, auf dem fünf Leute eine Haushaltshilfe suchten. Liza las es aufmerksam durch. Hausarbeit könnte sie doch machen.

Als sie zurückkamen, streckte der Mann mit dem schwarzen Hund den Kopf aus der Tür, sagte hallo und wie es mit einer Tasse Tee wäre?

Liza merkte, daß Sean keine Lust hatte, aber es wäre

unhöflich gewesen, abzulehnen, und so folgten sie dem Mann in seinen Camper, in die Küchenecke, wo der schwarze Hund auf der Anrichte saß und in den Fernseher glotzte. Anstelle von Tee holte der Mann, der sagte, er heiße Kevin, eine Flasche Whisky und drei Gläser hervor; da konnte Liza sehen, daß Sean gleich viel wohler zumute war.

Den kleinen, leuchtenden Bildschirm fand sie faszinierend, das Bild war so klar und die Farben so kräftig. Erst wollte sie gar nicht hinschauen, aus Angst, ein Polizist würde auftauchen und ihr Aussehen oder das von Eve beschreiben. Doch es bestand kein Anlaß zur Sorge. Es war eine Sendung über kleine Säugetiere in einem weit entfernten Erdteil, über ratten- und eichhörnchenartige Wesen, was vielleicht die gespannte Aufmerksamkeit des Hundes erklärte.

Er war viel kleiner als Rudi und Heidi, weniger glatt und glänzend und hatte einen richtigen Schwanz, mit dem er, wenn die Eichhörnchen herumhüpften, auf die Anrichte schlug; trotzdem erinnerte er sie an die Hunde von Mr. Tobias, die nun schon lange tot waren. Sie und Mutter hatten sich damals nicht zwei, sondern drei Wochen um sie gekümmert, und am Ende war Matt ohne Voranmeldung erschienen, um sie wieder abzuholen. Als Mutter seinen Kombi draußen anhalten und ihn aussteigen sah, die Haare noch länger als vorher und hinten zusammengebunden, wich alle Farbe aus ihrem Gesicht.

Liza dachte, nun würde sie ihn bestimmt fragen, wo denn Mr. Tobias sei, das tat sie aber nicht, sie richtete kaum ein Wort an ihn. Die Hunde wurden übergeben, nachdem Liza beide umarmt und ihnen einen Kuß auf den Kopf gegeben hatte, und irgendwie wußte sie, als der Kombi wegfuhr, daß sie nie wiederkommen würden, jedenfalls nicht alle beide, und daß es nie mehr so sein würde wie früher. Sie wußte nicht, woher diese Ahnung kam, denn Mutter verlor kein Wort darüber, sah nicht einmal aus dem Fenster, sondern legte das Französischbuch vor Liza hin und sagte ziemlich scharf, sie solle anfangen zu lesen.

An diesem Abend sagte Mutter, sie müßten nach Shrove House hinüber, was Liza überraschte, denn das taten sie sonst nie. Nachmittags nach drei gingen sie nie hinüber. Es war kurz nach sechs, als sie zwischen den hohen Bäumen durch den Park gingen. Im Gras blühten Schlüsselblumen und vor den Hecken Wiesenkerbel und Gelbdolde. Aber diesmal sagte Mutter nicht, wie schön es doch sei. Hand in Hand gingen sie schweigend hinauf.

Mutter brachte sie in die Bibliothek und gab ihr einen Auftrag: alle französischen Bücher zu finden, sie zu zählen und nachzusehen, ob sie eins mit dem Titel *Emile* von Jean-Jacques Rousseau finden könnte. Liza entdeckte es im Handumdrehen. Es gab nicht viele französische Bücher, sie kam bloß auf zweiundzwanzig, unter ihnen *Emile*. Sie holte es aus dem Regal – es war ein sehr altes Buch mit einem blauen Einband und goldenen Buchstaben – und ging Mutter suchen.

Sie war im Salon am Telefon. Liza hatte noch nie jemanden telefonieren sehen. Natürlich hatte sie das Telefon schon einmal gesehen und wußte ungefähr, was es war. Mr. Tobias hatte es ihr gesagt, und als er es ihr erklärte, erinnerte sie sich, hatte Mutter die Stirn gerunzelt und den Kopf geschüttelt. Und jetzt benutzte sie es selbst. Liza rührte sich nicht und lauschte.

Sie hörte, wie Mutter sagte: »Ich habe doch gesagt, es tut mir leid, Jonathan. Ich hab dich noch nie angerufen.« Ihre Stimme wurde so leise, daß Liza sie kaum noch hören konnte. »Ich mußte dich anrufen. Ich mußte es einfach wissen.«

Irgendwie hatte Liza erwartet, aus dem anderen Ende des Hörers die Stimme von Mr. Tobias zu hören, aber es blieb still, obwohl Liza sich sicher war, daß Mutter ihn hören konnte. »Warum sagst du, da gibt's nichts zu wissen? Wenn es nichts gäbe, wärst du doch gekommen.«

So hatte Liza Mutter noch nie reden hören, mit einer abgehackten, flehenden, fast angstvollen Stimme; es gefiel ihr ganz und gar nicht. Mutter hatte sonst immer alles unter Kontrolle, war allwissend, allmächtig, aber so klang sie nun überhaupt nicht.

»Kommst du dann? Kommst du, Jonathan, bitte? Wenn ich dich darum *bitte* zu kommen.«

Selbst Liza war klar, daß er nicht kommen würde, daß er sagte, nein, ich kann nicht, oder, nein, ich will nicht. Sie sah, wie Mutter die Schultern hängenließ und den Kopf senkte, und dann hörte sie sie in dem kalten Ton, ähnlich dem, den sie Matt gegenüber benutzte, sagen: »Dann entschuldige die Störung. Ich bin hoffentlich nirgends reingeplatzt. Lebwohl.«

Da ging Liza auf sie zu und streckte die Hand aus. Sie zeigte ihr das blaue Buch mit dem Titel *Emile*, aber Mutter schien schon ganz vergessen zu haben, was sie ihr aufgetragen hatte. Mutters Gesicht war bleich wie eine Wachskerze und so starr...

»Träumst du, Schatz?« sagte Sean. »Ich hab gesagt, ich gäb was drum, wenn ich wüßte, was du gerade träumst, und du hast kein Wort gehört. Kevin möchte wissen, ob du ein Glas von seinem Reiseling möchtest?«

Liza sagte, ja bitte, sehr gern, und als sie den Weinkarton sah und den Namen las, konnte sie sich gerade noch beherrschen, die beiden nicht zu belehren, daß man es Riiisling aussprach, sie wären bestimmt beleidigt gewesen. Kevin war ein kleiner Mann mit nußbraunem Gesicht und schwarzem Haar, von dem aber nicht mehr viel übrig war.

Er hätte genausogut dreißig wie fünfundvierzig sein können, Liza hatte keine Ahnung, sie war nicht besonders gut, wenn es darum ging, bei jemandem das Alter zu erraten, was ja kein Wunder war.

Die Männer unterhielten sich erst über Fußball und dann über den Hund, der, wie Kevin sagte, ein guter Rattenjäger war. Der Regen hatte eingesetzt, Liza konnte ihn aufs Camperdach trommeln hören. Was sollten sie bloß machen, wenn es regnete? Mr. Vanner würde nicht zahlen, wenn sie nicht pflücken konnten. Plötzlich dachte sie mit einem Heißhunger, der dem Verlangen nach Sean, das sie bisweilen verspürte, nicht unähnlich war, wenn sie nicht bald ein Buch in die Finger bekäme, wenn sie nicht bald lesen könnte, wäre es aus.

Sie fragte Kevin, was sein Fernseher gekostet hatte und merkte sofort an Seans Gesichtsausdruck, daß sie es besser nicht gesagt hätte. Aber es schien Kevin nichts auszumachen. Er sagte, er wisse es gar nicht, keine Ahnung, der Fernseher sei bei den Sachen gewesen, die er aus dem gemeinsamen Haushalt mitgebracht habe, nachdem er und seine Frau sich getrennt hätten, wahrscheinlich habe ursprünglich sie ihn gekauft.

»Denkt ihr etwa ans Heiraten?« sagte er, als sie und Sean sich verabschiedeten. »Überlegt euch das aber gut. Erhaltet euch die Freiheit, solange es geht.«

»Natürlich denken wir nicht ans Heiraten«, sagte Liza und mußte bei der Vorstellung lachen, aber Sean lachte nicht.

Sie hatte Sean gar nicht besonders viel über Eve und Mr. Tobias erzählt, es hatte sich alles in ihrem Kopf abgespielt, in ihrer Erinnerung. Er war es, der das Thema am nächsten Tag zur Sprache brachte, bestimmt hatte er darüber nachgedacht, sie wußte auch nicht warum. Sie lagen noch im

Bett, obwohl es schon ziemlich spät am Vormittag war, aber es hatte keinen Sinn, zum Pflücken zu gehen, wenn es so goß.

Beim Aufwachen war sie erst ganz verwirrt gewesen, hatte nicht gewußt, wo sie war und gemeint, sie sei im Torhaus. Der Regen machte alles unnatürlich finster. Im Halbschlaf hatte sie das Buch gesucht, das eigentlich aufgeschlagen umgekehrt auf dem Nachttischchen hätte liegen sollen. Aber es gab kein Nachttischchen und kein Buch, und als sie sich umdrehte, landete sie in Seans warmen, begierigen Armen. Statt zu lesen, drängte sie ihn mit zärtlichen Küssen dazu, mit ihr zu schlafen – kein besonders schwieriges Unterfangen – was, wie er sagte, sowieso das Beste war, und meistens gab sie ihm recht.

Auf einmal sagte er: »Dieser Tobias, hat der eigentlich mit deiner Mum geschlafen? Ich mein, gingen die miteinander ins Bett?«

»Sie waren ein Liebespaar, so wie wir.«

»Das geht aber doch nicht«, sagte Sean streng. »Wo du doch im Haus warst, ein kleines Kind.«

»Warum nicht?«

Sie hatte keine Ahnung, was er damit sagen wollte, und merkte, daß er Schwierigkeiten hatte, es ihr zu erklären.

»Also, das geht einfach nicht. Das weiß doch jeder. Sie waren ja nicht verheiratet. Deine Mum hätte es eigentlich besser wissen müssen, so eine gebildete Frau wie sie. Es ist was anderes, wenn die beiden allein sind, aber mit einem kleinen Kind im Haus. Weißt du, Schatz, man muß auch Prinzipien haben.«

Sie sagte, nein, das wisse sie nicht, aber er achtete nicht darauf. »Meinst du, sie dachte, er würde sie heiraten?«

»Das hat sie gehofft.«

»Ja, sie muß ziemlich einsam gewesen sein. Es war nicht schön von ihm, sie so auszunutzen.«

Liza erzählte ihm von dem Telefongespräch und wie Eve danach gewesen sei, still und in Gedanken verloren und manchmal so, als ob sie sich vor etwas fürchtete.

»Na ja, sie war eben verliebt, oder?« Sean, der Romantiker, drückte die Lippen auf ihren Hals. Er strich ihr übers Haar. »Sie liebte ihn, und sie dachte, sie hätte ihn verloren, da muß man doch Mitleid haben.«

»Ich bin mir nicht sicher, ob sie verliebt war«, sagte Liza. »Ein bißchen vielleicht. Sie wollte Shrove House, nur darum ging es. Sie wollte Shrove House für sich haben, um sicherzugehen, daß sie sich nie davon trennen müßte. Es war ihre einzige Möglichkeit. Wenn sie Mr. Tobias heiratete, würde es ihr gehören.«

Er war entrüstet. »Das ist aber nicht recht.«

»Kann ich doch nichts dafür. So war es eben. So war es immer gewesen. Sie wollte das Haus, sie wollte immer dort bleiben und sicher sein, daß sie dort bleiben konnte, mehr als alles andere auf der Welt. Was anderes wollte sie nicht.«

»Klingt ja verrückt.« Sie merkte, wie er neben ihr auf dem Kissen den Kopf schüttelte. »Und was war dann?«

»Er hat eine andere geheiratet«, sagte Liza. »Er hat Victoria geheiratet.«

8

Liza war acht Jahre alt und, so lange sie zurückdenken konnte, nie von Shrove weggewesen. Einmal pro Woche fuhr Mutter mit dem Bus in die Stadt zum Einkaufen, aber Liza fragte nie, ob sie mitkommen dürfe. Jetzt, wo sie darüber nachdachte, konnte sie sich nicht erklären, warum sie nie gefragt hatte, ob sie mitkommen dürfe. Eingesperrt in ihrem Schlafzimmer oder einem der Räume auf Shrove, war sie es zufrieden gewesen oder hatte sich eben dreingeschickt.

»Das war falsch.« Sean war in seiner kritischen Laune. »Mal angenommen, dir wär was passiert.«

»Ist aber nichts passiert.«

»Na gut, um so besser für sie. Du hättest dir ja weh tun können, oder das Haus hätte abbrennen können.«

Wenn das Haus abgebrannt wäre, hätte das für Eve eine ziemliche Tragödie dargestellt, dachte sie bei sich, sagte aber nichts. Shrove in Flammen wäre schlimmer gewesen, als wenn Liza darin umgekommen wäre.

»Wenn sie das alles rausgekriegt hätten, dann hätten sie dich mitgenommen und in Pflege gegeben.«

»Es wußte ja keiner was davon.«

»Hattest du keine Angst?«

»Nein, eigentlich nie. Na ja, ein bißchen schon, nach dem Mann mit dem Bart, aber ich hab ja gesehen, wie sie damit fertiggeworden ist. Daran merkte ich, daß sie immer für mich sorgen würde. Am liebsten war mir, wenn ich in der Bibliothek auf Shrove eingesperrt wurde oder im Damenzimmer. Da war es schön warm.«

»Wie meinst du das, warm? Das Haus stand doch leer, oder?«

»Die Heizung war immer an, von Oktober bis Mai.«

»Der muß ja stinkreich sein«, sagte Sean mißbilligend. »Die Zentralheizung auf volle Pulle, wenn keiner da wohnt, und anderswo schlafen die armen Teufel auf der Straße.«

Es interessierte sie nicht, sie wußte eigentlich auch nicht, was er damit sagen wollte. »Ich hab dort meistens gelesen. Es gab natürlich eine Menge Bücher, die ich absolut nicht verstand, dazu war ich noch viel zu jung. Eve hat einmal zu mir gesagt: ›Ich wüßte gern, was die Leute sagen, die finden, du solltest zur Schule gehen, wenn sie dich mit siebeneinhalb gesehen hätten, als du Ruskin und Matthew Arnold lesen wolltest.‹«

Darauf wußte nun Sean nichts zu erwidern.

»Na, jedenfalls wurde ich nie länger als zwei Stunden alleingelassen. Dann holte mich Eve und brachte mir immer was Nettes mit, ein kleines Geschenk, Buntstifte oder neue Socken oder ein bemaltes Ei. Ich weiß noch, einmal kam sie mit einer Ananas nach Hause. So etwas hatte ich noch nie gesehen. Und eines Tages kam sie mit einem Bild daher.«

Es war ein Gemälde von Shrove House. Mutter mußte ihr erklären, was es war, sie hätte es nicht erkannt, das Bild war so seltsam, die Farben so kräftig, und das Haus sah ganz anders aus, als sie es je gesehen hatte. Aber als Mutter ihr erklärte, daß es eben die Auffassung eines bestimmten Menschen, nämlich des Malers, war, daß er beschlossen hatte, es bei Sonnenuntergang und nach einem Sturm zu malen, daß er es als Symbol für Reichtum und Macht sah und deshalb das Gelb besonders hervorgehoben hatte, um Gold auszudrücken, und die dunklen Lilatöne, um Stärke darzustellen, fing sie an zu begreifen. Mutter hatte das

Gemälde im Schaufenster eines Hauses gesehen, das sie Galerie nannte, und es »einer Eingebung folgend« gekauft. Es sei billig gewesen, sagte sie, wenn man bedenke.

»Außerdem haben wir ziemlich viel Geld«, sagte Mutter und fügte stolz hinzu: »Wir verplempern unser Geld ja nicht.«

Sie hängte das Bild im Wohnzimmer an die Wand, dahin, wo vorher das Gewehr gewesen war. Als Liza auf einen Hocker kletterte, um es sich genauer zu betrachten, sah sie, daß rechts unten in der Ecke in roter Schrift die Worte Bruno Drummond standen und das Datum: 1982.

Am nächsten Morgen oder vielleicht am übernächsten kam der Postbote und brachte den Brief von Mr. Tobias. Mutter riß das Kuvert auf und las. Sie warf das Kuvert in den Mülleimer, las den Brief noch einmal und faltete ihn zusammen. Sie sagte etwas Merkwürdiges, sie sprach es ganz intensiv und konzentriert aus und starrte dabei auf den zusammengefalteten Brief in ihrer Hand.

»Früher hat man den Boten, der schlechte Nachrichten überbrachte, getötet. Ein Glück für den Postboten, daß die Zeiten sich geändert haben.«

Liza hörte, wie sein Kombi auf dem Sträßchen wegfuhr. Sie wartete darauf, daß Mutter ihr erzählte, was Mr. Tobias geschrieben hatte, aber Mutter sagte nichts, und etwas in Mutters Gesicht bewirkte, daß Liza nicht fragte. In jener Woche fanden mehr Unterrichtsstunden als gewöhnlich statt, die manchmal bis in den Abend hinein dauerten. Das war immer ein Zeichen dafür, daß sich Mutter über etwas aufregte, mehr Unterrichtsstunden.

Am Samstagmorgen, während Liza gerade frühstückte, sagte Mutter: »Mr. Tobias heiratet heute. Heute ist sein Hochzeitstag.«

»Was bedeutet Hochzeit?« fragte Liza.

Da erklärte ihr Mutter das mit dem Heiraten. Sie

machte eine Unterrichtsstunde daraus. Sie sprach über Hochzeitsbräuche in verschiedenen Erdteilen, und daß zum Beispiel in manchen Ländern ein Mann mehrere Ehefrauen haben konnte, hier aber nicht, hier konnte man jeweils nur eine heiraten. Das nannte man Monogamie. Sie erzählte Liza vom Islam und von den Mormonen, und daß christliche Bräute mit weißen Kleidern in Kirchen heirateten und die Juden unter Baldachinen Glas zertrampelten. Dann las sie ihr aus dem Gebetbuch der anglikanischen Kirche etwas über die Ehe vor, und daß sie für die Ewigkeit sei, bis daß der Tod die beiden scheide. Allerdings würde Mr. Tobias nicht so getraut werden, sondern in einem Büro von einem Standesbeamten.

»Warst du mal verheiratet?« fragte Liza.

»Nein, nie«, sagte Mutter.

Um Viertel nach zwölf sagte sie, nun sei wohl alles vorbei, nun seien sie Mann und Frau. Liza sagte, ob er denn nicht vorher auch schon ein Mann gewesen sei, und Mutter meinte, sie habe ganz recht, das sei nur so ein Ausdruck, noch dazu kein besonders geglückter. Jetzt waren sie *Ehe*mann und *Ehe*frau.

»Kommen sie jetzt und wohnen hier?« fragte Liza.

Mutter antwortete nicht, und Liza wollte die Frage gerade wiederholen, tat es aber nicht, weil Mutter plötzlich dunkelrot anlief und die Fäuste ballte. Liza fand es besser, nichts mehr darüber zu sagen. In einer selbsterfundenen Zeremonie verheiratete sie Annabel mit der Stoffpuppe, doch das tat sie oben in der Abgeschiedenheit ihres Zimmers.

Natürlich kamen Mr. und Mrs. Tobias nie zum Wohnen nach Shrove, obgleich sie sich ab und zu dort aufhielten, und zwar das erste Mal vierzehn Tage nach der Hochzeit. Zuerst aber kam ein Brief. Mutter las ihn, zerknüllte ihn und machte ein böses Gesicht.

»Was soll das heißen, bestell eine Frau, die das Haus herrichtet? Er weiß doch, daß ich das nie tun würde. Er weiß genau, daß ich es selbst saubermache und daß ich es für sie genauso saubermache, für seine Frau.« Die beiden letzten Worte wiederholte sie. »Seine Frau.«

Sie verbrachten den Nachmittag auf Shrove. Mr. Tobias würde nicht mehr in seinem alten Schlafzimmer schlafen, sondern in dem, das ursprünglich Caroline Ellison gehört hatte, in dem Himmelbett mit den gelben Seidenvorhängen. Mit Victoria, dachte Liza, obwohl Mutter ihr das nicht gesagt hatte. Das Himmelbett war ganz anders als das venezianische, nämlich aus dunkelbraunem Holz geschnitzt mit einem verzierten Holzdach, das Mutter einen Betthimmel nannte. Sie sagte, früher, als in den Fenstern noch keine Glasscheiben waren und die Zimmer sehr hohe Decken hatten, seien die Vögel hereingeflogen und hätten sich in kalten Nächten zum Schlafen auf die Deckenbalken gehockt. Da habe man ein Dach über dem Bett gebraucht, um sich vor Eulen- und Habichtdreck zu schützen.

Während Mutter das Himmelbett mit frischen weißen Laken bezog und gelbe Seidendeckchen mit weißen Spitzen auf die Kommode herauslegte, probierte Liza den Griff an der Tür zum abgesperrten Zimmer aus; es wäre ja möglich, wenn auch unwahrscheinlich, daß sie einmal nicht abgeschlossen war. Aber sie war wie immer abgeschlossen.

Mutter fand, sie sollte jetzt anfangen, Aufsätze zu schreiben – besser gesagt, Geschichten – und hatte ihr eine übers Heiraten aufgegeben. Liza dachte sich bereits etwas aus. Es ging darin um ein Mädchen namens Annabel, das einen Mann namens Bruno heiraten sollte, der sie mit zu sich in sein großes Landhaus am Fluß nahm. Und während Bruno auf einem Ausritt war, entdeckte Annabel das verschlossene Zimmer und fand den Schlüssel dazu in der Tasche seines Morgenrocks. Als er das nächste Mal ausging, schloß sie die Tür auf und fand drinnen die Leichen von drei Frauen, die er vor der Heirat mit ihr umgebracht hatte, weil ja nur Moslems mehr als eine Frau haben dürfen. Liza wußte noch nicht, was dann passieren würde, aber ihr würde schon noch etwas einfallen.

Sie rechnete damit, daß Mr. Tobias wie früher sofort an ihre Haustür kommen würde, die Hunde dicht auf den Fersen. Mutter war gerade mit Nähen beschäftigt und saß mit dem Rücken zum Fenster, sie trat das Fußpedal schneller als sonst und schob den Stoff mit den Händen weiter, aber Liza kauerte draußen auf den Stufen und wartete auf ihn. Es war Oktober, aber immer noch warm und sonnig, das Laub an der Balsamtanne war noch grün, die Brombeer- und Holunderernte war schon vorbei, und die grünen Früchte der Stechpalmen färbten sich golden. Morgens war es dunstig gewesen, aber nun war die Luft klar und der Himmel blau, und es war ganz still.

Sie hatten sich verspätet. Liza wollte schon fast aufgeben und ins Haus gehen, als der Wagen endlich kam, es war aber nicht der Landrover, sondern der Mercedes. Später lernte Liza, die verschiedenen Automarken voneinander zu unterscheiden, aber damals kannte sie bloß Landrover, Ford Transit Kombi, Mercedes und das Auto, das die Polizei benutzte. Der Mercedes fuhr ziemlich schnell und wollte gerade durch das offene Tor einbiegen, als Mr. Tobias Liza bemerkte und den Arm aus dem Fenster streckte, um ihr zuzuwinken. Er saß natürlich auf der ihr zugewandten Wagenseite. Auf der anderen Seite saß die Dame, die das grüne Hemd angehabt hatte. Victoria. Mrs. Tobias.

Schade, daß Liza sie nicht besonders gut sehen konnte. Diesmal trug sie kein grünes Hemd, sondern einen beigen Pullover mit einem Kragen, der bis an ihr Kinn hinaufreichte und dann umgeschlagen war. Ihr Haar war hell, ein blasses Blond, es hatte genau die gleiche Farbe wie der Pulli, war aber seidig statt wollig und rauh. Ihr Gesicht war nicht zu sehen. Liza nahm an, daß die Hunde hinten im Wagen waren, sie konnte sie aber nicht erkennen. Sie winkte und winkte, bis sie außer Sicht waren, und ging dann hinein, um Mutter in allen Einzelheiten zu berichten. An dem Abend rechnete sie damit, daß sie herüberkamen oder zumindest er, am liebsten wäre ihr gewesen, wenn er allein gekommen wäre, und sie setzte sich mit Annabel ans Fenster, als könnte Annabel ihn mit magischen Kräften anziehen.

»Es muß für sie gewesen sein, wie wenn man Salz in eine Wunde streut«, sagte sie zu Sean. »Ich hab ihr keine Ruhe gelassen wegen ihm. Wann er denn nun käme? Ob wir raufgehen könnten? Die arme Eve! Aber ich wußte es ja nicht besser. Ich war ja noch ein Kind.«

»Mach dir nichts draus. Du hast selbst gesagt, sie wollte ihn bloß wegen seinem Haus.«

»So einfach ist es auch wieder nicht«, sagte Liza. »Na, jedenfalls kamen sie am nächsten Tag, alle beide.«

Mrs. Tobias war groß und schmal. (»Na ja, recht elegant«, bemerkte Mutter.) Ihr helles Haar, das die Farbe von frisch gesägtem Holz hatte, war ganz kurz geschnitten wie bei einem Mann, aber ihr Gesicht war so angemalt, wie Liza es noch bei niemandem gesehen hatte, überhaupt nicht wie bei Diana Hayden. Es wirkte eher wie ein schönes Bild oder ein Schmuckstück. Ihr Mund erinnerte Liza an eine Fuchsienknospe, und ihre Augen waren krokuslila. Sie hatte fuchsienrote Nägel, und an einem Finger steckten die Ringe von Mr. Tobias, ganz aus Gold mit funkelnden, blitzenden Brillanten.

Sie war sehr nett und höflich zu Mutter, bedankte sich bei ihr, daß sie das Haus saubergemacht und hübsch hergerichtet hatte, dann sagte sie das gleiche wie Mr. Tobias, sie sollte nun also wirklich, wirklich unbedingt eine Frau kommen lassen, die alles putzte. Entweder sie fand jemanden, oder aber sie, Mrs. Tobias, würde die Sache selbst in die Hand nehmen müssen.

Währenddessen machte Mr. Tobias ein ziemlich merkwürdiges Gesicht, rieb die Hände aneinander, ging auf und ab und besah sich dann eingehend den alten verchromten Elektroofen, als ob er sich leidenschaftlich dafür interessierte.

Liza fragte: »Wo sind denn Heidi und Rudi?«

»Rudi ist leider tot«, sagte er.

Er sah schrecklich verlegen aus und versuchte, es so hinzubiegen, als sei es nichts Wichtiges, wenn ein Hund starb. Rudi war alt, hatte keinen Appetit mehr, er hatte etwas bekommen, das Tumor hieß und in ihm wucherte, und für ihn war es doch am besten, eines friedlichen Todes zu sterben.

»Haben Sie ihn mit dem Gewehr erschossen?« fragte Liza.

Mrs. Tobias stieß einen Schrei aus, als Liza das sagte. »Mein Gott, woher hat das Kind denn solche Ideen?«

»Ich hab ihn zum Tierarzt gebracht«, sagte Mr. Tobias, »und er war ganz ruhig und friedlich und glücklich. Der Tierarzt hat ihm eine Spritze gegeben, und dann ist er mit dem Kopf auf meinem Schoß eingeschlafen.«

»Er ist aber nie mehr aufgewacht, er ist gestorben«, sagte Mutter, worauf sie einen seltsamen Blick von Mrs. Tobias erntete, die angewidert den Mund verzog und ihre kleinen oberen Zähne entblößte. »Und was ist mit Heidi?«

Mr. Tobias sagte, die habe Matt zu sich nach Cumbria genommen. Heidi wohne jetzt bei ihm, in seinem Häuschen, das er von der Gemeinde gestellt bekommen hatte. »Victoria ist nämlich allergisch gegen Hunde.«

»Ich kann nichts dafür«, sagte Mrs. Tobias. »Ich mag sie natürlich schrecklich gern, aber schon wenn einer in meiner Nähe ist, bekomme ich diese entsetzlichen Asthmaanfälle.«

Danach sahen sie Mr. und Mrs. Tobias nur von weitem. Von ihrem Schlafzimmerfenster aus sah Liza sie eines Abends aus dem Wald kommen, die Arme umeinander gelegt. Ein paarmal hörte sie den Wagen vorbeifahren, und nachdem sie fast eine Woche da waren, hörte sie Schüsse.

»Mr. Tobias hat früher nie geschossen«, sagte sie zu Mutter. »Warum macht er es jetzt?«

»Ich nehme an, das ist der Einfluß seiner Frau.«

»Was schießt er denn?«

Mutter zuckte die Achseln. »Fasanen, Rebhühner – vielleicht auch Kaninchen.«

Mr. Tobias kam zu Besuch und brachte ihnen einige tote Fasanen. Ein Pärchen, wie er sich ausdrückte. Er kam allein. Mrs. Tobias habe Rückenschmerzen und fühle sich nicht wohl. Liza dachte, was sie auf den Wiesen hatte herumhüpfen sehen, solche schönen Vögel, so schön wie die Pfauen, die sie auf Bildern gesehen hatte, würde sie nicht runterkriegen, aber als es dann soweit war und Mutter sie gebraten hatte, stellte sie fest, daß sie es doch konnte. Als sie das zarte braune Fleisch kaute, das einem im Mund zu zergehen schien, vergaß sie die schillernden, blaugoldenen Federn und die glänzenden Knopfaugen.

Der Tag Des Fasanen, nannte sie ihn. Sie schrieb den Hochzeitsaufsatz für Mutter und bekam ihn mit einem roten Häkchen versehen, aber sonst ohne Kommentar wieder zurück. Das war in der Woche, als Mutter ihr, zum ersten und zum letzten Mal, einen Klaps hintendrauf gab. Mutter kam dazu, wie sie gerade mit den Puppen Mann und Frau spielte und ertappte sie in dem Moment, als die Stoffpuppe mit dem aus einem Zweig gebastelten Gewehr gerade Annabel umlegte.

Sie schien nicht lang zu überlegen, sondern hob die Hand und gab Liza einen Klaps auf den Po. Danach entschuldigte sie sich bei ihr und sagte, das hätte sie nicht tun sollen.

Ganz plötzlich wurde es kalt, und die Nachtfröste waren so heftig, daß es morgens aussah, als ob Schnee gefallen wäre. Der Frost vertrieb Mr. und Mrs. Tobias. Vor ihrer Abfahrt schauten sie noch im Torhaus vorbei, und Mrs. Tobias, die einen wunderschönen Mantel aus weißem Lammfell trug, sagte, es sei doch schockierend, daß es im Torhaus kein Bad gebe, da müsse man unverzüglich eins einbauen. Mr. Tobias hatte genau die gleichen Worte gebraucht, aber nichts unternommen, erinnerte sich Liza. Seine Frau bat Mutter noch einmal eindringlich, doch eine Putzfrau zu nehmen. Sonst müßte sie, falls Mutter es doch wieder selbst machte, noch aufräumen, andernfalls hätte sie ein schlechtes Gewissen.

»Ich bitte dich, Eve«, sagte Mr. Tobias und sah schrecklich verlegen aus. »Und um das Bad kümmen wir uns.«

Der Wagen war kaum zehn Minuten auf dem Sträßchen verschwunden, als Liza und Mutter sich auf den Weg machten, um in Shrove House die Unordnung zu beseitigen.

Aber es herrschte gar keine Unordnung. Alles war sauber und aufgeräumt, und jemand hatte das Geschirr gespült und abgestaubt. Irgendwie hatte Liza das seltsame Gefühl, ein Durcheinander wäre Mutter lieber gewesen. Während Mutter das Bett abzog und die Leintücher in die Waschmaschine steckte, probierte Liza noch einmal die verschlossene Tür. Diesmal, zum allerersten Mal, war sie nicht abgeschlossen. Sie drehte den Knauf, und die Tür öffnete sich.

Drinnen gab es weder Leichen noch tote Bräute. Sie befand sich in einem kleinen Wohnzimmer, in dem ein Schreibtisch, ein paar Beistelltischchen, drei Sessel und ein Sofa standen. An den Wänden hingen in polierten Holzrahmen ein paar von diesen düsteren grauen Bildern, die Mutter Radierungen nannte, und zwei Vasen mit Chinesen drauf, in denen vertrocknete rote Rosensträuße steckten. Gegenüber der Sitzgruppe stand auf einer Truhe aus golden glänzendem Holz mit kompliziert gewundener Maserung ein großes, braunes, kastenartiges Ding mit einer Art Spiegel davor. Sie konnte sich in dem Spiegel sehen, aber nicht besonders deutlich, etwa so wie in einem Fenster, bei dem hinter den Scheiben dunkle Vorhänge zugezogen sind.

»Was war das?« fragte Sean. »Ein Fernseher?«

»Ja, aber das wußte ich damals noch nicht. Ich hatte keine Ahnung, was es war. Komischerweise hat es mich aber auch nicht besonders interessiert. Ich war *enttäuscht*. Weißt du, ich hatte aus dem Zimmer so eine Riesensensation gemacht, daß ich meinte, da müßte mindestens ein exotisches wildes Tier drin sein oder ein Kästchen mit Juwelen, eine Schatztruhe, oder gar ein Skelett. In einem der Bücher in der Bibliothek hatte ich mal eine Abbildung von einem Skelett gesehen. Und nun war es bloß so ein Kasten mit einem Spiegel, der nicht mal wie ein richtiger Spiegel funktionierte.«

»Aber du hast eingeschaltet.«

»Nein, hab ich nicht. Damals nicht, erst viel später. Ich hätte mich auch nicht weiter drum gekümmert, ich wäre wahrscheinlich nie wieder da reingegangen, wenn nicht Mutter gekommen wäre. Sie kam rein und reagierte ganz offensichtlich – sagen wir, verdutzt, weil ich mich da reingeschlichen und das Ding entdeckt hatte, das mich neugierig machte; ich wollte rauskriegen, was es war.«

»Wie Kinder nun mal sind«, sagte Sean altklug.

»Ach ja? Keine Ahnung. Ich kannte nur mich. Sie war nicht böse. Eher besorgt. Es ist schwer zu beschreiben, ich muß einen Ausdruck dafür finden, es hat sie irgendwie umgehauen, es hatte ihr den Wind aus den Segeln genommen. Sie nahm mich an der Hand und führte mich hinaus und schloß die Tür wieder ab.«

»Aber warum?«

»Genau darum ging es doch bei dem Ganzen, stimmt's? Die ganze Art, wie ich erzogen wurde. Die Welt hatte ihr übel mitgespielt, da draußen war alles so schrecklich, daß mir das erspart bleiben sollte. Ich mußte vor der Welt abgeschirmt werden, deshalb keine Schule, keine Ausflüge in die Stadt, keine Leute kennenlernen, den Kontakt mit anderen auf ein Minimum reduzieren, eine total behütete Kindheit und Jugend.«

»Jedenfalls hat sie dir beigebracht, dich gut auszudrükken, was?« sagte er bewundernd und zündete sich gierig eine Zigarette an.

Liza wünschte, er hätte es nicht getan. Der enge Wohnwagen füllte sich rasch mit Rauch, und sie mußte husten. Sie seufzte ein wenig und fuhr dann fort. »Der Fernseher hätte einen Großteil ihrer Arbeit zunichte gemacht. Wenn ich erst einmal gemerkt hätte, was ich dadurch über die Welt da draußen erfahren konnte, würde ich bloß noch fernsehen wollen, ich würde anfangen, wie die Leute im Fernsehen zu reden und Verhaltensweisen annehmen, die sie für schlecht erachtete.«

»Du sagst, die Welt hat ihr übel mitgespielt. Wie meinst du denn das? Was hat man ihr denn getan?«

»Du wirst es nicht glauben, aber ich weiß es nicht. Das heißt, ich weiß es nicht genau. Sie hat mich ohne Mann gekriegt, das war das eine, sie hat Shrove nicht bekommen, als sie fest damit rechnete, später hat sie mir noch viel mehr darüber erzählt, aber sie hat nie gesagt, warum sie – also, warum sie sich mit mir dort so abgekapselt hat. Als sie mich rausholte und die Tür wieder abschloß, hatte ich keine Ahnung, warum, sie hat es mir auch nicht erklärt. Ich wußte nur, es hatte irgend etwas mit dem Kasten mit der gläsernen Vorderseite zu tun.«

»Du sagst, sie hatte den Schlüssel. Woher hatte sie den?«

Das war höchst interessant gewesen. Mutter hatte sich suchend nach dem Schlüssel umgesehen und mit der Zunge geschnalzt, als sie ihn schließlich oben auf der Vitrine mit den Puppen entdeckte. Sie schloß die Tür ab und stieg dann, in Lizas Gegenwart, ohne sich die Mühe zu machen, es vor ihr zu verbergen, auf einen Stuhl und von dort auf eine Kommode, in der Frühstücksgeschirr und Besteck aufbewahrt wurden. Der obere Rand der Kommode war auf einer Höhe mit Lizas Kopf.

Über ihr an der Wand hing ein großes Bild, das man, wie Liza noch erfahren sollte, als Stilleben bezeichnete. Auf diesem hier, das von Johann Baptist Drechsler stammte, waren ein taubenetzter Rosenstrauß, kleine Falter und Purpurwinden abgebildet. Der Maler hatte einen Distelfalter auf einem Grashalm gemalt und oben links einen Falter mit braunen Vorderflügeln, gelben Hinterflügeln und einem seltsamen Muster auf dem Rücken. Das Bild steckte in einem breiten, vergoldeten Rahmen, der etwa fünfzehn Zentimeter von der Wand abstand. Mutter legte den Schlüssel oben auf den Rahmen, auf die rechte Seite, während sie Liza erklärte, daß man den Falter einen Totenkopfschwärmer nannte, weil das Muster auf seinem Rücken wie ein Schädel aussah, also wie die Knochen im Kopf des Menschen. Falls damit die Absicht verfolgt wurde, Liza von dem Schlüssel und dem verschlossenen Zimmer abzulenken, schlug dies jedoch fehl.

Liza wußte, daß ihre Chancen, dort hinaufzugelangen, etwa so groß waren wie die, einen Hund zu bekommen. Aber sie wollte unbedingt hinauf. Bald wurde daraus die allerwichtigste Sache von der Welt. Sie grübelte nach und meinte, dem Heftchen, das einmal mit der Post gekommen war und das sie sich fünf Minuten ansehen konnte, bevor es ihr weggenommen und zerrissen wurde, sei so ein Kasten wie der im verschlossenen Zimmer auf Shrove abgebildet gewesen.

Im Winter, wenn Mutter einkaufen ging, wurde sie immer auf Shrove eingesperrt, weil es dort warm war. Manchmal im Damenzimmer, manchmal in der Bibliothek, manchmal in einem der Schlafzimmer. Wenn das Damenzimmer dran war, saß sie oft stundenlang nur da und betrachtete die Puppen in der Vitrine. Sie stellten historische Persönlichkeiten dar, hatte Mutter gesagt und ihr einige davon aufgezählt – Elizabeth die Erste, Maria Stuart, ein Mann namens Beau Brummell und ein anderer namens Louis Quatorze, Florence Nightingale und Lord Nelson. Aber jetzt stand sie nur noch da und starrte das Bild mit den Blumen, dem Schmetterling und dem Falter mit dem Schädel auf dem Rücken an, wohl wissend, daß der Schlüssel dort oben auf dem Rahmen lag, obwohl sie ihn nicht sehen konnte, selbst wenn sie sich auf einen Stuhl stellte.

Ihr neunter Geburtstag kam und ging. Es war eiskalt, und das Anwesen lag unter einer fünfzehn Zentimeter dicken Schneeschicht. Dann taute es ein wenig, aber der halbgeschmolzene Schnee gefror wieder, und überall am Haus, am Stallgebäude und an der Remise, am Torhaus, am Schlößchen und an der Eulenscheune hingen Eiszapfen. Rauhreif verwandelte alle Bäume in Pyramiden und Wasserfälle und Türme aus silberner Spitze. Der Fahrweg war von Schneewehen blockiert, und Mutter kam nicht hinaus, um mit dem Bus in die Stadt zu fahren. Als es endlich wieder möglich war, blieb Liza in der Bibliothek zurück.

Sie schmökerte ein bißchen, spielte mit dem Globus, schaute nacheinander aus den Fenstern zu den Vögeln im Schnee hinaus, und als sie sich schließlich am anderen Ende des Raumes wiederfand, da wo es immer ziemlich dunkel war, an der dunkelsten Stelle in diesem sonst so hellen Haus, entdeckte sie dort an die Wand gelehnt einen wohlbekannten, doch längst vergessenen Gegenstand – die Bibliotheksleiter.

Aus acht Stufen bestand sie, gerade genug, damit auch die kleinste Person bis ans oberste Regal reichte. Aber Liza war in der Bibliothek eingesperrt. Abgesehen davon, dachte sie sich, war die Leiter sowieso zu schwer für sie, sie wirkte jedenfalls schwer und war aus stumpfem, grauem Metall. Sie faßte sie an, hielt sie mit beiden Händen fest und umklammete die seitlichen Haltegriffe. Sie wollte die Leiter hochheben, als ob sie schwer wäre, aber sie flog direkt in ihren Händen hoch. Die Leiter war leicht, fast so leicht wie aus Pappkarton, selbst ein Kleinkind könnte sie hochheben, sie konnte sie sogar mit nur einer Hand heben.

Doch sie war ja eingeschlossen. Kurz darauf holte Mutter sie ab, und zusammen stapften sie durch den Schnee zum Torhaus hinüber. In dieser Nacht schneite es noch heftiger, und sie verbrachten den nächsten Morgen damit, sich freizuschaufeln, und nachmittags machten sie aus Bratfett und Brot kleine Kuchen für die Vogelhäuschen. Dann vergingen zwei oder drei Wochen, bis Mutter wieder in die Stadt fahren konnte. Kurz darauf, wahrscheinlich im März, als der Schnee bis auf ein paar Flecken an schattigen Stellen weggeschmolzen war, brachte der Postbote den Brief, der ihr ganzes Leben verändern sollte.

»Wieder dieser Tobias?« sagte Sean.

»Nein, von dem hörten wir nie was. Na ja, Eve bekam immer schön ihr Geld, und Mr. Tobias schickte eine Postkarte aus Aspen in Amerika, wo sie beim Skilaufen waren, aber sonst kam nie etwas von ihm. Der Brief war von Bruno Drummond.«

»Dem Künstler.«

»Ja. In der Phoenix Gallery hatten sie ihm gesagt, daß Mutter sein Bild gekauft hatte, ich glaub nicht, daß der viele Bilder verkauft hat – besser gesagt, ich weiß es ganz sicher. Er sagte, er habe sie anrufen wollen, ihre Nummer aber nicht im Telefonbuch gefunden. Kein Wunder, denn genausowenig wie einen Fernseher wollte sie ein Telefon. Er sagte, das Bild müsse noch gefirnißt werden, und wenn sie es ihm bringen wollte, würde er es machen. Er gab seine Adresse an und schrieb, vor dem Haus könne sie gut parken!

Sie antwortete natürlich nicht. Sie sagte, wenn man das Bild firnissen müsse, könnte sie das ja machen. Sie war ziemlich sauer auf die Galerie, daß die ihm ihre Adresse gegeben hatten. Immer wieder sagte sie, haben die denn vor gar nichts mehr Respekt? Ist man denn nirgends mehr sicher?«

Im Februar begann der Lateinunterricht. *Puella, puellae, puellae, puellam, puella, puella.* Und *Puella pulchra est.*

»Das Mädchen ist schön«, sagte Mutter, betrachtete dabei aber sich selbst im Spiegel.

Liza machte der Lateinunterricht Spaß. Es war, wie wenn man ein schwieriges Puzzle lösen mußte. Mutter sagte, es würde ihren Geist schleifen und las Liza aus Cäsars *Britannischem Feldzug* vor, damit sie sich an den Klang gewöhnte.

Im März fing Liza an, Wildblumen zu sammeln und zu pressen. Mutter kaufte ihr ein großes Album, in dem sie

sie aufbewahren konnte. Auf die linke Seite klebte sie die gepreßte Blume, und auf die rechte malte sie mit Wasserfarben ein Bild davon. Als erstes kam ein Schneeglöckchen hinein und als nächstes ein Huflattich. Mutter erlaubte ihr, sich *Wild Flowers* von Gilmour und Walters aus der Bibliothek von Shrove zu borgen, damit sie die Blumen bestimmen und ihre lateinischen Namen heraussuchen konnte.

Dann wurde es wieder wärmer, und im April kamen Mr. und Mrs. Tobias nach Shrove und brachten vier Gäste mit. Claire und Annabel und einen Mann, den Liza noch nie gesehen hatte, und die Mutter von Mr. Tobias, Lady Ellison.

»Caroline«, sagte Liza.

»Ja«, sagte Mutter, »aber so darfst du nicht zu ihr sagen.«

Wie sich dann herausstellte, hatte Liza auch gar keine Gelegenheit, irgend etwas zu ihr zu sagen.

Vor ihrer Ankunft hatte Mrs. (nicht Mr.) Tobias' Mutter geschrieben und noch einmal die Sache mit der Putzfrau angesprochen.

»Kannst du dir eine solche Person hier vorstellen?« Mutter war ganz ruhig, aber Liza merkte, daß sie sich ärgerte. »Die käme mit dem Auto daher, und wir hätten dann den ganzen Lärm und den Dreck. Ich müßte sie auch reinlassen, ich würde doch keinem den Schlüssel anvertrauen und ihr zeigen, was sie machen soll und – mindestens ebenso wichtig – was sie *nicht* machen soll. Warum gibt Victoria Tobias denn keine Ruhe und läßt mich einfach machen?«

Darauf wußte Liza auch keine Antwort. Mutter grübelte den ganzen Tag herum, sie machte sich *richtig* Sorgen, immer wieder sagte sie, sie wolle nicht noch mehr Eindringlinge hier haben, Mr. Frost sei schon schlimm genug, ganz zu schweigen vom Postboten *und* dem Milchmann *und* dem Mann, der die Zähler ablas, *und* dem Mann, der die Heizung auf Shrove wartete, das nehme ja überhaupt kein Ende.

»Du kannst es doch selber machen und so tun, als hättest du eine Putzfrau genommen.«

Zuerst sagte Mutter: »Nein, das geht doch nicht, was ist dann mit dem Geld?« Aber dann meinte sie: »Warum eigentlich nicht? Es wäre ja kein Betrug, das Geld zu nehmen, so lange die Arbeit gemacht wird.« Und so erfand Mutter eine Zugehfrau und dachte sich mit Liza zusammen einen Namen für sie aus. Über die Namen, die Liza sich ausdachte, mußten sie so lachen, daß ihnen fast die Tränen kamen. Sie hatten sie aus dem Wildblumenbuch. Cäcilie Süßholz und Mrs. Gänsedistel und Fritillaria Zweiblatt. Aber Mutter sagte, es sollte nicht zu komisch sein, sondern wie ein echter Name klingen, und deshalb nannten sie sie schließlich Mrs. Cooper, Dorothy Cooper.

Mutter schrieb an Mr. (nicht Mrs.) Tobias und sagte, sie habe eine Putzfrau namens Dorothy Cooper gefunden, die einmal pro Woche käme, und ob er ihr, Eve, das Geld schicken könnte, sie würde Mrs. Cooper dann bezahlen. Eine Woche vor Ostern machte Mutter in Shrove House Frühjahrsgroßputz, während Liza in der Bibliothek saß und *Jane Eyre* las. Das heißt, die meiste Zeit las sie *Jane Eyre.* Außerdem trug sie die Leiter aus der Bibliothek ins Damenzimmer hinüber.

Vor den Fenstern im Damenzimmer hingen schwere, lange Vorhänge aus schiefergrauem Samt. Auch wenn man sie an den Kordeln zuzog, stand vor der grauweißen Wand immer noch an beiden Seiten etwa ein halber Meter über. Liza schob die Leiter am rechten Fenster rechts an die Wand. Der Vorhang verdeckte sie völlig, es war nichts zu sehen.

Zum Glück hatte sie den Schlüssel noch nicht heruntergeholt und die Tür aufgeschlossen, denn als sie oben fertig war, kam Mutter ins Damenzimmer, stieg auf einen Stuhl und von dort auf die Kommode und griff nach dem Schlüssel auf dem Bilderrahmen. Liza schlich aus der Bibliothek herbei und beobachtete sie von der Tür zum Damenzimmer aus. Mutter schloß auf und ging, den Staubsauger hinter sich herziehend, ins Geheimzimmer.

Eine halbe Stunde blieb sie dort drinnen. Liza huschte immer wieder von der Bibliothek an die Tür zum Damenzimmer, um nachzusehen. Als sie schließlich den Staubsauger im Damenzimmer brummen hörte, kam sie an die Tür und sagte, sie habe Hunger und ob sie jetzt bald nach Hause gingen zum Mittagessen?

Im Schlüsselloch an der Tür zum Geheimzimmer steckte der Schlüssel. Da gehörte er auch hin, natürlich, Mr. und Mrs. Tobias und ihre Freunde kamen ja zu Besuch. Liza und Mutter aßen in der Küche von Shrove zu Mittag, und die ganze Zeit dachte Liza, vielleicht wird der Schlüssel im Schlüsselloch steckenbleiben, wenn sie wieder weg sind.

Aber nein. Liza vermutete, daß Mutter hinübergegangen war und ihn wieder auf den Bilderrahmen gelegt hatte, während sie noch schlief. Sie hatte Mr. und Mrs. Tobias und ihre Freunde kaum gesehen, nur ein- oder zweimal war der Mercedes mit dem anderen Wagen hinterher vorbeigefahren, und einmal war es ihr gelungen, einen Blick auf Claire und eine große, alte Frau im Tweedrock zu erhaschen, die mit ihren Golfschlägern auf dem Rasen von Shrove standen. Ob das wohl Caroline war? Die Caroline mit den rundlichen, weißen Schultern und dem lippenstiftfarbenen Kleid? Doch dann hörte sie eines Abends, als sie schon im Bett war, jemanden an der Haustür. Ein leises Gemurmel, es klang wie eine Männerstimme und die von Mutter.

Sie war sich beinahe sicher, wenn auch nicht ganz, daß

die andere Stimme Mr. Tobias gehörte. Sie unterhielten sich unten im Wohnzimmer, und sie kroch aus dem Bett, um sie oben vom Treppenabsatz aus zu belauschen. Aber anscheinend hatte Mutter etwas gemerkt, denn sie kam heraus und rief zu Liza hoch, sie solle sofort wieder ins Bett.

Das Gemurmel ging weiter, dann hörte sie, wie die Haustür zufiel und Mutter nach oben kam. Irgendwie hätte sie sich nicht gewundert, wenn Mutter geweint hätte, aber statt dessen sprach Mutter laut mit sich selbst. Das war ungewöhnlich und ziemlich beängstigend.

»Es ist alles aus«, hörte sie Mutter sagen. »Krieg das doch endlich rein in deinen Schädel, daß alles aus ist. Du mußt von vorn anfangen. Gleich morgen früh, auf zu neuen Ufern.«

Sollte das heißen, sie würden weggehen?

»Gleich morgen früh, auf zu neuen Ufern«, murmelte Mutter und machte ihre Tür zu.

»Nein, nein, wir gehen nicht weg«, sagte Mutter am nächsten Morgen. »Wie kommst du denn darauf? Mr. und Mrs. Tobias gehen weg, wer weiß, wann sie wiederkommen.«

Liza sah die Autos die Zufahrt von Shrove House herunterkommen, im Mercedes saß Mr. Tobias am Steuer, neben ihm Mrs. Tobias und Claire auf dem Rücksitz. Dicht hinter ihnen kam der andere Wagen mit dem Mann am Steuer und Caroline Ellison neben ihm. Er hielt vor dem Torhaus an, und der Mann drückte auf die Hupe. Liza wußte nicht, was das bedeutete, aber Mutter wußte es. Mutter war außer sich. »Ich geh da nicht raus, ich laß mich doch nicht herbeizitieren«, sie kochte vor Wut, »das ist ja, wie wenn die königliche Familie beim Verwalter vorfährt«, aber dann ging sie doch hinaus und sprach mit Lady Ellison.

Dadurch hatte Liza Gelegenheit, sich die Mutter von Mr. Tobias, die inzwischen ausgestiegen war, genauer anzusehen. Sie war so groß, daß Mutter neben ihr wie ein Kind wirkte. Im Vergleich zu Mutter nahm sie sich wie eine Riesin aus und war häßlich wie die Nacht. Liza fand, daß ihre Hände wie mit dem Blut eines Beutetiers getränkte Raubvogelklauen aussahen.

Mutter kam wieder ins Haus und machte ein bitterböses, angewidertes Gesicht, das die Leute in den Autos aber nicht sehen konnten, denn sie hatte ihnen den Rücken zukehrt. Die Autos waren kaum verschwunden, als sie und Mutter nach Shrove House hinaufgingen, wo sie ein furchtbares Durcheinander erwartete. Zweifellos dachte Mrs. Tobias, Dorothy Cooper würde alles in Ordnung bringen. Liza stellte fest, daß die Tür zum Geheimzimmer abgeschlossen war und der Schlüssel wahrscheinlich wieder oben auf dem Bilderrahmen lag.

Inzwischen hatten sie Mai, es war aber nicht besonders warm, obwohl alles schön aussah, wie Mutter immer wieder betonte. Die jungen Triebe waren frisch und grün, der Besenginster blühte weiß und rot, duftete süß und war über und über mit Bienen bedeckt. Im letzten Herbst hatte Mr. Frost riesige Mengen von Goldlack gepflanzt. Der wucherte in bunten, samtigen Falten rot, honiggelb, golden und kastanienbraun über eine breite Fläche Land, ohne daß dazwischen ein einziges grünes Blättchen zu sehen war. Liza pflückte Ehrenpreis für ihre Wildblumensammlung, und Mutter sagte, sie dürfe sich eine, aber nur eine einzige Schlüsselblume nehmen.

Zu Hause gab es Mittagessen. Der Nachmittag war dem Latein-, Rechen- und Erdkundeunterricht gewidmet. Liza machte gerade ihre Rechenaufgaben, als es an der Tür klingelte. Da es so selten klingelte, bekam sie jedesmal einen Schreck.

»Das ist bestimmt Mr. Frost, der was braucht«, sagte Mutter, obwohl er fast nie etwas brauchte.

Sie machte auf. Ein Mann stand vor der Tür. Sein Auto, so orangegelb wie eine Mandarine, das aussah, als sei es aus Pappkarton, hatte er vor dem Tor abgestellt. Es war ein ziemlich junger Mann mit schulterlangen braunen Locken und riesigen blauen Augen mit langen Wimpern wie bei einem Mädchen. Oder wie bei ihr oder Mutter. Braune Pünktchen, Sommersprossen, wie Mutter ihr später erklärte, waren über seine kleine gerade Nase verstreut. Seine Lippen waren rot und seine kleinen Zähne strahlend weiß. Er trug Bluejeans und über einem karierten Hemd eine Jacke aus blauem Jeansstoff, um den Hals hatte er eine Kette mit einem goldenen Anhänger. Fasziniert starrte Liza die Ohrringe an, zwei goldene Reifen, die er beide in einem Ohr trug. Er hatte eine Tasche aus Teppichstoff bei sich. Sie hätte aus einem der Perserteppiche auf Shrove gemacht sein können.

»Oh, hallo«, sagte er. »Das ist hier ja wohl das Ende der Welt, was? Ein Wunder, daß ich Sie gefunden hab. Darf ich mich vorstellen? Ich heiße Bruno Drummond.«

9

Liza sagte, sie käme sich vor wie Scheherazade, die ihrem Gatten jeden Abend Geschichten erzählte. Nur daß Sean ihr am nächsten Morgen nicht den Kopf abhackte, nicht wahr, falls sie eines Nachts zu matt sein sollte, sich etwas auszudenken?

Sean sagte: »Wer war das denn, diese Shera?« – aber Liza war zu müde, es ihm zu erklären.

Sie waren beide ganz erschöpft vom Äpfelpflücken. Die Ernte war in diesem Jahr besonders reichlich ausgefallen. Sie pflückten von frühmorgens bis Sonnenuntergang, denn länger erlaubte Mr. Vanner es nicht. Er sagte, er werde wohl noch zusätzliche Kräfte einstellen müssen, sonst würde er die Ernte nicht schaffen, doch das wollten sie verhindern, sie wollten das ganze Geld allein verdienen, aber es war nichts zu machen. Am dritten Tag kam morgens eine Gruppe Frauen zur Aushilfe, Hausfrauen aus dem etwa eine Meile entfernten Dorf.

Sean wollte noch mehr über Bruno wissen, doch sie war zu müde zum Erzählen, sogar zu müde, den kleinen Farbfernseher einzuschalten, den sie in der Zwischenzeit von den hundert Pfund und noch etwas Apfelgeld erstanden hatte, für alles war sie zu müde, außer mit Sean zu schlafen, und das auch nur, weil man es im Bett tun und danach gleich einschlafen konnte.

Nachrichten hatte Liza bisher kaum gesehen, selbst wenn sie gewollt hätte. Die werden nämlich selten zwischen zwei und fünf Uhr nachmittags gesendet. Inzwischen wußte sie, daß sie morgens und abends kamen, also sah sie zum Frühstück und dann um sechs und um neun Uhr fern; denn nachdem die Frauen gekommen waren, lohnte es sich nicht mehr, so hart zu arbeiten. Sie wollte wissen, ob etwas über Eve kam. Aber es kam nie etwas.

»Weil sie schon vor Gericht war«, sagte Sean, »jetzt ist sie in, wie heißt das, in Untersuchungshaft, und da dürfen sie in der Zeitung und im Fernsehen nichts über sie bringen, erst wieder, wenn sie vor Gericht erscheint.«

Das stimmte ziemlich genau mit dem überein, was Eve ihr gesagt hatte. Liza bewunderte Seans Fachkenntnis. Sie freute sich, daß er sich mit diesen juristischen Dingen auskannte, und stellte fest, daß sie mittlerweile annahm, über fast alles besser Bescheid zu wissen als er, außer über die absolut praktischen Dinge des Lebens. *Er* glaubte natürlich, er wüßte mehr als sie, aber sie merkte, daß das nicht der Fall war. Wenn es sich um Bücher, Musik, Natur, Kunst und Geschichte handelte, wußte sie alles und er nichts, und so war sie diesmal freudig überrascht.

»Wann ist das, wann erscheint sie vor Gericht?« fragte sie.

»Das dauert noch ein paar Wochen, vielleicht Monate.«

Sie war enttäuscht. »Wo ist das, diese Untersuchungshaft?«

»Im Gefängnis.«

Alles, was sie darüber wußte, beruhte auf der Lektüre von *Little Dorrit* und *Der Graf von Monte Christo.* Sie sah einen viktorianischen Höllenpfuhl vor sich und ein Verlies mit einem Gitterfensterchen in der Wand.

»Dir kann es doch egal sein«, sagte er. »Du bist weggelaufen, du bist ja zum Glück da raus.«

»Ich bin müde, Sean. Ich muß jetzt schlafen.«

Sie schmiegte sich in seine Arme, den nackten Körper dicht an ihn gepreßt. Die Nächte wurden allmählich kalt. Er ließ seine Lippen über ihre gleiten und drang sanft in sie ein, als sei es der natürliche nächste Schritt. So ineinander verschlungen lagen sie da, als sie mitten in der Nacht aufwachte und sich leicht bewegte, um ihn noch einmal zu erregen. Schläfrig sagte er, daß er sie liebte, und sie sagte: »Ich dich auch, Sean.«

Nicht der darauffolgende Tag, sondern Freitag war der letzte Erntetag für die Cox Orange. Kevin sagte, er würde vor Ende der Woche weiterfahren und ob sie nicht mitkommen wollten? In der Styropor-Verpackungsfirma im Industriegebiet zehn Meilen von hier suchten sie ungelernte Arbeiter. Kevin würde es dort mal versuchen.

Aber Sean hatte kein Interesse. Er machte früher Schluß, zog sich fein an, ein frisches Hemd und Jeans, und fuhr in die Stadt, um sich für den Job im Supermarkt zu bewerben. Liza war nicht im geringsten überrascht, als sie erfuhr, daß er ihn bekommen hatte. Sie luden Kevin zu ein paar Flaschen Wein ein. Kevin sagte, sein Fernseher könne es mit ihrem nicht aufnehmen, das sei ja wirklich toll, wie auf einem so kleinen Bildschirm die Farben leuchteten und wie scharf das Bild sei.

Liza verabschiedete sich von dem Hund. Sie legte die Arme um ihn, und er rieb seine kalte Schnauze an ihrem Hals. Er war ein freundliches, sanftmütiges Tier. Als sie den zarten Schädel und das glatte schwarze Fell unter ihren Lippen spürte, mußte sie wieder an Heidi denken. Sie war immer noch empört darüber, daß Mr. Tobias Heidi einfach abgestellt hatte, als er Victoria heiratete, daß er sie wie ein ausrangiertes Möbelstück an Matt weitergegeben hatte.

Sie hatte Mr. Tobias danach zwar immer noch gern gehabt, aber die Art, wie er mit Heidi umgesprungen war, hatte ihre Zuneigung erschüttert. Zum Trost hatte sie sich eingeredet, und ihre Mutter wahrscheinlich auch, Victoria sei an seinem veränderten Verhalten schuld. Auf Victorias

Betreiben hin hatte er angefangen zu schießen, und Victoria war es, die ihn von Shrove fernhielt.

Vielleicht würde Victoria sterben. Hunde starben ja auch, warum nicht Menschen? Etwa zu der Zeit begann sie sich vorzustellen, wie das Leben weitergegangen wäre, wenn Mr. Tobias Eve geheiratet hätte und sie beide nach Shrove House gezogen wären. Dann hätte sie einen Vater und eine Mutter gehabt, wie die Kinder in ihren Büchern.

Am Montag sollte Sean seinen neuen Job antreten. Sie mußten einen anderen Stellplatz für den Wohnwagen finden, aber bis dahin wollte er es noch ausnutzen, auf Vanners Grundstück parken zu können.

Er nannte sie oft Fräulein Lehrerin, wenn Liza ihm etwas Wissenswertes vermittelte. Aber diesmal, sagte er, würde er ihr etwas beibringen. Er würde ihr beibringen, wie man Auto fährt.

Sie war zwar erst mit siebzehn, also im Januar, alt genug, um den Führerschein zu machen, aber auf den Feldwegen in den Obstgärten konnte sie fahren, das war Privatgelände. Am Freitag vormittag pflückten sie die letzte Reihe und holten sich ihren letzten Lohn ab. Dann überließ Sean ihr den Fahrersitz im alten Dolomite und zeigte ihr, wie man den Motor anließ und die Gangschaltung bediente. Es war gar nicht schwer.

»Als hättest du nie was anderes gemacht«, sagte Sean und war sehr zufrieden.

Sie wollte gleich auf die Landstraße und zu dem neuen Stellplatz fahren, aber Sean war dagegen. Das Risiko war es nicht wert. Und einen Strafzettel konnten sie sich nicht leisten. Widerstrebend gab Liza nach.

»Ich riskiere besser nicht, daß die Polizei mich schnappt.«

»Es ist in jedem Fall verboten«, sagte Sean ernst.

Sie saß neben ihm auf dem Beifahrersitz und futterte Cox Orange. Sie hatte sich eine Schachtel mit selbstgepflückten Äpfeln gefüllt, denn Vanner war so geizig, daß er den Pflückern nicht einmal das Fallobst gönnte.

»Paß bloß auf, daß er dir nicht die Bullen auf den Hals hetzt«, sagte Sean, aber er lachte dabei, und da wußte sie, daß er nur Spaß machte. Plötzlich sagte er wie aus heiterem Himmel: »Deine Mum, hat die eigentlich mal versucht, diesen Mr. Tobias seiner Frau auszuspannen?«

»Wie kommst du auf einmal darauf?«

»Ich mußte gerade dran denken, wie die Bullen da waren und sie geschnappt haben, und da ist mir wieder eingefallen, daß du nie erzählt hast, ob er wiedergekommen ist, nachdem die Leute übers Wochenende auf Besuch waren.«

»Nein, das hat sie nie versucht. Glaub ich wenigstens. Sie hatte ja auch gar keine Gelegenheit dazu, weißt du, er war doch so weit weg, und wir hatten kein Telefon und kein Auto, wir saßen ja dort gewissermaßen fest.«

»Aber wollte sie das denn nicht so?«

»O doch, und ob sie es wollte. Sie wollte auf Shrove bleiben, ungestört und isoliert, aber am liebsten wollte sie Shrove *besitzen.* Ich glaube, als er heiratete, hat sie diese Idee aufgegeben. Jedenfalls eine Zeitlang. Es fiel ihr sehr schwer, sie hatte doch so lang damit gerechnet, aber sie mußte die Idee aufgeben. Ich weiß natürlich nicht, was in ihr vorging, ich war ja noch klein, aber ich glaube, sie hat vieles bereut, sie hat auch bittere Gegenbeschuldigungen erhoben.«

»Was hat sie erhoben?«

»Ich meine, es tat ihr leid, daß sie sich nicht anders verhalten hat. Weißt du, wenn wir mit ihm nach London gegangen wären, dann wären sie sich so nahegekommen, daß er bestimmt geglaubt hätte, er könnte ohne sie nicht mehr leben. Das wäre vielleicht ein paar Jahre so gegangen, und dann hätten wir alle zusammen nach Shrove zurückkehren können. Damals waren sie richtig verknallt ineinander, da bin ich sicher, so wie wir beide.«

»Das stimmt jedenfalls«, sagte Sean lächelnd, erfreut, daß sie es gesagt hatte.

»Aber sie wollte nicht, wegen mir. Sie war fest entschlossen, mich ohne – na ja, ohne die unguten Einflüsse der Außenwelt aufwachsen zu lassen. Ich sollte nicht so leiden müssen wie sie. Wenn sie mit Mr. Tobias nach London gegangen wäre, hätte sie mich dort auf eine Schule schicken müssen, und dann hätte ich andere Kinder getroffen und wahrscheinlich weiß Gott was gesehen. Man könnte auch sagen, sie hat mir den Vorrang gegeben, oder vielleicht hat sie auch Shrove den Vorrang gegeben. Das Paradoxe dran war, daß sie Mr. Tobias verlor, weil sie sein Haus an erste Stelle setzte. Ich hätte jedenfalls liebend gern in Shrove House gewohnt und Jonathan Tobias zum Vater gehabt. Du wirst lachen, aber damals dachte ich, wenn ich dort wohne und es meins ist, dann kann ich in das Geheimzimmer.«

Sean mußte tatsächlich lachen. »Aber er hat eine andere geheiratet, und damit war Schluß mit ihrem Liebesleben.«

»O nein, das war eigentlich erst der Anfang. Als Bruno kam. Jetzt, wo ich erwachsen bin, weiß ich, was sich bei ihr damals im Kopf abspielte. Sie dachte, Jonathan hab ich verloren, ich kann nicht mein ganzes Leben damit verplempern, ihm nachzujammern, am besten ziehe ich einen Schlußstrich und nehme mir einen neuen Liebhaber. Sie war ja erst knapp über dreißig, Sean, sie war noch jung. Sie konnte doch nicht alles aufgeben.«

»Und was war mit dem Bad? Hat er es einbauen lassen?«

»Am Ende schon. Aber erst viel später. Er hat es vergessen, sobald ihm Shrove aus den Augen war. Er hatte es sich vorgenommen, aber dann hat er es vergessen, er war sehr gedankenlos. Wenn ich es mir heute überlege, glaube ich wirklich, daß er Eve auch vergessen hat, sobald ihm Shrove aus den Augen war. Ein- oder zweimal im Jahr fiel sie ihm wieder ein, und dann schickte er ihr eine Postkarte.«

Der Platz, den sie für den Wohnwagen gefunden hatten, war ein Stück Brachland an der Stelle, wo ein Saumpfad vom Feldweg abzweigte. Er wurde selten benutzt. Reitern würde ihre Anwesenheit vielleicht auffallen, aber es konnte Wochen dauern, bis die Besitzer des Grundstücks etwas merkten. Der gesetzestreue Sean hatte herauszufinden versucht, wem es gehörte, aber ohne Erfolg. Das Problem war nur, daß es keine Wasserversorgung gab außer einem Bach, der etwas weiter oben an der Straße unter einer Steinbrücke plätscherte. Das Wasser konnte man ruhig trinken, beruhigte Liza den skeptischen Sean. Meistens würden sie es sowieso abkochen. Waschen könnten sie sich im Hallenbad neben dem Supermarkt, wo er arbeitete. Sie sprühte vor Ideen. Mochte sie auch von den meisten alltäglichen Dingen keine Ahnung haben, zu helfen wußte sie sich *durchaus*.

An seinem ersten Arbeitstag blieb sie allein zurück. Der Winter nahte, und es wurde allmählich kalt. Sie beheizten den Wohnwagen mit Propangas und einem Ölöfchen, das war also kein Problem, doch zum ersten Mal im Leben hatte sie nichts zu tun.

Es war kalt draußen und regnete, aber sie ging trotzdem hinaus und spazierte den Gehweg am Bach entlang und an der seichten Stelle über die Brücke. Die Blätter fielen bereits, sachte und traurig lösten sie sich von den Zweigen, denn es ging kein Wind. Sie schwebten hinunter und bildeten auf der nassen, glitschigen Masse unter ihren Füßen eine weitere Schicht. Laub bedeckte die Oberfläche des träge dahinziehenden Baches. Der Himmel war grau und von einer eintönigen, dichten Wolkendecke verhangen. Sie ging einige Meilen auf den Waldpfaden und an Wiesen entlang weiter, behielt jedoch immer den Kirchturm im Auge, damit sie später den Weg zurück fand.

Ein paarmal überquerte sie eine Straße, sah aber niemanden und begegnete auch keinem Auto. Ein Schopfhirsch tauchte zwischen den Bäumen auf, zeigte sein kapitales Geweih und floh durch das Dickicht davon. Eichelhäher warnten einander vor ihrem Kommen. Sie sammelte alle möglichen Pilze, doch obwohl sie sie kannte, scheute sie sich, sie zu kochen, und hinterließ eine Spur von Blätterpilzen und Schirmlingen auf ihrem Weg. Als es ihren ungefähren, jedoch meist zutreffenden Berechnungen nach etwa um die Mittagszeit war, machte sie sich auf den Heimweg.

Dort angekommen, mit der Aussicht, daß Sean erst in ein paar Stunden zurückkommen würde, wußte sie nichts mit sich anzufangen. Bisher hatte sie immer etwas zum Lesen gehabt. Aber hier im Wohnwagen gab es weder Papier, noch Schreibzeug, keine Möglichkeit, Musik zu machen, keine Sammelalben, über denen man brüten konnte, kein Nähzeug. Schließlich schaltete sie den Fernseher ein. Ein alter Powell-und-Preßburger-Film mit Wendy Hiller zog sie in seinen Bann, wie damals, als sie solche Filme im Fernsehen auf Shrove sehen konnte. Hatten solche Leute wirklich existiert, so geredet, sich so gekleidet? Oder war es genauso ein Märchen wie Scheherazade?

Als Sean zurückkam, war sie eingeschlafen. Der Fernseher lief noch, und Sean wurde sauer und sagte, sie würde Strom verschwenden. Am nächsten Tag fuhr sie mit ihm in die Stadt und bewarb sich auf eine der Stellenanzeigen, die sie gesehen hatte.

Liza gab an, sie sei achtzehn. Sie hatte zwar keine Zeugnisse, weil sie noch nie für jemanden gearbeitet hatte, aber sie kannte sich mit Hausarbeit aus. Sie hatte Eve zugesehen und war ihr später zur Hand gegangen.

Das Haus in Aspen Close ähnelte dem, in dem Bruno mit ihnen hatte wohnen wollen. Aber innen war es ganz anders. Noch nie hatte sie einen so großen, langweiligen, häßlichen Raum gesehen, mit beigen Teppichen und Vorhängen, ohne Bilder oder Spiegel an den Wänden und, soweit sie sehen konnte, ohne Bücher. Blumen, die mit Sicherheit nicht echt waren, künstliche weiße Pfingstrosen, blauer Rittersporn und rosa Chrysanthemen standen in beigefarbenen Keramikschalen. Quer über den Tisch und auf einer Kommode lagen blaßgrüne, spitzenbesetzte Tischläufer.

Die gleiche Farbe hatte auch Mrs. Spurdell, nur daß ihr Haar weiß war. Ihr fetter Körper war in ein blaßgrünes Wollkleid gezwängt, und darunter, dachte Liza, trug sie bestimmt eins von diesen formenden Gummidingern, das ihre Figur glatt erscheinen ließ und in wogende Segmente unterteilte. Wie eine Schmetterlingsraupe kurz vor der Verpuppung. Ihre Schuhe, beige glänzend und hochhackig, sahen so aus, als würden ihr darin die Knöchel weh tun, die seitlich überquollen.

Am Anfang war Liza schüchtern. Wäre Mrs. Spurdell freundlich und nett gewesen, es hätte alles viel leichter gemacht, aber so war diese fette Alte mit dem säuerlichen Gesichtsausdruck daran schuld, daß sie abgehackt und vielleicht etwas überdreht sprach.

»Sie scheinen mir aber nicht ganz die Richtige zu sein«, fühlte sich Mrs. Spurdell bemüßigt zu sagen. »Ehrlich gesagt, Sie hören sich eher nach Studentin an als nach jemand, der eine Putzstelle sucht.«

Das ließ sich Liza durch den Kopf gehen. Es brachte sie

auf eine Idee, aber natürlich sprach sie sie nicht aus. Sie sagte: »Wenn ich für Sie arbeiten kann, mache ich es auch gut.«

Mrs. Spurdell seufzte. »Sehen Sie sich erst mal den Rest des Hauses an. Vielleicht ist es Ihnen ja auch zuviel.«

»Nein, bestimmt nicht.«

Trotzdem folgte sie Mrs. Spurdell die Treppe hinauf. Liza mußte aufpassen, daß die Raupentaille, die Hüften und die fetten Wabbelbeine sie nicht zum Kichern brachten und zwang sich, an etwas Trauriges zu denken. Das Traurigste, was ihr einfiel, war Eve im Gefängnis. Ihre Gedanken flogen zu Eve, und sie verspürte eine kurze, stechende Angst.

Mrs. Spurdells Schlafzimmer war ganz in Rosa gehalten. Ein flauschiges weißes Häschen saß mitten auf dem rosaseidenen Bett. Das andere Schlafzimmer war in Blau und das dritte in einem Pfirsichton gehalten. Liza hoffte inständig, sie würde den Job bekommen, denn hier gab es so vieles, das sie sich unbedingt näher betrachten und durch den Kopf gehen lassen wollte. Dann führte Mrs. Spurdell sie in, wie sie sich ausdrückte, Mr. Spurdells Studio, und Liza sah die Bücher. Ein ganzes Regal voller Bücher stand da. Auf dem Schreibtisch war eine Schachtel mit Schreibpapier, und in einem Gefäß aus einer Art grüngeädertem Stein steckten Kugelschreiber und Bleistifte.

In dem düsteren Gelaß, das Mrs. Spurdell als Eßzimmer bezeichnete, sah sie auf einem Regal etwa zwanzig weitere Bücher stehen. Sofort änderte Liza ihre Meinung über das Haus. Es war nun nicht mehr einfach grotesk und lächerlich. Es war ein Ort, an dem es Bücher gab und Papier und Stifte. »Das kann ich gut sauberhalten«, sagte sie. »Es ist mir bestimmt nicht zuviel.«

»Ich stelle Sie erst mal auf Probe ein. Sie scheinen mir sehr jung.«

Nicht so jung, wie ich bin, dachte Liza. Die Summe, die Mrs. Spurdell ihr anbot, kam ihr sehr niedrig vor. Sogar ihr, unwissend wie sie war, schien sie niedrig. Sie würde sich wehren müssen. Erstaunt hörte sie sich mit fester Stimme zu Mrs. Spurdell sagen, zwei Pfund fünfzig pro Stunde sei ihr nicht genug, sie wolle drei Pfund. Das lehnte Mrs. Spurdell rundweg ab, es käme keinesfalls in Frage, und Liza wußte nicht mehr weiter. Ihr blieb wohl nichts übrig als zu gehen, aber als sie aufstand, nicht wissend, daß es hier ums Feilschen ging oder was Feilschen überhaupt war, sagte Mrs. Spurdell, Moment mal, also gut, aber wohlgemerkt, es sei zunächst mal auf Probe. Zweimal pro Woche morgens und einmal nachmittags, und nächste Woche könne sie anfangen. Morgen, bitte, sagte Liza.

»Du meine Güte«, sagte Mrs. Spurdell in einem Ton, der andeuten sollte, daß Liza bestimmt scheitern würde. »Sind Sie aber eifrig.«

Den Rest des Tages brachte sie damit zu, in der Stadt umherzuschlendern, allerlei Abenteuerliches zu erleben, in einen Pub und ins Kino zu gehen. Bei einigen dieser Aktivitäten bekam sie ganz schönes Herzklopfen, doch sie traute sich trotzdem. Im Pub wurde sie, wenn auch etwas argwöhnisch, bedient. Anscheinend konnte sie für achtzehn durchgehen. Der Kinofilm schockierte sie zutiefst, sie fand ihn aber auch recht faszinierend. Gab es solche Orte denn wirklich? Gab es diese Riesenstädte wirklich, mit steinernen Gebäuden, die höher waren als jeder haushohe Baum, wo die Straßen schimmernde Bögen auf Stelzen waren, wo Millionen von Autos hin und her fuhren und einander jagten und Männer Frauen brutal angriffen? Doch sie blieb ganz gelassen, als ein Mann aufschrie und starb und sein Blut hinter ihm an die Wand spritzte. So etwas hatte sie schließlich schon in Wirklichkeit gesehen.

Der Rest kam ihr ziemlich unglaubwürdig vor. Nach

einigem Zögern dachte sie sich, daß man dies wohl zu dem Unterhaltungsgenre zählte, das Eve im englischen Literaturunterricht erwähnt hatte: Science-fiction. H. G. Wells und John Wyndham fielen ihr vage ein, die Namen hatte sie schon mal gehört, aber noch nie etwas von ihnen gelesen.

Wenn Eve greifbar gewesen wäre, hätte sie sie fragen können. Statt dessen fragte sie Sean, als sie im Auto saßen und nach Hause fuhren.

»Das ist Miami.«

»Was heißt das, Miami? Was ist Miami?«

Er war kein großer Meister im Erklären. »Na, eine Stadt! In Amerika. Das hast du doch im Fernsehen gesehen.«

»Nein.« Eines Tages würde sie ihm sagen, warum nicht. »Warst du schon mal dort?«

»Ich? Quatsch, Liza, du weißt doch, daß ich dort noch nicht war.«

»Dann weißt du's auch nicht, oder? Vielleicht haben sie es erfunden. Vielleicht haben sie es – in einem Studio aufgebaut. Künstlich.«

»Die Kerle mit den Pistolen waren aber nicht künstlich.«

»Nein, das waren Schauspieler. Die sind nicht wirklich gestorben, das war gar kein echtes Blut, kann es gar nicht sein, also, woher willst du wissen, ob das andere nicht auch erfunden war?«

Darauf wußte er keine Antwort. Er konnte nur immer wieder sagen: »Klar ist es echt, weiß doch jeder, daß es echt ist.«

Auf dem Weg zum Wohnwagen sagte sie: »Wenn es echt ist, würde ich gern mal hinfahren, das würde ich mir gern mal anschauen.«

»Schön wär's«, erwiderte Sean.

Wie das Leben nun einmal ist – man sieht oder hört

etwas, und später taucht das gleiche Thema in einem ganz anderen Kontext wieder auf –, kam Miami am gleichen Abend im Fernsehen. Nicht Miami, sondern L. A., sagte Sean, aber sie fand, es sah genauso aus. Wahrscheinlich existierten solche Orte ebenso wie in einem anderen Sender Schloß Caernarvon oder die Stadt, die Oxford hieß.

»Eve war dort«, erwiderte sie auf ihren eigenen Gedanken.

»Was hat sie da gemacht?«

»Sie war auf einer Schule. Universität sagt man dazu. Mrs. Spurdell dachte, ich würde auch auf eine gehen. Hat sie jedenfalls gesagt.«

»Deine Mum war auf der Uni in Oxford?«

Sie war ehrlich überrascht. »Wieso nicht?«

»Quatsch, Liza. Liebling, da hat sie dir was vorgemacht.«

»Nein, glaub ich nicht. Sie mußte dann aber weg, ich weiß nicht warum, wahrscheinlich weil ich geboren wurde.«

Sean schwieg, doch sie hatte den Eindruck, als ob er unbedingt etwas sagen wollte, aber nicht wußte, wie er sich ausdrücken sollte. Schließlich meinte er: »Ich will dir nicht weh tun.«

»Keine Sorge.«

»Also gut, weißt du, wer dein Dad war?«

Liza schüttelte den Kopf.

»Okay, entschuldige die Frage.«

»Schon gut, macht ja nichts. Es ist nur – sie weiß es nicht, Eve weiß es nicht.«

Sie konnte sehen, daß sie ihm damit einen Schock versetzt hatte. Der Kugelhagel auf dem Bildschirm und das spritzende Blut hatten ihm nichts ausgemacht, auch nicht die vergewaltigten Frauen und die Bomben, die die Stadt dem Erdboden gleichgemacht hatten, aber daß Eve nicht wußte, wer der Vater ihres Kindes war, das erschütterte ihn zutiefst. Es verschlug ihm die Sprache. Sie legte den Arm um ihn und drückte ihn an sich.

»Hat sie jedenfalls gesagt.« Sie versuchte ihn zu beruhigen. »Ich hab da meine eigene Meinung. Egal, was sie sagt, ich glaube, ich weiß, wer es war.«

»Doch nicht etwa dieser Bruno?«

»Ach, Sean. Bruno hat sie doch erst kennengelernt, als ich schon sieben war. Soll ich dir weiter von ihm erzählen?«

»Wenn du willst«, erwiderte er schroff.

»Also gut. Er ist dageblieben und hat das Bild gefirnißt. Die Sachen hatte er alle in seiner Tasche dabei. Erst dachte ich, Eve würde es ihm nicht erlauben, aber dann ließ sie ihn doch. Ich dachte, sie würde kein Wort mit ihm reden, aber auch da hab ich mich geirrt. Sie fragte ihn, wie er eigentlich auf die Idee gekommen sei, Shrove zu malen, und er sagte, er hätte es einmal vom Zug aus gesehen.

›Aber doch nicht mit dem Sonnenuntergang dahinter‹, sagte sie, ›Sie haben doch Richtung Osten geschaut.‹ ›Aha, aber ich konnte mir denken, wie schön es von der anderen Seite aus wäre‹, sagte er, ›also bin ich im Sommer abends mal hergekommen und hab angefangen. Ich war an den Sommerabenden oft da.‹ ›Ich hab Sie aber nie gesehen‹, sagte Eve, und er erwiderte: ›Ich *Sie* auch nicht. Sonst wär ich schon früher wiedergekommen.‹«

Anscheinend hatte Sean ihr gar nicht mehr zugehört, seit sie gesagt hatte, sie wisse nicht, wer ihr Vater war. »Sie muß einen Kerl nach dem anderen gehabt haben«, sagte er, »jede Nacht einen anderen und am nächsten Tag oder sogar am gleichen Tag noch einen. Das ist ja ekelhaft. Das ist doch ein schreckliches – wie sagt man da – für ein Kind, besonders für ein Mädchen.«

»Milieu«, sagte sie. »Wieso besonders für ein Mädchen?«

»Ach, tu doch nicht so, Liza, das ist doch klar.«

»Mir aber nicht«, sagte sie und fuhr fort: »Willst du jetzt wissen, wie das war mit Bruno Drummond?«

10

Das zweite Mal, das eigentlich wichtige Mal, kam er an dem Tag, als sie den Totenkopfschwärmer sah. Das war im Juni.

Er war einunddreißig und wohnte in der Stadt, in ein paar gemieteten Zimmern über Mullins Gemüseladen. Sein Vater war schon tot, aber seine Mutter lebte noch oben in Cheshire. Er hatte auch mal eine Frau gehabt, aber die hatte ihn verlassen und lebte mit einem Zahnarzt zusammen in einem Ort namens Gateshead. Liza, die mitgehört hatte, fragte: »Was ist ein Zahnarzt?«

Bruno Drummond warf ihr einen Blick zu, als ob er glaubte, sie mache sich über ihn lustig, und meinte, sie sei doch bestimmt schon ein paarmal bei einem gewesen. Aber Mutter sagte: »Das ist eine Art Doktor, der sich um die Zähne kümmert.«

Eigentlich, sagte er, sei er gekommen, um das Tal mit dem Zug zu malen, und vielleicht hatte er vorher schon ein bißchen daran gemalt, jedenfalls kam er morgens kurz nach zehn zum Torhaus, blieb zum Mittagessen und war abends immer noch da. Statt auf einem Stuhl saß er auf dem Fußboden. Er erzählte ihnen seine ganze Lebensgeschichte.

»Ich hätte nie heiraten sollen«, sagte er. »Ich halte nichts von der Ehe, aber ich hab mich eben breitschlagen lassen. Die Ehe ist der erste Schritt in den Schlund der Tötungsmaschinerie, ehrlich.«

»Welche Tötungsmaschinerie?« fragte Mutter.

»Gesellschaft, Sklaverei, Konformismus, der arme

Ochse, der das Korn drischt, tagaus, tagein, im Kreis herum, und womöglich noch geprügelt wird. Ich bin Anarchist. Jetzt werden Sie sagen, was ist das für ein Anarchist, der heiratet und einen Beamtenjob annimmt, damit er die Hypothek bezahlen kann? Jedenfalls kein leuchtendes Beispiel. Zu meiner Verteidigung kann ich sagen, daß ich mich nach drei Jahren Hölle aus dem Staub gemacht habe.«

»Waren Sie tatsächlich Beamter?«

»Untere Ebene. Natürlich war ich auf der Kunstschule gewesen. Auf dem Royal College sogar. Während meiner Ehe hab ich auf dem Sozialamt in Shrewsbury gearbeitet.«

»Und wovon leben Sie jetzt?«

»Ich male, das wollte ich immer schon, aber es bringt ja nichts ein. Ich male auch Häuser, das heißt, ich streiche Zimmer an. Ich sag Ihnen, wie ich darauf gekommen bin. Einmal hat eine Frau mich gefragt, was ich beruflich mache, und ich sagte, ich male, und da wollte sie wissen, ob ich ihr vielleicht ihr Eßzimmer streichen würde? Ich hätte sie am liebsten angespuckt, die blöde Ziege. Aber dann dachte ich mir, warum eigentlich nicht? In der Not frißt der Teufel Fliegen. Und seither mach ich das regelmäßig – mehr oder weniger, ich bin ja kein Freund von Regeln. Ich zahle keine Steuern, ich zahle keine Sozialversicherung. Wahrscheinlich führt irgendwo einer eine Akte über mich und schickt mir dauernd Zahlungsaufforderungen an meine alte Adresse. Aber keiner weiß, wo ich bin, außer meiner Mutter, meine Exfrau weiß es auch nicht. Das ist Freiheit, und der Preis, den ich dafür bezahle, ist relativ gering.«

»Was ist der Preis?« fragte Mutter.

»Daß ich nie Geld habe.«

»Ja, das ist Freiheit«, sagte Mutter. »Andere würden sagen, es ist ein sehr hoher Preis.«

»Ich nicht. Ich bin da anders.«

Danach spielte Bruno auf seiner Gitarre und sang das Lied von Johnny Cash über die Freiheit, die man auf der offenen Landstraße finden kann und über die Männer, die sich weigern, Befehle auszuführen. Liza merkte, daß Mutter ihn mochte, sie sah ihn mit dem gleichen Blick an, mit dem sie Mr. Tobias manchmal angesehen hatte. Vielleicht gefiel ihr seine Stimme, und daß er die Wörter ganz anders als andere Leute aussprach. Liza mußte an Hugh denken, mit dem Bart und dem Flaum auf Wangen und Oberlippen. Bruno sah aus, als ob in seinem glatten, mädchenhaften Gesicht nie ein Haar gewachsen war oder jemals wachsen würde.

Im Sommer zeigte das Nachtschattengewächs, das sich hinter dem Torhaus emporrankte, seine blauen Blüten an Lizas Fenster. Mutter sagte dazu Kartoffelblume, weil es zur gleichen Familie gehörte wie Kartoffeln und Tomaten. Als sie an dem Abend schlafen ging, kniete sich Liza am Fenster aufs Bett und sah – nur ein paar Zentimeter vor ihren Augen, unbeweglich und mit flach gespreizten Flügeln – den Totenkopfschwärmer auf einem Nachtschattenblatt sitzen.

In ihrem Falterbuch hatte sie gelesen, daß sich die *Acherontia atropos* vorzugsweise von Kartoffelblättern ernährt. Dort stand auch, was für ein seltener Gast dieser Falter auf den Britischen Inseln war. Trotzdem war sie sich ganz sicher, daß es sich hier nicht um einen Ligusterschwärmer handelte. Kein anderer Falter hatte zwischen den Vorderflügeln diese deutliche Schädelzeichnung auf dem Rücken, diesen blassen, gelblichen Totenkopf mit den schwarzen Augenhöhlen und der gewölbten Stirn. Es war der gleiche Falter, den Drechsler auf seinem Gemälde dargestellt hatte, das drüben auf Shrove an der Wand hing und auf dessen Rahmen der Schlüssel aufbewahrt wurde.

Bestimmt würde Mutter ihn auch sehen wollen. Sie wäre sicher verärgert, zumindest aber enttäuscht, wenn Liza ihr nichts von der *Acherontia* vor dem Fenster sagte. Sie ging nach unten und öffnete die Tür. Bruno saß da und zupfte leise seine Gitarre, und jeder hatte ein Glas Rotwein vor sich stehen. Sie wirkten nicht besonders beschäftigt, aber Mutter sagte, sie könne jetzt nicht kommen, Liza gehöre eigentlich schon ins Bett, und falls es tatsächlich ein Totenkopfschwärmer sei, käme er am nächsten Morgen bestimmt wieder.

Doch am nächsten Morgen war er verschwunden und kam auch nie wieder zum Vorschein. Weil sie Mr. Tobias nach genauso einem Abend, mit Wein und Essen und Unterhaltung, in Mutters Bett gesehen hatte, rechnete sie damit, dort am nächsten Morgen Bruno zu finden. Inzwischen war sie älter und näherte sich der Tür etwas zaghafter, bevor sie sie sachte aufstieß. Mutter war allein, und als Liza ans Fenster trat, stellte sie fest, daß das kleine orangegelbe Auto weg war.

Den vergangenen Tag, an dem Mutter sich gegenüber den Dingen, die ihr wichtig waren, zum ersten Mal gleichgültig gezeigt hatte, nannte sie den Tag Des Totenkopfschwärmers.

Es dauerte mehr als eine Woche, bis sie Bruno wiedersahen, und es war der Tag, an dem Mutter mit dem Bus in die Stadt fuhr. Sie hatte eine Einkaufsliste dabei, und die meisten Sachen darauf bekam man in einem Geschäft für Obst und Gemüse. So eines hatte Liza, als sie klein war, in ihrem Kinderbuch gesehen. Obst- und Gemüsehändler sei der korrekte Ausdruck dafür, sagte Mutter.

»Darf ich mit?«

Mutter schüttelte den Kopf.

»Also gut, aber ich will nicht allein hier in meinem Zimmer bleiben. Das ist langweilig.«

»Du kannst ja in die Bibliothek oder ins Damenzimmer, wenn dir das lieber ist. Ganz wie du möchtest.«

»Ins Damenzimmer.«

Weil es viel heller ist und man vom Fenster aus die vorbeifahrenden Züge beobachten kann, hatte sich Mutter bestimmt gedacht. Oder weil dort die berühmten Leute aus der Geschichte in der Glasvitrine standen. Vielleicht dachte sie aber auch an Bruno Drummond und überhaupt nicht an Liza.

Nachdem Mutter fort war und Liza einen Zug in Richtung Süden hatte fahren sehen und sich noch einmal das Hochzeitsfoto mit Mr. Tobias in einem glänzenden dunklen Anzug und Mrs. Tobias mit großem Hut und Tupfenkleid angeschaut hatte, zog sie den Vorhang beiseite, und die Trittleiter kam zum Vorschein. Sie stand genau da, wo sie sie hingestellt hatte.

Sie trug sie quer durchs Zimmer und stellte sie dicht vor das Bild mit den Blumen und dem Totenkopfschwärmer. Behutsam drückte sie die oberste Stufe hinunter, die die Leiter festklemmte und trittsicher machte. Es konnte natürlich sein, daß der Schlüssel gar nicht mehr da war. Mutter hatte sich häufig in diesem Zimmer aufgehalten, seit Liza sie dabei beobachtet hatte, wie sie ihn auf den Bilderrahmen gelegt hatte, und es war ein Wunder, daß sie die versteckte Leiter nie entdeckt hatte. Am besten stieg sie einmal hinauf, um nachzusehen.

Der Schlüssel war da. Liza kletterte hinunter, schloß auf und öffnete die Tür. Sie stellte sich vor den Kasten mit dem Fenster vorne drauf und untersuchte ihn genau. Unterhalb des Fensters befanden sich Knöpfe und Schalter, ähnlich denen an Mutters Elektroherd. Liza drückte und drehte sie nacheinander, doch es tat sich nichts.

Über Elektrizität wußte sie Bescheid. Der alte Heizofen

funktionierte erst, wenn man ihn in die Steckdose gesteckt und den Schalter gedrückt hatte. Hier war zwar eingesteckt, aber der Schalter war nicht gedrückt. Sie drückte ihn herunter. Immer noch nichts. Am besten drückte und drehte sie nacheinander alle Knöpfe und Schalter.

Als sie am größten Knopf drehte, passierte erst gar nichts, aber als sie ihn hineindrückte, kam ein summendes Geräusch aus dem Kasten, und in dem Fenster tauchte zu ihrer größten Überraschung ein heller Punkt auf. Das Licht breitete sich zitternd aus, und allmählich kam ein Bild zustande, grau, weiß und dunkelgrau, wie die Farben auf den Radierungen im Damenzimmer, jedoch deutlich als Bild erkennbar.

Dabei war es kein regloses Bild wie auf der Radierung, sondern bewegte sich wie im richtigen Leben. Leute waren zu sehen, etwa in ihrem Alter, die aber nicht sprachen, sondern zu einer Musik tanzten. Liza hatte die Musik schon einmal gehört, sie hätte sogar sagen können, was es war, es hieß *Schwanensee* von Tschaikowsky.

Einen kurzen Augenblick überfiel sie Angst. Die Leute bewegten sich, tanzten, warfen die Beine in die Luft und waren offensichtlich echt, aber irgendwie doch nicht echt. Sie war einen Schritt zurückgetreten, dann noch einen, aber nun kam sie wieder näher. Die Kinder tanzten noch immer. Ein Mädchen trat in die Mitte der Bühne und tanzte allein, sie hatte ein Bein nach hinten ausgestreckt und wirbelte herum. Liza besah sich die Rückseite des Kastens. Es war aber bloß ein Kasten, schwarz mit Rillen und Löchern und noch mehr Schaltern.

Plötzlich erschien in Weiß auf Schwarz und Grau eine Menge Schrift auf dem Fenster, dann ein Gesicht, und dann – zu ihrem größten Schrecken – ertönte eine Stimme. An die ersten Worte, die Liza je aus einem Fernsehapparat kommen hörte, erinnerte sie sich später nicht mehr. Sie war wie vor den Kopf gestoßen von der Vorstellung, daß da ein Mensch drin war und redete. Sie war geradezu überwältigt.

Doch dieses Gefühl verschwand allmählich. Erst hatte sie Angst, war erschrocken, voller Staunen, dann fand sie Gefallen daran, freute sich darüber und fing sogar an, es zu *genießen.* Sie setzte sich im Schneidersitz auf den Boden und starrte wie gebannt hin. Ein alter Mann und ein Hund gingen in einer Landschaft spazieren, die ihr sehr bekannt vorkam. Manchmal blieb der alte Mann stehen und sagte etwas, und dann wurde sein Gesicht ganz groß, so daß man alle Falten und seine weißen Schnurrbarthaare sehen konnte. Als nächstes zeigte eine Frau einer anderen, wie man etwas kochte. Sie vermischte Eier, Zucker, Mehl und Butter in einer Schüssel, und schon nach zwei Minuten öffnete die erste Frau die Backofentür und holte den fertig gebackenen Kuchen heraus, dunkel glänzend und schön aufgegangen. Es war Zauberei. Es war die Zauberei, die Liza aus ihren Märchengeschichten kannte.

Eine Stunde lang guckte sie zu. Nach dem Kochen kam ein Hund, der an einem Berghang Schafe umhertrieb, dann ein Mann mit vielen Glasflaschen und Röhrchen und einer Wandtafel, aber davon verstand sie kein Wort. Sie ging ins Damenzimmer, um auf die Uhr zu sehen. Mutter kam bestimmt nicht vor fünf zurück, und jetzt war es zehn nach vier. Liza setzte sich wieder auf den Boden und sah zu, wie sich viele Zeichnungen so wie Abbildungen in Büchern hin und her bewegten, eine Katze, eine Maus und ein Bär im Wald. Sie sah, wie ein Mann die Namen der Himmelsgestirne erklärte und ein anderer sich mit einem Jungen unterhielt, der eine Lokomotive gebaut hatte. Am liebsten hätte sie die ganze Nacht weiter zugeschaut. Aber wenn Mutter nun zurückkam und sie ertappte, würde sie nie wieder zuschauen dürfen, denn intuitiv hatte sie begriffen, daß die Tür deshalb verschlossen war, weil Mutter überhaupt gegen das Zuschauen war.

Um fünf vor fünf machte sie das Gerät wohl oder übel aus, indem sie den Knopf, den sie vorher hineingedrückt hatte, wieder herauszog und am Steckkontakt ausschaltete. Sie schloß ab und stieg auf die Trittleiter, um den Schlüssel wieder auf dem Bilderrahmen zu deponieren. Es war aber auch höchste Zeit. Denn als sie die Leiter wieder zu dem Versteck hinter dem Vorhang brachte, sah sie durch das vorderste Fenster, wie Mutter in Begleitung von Bruno Drummond gerade die Auffahrt heraufkam.

Sie waren früh dran, weil er Mutter im Auto herchauffiert hatte. Liza interessierte sich an diesem Abend nicht besonders für ihn. Ihr schwirrte der Kopf von all dem, was sie in – oder durch oder mit Hilfe von – dem Fenster im Kasten gesehen hatte. Sie hätte gern gewußt, was es war, wie er funktionierte und ob es vielleicht nur einen einzigen auf der Welt gab, nämlich den auf Shrove, oder auch noch andere. Zum Beispiel – hatten Mr. und Mrs. Tobias in London einen? Hatte Caroline in Frankreich einen und Claire, wo auch immer sie wohnte? Hatten Matt und Heidi, Mr. Frost und die Handwerker einen? Hatte *jeder* einen?

Es war niemand da, den sie fragen konnte. Warum war es eigentlich schlecht für sie, da reinzuschauen? War es vielleicht schädlich für die Augen, für die Ohren? Aber die fühlten sich ganz normal an. Es war komisch, sich vorzustellen, daß Mutter über die Zauberei Bescheid wußte und nie etwas sagte, komisch, daß Bruno Drummond auch davon wußte, und womöglich bei sich zu Hause über der Obst- und Gemüsehandlung auch einen solchen Kasten hatte.

Wieso hatten sie im Torhaus eigentlich keinen? Es gab niemanden, den sie hätte fragen können. An diesem Abend war sie so schweigsam, sagte während des Abendessens – zu dem Bruno dablieb – kein Wort, daß Mutter fragte, was mit ihr los sei.

Nachdem sie schlafengegangen war, hörte sie die beiden hinausgehen. Sie stand auf und sah aus dem Fenster. Bisher hatte sie dafür immer einen Stuhl gebraucht, aber jetzt nicht mehr. Sie gingen ins Schlößchen hinüber. Mutter schloß auf, und sie traten ein. Sie mußte daran denken, daß dort früher die Hunde gewohnt hatten, und wurde plötzlich traurig. Ihr wäre viel lieber gewesen, Heidi und Rudi hätten dort gewohnt statt Bruno Drummond. Irgendwie mochte sie ihn nicht besonders.

Sie blieben nicht lange im Schlößchen, und kurz darauf hörte sie Brunos Auto wegfahren, aber am nächsten Tag war er wieder da und brachte Farben, Leinwand und Pinsel mit und ein Ding, das er Staffelei nannte. Er stellte die Staffelei am Rand der Rieselwiese auf und begann, die Brücke zu malen. Liza stand neben ihm und sah zu, während Mutter auf Shrove putzte.

Ihre Anwesenheit mißfiel ihm, das spürte sie, sie spürte, wie ihr Wellen der Kälte entgegenschlugen. Bruno sah so lieb und sanftmütig aus, so freundlich, aber sie dachte sich, daß er nicht wirklich so war. Vielleicht sah man es den Menschen nicht immer an, wie sie waren.

Mutter beobachtete sie vom Fenster aus, »behielt sie im Auge«, und winkte ihr lächelnd zu, und so sah Liza nicht ein, weshalb sie *ihn* nicht auch beobachten sollte, während er aus den verschiedenen Tuben die Farben zusammenmischte und dann eine dicke weiß-blaue Schicht auf die Leinwand gab. Sie kam so nah heran, daß sie ihn fast am Arm berührte. Die kalten Wellen verstärkten sich merklich.

Bruno rührte den Pinsel mit kreisenden Bewegungen durch die weiß-bläuliche Mischung und sagte: »Hast du denn nichts zum Spielen?«

»Ich bin schon zu alt zum Spielen«, erwiderte Liza.

»Das ist Ansichtssache. Du bist doch nicht älter als neun. Hast du denn keine Puppe?« Seine Stimme ähnelte denen, die aus dem Kasten im verschlossenen Zimmer kamen.

»Wenn Sie nicht wollen, daß ich zuschaue, geh ich und lese mein Französischbuch.«

Sie lief ins große Haus, doch anstatt zu lesen, ging sie ins venezianische Zimmer hinauf, wo ein Bild hing, das vielleicht aussah wie Bruno. Oder umgekehrt. Sie hatte recht gehabt. Das Gemälde stellte einen frommen Heiligen dar, der, die Hände zum Gebet gefaltet, einen goldenen Heiligenschein um sein Haupt, in einer Felswüste kniete. Liza setzte sich auf das Bett des Gondoliere und starrte auf das Bild. Bruno sah genau aus wie dieser Heilige, sogar mit den gleichen langen, seidigen braunen Haaren, den Wimpern und den gespitzten Lippen, die ihm ein durchgeistigtes Aussehen verliehen. Der entrückte Blick des Heiligen war auf etwas Unsichtbares in den Wolken über ihm gerichtet.

Nur daß Bruno zwei Goldohrringe in einem Ohr trug und der Heilige gar keine. Das war der einzige Unterschied zwischen ihnen, was das Aussehen betraf. Liza nahm ihr Märchenbuch und setzte sich auf einer der Terrassen auf der Gartenseite zum Lesen in die Sonne.

Er war viel netter zu ihr, wenn Mutter dabei war. Das merkte sie bald. Sie aßen gemeinsam zu Mittag, als er sagte, es sei doch erstaunlich, daß sie die Märchen auf Französisch las. »Wie eine geborene Französin«, sagte er. »Da hast du ja eine ganz Schlaue, Mutter. Was sagen die denn in der Schule dazu?«

Mutter ignorierte die Frage und sagte auch nichts dazu,

daß Bruno sie »Mutter« genannt hatte. Sie unterhielten sich darüber, daß Bruno sich eventuell im Schlößchen ein Atelier einrichten könnte, und Mutter erklärte ihr, was ein Atelier war. Die Vorstellung, Bruno könnte den ganzen Tag nebenan sein, behagte Liza nicht sonderlich.

»Es gehört aber Mr. Tobias«, sagte sie.

»Dann schreibe ich Mr. Tobias«, sagte Mutter, »und frage ihn, ob Bruno sein Mieter werden kann.«

Ob Mr. Tobias nun ja oder nein gesagt hatte, bekam Liza nie heraus, denn am Ende zog Bruno zu ihnen ins Torhaus. Dies geschah kaum vierzehn Tage später. Er zog ins Torhaus und schlief in Mutters Schlafzimmer.

Im Gegensatz zu Heather beklagte er sich nie über das fehlende Bad. Waschen, meinte er, sei doch *bourgeois*. Liza schlug das Wort in Dr. Johnsons Wörterbuch nach, dem einzigen Wörterbuch in der Bibliothek auf Shrove, aber zwischen »Bourbon«, was etwas zu trinken war, und »Boutique« stand da nichts. Nach ein bißchen Herumraten kam sie darauf, daß *»bourgeois«* wahrscheinlich das Gegenteil von »anarchistisch« war.

Das Schlößchen hatte Nordlicht, was gut für Künstler sei, wie Bruno behauptete. Ob nun gut oder schlecht, er schien jedenfalls nicht oft hinzugehen, stopfte es aber mit seinen Sachen voll, mit Stapeln von Leinwand und Rahmen sowie Pinseln, Farbtöpfen und schmutzigen Farblappen. In die Stadt fuhr er nie, um den Leuten die Häuser zu streichen.

Damals hörte Liza auf, morgens zu Mutter ins Zimmer zu kommen. Einmal war sie hineingegangen, und obwohl sie vorher angeklopft hatte, sah sie, wie Bruno auf Mutter lag, sie auf den Mund küßte und sein langes braunes Lokkenhaar Mutters Gesicht verdeckte. Liza fühlte, wie ihr die Hitze ins Gesicht stieg und die Wangen verbrannte, wußte aber nicht, warum. Leise zog sie sich zurück.

Ihr Leben hatte sich verändert. Sie würde nie mehr so glücklich sein, wie sie es in jenen frühen Jahren gewesen war. Eine Wolke war vor die eine Hälfte ihrer Sonne getreten und hatte sie teilweise verdunkelt. Bis Bruno gekommen war, war sie auch manchmal allein gewesen und hatte dieses Alleinsein genossen, aber nun mußte sie erfahren, was es hieß, einsam zu sein.

Ihr einziger Trost war der Fernseher auf Shrove. Von Bruno erfuhr sie, daß man es so nannte. Nicht, daß sie ihm gesagt hätte, was sie oben im Haus tat, sooft sich eine Möglichkeit dazu bot. Er war es, der Mutter fragte, weshalb sie eigentlich keinen im Haus hätten.

»Ich kann ja meinen aus der Wohnung holen«, sagte er. Als »Wohnung« bezeichnete er seine gemieteten Zimmer über dem Obst- und Gemüseladen.

Mutter sagte, nein, besten Dank, darauf könnten sie sehr gut verzichten. Er könnte ja zu sich nach Hause gehen und dort fernsehen, wenn er unbedingt wollte.

»Du weißt doch, was ich will«, sagte er und sah Mutter mit dem gleichen Blick an wie der Heilige die Wolken.

Da sie nun öfter allein und oft einsam war, stand es Liza mehr oder weniger frei, wann sie nach Shrove hinaufging. Sie wurde immer geschickter darin, hinaufzuklettern und sich den Schlüssel zu holen und die Leiter zu verstecken. Doch war Mutter seit Brunos Ankunft aus unerfindlichen Gründen davon abgekommen, sie einzusperren. Liza hatte das Haus jetzt ganz für sich und trug unentwegt die Leiter zwischen Bibliothek und Damenzimmer hin und her. Mit zehn Jahren stellte sie nun erstaunt und erfreut fest, daß sie die Leiter gar nicht mehr brauchte. Sie war gewachsen. Wie Mutter konnte sie den Schlüssel jetzt herunterholen, indem sie auf einen Stuhl stieg und von dort auf die Truhe.

Wenn Mutter Bruno beim Malen Gesellschaft leistete, saß Liza vor dem Fernseher. Wenn Bruno, was selten vorkam, mit Mutter im Auto wegfuhr, saß sie vor dem Fernseher. Aus dem Fernseher lernte sie immer mehr über die Welt da draußen.

Bruno war es, der sie auf die Idee brachte, sich die Wirklichkeit nun endlich selbst zu betrachten.

Sie saß auf dem Rücksitz des kleinen orangegelben Autos. Mutter saß vorn auf dem Beifahrersitz neben Bruno, und Liza konnte es an ihren verkrampften Schultern und dem steifen Hals sehen, daß sie mit diesem Ausflug immer noch absolut nicht einverstanden war. Sie hatte sich von Bruno und Liza dazu überreden lassen.

Bruno hatte gesagt: »Ich bin da eigentlich ganz egoistisch, Mutter. Du findest meine Ehrlichkeit jetzt vielleicht brutal, aber Tatsache ist, daß ich mit dir herumfahren will, und dazu müssen wir das Kind eben mitnehmen.« Immer nannte er sie »das Kind«, so wie er Mutter immer »Mutter« nannte, wenn es sich um Liza drehte. »Als erstes fahren wir mit ihr mal in die Stadt. Und wenn sie Spaß dran hat, machen wir alle mal einen Ausflug.« Obwohl er das folgende flüsterte, konnte Liza es hören. »Ich meine damit nicht, daß ich nicht lieber mit dir allein wäre, wenn das ginge.«

»Ich kann jedenfalls nicht dauernd weg«, sagte Mutter. »Ich hab keine Zeit. Außerdem braucht Liza ihren Unterricht.«

»Das Kind gehört eigentlich in die Schule.«

»Ich dachte, du wärst Anarchist«, sagte Mutter.

»Anarchisten haben nichts gegen Erziehung. Die sind durchaus dafür, aber die richtige Art von Erziehung muß es sein.«

»Liza bekommt die richtige. Wenn du sie mit anderen Kindern in ihrem Alter vergleichst, ist sie viel weiter, sie wäre ihnen um Jahre voraus, es wäre lächerlich.«

»Aus sozialen Gründen gehört sie aber in die Schule. Wie soll sie sonst lernen, mit anderen Menschen zu interagieren?«

»Meine Mutter hat mit anderen Menschen interagiert und ist unglücklich und enttäuscht in einem gemieteten Zimmer im Haus ihrer Schwester gestorben. Ich hab mit anderen Menschen interagiert und schau, was mir passiert ist. Ich will, daß Liza rein und unberührt bleibt, und vor allem will ich, daß sie *glücklich* ist. ›Ein Veilchen am bemoosten Stein, dem Auge halb entrückt.‹«

Bruno verzog das Gesicht. »Ich frage mich, was aus dem Kind mal werden soll. Wie soll sie mal ihren Lebensunterhalt verdienen? Mit wem soll sie Beziehungen eingehen?«

»Ich verdiene meinen Lebensunterhalt«, sagte Mutter. »*Ich* habe das, was du Beziehungen nennst, übrigens ein scheußliches Wort. Sie wird so sein wie ich, aber ohne Schmerzen zu erleiden oder Schaden zu nehmen. Sie wird das sein, was ich hätte sein können, glücklich, unschuldig und gut, wenn ich hätte hierbleiben dürfen.«

»Davon mal abgesehen«, sagte Bruno, der Streitgespräche nur dann mochte, wenn er dabei gewann, »bin ich trotzdem der Ansicht, daß sie mit in die Stadt kommen sollte, Mutter, zu ihrem eigenen Wohle.«

Schließlich hatte Mutter eingewilligt. Aber nur dieses eine Mal. Dieses eine Mal durfte sie mit.

Eine Zeitlang passierte nichts Ungewöhnliches. Zuerst kam der Weg, dann die Brücke, das Dorf und schließlich die größere Straße. Autos fuhren an ihnen vorbei, und einmal überholten sie eins, aber ein sehr langsames, denn Brunos orangegelbes Pappauto konnte nicht schnell fahren. Das meiste, was Liza sah, kannte sie bereits oder hatte es im Fernsehen gesehen, wenn auch nicht in Farbe. In der Stadt war es anders, aber das lag hauptsächlich an den vielen Leuten dort. Die Menschenmengen waren so überwältigend, daß sie sich richtig fürchtete.

Bruno stellte den Wagen auf einem Parkplatz ab, wo bereits Hunderte von Autos standen. Liza konnte es nicht fassen, daß es auf der Welt so viele Autos gab. Stumm ging sie in der Mitte zwischen Mutter und Bruno, und es überraschte sie selbst, daß sie plötzlich unwillkürlich nach Mutters Hand griff. Überall auf den Gehsteigen drängelten sich die Menschen: manche gingen schnell, manche bummelten, hielten ein Schwätzchen, manche standen da und unterhielten sich, andere rannten, zogen Kleinkinder mit oder schoben sie in Stühlen auf Rädern vor sich her. Man mußte aufpassen, daß man nicht mit ihnen zusammenstieß. Manche rauchten Zigaretten wie im Fernsehen, man konnte es beim Vorübergehen riechen. Viele hatten Tüten dabei, aus denen sie etwas aßen.

Liza entspannte sich allmählich. Sie hätte sich gern auf das Mäuerchen vor dem Gebäude gesetzt, das Mutter als Kirche bezeichnete, und einfach die Leute beobachtet. Die meisten fand sie häßlich oder tolpatschig, fett oder krumm, grotesk oder halbwild. Sie zogen ihren Blick auf sich, aber mehr wie eine Kröte oder ein furchterregendes Bild in einem Buch, faszinierend und entsetzlich.

»Wie wunderbar ist doch die Menschheit!« sagte Mutter im gleichen merkwürdigen Tonfall, wie wenn sie aus einem Buch zitierte. »Oh, schöne, neue Welt, die solche Menschen hervorbringt.« Ihr Lachen klang gehässig, als ob sie diese Worte nicht ganz ernst meinte.

Was die schöne, neue Welt betraf, so fand Liza die meisten Geschäfte häßlich und langweilig. In einem Schaufenster lagen Kleider, in einem anderen Zeitschriften. Die Blumen im Blumenladen waren nicht so schön wie die auf Shrove. Am interessantesten fand sie das Geschäft, in dessen Schaufenster vier Kästen wie der im verschlossenen Zimmer auf Shrove standen, vier blinde Bildschirme, und das mit den Büchern, die jedoch neu waren und auf den Einbänden bunte Bilder hatten.

In diesen Laden wollte sie hinein, aber Mutter erlaubte es nicht, und sie durfte auch nicht in den, wo es Zeitungen gab, aber Bruno wurde hineingeschickt, um eine Kassette mit Mozarts Hornkonzert zu kaufen. Im Obst- und Gemüseladen kauften sie Obst und gingen dann durch einen Seiteneingang zu Brunos ehemaliger Wohnung hinauf. Dort roch es widerlich, ähnlich wie in der Küche auf Shrove nach der Abfahrt von Mr. und Mrs. Tobias und ihren Gästen oder wie etwas Verdorbenes, so daß Liza husten mußte.

Mutter machte die Fenster auf. Sie suchten ein paar von seinen Sachen zusammen, die Bruno in eine Schachtel packte, und dann sammelte er die Riesenmenge Post vom Fußabtreter auf, die während seiner Abwesenheit angekommen war. Für einen, dessen Aufenthaltsort niemand wußte, bekam er einen Haufen Briefe.

Als sie sich umsah, begriff Liza, was Mutter gemeint hatte, als sie sagte, daß die meisten Orte scheußlich seien. Sie rümpfte die Nase. Brunos Wohnung war wirklich scheußlich, schmutzig und ungemütlich, alles wirkte vernachlässigt, jedes Möbelstück war entweder angeschlagen oder kaputt, auf den Fenstern lag ein bläulicher Film, und an den Scheiben klebten tote Fliegen. Die einzigen Bücher, die es gab, lagen in unordentlichen Haufen auf dem Fußboden.

Sie war froh, als sie wieder draußen war, und sagte es auch, obwohl das hieß, daß man wieder aufpassen mußte, nicht angerempelt zu werden. Es schienen jetzt noch mehr Leute zu sein, viele davon in ihrem Alter oder ein bißchen älter. Die kämen gerade aus der Schule, sagte Bruno und sah Mutter vielsagend an. Jeden Tag um halb vier sei die Schule aus.

Liza hatte nie zuvor Kinder gesehen. Außer natürlich im Fernsehen. Sie hatte noch nie echte Menschen gesehen, die jünger als ungefähr zwanzig waren. Sie nahm wieder zurück, daß sie gedacht hatte, alle Menschen seien häßlich. Diese Menschen hier waren nicht häßlich. Da war ein Junge mit einem schwarzen Gesicht und ein Mädchen, vermutlich eine Inderin, mit tiefliegenden dunklen Augen und einem langen schwarzen Pferdeschwanz. Sie überlegte sich, wie es wohl wäre, mit ihnen zu sprechen.

Dann streckte der Junge vor ihr sein Bein so aus, daß der Junge neben ihm stolperte, taumelte und beinahe auf die Straße vor ein herankommendes Auto gefallen wäre, ein Mädchen kreischte und ein anderes fing an zu schreien. Liza drückte sich unwillkürlich ganz dicht an Mutter und hielt ihre Hand noch fester. Sie wußte jetzt, wovon ihr so schwindlig war: von dem Lärm.

Einmal hatte sie am Fernseher versehentlich die Lautstärke höher gedreht. Das hier war genauso, ein ständiges, sinnloses Dröhnen von Geräuschen, durchsetzt mit dem Quietschen der Bremsen, Musik, die aber gar keine echte Musik war und aus den Autofenstern dudelte, das Piep-Piep-Piep der Fußgängerampel an einer Kreuzung, das Hochjagen der Motoren. Während sie zum Parkplatz zurückgingen, heulte eine Sirene auf. Bruno erklärte ihr, es sei die Sirene auf einem Polizeiauto und der Ton, den sie machte, sollte sich so anhören wie das Kreischen einer Frau.

»Ach, Unsinn, Bruno«, sagte Mutter. »Wo hast du denn das her?«

»Tatsache. Kannst jeden fragen. Das haben sie in den Staaten erfunden, und wir haben es nachgemacht. Scheinbar ist es das Geräusch, das einem am meisten unter die Haut geht, eine kreischende Frau.«

»Hör mir jetzt bloß auf damit, bitte«, sagte Mutter so

laut und scharf, daß einer von den häßlichen Menschen sich nach ihr umdrehte und sie anglotzte. »Ich will es gar nicht hören. Da zeigen sich die Männer doch wieder von ihrer schlimmsten Seite.«

»Okay, okay«, sagte Bruno. »Entschuldige, daß ich den Mund aufgemacht hab. Entschuldige bitte, daß ich lebe. Geruhen Madame, sich nach Hause fahren zu lassen, sich und ihren entzückenden, wohlerzogenen Nachwuchs?«

Sobald sie im Wagen saß, schlief Liza ein. Sie war todmüde. Die vielen Menschen und der Lärm und all das Neue hatten sie völlig erschöpft. Zu Hause angekommen, legte sie sich aufs Sofa und schlief, aber nicht so fest, daß sie nicht gehört hätte, wie Mutter zu Bruno sagte, sie hätte es ihm ja gesagt, es hätte Liza nicht gefallen, es sei viel zuviel gewesen für sie, kein Wunder. Und sei es denn nicht abscheulich, eine Karikatur dessen, was ein Städtchen auf dem Land sein sollte und früher einmal gewesen war, dreckig, laut und geschmacklos?

»Das käme ihr aber nicht so vor, wenn du sie nicht von allem derart abgeschirmt hättest.«

»Mir kommt es so vor, und ich war nicht abgeschirmt.«

»Dir ist doch hoffentlich klar, was du da machst, Mutter, oder? Du machst das Kind noch neurotisch. Oder schizophren, du machst sie zu einem wie heißt das denn?«

»Rede lieber von Sachen, von denen du was verstehst, Bruno!«

Liza blinzelte ein bißchen und dachte, jetzt würden sie bestimmt gleich wieder streiten. Sie stritten andauernd. Doch statt dessen taten sie das, was ihre Streitereien häufig verhinderte. Ihre Blicke trafen sich, sie streckten einander die Arme entgegen und begannen sich zu küssen. Es war die Art von Küssen, die bald außer Kontrolle gerieten, bis sie sich schließlich gegenseitig packten und aufeinander herumkletterten und dabei schnauften und stöhnten. Liza drehte sich um und kniff die Augen ganz fest zu.

An den darauffolgenden Tagen war ihr nicht besonders wohl, Bruno nannte es »unpäßlich«, was bei ihr ganz ungewohnt war. Sie mußte an die Stadt und an die Leute dort denken, jedoch nicht mit Sehnsucht und Verlangen, sondern voller Abscheu. Die friedliche Stimmung auf Shrove erschien ihr nun noch angenehmer als zuvor. Sie lag mitten im Wiesenkerbel im hohen Gras und beobachtete das Treiben der Insekten zwischen den geheimnisvollen grünen Halmen und den nickenden Samenköpfchen und sah einen Falter, einen Blutbär mit himbeerroten Flügeln, auf einen Kreuzkrautstengel krabbeln. Kein Laut war zu hören außer dem gelegentlichen tiefen Hummelgesumm über ihr.

Eine Woche nach dem Ausflug in die Stadt bekam sie die Windpocken.

II

»Hattest du so was denn nicht gehabt? Masern und so?«

»Als Baby bin ich ein paarmal geimpft worden. Die Windpocken hab ich gekriegt, weil ich keine natürliche Immunität aufgebaut hatte. Ich war doch nie unter Leuten.«

»Ist der Arzt gekommen?«

»Eve hat ihn von Shrove aus angerufen. Er sagte, er würde kommen, falls es sich verschlimmerte, aber sonst sei da nichts zu machen, es müsse eben seinen Lauf nehmen. Es ging mir gar nicht so schlecht. Eve achtete strikt darauf, daß ich nicht kratzte. Sie sagte, wenn ich mich im Gesicht kratzte, würde sie mir die Hände fesseln, also hab ich's nicht getan, außer an der großen Stelle da auf der Stirn.«

Liza schob eine schwarze Locke zurück und zeigte ihm das kleine runde Loch an der linken Schläfe. »Sie hatte Angst, ich würde überall solche Dinger kriegen.«

»Hast du aber nicht, das weiß ich«, sagte Sean und warf ihr einen sinnlichen Seitenblick zu.

»Nein, überhaupt nicht. Das einzige war, daß ich Bruno mit Gürtelrose angesteckt hab.«

»Mit was?«

»Das Virus, oder wie das heißt, führt bei Kindern zu Windpocken und bei Erwachsenen zu Gürtelrose. Das ist ein und dasselbe. Eve hatte nichts, aber Bruno bekam Gürtelrose.«

»Das hatte meine Oma auch. Sie bekam es um die Taille herum und hatte eine Heidenangst deswegen, denn wenn es sich um die Mitte rum trifft, stirbt man. Das ist Tatsache.«

Liza bezweifelte das, sagte jedoch nichts. »Er hatte es seitlich am Gesicht und am Nacken hinten. Er war ziemlich krank und sah richtig häßlich aus, mit dem roten Zeug im Gesicht. Ich dachte, er mag mich nicht, weil ich ihm die Gürtelrose verpaßt hab, so habe ich mir das mit neun eben zurechtgelegt. Wenn er nicht darauf bestanden hätte, daß ich mit in die Stadt komme, dann hätte ich auch keine Windpocken bekommen und hätte ihn nicht mit Gürtelrose angesteckt, also war es im Grunde seine Schuld. So sah ich das. Heute weiß ich natürlich, daß das gar nicht der Grund war. Ich war ihm im Weg. Ich war ihm lästig, weil ich zwischen ihm und Eve stand.«

Da sie inzwischen gewissermaßen selbst erwachsen und sexuell aktiv war, begriff Liza, was Eve und Bruno verband. Damals hatte sie es nicht verstanden. Es verwirrte sie und wurde ihr immer unheimlicher, daß zwei Leute sich dermaßen streiten konnten, sich benahmen, als ob sie einander haßten, und sich doch auf eine so gierige Art gegenseitig brauchten.

Und noch etwas fiel ihr auf. Es gab da etwas, das Bruno mit ihrer Mutter tun wollte, das er aber nur tun konnte, wenn Liza nicht dabei war. Es hatte mit dem Küssen und Herumbalgen und auf Mutter Liegen zu tun. Liza wußte schon seit geraumer Zeit über die Vermehrung bei Mensch und Tier Bescheid, Eve hatte sie über dieses Thema ausführlich informiert, aber seltsamerweise brachte sie diese Dinge nie mit dem in Verbindung, was Bruno mit Mutter tun wollte. Und Mutter, wenn auch weniger dringend, mit Bruno. Sie begriff es nicht und scheute sich, es zu begreifen. Für sie zählte nur, daß Bruno sie so oft wie möglich vom Halse haben wollte und daß Mutter bis zu einem gewissen Grad damit einverstanden war.

Ohne mit einem Wort zu erwähnen, wo sie hinwollte, ging sie nach Shrove hinauf und setzte sich im einst verschlossenen Zimmer vor den Fernseher. Am späten Vormittag und am frühen Nachmittag sah sie regelmäßig fern. Meist waren es alte Filme und Natursendungen, Schulfunk oder Fernkurse, Talk-Shows und Ratesendungen. Einige Programme stammten aus Amerika. Daraus schloß sie, daß Bruno zwar Engländer war, sich aus unerfindlichen Gründen jedoch einen pseudoamerikanischen Akzent zugelegt hatte.

Als er wieder gesund war, wurde alles noch schlimmer. Es war Spätsommer, das Wetter war schön, und er fuhr jeden Tag mit Mutter spazieren. Liza hätte auch mitfahren können, Mutter machte wiederholt den Vorschlag, und zwar ebenso enthusiastisch, wie sie es zuvor abgelehnt hatte, aber Liza hatte keine Lust. Voller Schrecken dachte sie an den Tag in der Stadt zurück, als sei diese Erfahrung untrennbar mit Polizeisirenen, Juckreiz und Windpocken verknüpft. Also fuhren Mutter und Bruno davon, und sie blieb allein zu Hause und tat oft nichts anderes, als auf dem Mäuerchen vorm Torhaus zu sitzen oder im Gras zu liegen und zu überlegen, was wohl mit ihr passieren würde, falls Bruno die Oberhand gewann und sie fortgeschickt wurde.

Mehr als einmal hatte er davon gesprochen, sie auf eine sogenannte Internatsschule zu schicken. Als Mutter sein Bild kaufte, hatte sie gesagt, sie hätte viel Geld, aber jetzt behauptete sie, sie hätte keins und Internatsschulen seien sehr teuer. Daran klammerte sich Liza. Mutter hatte kein Geld, und Bruno hatte kein Geld und auch keine Aussicht, zu Geld zu kommen. Von sich aus würde Bruno nie gehen, dessen war sie sich mit dem Pessimismus einer Zehnjährigen sicher, die fest davon überzeugt ist, daß das Gute nie anhält und das Schlechte ewig dauert. Er war das

Schlechte, das sich nie ändern würde, er war der verhaßte Dritte im Hause und nahm einen ebenso permanenten Platz in ihrem Leben ein wie die Balsamtanne und der Zug.

Zwei Dinge trugen sich in jenem Herbst zu. Brunos Mutter wurde krank, sehr krank, und Mutter hörte im Radio, daß die britische Eisenbahngesellschaft die Absicht hatte, den Zugverkehr im Tal einzustellen.

Als Mrs. Spurdell das erste Mal aus dem Haus ging, nutzte Liza die Gelegenheit für ein Bad. Es war zehn Uhr morgens. Das Badezimmer war in Schlammigbeige gestrichen, die Badematte war grasgrün mit kleinen beigefarbenen Quadraten, aber das Wasser war heiß. Die Seife roch nach Erbsen. Als sie fertig war, putzte sie das Badezimmer gründlich, wusch sämtliche Kacheln ab und rieb sie blank.

Mrs. Spurdell hatte erst lange gezögert, aus dem Haus zu gehen. Obwohl Liza nicht viel Erfahrung mit menschlichen Verhaltensweisen hatte, war selbst ihr klar, daß Mrs. Spurdell damit gerechnet hatte, nach ihrer Rückkehr feststellen zu müssen, daß ihre Putzfrau verschwunden war und mit ihr das Videogerät, die Mikrowelle und das Silberbesteck. Als ihre Arbeitgeberin zur Küchentür hereinkam und sie am Tisch sitzen und besagtes Silber polieren sah, hätte sie beim Anblick von Mrs. Spurdells Gesicht um ein Haar laut losgelacht. Damals bekam Liza zum ersten Mal im Haus in Aspen Close eine Tasse Kaffee.

Während sie zusammensaßen, redete Mrs. Spurdell beinahe ununterbrochen. Dabei drehte es sich hauptsächlich darum, ihre Überlegenheit und die ihres Mannes und ihrer erwachsenen Töchter gegenüber fast der gesamten übrigen Menschheit zu demonstrieren, insbesondere aber gegenüber ihrer Angestellten. In bezug auf gesellschaftliche Unterschiede, Intellekt, beruflichen Erfolg und Geld, vor allem aber materiellen Besitz, hatte sie einen Dünkel.

Mrs. Spurdells Besitztümer waren teurer und von besserer Qualität als die anderer Leute, hatten ursprünglich mehr gekostet und hielten länger. Dies galt für ihren Verlobungsring, ein massiges Gesteck von Diamanten, das angebliche King-George-Silber, die Wiltonteppiche, die Colefax-&-Fowler-Vorhänge, die Parker-Knoll-Sessel und noch vieles andere. Liza bekam diese Namen genannt und die Gegenstände gezeigt und wurde darüber instruiert, woran sie den Wert derselben erkennen konnte. Ihr wurde eingeschärft, daß sie alles mit äußerster Vorsicht zu behandeln hatte, mit Ausnahme des Verlobungsrings, den Mrs. Spurdell am Finger behielt. Oberhalb und unterhalb des Rings war der Finger derart dick angeschwollen, daß Liza bezweifelte, er würde überhaupt abgehen.

Ehemann und Kinder konnten ihr zwar nicht vorgeführt werden, doch konnte man über sie reden und Fotos vorzeigen. Nach der ersten Tasse Kaffee, sozusagen als Belohnung dafür, daß sie nicht mit den kostbaren Gebrauchsgegenständen abgehauen war, wurde die morgendliche Erfrischungspause bald zur Regel. Liza hörte von Jane, die Erziehungswissenschaftlerin war, nachdem sie mehrere akademische Grade erworben hatte, und von Philippa, eine mit einem Rechtsanwalt verheiratete Rechtsanwältin, ehemalige beste Jurastudentin ihres Semesters und heutige Mutter von Zwillingen, die so hübsch waren, daß ständig Werbefirmen vom Fernsehen ihre Gesichter in Reklamefilmen verwenden wollten, was sie natürlich entrüstet ablehnte. Liza hörte zu und merkte sich die unbekannten Ausdrücke gut.

Mr. Spurdell, sagte seine Frau, sei Schulmeister. Liza dachte eigentlich, das hieße Lehrer, so hatte Bruno es jedenfalls genannt und Sean auch, aber Mrs. Spurdell sagte, ihr Mann sei Schulmeister und Institutsleiter, was immer das sein mochte.

»Aber an einer unabhängigen Schule«, erläuterte sie, »nicht, daß Sie denken, an einer von diesen Gesamtschulen.«

Liza, die nicht wußte, was sie überhaupt über Schulen denken sollte, lächelte bloß. Sie sagte nie viel. Doch sie lernte eine Menge.

»Er hätte bereits mehrere Male Schulleiter werden können, aber es ist ja keiner von denen, die gern im Rampenlicht stehen. Selbstverständlich gibt es Geld in der Familie, sonst wäre er vielleicht doch gezwungen gewesen, einen höheren Posten anzunehmen.«

Wieder kam ein Stapel Fotos zum Vorschein, Jane in Robe und Doktorhut, Philippa mit den Zwillingen. Es wurde der subtile Eindruck vermittelt, daß ihre Mutter für Philippa mehr Stolz – und Zuneigung – empfand, weil sie Mann und Kinder hatte. Liza mochte Jane lieber, die keinen Lippenstift trug und nicht so affektiert lächelte. Wenn Mrs. Spurdell doch endlich aufstehen und sagen würde, sie wolle jetzt ausgehen, damit sie baden konnte. Im Wohnwagen war es ziemlich unbequem, und das Schwimmbad war teuer, außerdem roch man dann nachher nach Chlor.

Endlich räumte Mrs. Spurdell die Fotos weg und machte sich ausgehfertig. Da heute ein kühler Tag war, hatte sie einen anderen Mantel an, einen aus dickem, haarigem, steingrauem Stoff mit Revers und Manschetten aus glänzendem braunen Pelz. Liza erfuhr, daß dieser Mantel vor zwanzig Jahren angeschafft worden war – »also noch keiner diese lachhaften Ideen hatte, man sollte keinen Pelz tragen« – und die enorme Summe von sechzig Pfund gekostet hatte. Liza mußte unbedingt die Qualität des Stoffes befühlen und über den Pelz streichen. »Der trägt sich partout nicht ab«, sagte Mrs. Spurdell mit einem kurzen Lachen, während sie sich ein Tuch um die weißen Haare band, auf dem überall »Hermes« stand. Liza überlegte, was ein Seidenschal wohl mit dem Götterboten zu tun haben könnte.

Zu ihrem Bad kam sie nicht. Auf dem Weg zum Badezimmer blieb sie an der Tür zu Mr. Spurdells Arbeitszimmer stehen. Dies war das Zimmer, von dem sie, außer zum Staubsaugen, die Finger zu lassen hatte, denn seine Bücher waren heilig, durften nie abgestaubt werden, und dasselbe galt für die Papiere auf seinem Schreibtisch. Doch jetzt war Liza allein im Haus, und Mrs. Spurdell würde genausowenig erfahren, daß sie dort drin gewesen war, wie sie wußte, wofür ihr heißes Wasser oft verwendet wurde.

Ein paarmal schon hatte sie beim Staubsaugen einen flüchtigen Blick auf die Bücherregale geworfen, sie jedoch nie eingehend untersucht. Das tat sie nun. Sie unterschieden sich beträchtlich von denen in der Bibliothek auf Shrove. Hier gab es keine Werke aus dem achtzehnten Jahrhundert über Reisen und Forschungsexpeditionen, nichts über Theologie, Philosophie und Geschichte, keine Essays aus dem neunzehnten Jahrhundert, keine Lyrik aus irgendeinem früheren Jahrhundert, keine dicken Wälzer von Darwin und Lyell und keine viktorianische Literatur. Romane besaß Mr. Spurdell nur im Taschenbuchformat.

In den Regalen standen Bücher, wie Liza sie noch nie gesehen hatte. Offensichtlich waren es Lebensbeschreibungen, und sie erkannte die Namen einiger Protagonisten: Oscar Wilde, Tolstoi, Elizabeth Barrett Browning. Aber wer war Virginia Woolf, wer war Orwell? Darüber hinaus gab es Bücher, die vom Handwerk des Schreibens handelten, jedenfalls glaubte sie das, eines hieß *The Common Pursuit,* ein anderes *The Unquiet Grave.* Liza ließ sich an Mr. Spurdells Schreibtisch nieder, blätterte in seinen Büchern und fragte sich die ganze Zeit, weshalb sie von dem Gelesenen so wenig begriff, doch so leidenschaftlich gern begreifen würde.

Bei dieser Beschäftigung verging die Zeit rasch. Sie verging jedesmal sehr schnell, wenn Mrs. Spurdell aus dem Haus war, aber diesmal schien sie wie im Fluge zu vergehen. Widerstrebend hörte sie auf zu lesen, denn sie brauchte noch mindestens zehn Minuten, um sich die Papiere auf dem Schreibtisch anzusehen, und konnte nicht damit rechnen, daß Mrs. Spurdell länger als eineinhalb Stunden wegblieb. Zum Glück schaffte sie die Hausarbeit in der Hälfte der verfügbaren Zeit.

Bei den Papieren handelte es sich um Aufsätze. Soviel konnte sie erkennen. Oben auf der ersten Seite stand immer ein Name, wahrscheinlich der des Verfassers. Mit einem Mindestmaß an Spürsinn ließ sich daraus folgern, daß es sich um Mr. Spurdells Schüler handelte. Er hatte die Seiten mit einem Rotstift bearbeitet, die Rechtschreibung korrigiert und scharfe Kommentare danebengeschrieben. Bei manchen mußte Liza lachen. Am interessantesten fand sie die gelben Zettelchen, die er jeweils auf die erste Seite geklebt hatte. Es waren kleine Papierrechtecke, wie sie sie noch nie gesehen hatte, an denen eine gummierte Stelle war, die man jedoch abziehen konnte. Vorsichtig versuchte sie es, und zu ihrer großen Erleichterung ließen sie sich wieder ankleben.

Auf jedem gelben Rechteck stand in Mr. Spurdells Handschrift etwas anderes. Auf einem stand: »Sollte mindestens eine Eins und eine Zwei bekommen«, auf einem anderen »Kaum universitätsgeeignet!«, auf einem dritten »Oxbridge?«. Von Oxford und Cambridge hatte Liza schon gehört, aber diesen Ort kannte sie nicht. Hier mußte sie aufhören, denn es wäre schrecklich, wenn sie ihre zukünftigen Chancen dadurch aufs Spiel setzte, daß sie sich von Mrs. Spurdell beim Herumschnüffeln erwischen ließ. Nachdem sie die Papiere wieder so hingelegt hatte, wie sie gewesen waren, nahm sie den Staubsauger und war gerade dabei, weiße Haare vom Schlafzimmerteppich zu entfernen, als die Haustür ging.

Kurz darauf kam Mrs. Spurdell schwerfällig die Treppe herauf ins Schlafzimmer, um den kostbaren Mantel aufzuhängen. Liza ging hinüber ins Arbeitszimmer, natürlich nur, um den Teppich zu saugen, aber während sie dort drin war, überlegte sie, ob sie sich wohl ein Buch ausleihen könnte. Würde er es merken, wenn eines fehlte? Und wenn es nur für zwei Tage war? Sie würde so gern die Biographie von Elizabeth Barrett Browning lesen. Damals, als sie Sean kennengelernt hatte, las sie gerade die *Sonette aus dem Portugiesischen* und hatte einige davon auswendig gelernt. *(»Wie ich dich liebe? Laß mich zählen wie.«)* Indem sie sich in Mr. Spurdells Schuhe versetzte – ein Paar davon, nämlich Hausschuhe, standen tatsächlich unter dem Schreibtisch – kam sie zu dem Schluß, sie selbst würde es sicher merken, wenn eins ihrer Bücher fehlte. Wenn sie überhaupt Bücher hätte, ach, wenn sie nur Bücher hätte.

Mrs. Spurdell gab ihr den Lohn für den Vormittag. Das tat sie jedesmal höchst widerwillig und sehr langsam, suchte dazu die ältesten und ramponiertesten Fünfpfundscheine aus dem Bündel in ihrer Handtasche heraus, und trennte sich nie von einem Zehner. Den Rest beglich sie in Kleingeld, in Zwanzig- und Zehnpencestücken und sogar in Zweiern. Diesmal war es noch schlimmer, sie gab Liza ganze sieben Pfund in Fünfzigpencemünzen und Zehnern und Fünfern und ließ sie dastehen und warten, während sie irgendwo nach einer Fünfpfundnote kramte. Schließlich kam sie mit einem abgegriffenen, lappigen Schein zurück, der in der Mitte durchgerissen und mit Klebeband wieder zusammengeflickt war.

Der Secondhand-Buchladen nahm ihn. Liza hatte befürchtet, sie würden ihn nicht akzeptieren, als sie ihn für drei schäbige Taschenbücher hinhielt, die sie zwischen vielen anderen draußen auf einem Tisch gefunden hatte. Der richtige Buchladen, wo alles neu verkauft wurde, überstieg bei weitem ihre Mittel.

Es war fast halb sechs, und der Supermarkt würde gleich schließen. Sie ging die Hauptstraße entlang und überquerte den Marktplatz. Bald wäre es dunkel, demnächst würde man die Uhren zurückstellen, und die abendliche Kühle war bereits spürbar. Ob es im Gefängnis kalt war? Sie mußte an Eve im Gefängnis denken, wie so oft, jeden Tag dachte sie an sie, erwähnte Sean gegenüber jedoch nie etwas.

Er erwartete sie mit einer Einkaufstüte voller Lebensmittel vor dem Haupteingang. Der Supermarkt bot den Mitarbeitern die Möglichkeit, Produkte nach dem Verfallsdatum zu stark ermäßigten Preisen zu kaufen. Liza und Sean gingen zusammen zum Auto. Er erzählte ihr, was er alles fürs Abendessen gekauft hatte und wollte dann wissen, was in ihrer Tüte war. Sie zeigte ihm *Middlemarch,* eine Ausgabe von *Das Leben von Mary Wollstonecraft* und Aubreys *Kurze Leben* und bemerkte sofort seinen mißbilligenden Blick.

»Wir können's uns nicht leisten, Geld für Bücher auszugeben.«

»Es ist doch mein Geld«, sagte sie. »Ich hab es mir verdient.«

»Ich möchte wissen, was du sagen würdest, Liza, wenn du was zum Essen willst und ich käme damit daher.«

Sie schwieg. Er hatte so vorwurfsvoll geklungen, wie die alten Erwachsenen. So würde Mr. Spurdell daherreden, dachte sie.

»Du hast doch den Fernseher«, sagte er. »Ich weiß gar nicht, wieso du noch Bücher brauchst.«

Sie machte ihm Abendessen und während er seine Lieblingsserie anschaute, fing sie mit *Middlemarch* an. Im viktorianischen Zeitalter hatten anscheinend viele Mädchen ganz ähnlich gelebt wie sie, waren zu Hause unterrichtet worden, hatten nur die nächsten Nachbarn gekannt, waren vor allem abgeschirmt worden. Mit Dorothea Brooke konnte sie sich identifizieren, obwohl die Gesellschaft Dorothea bestimmt keinen Sean gestattet hätte.

Inzwischen war seine Sendung vorbei, und sie merkte, daß er sie unruhig musterte. Daran wird er sich gewöhnen müssen, dachte sie. Er würde sich daran gewöhnen müssen, daß sie sich mehr und mehr mit Büchern beschäftigte. Als sie unter seinem Blick immer unkonzentrierter wurde, fiel ihr wieder ein, daß Bruno es nie gemocht hatte, wenn ihre Mutter las. Er hatte alles mögliche angestellt, um ihre Aufmerksamkeit auf sich zu lenken, war im Zimmer auf und ab gegangen, hatte sogar laut gepfiffen. Manchmal hatte er sich neben sie gesetzt und ihre Hand genommen oder ihr Gesicht gestreichelt. Liza erinnerte sich, einmal war ihre Mutter aufgesprungen, hatte ihn abgeschüttelt und geschrien, er solle sie endlich in Ruhe lassen.

Kurz darauf war Bruno zu seiner kranken Mutter gefahren. Er war an dem Tag abgefahren, als der letzte Zug durch das Tal kam.

Liza hatte keine Ahnung gehabt, daß es der letzte Zug sein würde. Woher auch? Sie bekam nie eine Zeitung zu Gesicht, und fernsehen konnte sie nicht zu der Zeit, wenn Nachrichten kamen. Es war ein schöner warmer Oktobertag, ungefähr vor sechs Jahren, ein Jahr vor dem Orkan. Die Brombeerzeit war schon vorbei, und die Holzäpfel waren reif. Liza streifte durch die Wiesen und an den Hecken entlang, um Holzäpfel für Marmelade zu sammeln. Dazu wurden die Äpfel gekocht und dann durch ein Stück Stoff gesiebt, das man zwischen den vier Beinen eines umgedrehten Hockers gespannt hatte, anschließend kam Zukker dazu. Sie hatte Mutter oft dabei zugesehen und fand es nun an der Zeit, es selbst zu versuchen.

Bevor sie auch nur einen einzigen Apfel gepflückt oder überhaupt einen Baum gefunden hatte, sah sie die Menschenschlange entlang der Bahnstrecke. Sie glaubte zu träumen und kniff ein paarmal die Augen zu. Noch nie im Leben hatte sie so viele Menschen auf einmal gesehen, außer im Fernsehen, aber das zählte ja nicht. Es waren bestimmt Hunderte. Sie standen auf beiden Seiten der Gleise den Bahndamm entlang, an der Grenzlinie zwischen Shrove und der kleinen Bahnstation namens Ring Valley Halt, und jeder hielt ein großes Plakat in die Höhe.

Von ihrem Aussichtspunkt aus konnte Liza nicht erkennen, was auf den Plakaten stand. Sie vergaß Holzäpfel und Marmelade, stopfte die große Plastiktüte in ihre Hosentasche und rannte den Feldweg hinunter zum Fluß.

Auf einigen Plakaten stand »Rettet unsere Eisenbahn« und auf anderen »British Rail – Wie in der UdSSR« und »Letzter Zug ins Chaos«. Weiter oben streckten ein paar Leute ein langes Transparent in die Höhe, auf dem stand: »Was schert es British Rail, wenn wir den Anschluß verpassen?« Liza spürte, daß etwas in der Luft lag, sie wußte nur nicht, was. Im übrigen fand sie den Anblick von so vielen Menschen faszinierend, es waren viel mehr als damals in der Stadt, mehr als in dem Film über das antike Rom, den sie einmal gesehen hatte.

Aus Gewohnheit oder vielleicht weil sie von Natur aus zurückhaltend war, wollte sie sich im Gebüsch verstekken und alles beobachten. Sie wollte mit niemandem reden; sich mit Fremden zu unterhalten, fiel ihr zunehmend schwerer, weil sie so selten welche traf. Der Herbst war ziemlich trocken gewesen, und der Fluß hatte einen niedrigen Wasserstand, so daß er an dieser Stelle bloß in breitem Bogen plätscherte und über die Flußkiesel spritzte. Solange sie auf dieser Seite blieb, brauchte sie mit niemandem zu sprechen, aber noch während sie das dachte, hatte sie schon Schuhe und Strümpfe abgestreift und watete hinüber.

Es war zu spät, sich zu verstecken. Alle schienen sie anzugaffen.

Bevor sie so tun konnte, als ginge sie lediglich spazieren, hatte eine Frau sie am Arm gepackt und fragte, offensichtlich weil sie sie mit einem anderen Kind verwechselte, wo um alles in der Welt sie denn gesteckt habe und sie solle auf der Stelle dieses Transparent halten.

Es war identisch mit dem auf der anderen Seite, und vier Leute mußten es hochhalten. Liza gehorchte und hielt es an der Stelle über den Buchstaben BR fest. Links von ihr stand ein Mann und auf der rechten Seite ein Junge. Beide grüßten sie, und der Junge fragte, ob sie hier in der Gegend wohne? In einem der Cottages da oben, sagte Liza, man könne es von hier aus nicht richtig sehen, es sei aber bloß eine halbe Meile weg.

»Dann ist das ja direkt vor eurer Haustür«, sagte der Mann. »In eurer Familie fahrt ihr sicher oft mit dem Zug, stimmt's? Oder besser gesagt, ihr seid gefahren?«

»Jeden Tag«, sagte Liza.

Es war nicht das erste Mal, daß sie log. Sie log Mutter regelmäßig an, wenn diese wissen wollte, wo sie gewesen war, und sie vor dem Fernseher gehockt hatte.

»Die denken automatisch, jeder hat ein Auto«, sagte der Mann. »Hat dein Dad ein Auto?«

Die Frau links neben ihm sagte: »Sexist. Wieso fragen Sie denn nicht, ob ihre Mum ein Auto hat? Frauen dürfen hier nämlich Auto fahren, stellen Sie sich vor. Wir sind ja nicht in Saudi-Arabien.«

Liza sagte nur, sie hätten kein Auto – Brunos Auto zählte nicht –, und wollte gerade sagen, sie hätte keinen Dad, als das Pfeifen des Zuges am anderen Tunnelende zu hören war. Der Zug pfiff jedesmal, wenn er in den Tunnel fuhr und wieder herauskam, weil es eine eingleisige Strecke war und vielleicht die entfernte Möglichkeit bestand, daß ein anderer Zug ihm im Dunkeln entgegenkam und frontal mit ihm zusammenstieß. Diese Möglichkeit bestand nun allerdings nicht mehr.

»Der allerletzte Zug«, sagte der Mann. »Verdammt noch mal, der allerletzte Zug.«

Als der Zug pfeifend aus dem Tunnel kam, jubelten ein paar Leute ihm zu. Liza traute ihren Augen nicht, als die vier Leute mit dem Transparent gegenüber und noch drei andere mit Plakaten plötzlich die Böschung hinunterkletterten und auf die Gleise zurannten. Die sieben, vier Männer und drei Frauen, stellten sich quer über das Bahngleis auf, dem herannahenden Zug mitten in den Weg, und hielten ihr Transparent und die Plakate empor. Man konnte den Zug jetzt in der Ferne heranfahren sehen.

Und wenn er nun nicht stehenblieb? Wenn er direkt herankäme und die Leute niedermähte, wie Liza es in einem Fernsehfilm über den Wilden Westen gesehen hatte? Sie hielt das Transparent ganz fest, ballte die Fäuste um die Stoffbahn, bis ihre Knöchel weiß hervortraten.

»Schaut sie euch an«, rief die Frau, die sie am Arm gepackt hatte, »Die großartigen Sieben!«

Als der Zug sich näherte, begann die Menschenmenge zu singen. Sie sangen *»We Shall Overcome«*. Liza hatte das Lied noch nie gehört, aber die Melodie war einfach, und bald stimmte sie ein und sang auch mit. *»We shall overcome one da-a-a-a-ay. / Deep in my heart / I do believe / That we shall overcome one day!«*

Der Zugführer sah sie rechtzeitig. Man konnte hören,

wie er die Bremsen einlegte, ein gedehntes, tiefes Heulen wie dumpfes Hundegebell. Der Zug fuhr langsam heran und kam etwa hundert Meter vor den großartigen Sieben, die immer noch ihr Transparent und die Plakate in die Höhe streckten, kreischend zum Stehen. Die Menge stimmte *»Jerusalem«* an. Der Zugführer und ein anderer Mann in gleicher Uniform stiegen herunter und kamen den Demonstranten auf dem Gleis entgegen, um mit ihnen zu diskutieren. Sämtliche Zugtüren und Fenster gingen auf, und die Passagiere streckten die Köpfe heraus. Dann stiegen sie auch aus und verteilten sich über die Gleise.

Es war genau wie im Western, wenn die Indianer kamen oder die Räuberbanden von Dodge City. Liza und die anderen Transparentträger rückten an die Bahnstrecke heran, um sich an dem Streit zu beteiligen, es wurde geschrien und gedroht, und einen Mann mußte man davon abhalten, dem Zugführer einen Kinnhaken zu verpassen. Der war ja eigentlich nicht schuld. Liza fand die Sache höchst unfair. Aber sie genoß jede Minute; seit Brunos Ankunft hatte sie sich nicht mehr so amüsiert. Als sie später darüber nachdachte, meinte sie sogar, daß sie sich seit Brunos Ankunft überhaupt nicht mehr amüsiert hatte.

Sie blieb über die Mittagszeit bis zum späten Nachmittag bei den Demonstranten. Sie schenkten ihr Sandwiches und Kekse aus ihren Lunchpaketen, und alle dachten, ihre Eltern wären unten an der Bahnstation und sie wäre irgendwie von ihnen getrennt worden. Das Zugpersonal stritt sich immer noch herum. Die großartigen Sieben blieben unerschütterlich. Einige Zeit später kamen ein paar Beamte von British Rail dazu, und es hieß, man werde die Polizei holen. Die Demonstranten auf der Böschung ließen sich im Gras nieder, ein paar Leute schliefen ein. Liza lauschte einer Diskussion über Atomkraft, Umweltzerstörung und den Verrat an der Demokratie. Sie merkte sich alle Wörter, speicherte sie im Gedächtnis, ohne jedoch zu verstehen, was gesagt wurde, bis es ihr schließlich langweilig wurde und sie davonschlenderte.

Sie war immer noch barfuß, die Schuhe mit den hineingestopften Strümpfen hatte sie sich an den Gürtel gebunden. Dem Sonnenstand und der Lufttemperatur nach mußte es mindestens halb vier sein. Sie setzte sich ins Gras, um die Strümpfe anzuziehen. Als sie gerade ihre Schnürsenkel festband, hörte sie den Zug anfahren und drehte sich um, um zuzuschauen.

Die Demonstranten hatte man anscheinend überzeugt, ihnen gut zugeredet oder gedroht, denn sie verließen die Gleise. Allmählich gewann der Zug an Fahrt, fuhr zwischen den Reihen besiegter Demonstranten hindurch und erreichte kurz darauf die Bahnstation. Liza sah, wie er wieder anfuhr und schließlich von der Kurve hinter den Hügeln verschluckt wurde, der allerletzte Zug.

Sie ging durch den Garten von Shrove nach Hause über den glatten Rasen, den Mr. Frost am Morgen gemäht hatte. Mutter saß auf dem Mäuerchen vor dem Cottage und aß einen Apfel. Das orangegelbe Auto war verschwunden.

»Wo hast du denn gesteckt? Ich hab mir Sorgen gemacht, als du zum Mittagessen nicht nach Hause gekommen bist.«

Es war leichter und sicherer zu lügen. »Ich hab mein Mittagbrot mitgenommen. Ich hab mir ein paar Sandwiches gemacht.«

Mutter hätte sowieso nichts gemerkt. Sie hatte mit Bruno im Bett gelegen. Wo war er eigentlich?

Bevor sie fragen konnte, sagte Mutter: »Bruno ist nach Cheshire gefahren, zu seiner Mutter. Sie ist sehr krank.«

Nichts hätte sich besser geeignet, sie glücklich zu machen, nichts, außer der Nachricht, daß er nicht mehr wiederkam.

»Er wird wahrscheinlich ziemlich lang wegbleiben«, sagte Mutter.

Sie ging mit Liza ins Haus, und als sie drinnen waren und die Tür zugemacht hatten, legte sie die Arme um sie und sagte: »Es tut mir leid, Liza. Ich hab dich arg vernachlässigt, in letzter Zeit war ich dir keine besonders gute Mutter. Ich kann es nicht erklären, aber eines Tages wirst du es verstehen. Ich versprech dir, jetzt, wo wir wieder allein sind, wird alles wie früher. Verzeihst du mir?«

Mutter hatte sich noch nie bei ihr entschuldigt. Das war auch nicht nötig gewesen, bis Bruno kam. Liza hätte ihr alles verziehen, nachdem Bruno nun weg war.

Das war Der Tag Des Letzten Zuges gewesen.

Sean sagte schroff: »Hat er dir eigentlich mal was getan, dieser Bruno?«

»Mich geschlagen, meinst du?«

Sean erwiderte, nein, das nicht, und erklärte ihr, was er meinte.

»So was hab ich noch nie gehört«, sagte Liza. »Tun manche Männer das wirklich?«

»Manche schon.«

»Also, er jedenfalls nicht. Ich hab dir doch gesagt, er haßte mich. Er wollte mit Eve allein sein, und ich war ihm im Weg. Das war aber nicht immer so, am Anfang hatte er mich ganz gern, er hat ja das Porträt von mir gemalt, von dem ich dir erzählt habe. Er malte immer Bilder von Eve, und dann sagte er, er würde mich auch malen. Ich hab mich im Schlößchen auf einen Stuhl gesetzt, und er hat mich gemalt. Damals war er sehr nett. Ich mußte stundenlang stillsitzen, und er kaufte mir Preiselbeersaft, davon hatte ich noch nie gehört, und Kekse mit Zuckerguß, die

Eve mir aber nicht geben wollte. Er kaufte immer Sachen für mich, wenn sie in die Stadt fuhren. Wenn ich jetzt daran denke, glaube ich, er wollte sich bloß lieb Kind machen bei Eve.«

»Was wollte er?«

»Sich lieb Kind machen. Damit sie ihn noch lieber mochte. Aber dann hat er wohl kapiert, daß das nicht nötig war, sie mochte ihn sowieso. Ab da wurde er anders. Als er krank war und merkte, daß er Eve nicht mal dazu bringen konnte, mich auf eine Tagesschule zu schicken, wurde er anders. Ich kann dir nicht sagen, wie froh ich war, als ich erfuhr, daß er weg war, ich war ja so glücklich.«

Sean schaltete den Fernseher aus. Das war ein ziemliches Zugeständnis, das merkte Liza und klappte ihr Buch zu. Er legte den Arm um sie.

»Wie hieß noch mal die Frau, von der du erzählt hast, die für ihren Mann die Geschichten erfunden hat?«

Das hat er sich also gemerkt, dachte Liza erfreut. »Scheherazade. Sie war Orientalin, Araberin, nehm ich an. Ihr Mann war ein König, der die Frauen erst heiratete und sie dann am Morgen nach der Hochzeitsnacht umbringen ließ. Er ließ ihnen den Kopf abhauen.«

»Warum?«

»Keine Ahnung, ich weiß es nicht mehr. Scheherazade war fest entschlossen, sich ihren nicht abhauen zu lassen. In der Hochzeitsnacht fing sie an, ihm eine Geschichte zu erzählen, eine ganz lange, die sie nicht zu Ende erzählen konnte, aber er war so gespannt auf das Ende, daß er versprach, sie bis zum Morgen der folgenden Nacht am Leben zu lassen, um zu erfahren, wie es ausging. Aber die Geschichte hörte nicht auf, oder aber sie fing eine neue an, und so ging das weiter, bis er sozusagen süchtig nach ihren Geschichten wurde und sie nicht mehr töten lassen konnte, und am Ende verliebte er sich in sie, und sie lebten glücklich bis an ihr Ende.«

»Und was war mit den anderen armen Frauen, die er umgebracht hatte?«

»Die hatten eben Pech«, sagte Liza. »Ich glaube, ihr war das ziemlich egal. Warum fragst du nach Scheherazade?«

»Ich weiß auch nicht. Ich wollte ein bißchen mehr wissen über das, was passiert ist. Du hast plötzlich nicht mehr weitererzählt.«

»Da hab ich ja Glück, daß ich noch lebe, was?« Sie lachte, aber er nicht. »Als nächstes, das heißt, nachdem Bruno weg war, sind Mr. und Mrs. Tobias gekommen. Zum ersten Mal seit ungefähr einem Jahr. Mr. Tobias sagte, er würde Bruno gern kennenlernen, und Eve mußte ihm sagen, wo Bruno hingefahren war. Na ja, dann könnten sie ja zumindest seine Bilder anschauen, meinte Mr. Tobias, und Eve führte ihn und Mrs. Tobias ins Schlößchen, und das erste, was sie sahen, war mein Porträt.

Natürlich haben sie auch noch andere Bilder gesehen, und Mrs. Tobias, also Victoria, sagte, sie würde gern eins kaufen. Sie wollte eins, auf dem er Shrove im Mondlicht gemalt hatte. ›Oh, das finde ich hinreißend‹, sagte sie und klatschte in die Hände, und als Eve vierhundert Pfund sagte, zuckte sie nicht einmal mit der Wimper. Mr. Tobias – Jonathan, warum nenne ich ihn eigentlich andauernd so, wie ein Kind? – schrieb kurzerhand einen Scheck aus und gab ihn Eve.«

»Wollte sie nicht abwarten und Bruno fragen?«

»Sie wußte wahrscheinlich, daß er sie verkaufen wollte. Jedenfalls hat sie nicht abgewartet. Sie hat sich sehr gefreut, für ihn das Geld zu bekommen. Am nächsten Tag fing Jonathan an zu schießen, und Victoria auch. Es gab auf Shrove ein Rebhuhnpärchen, das immer herumstolziert ist und das ich sehr mochte, die hatten rote Beinchen und ein wunderschönes Muster auf dem Rücken. Sie hat sie totgeschossen. Damals wünschte ich, ich hätte ein Gewehr gehabt, dann hätte ich aber *sie* totgeschossen. Als sie genügend Vögel geschossen hatten, fuhren sie nach London zurück, und sobald sie weg waren, setzte sich Eve mit mir hin und erzählte mir die ganze Geschichte vom alten Mr. Tobias und von Caroline und von ihrer eigenen Mutter, und warum sie Shrove nie für sich bekam.«

12

Eves Eltern hatten für den alten Mr. Tobias und seine Frau gearbeitet, seit Eve fünf war und Jonathan neun. Jonathan lebte damals nicht auf Shrove, verbrachte mit seinen Eltern aber dort immer die Ferien, mit Caroline, also Lady Ellison, und ihrem Mann, Sir Nicholas Ellison. Dann verließ Sir Nicholas Caroline, und Caroline kehrte nach Hause zu ihren Eltern zurück.

Eves Vater, ein Deutscher namens Rainer Beck, war in englischer Kriegsgefangenschaft gewesen, und als der Krieg vorbei war, ging er nicht nach Deutschland zurück, sondern blieb da und heiratete Gracie, die Tochter des Bauern, bei dem er arbeitete. Die Ehe blieb lange kinderlos, Gracie hatte die Hoffnung schon aufgegeben, und so konnte sie es nicht fassen, als sie nach zehn Jahren schwanger wurde. Es war ein Mädchen, und sie nannten es Eva, nach Rainer Becks Mutter.

Von allen Arbeitern bekamen die in der Landwirtschaft fast die schlechteste Bezahlung, und nachdem die Höfe zusehends mechanisiert wurden und man Hunderte von Hektar Land mit ein paar Leuten bearbeiten konnte, wurden auch kaum mehr Arbeitskräfte gebraucht. Beim Zahnarzt sah Gracie in einer Zeitschrift die Stellenanzeige für eine Wirtschafterin und einen Haushandwerker, sie bewarben sich und wurden gleich genommen. Ein besonderer Anreiz war, daß zu der Arbeitsstelle ein Haus gehörte.

Weil der alte Mr. Tobias und seine Frau Rainers Namen nur schwer aussprechen konnten, nannten sie ihn Ray. Mr. und Mrs. Tobias brachten andere Leute überhaupt gern dazu, ihre Namen zu ändern. Jonathan hatte man auf Jonathan Ellison getauft, auf Anregung seines Großvaters jedoch das Ellison gestrichen, so daß er nun Jonathan Tobias hieß. Er kam auf ein Internat, verbrachte die Ferien jedoch auf Shrove, wo er und Eve gemeinsam aufwuchsen. So drückte sie sich aus: sie wuchsen gemeinsam auf. Sie waren unzertrennlich, sie waren einander die besten Freunde.

Die alte Mrs. Tobias war krank und starb, als Gracie und Rainer gerade ein Jahr da waren, und bald darauf ging Caroline mit einem Mann davon, den sie im Urlaub auf Barbados kennengelernt hatte. Jonathan blieb auf Shrove. Manchmal lebte er bei seinem Vater, aber meistens war er auf Shrove; zu Eve sagte er, wenn er erwachsen sei, würde er sie heiraten. Sie würden heiraten und auf Shrove zusammen leben, bis daß der Tod sie scheide.

Ray war weder Gärtner noch Butler, sondern Haushandwerker. Mr. Frost, der damals noch recht jung war, kam mit dem Fahrrad – demselben wie heute, sagte Eve – vom Dorf herauf, um den Garten zu machen. Für eine volle Stelle war Ray eigentlich nicht genug ausgelastet. Durch einen glücklichen Zufall fand er im Dorf bei einem Bauunternehmer Arbeit als Maurer, dem Beruf, für den er vor vielen Jahren in Deutschland ausgebildet worden war. Ein paar Stunden pro Woche arbeitete er auf Shrove, wo er die Fenster und die Autos putzte. Im Grunde lastete alles auf Gracies Schultern. Wenn Gracie nicht gewesen wäre, wäre alles zusammengebrochen. Mit Hilfe von Mr. Frosts Tochter, die dreimal pro Woche kam, hielt sie Shrove sauber und kochte das Essen für alle. Sie machte die Wäsche, bügelte, bestellte die Lebensmittel, kochte Marmelade und legte saure Gurken ein, fungierte als Mr. Tobias' Sekretärin und, in zunehmendem Maße, als seine Krankenpflegerin. Sie war unentbehrlich.

Zuerst ging Eve auf die Dorfschule, dann auf die Schule in der Stadt, wo man Schulgeld bezahlen mußte. Mr. Tobias bezahlte es. Sie war hochintelligent, viel intelligenter als Jonathan, sagte Mr. Tobias, und dabei liebte er Jonathan sehr. Gracie dachte, er würde wohl allmählich schwachsinnig, und es wären vielleicht die ersten Anfänge der Alzheimerschen Krankheit, als er sagte, Eve würde wahrscheinlich einmal in Oxford studieren. Gracies Schwester war neun Monate auf einer Sekretärinnenschule gewesen, was sie als den Gipfel aller akademischen Amibitonen betrachtete.

Mr. Tobias hatte aber nicht Alzheimer, sondern einen langsam fortschreitenden Krebs. Er war achtzig, und bei Leuten in diesem Alter wachsen bösartige Geschwüre nur noch langsam. Er konnte aufstehen und herumlaufen, sich von Ray im Auto spazierenfahren lassen und ein ziemlich normales Leben führen. Nur manchmal mußte er zur Strahlenbehandlung ins Krankenhaus, und danach ging es ihm jedesmal eine Zeitlang sehr schlecht. Geld war reichlich vorhanden, er hätte sich leicht eine Hauspflege leisten können, doch außer Gracie ließ er niemanden an sich heran.

Die Ärzte – die nannte man Onkologen, erklärte ihr Eve – sagten, von all ihren Krebspatienten habe er bis jetzt am längsten überlebt. Obgleich man den primären Tumor vor neun Jahren entdeckt hatte, lebte Mr. Tobias immer noch. Nicht er war es, der schließlich starb, sondern Rainer Beck. Die Planungsbehörde hatte für ein paar zusätzliche Häuser die Baugenehmigung erteilt, und Rays Chef baute auf dem Grundstück zwischen den Cottages und dem Gemeindehaus ein Haus. Während Ray gerade an der vorderen Hausmauer Ziegel setzte, fiel er plötzlich um und starb, die Kelle noch in der Hand, an einem Herzinfarkt.

»Er hielt sie ganz fest gepackt, und der Zement wurde

hart«, sagte Liza, »dadurch klebte die Kelle an seiner toten Hand fest, und man mußte sie aufstemmen. Sie mußten ihm die Finger brechen. Entweder das oder ihn mit der Kelle in der Hand beerdigen.«

Sean zog die Mundwinkel nach unten. »Igitt. Mußt du das so ausbreiten?«

»Ich sag bloß, wie es war.«

»Du mußt es doch nicht in allen Details erzählen.«

Als Ray tot war, begann Gracie sich über ihre Zukunft Sorgen zu machen. Vor einer Woche noch hatte sie sich auf das Einkommen ihres Mannes verlassen können, in der nächsten schon nicht mehr. Und würde es auch nie mehr können. Sie hatte kein eigenes Heim, eine sechzehnjährige Tochter, die von ihr abhängig war, und einen Arbeitgeber, der jeden Moment sterben konnte, so daß sie ohne Job dastehen würde. Gelegentlich erschien Caroline auf Shrove, wunderschön gekleidet, kreuzte sie in einem neuen Wagen auf, noch immer nicht geschieden, noch immer von Sir Nicholas finanziell unterstützt, jedoch häufig in männlicher Begleitung. Sie hatte Gracie noch nie leiden können, sie mißbilligte die Freundschaft zwischen ihrem Sohn und »der Hauswartstochter« und ließ Gracie unmißverständlich wissen, daß sie nach dem Tod ihres Vaters keine Woche mehr bleiben könnte.

Gracie schüttelte Mr. Tobias ihr Herz aus. Sie war noch jung, sie würde bestimmt wieder eine Stelle bekommen, falls sie jetzt fortging. Ihre Schwester hatte ein kleines Reisebüro in Coventry, aus dem ihre Teilhaberin gerade ausgestiegen war. Wenn Gracie zu ihr ginge, sich einarbeiten und deren Stelle übernehmen könnte, würde ihr ihre Schwester dabei helfen, eine Hypothek für eine Wohnung aufzunehmen. Es müsse aber gleich sein, nicht erst nächstes Jahr oder in fünf Jahren, wenn Gracie die Fünfzig weit überschritten hatte.

Zufällig sagte sie ihm das alles genau zu der Zeit, als die Ärzte gerade wieder einen Knoten an Mr. Tobias' Wirbelsäule entdeckt hatten. Sobald er entfernt worden wäre, würde er wieder Strahlentherapie bekommen und wäre wochenlang bettlägerig. Er beschwor Gracie, ihn nicht zu verlassen. Caroline war inzwischen wieder verschwunden. Aber sie machte im Haushalt sowieso nie einen Finger krumm, und als Krankenpflegerin, behauptete sie, wäre sie viel zu zimperlich. Und Jonathan war in Oxford und studierte. Wenn Gracie ihn verlassen würde, müßte er sich mit Privatschwestern behelfen, und das wäre sein Tod.

Gracie sagte ihrer Schwester, sie brauche noch etwas Zeit, um es sich gut zu überlegen. Inzwischen kam Mr. Tobias ins Krankenhaus, und das Geschwür an seinem Rücken wurde operativ entfernt. Es stand nicht gut um ihn.

»Ich glaube, sie hat gehofft, er würde sterben«, sagte Liza.

»Och, Liza, der arme alte Kerl. Er hatte doch alles allein am Hals, es hat sich doch keiner einen Dreck drum geschert, was mit ihm passiert. Ist doch ganz normal, daß er sie nicht weglassen wollte.«

»Sie mußte doch an ihre Zukunft denken. Reiche Leute wie er nutzen so jemanden wie meine Großmutter bloß aus, hat Eve gesagt. Es war ja nicht so, daß er sich keine Pflegerin hätte leisten können.«

»Geld macht nie glücklich«, sagte Sean seufzend.

»Woher willst denn du das wissen? Hast du mal reiche Leute kennengelernt? Ich schon. Jonathan war schwerreich, solange ich ihn kannte, und er war viele Jahre lang glücklich.«

Mr. Tobias kam nach Hause, und Gracie pflegte ihn. Sie zog mit Eve aus dem Torhaus weg und quartierte sich auf Shrove ein. Zwei volle Wochen, bevor er wieder aufstehen konnte, mußte sie ihm Bettschüsseln geben und die Wunde an seinem Rücken verbinden, die inzwischen angefangen hatte zu eitern. Jeden Tag kam der Arzt und sagte, sie sei einfach wunderbar. Inzwischen machte Eve die erste Abschlußprüfung und bestand in elf Fächern. Mr. Tobias ließ sie zu sich in sein Schlafzimmer kommen und schenkte ihr fünfzig Pfund, »für ein paar neue Kleider«.

»Was wird aus mir«, sagte Gracie, als er wieder aufstehen konnte, »was soll denn nun aus mir werden? Meine Schwester wird allmählich ungeduldig.«

Mr. Tobias hatte darüber nachgedacht und teilte ihr seinen Entschluß mit. Wenn sie ihm garantierte, bis zu seinem Tod bei ihm zu bleiben und ihn zu pflegen – im Haushalt bekäme sie natürlich jede gewünschte Hilfe –, wenn sie all das für ihn täte, würde er ihr Shrove House vererben. Er wußte, daß sie das Haus liebte, er wußte, wie sehr sie an diesem wunderschönen Flecken Erde hing.

»Eigentlich ist es meine Tochter, sie liebt das Haus«, sagte Gracie, so verblüfft über seine Worte, daß ihr keine andere Antwort einfiel. Vor allem Eve, sie könnte den Gedanken nicht ertragen, von hier wegzugehen. Deswegen hatte sie fast mehr gezögert, dem Vorschlag ihrer Schwester zuzustimmen, als wegen Mr. Tobias' Abhängigkeit von ihr. Eve arbeitete deshalb so fleißig und war in der Schule so gut, war so ein glückliches Mädchen, weil sie Shrove und seine Umgebung und das ganze schöne Tal so liebte. Und das Zusammensein mit Jonathan, wenn er gerade mal zu Hause ist, dachte Gracie bei sich, sprach es aber nicht aus. Sie hatte sich nicht getraut, Eve gegenüber zu erwähnen, daß sie möglicherweise weggehen und nach Coventry ziehen würden.

»Also, was halten Sie von meiner Idee?« Mr. Tobias hatte vielleicht etwas mehr Begeisterung erwartet. Sie kam auch. Gracie war überwältigt, Gracie traute ihren

Ohren nicht. Meinte er es wirklich ernst? Und was war mit Caroline? Stand das Haus denn nicht rechtmäßig Caroline zu?

»Caroline haßt es«, sagte Mr. Tobias und bestätigte damit, was Gracie schon längst wußte. »Sie konnte es kaum erwarten, von hier wegzukommen. Außerdem, auch wenn sie und Nicholas die letzten zehn Jahre nicht zusammengelebt haben, ist er doch immer noch verrückt nach ihr und vermacht ihr bestimmt sein gesamtes Vermögen, Sie werden schon sehen. Es geht ihm nicht besonders gut, dem armen Nicholas, er hält bestimmt nicht so lang durch wie ich, und wenn er das Zeitliche segnet, ist Caroline eine reiche Frau.«

Es dauerte eine Weile, bis Gracie sich zu einem Ja durchringen konnte. Ja, sie würde bleiben. »Dann rufen Sie jetzt meinen Anwalt an und bitten ihn, nächste Woche mal vorbeizuschauen«, sagte Mr. Tobias.

Das neue Testament wurde verfaßt, und Mr. Frost und der Arzt von Mr. Tobias waren Zeugen. In Gegenwart des Erblassers und voreinander, erklärte ihr Eve. So wollte es das Gesetz.

Danach machte Mr. Tobias' Genesung rasche Fortschritte. Die Gewißheit, daß Gracie blieb, spornte ihn an, bald gesund zu werden. Er stand auf und machte im Garten sogar schon Spaziergänge, als Jonathan in den großen Ferien nach Hause kam. Gracies Schwester nahm eine Freundin in ihr Reisebüro, eine ehemalige Chefsekretärin bei einer inländischen Fluggesellschaft.

Gracie, die vor ihrer Tochter keine Geheimnisse hatte, erzählte Eve von dem Testament. Eve fühlte sich gleich als Besitzerin von Shrove. Mr. Tobias war ihr schon immer wie ein wirklicher Großvater gewesen, und nun betrachtete sie sich bereits als seine natürliche Erbin. Daß sie das Haus liebte, wie ihre Mutter sagte, entsprach der Wahrheit. Das einzige, was sie im Alter von siebzehn wollte, war, immer dort zu leben. Natürlich mit Jonathan. Jonathan sollte kommen und dort mit ihr leben.

Eve bestand ihre Abschlußprüfung in drei Fächern mit Eins und ging nach Oxford. Jonathan war immer noch dort, obwohl er seinen Abschluß schon gemacht hatte, und sie sahen sich oft.

»Was heißt das?« fragte Sean. »Willst du damit sagen, sie waren ein Liebespaar?«

»Wahrscheinlich. Ja, ich bin sicher. Eve hat es nicht direkt gesagt. Damals nicht. Jedenfalls nicht zu mir. Ich war ja erst zehn.«

»Alt genug, um zu sehen, wie sie mit einem Mann nach dem anderen ins Bett steigt.«

Liza zuckte die Achseln. Darauf gab es keine Antwort. Eve und Jonathan waren sicher ein Liebespaar gewesen. Was hätte sie daran gehindert? Im übrigen hatte Liza ihre eigenen, sehr persönlichen Gründe, sich dessen sicher zu sein. Auf Shrove erlitt Mr. Tobias indessen manchen Rückfall, und einmal stürzte er auf der Terrassentreppe so unglücklich, daß er sich den Arm brach; beim Röntgen stellten sie dann fest, daß er Knochenkrebs hatte. Gracie pflegte ihn weiterhin.

Nach ihrem ersten Studienjahr in Oxford kam Eve über Juli, August und September nach Hause und Jonathan mit ihr. Sie steckten die ganze Zeit zusammen. Doch als Eve wieder abfuhr, kam Jonathan nicht mit. Er wollte bleiben, um sich um seinen Großvater zu kümmern, von dem alle sagten, es ginge nun wirklich zu Ende mit ihm. Damals gab es noch keine Bücher auf Tonband, und so saß Jonathan jeden Tag stundenlang da und las Mr. Tobias vor.

Jonathan sollte »irgendwas in der City werden«. Das hatte Eve jedenfalls gesagt. Liza wußte nicht, was es bedeutete, und Sean hatte nur eine vage Vorstellung.

»Vielleicht was bei einer Bank«, sagte er, »oder Börsenmakler.«

»Was ist denn das?«

»Weiß ich auch nicht so genau. Da macht man irgendwas mit Aktien.«

»Jedenfalls wurde nichts draus. Er brauchte ja nicht zu arbeiten, sein Vater war gestorben und hatte ihm alles vererbt, sein ganzes Geld, das waren Millionen – na ja, ein oder zwei Millionen – und das Haus in London und das im Lake District. Er wurde dann ein sogenannter ›Name‹ bei Lloyds, ich weiß auch nicht, was das ist, Arbeit ist es jedenfalls nicht. Caroline bekam das Haus in Frankreich und eine sehr beachtliche sogenannte Leibrente. Bloß wußte das keiner.«

»Was heißt das, das wußte keiner?«

Auf Shrove wußte es keiner. Gracie und Mr. Tobias wußten natürlich, daß Sir Nicholas Ellison tot war, Gracie hatte ja zur Beerdigung im Auftrag von Mr. Tobias einen Kranz geschickt, aber sie dachten, das ganze Vermögen sei auf Caroline übergegangen. Nur Eve wußte Bescheid. Jonathan hatte es ihr nach Oxford geschrieben, aber sie kam nicht auf die Idee, es ihrer Mutter zu sagen, sie interessierte sich nicht sonderlich dafür, wer das Geld nun bekam, ob Jonathan oder Caroline, einer von beiden mußte es ja bekommen haben.

Mr. Tobias hatte wohl angenommen, es gehörte alles Caroline. So hatte er es schließlich vorausgesagt. »Weißt du, Liza, da war soviel Geld im Spiel«, sagte Eve. »Solche Leute wissen gar nicht, wieviel Geld sie haben. Leute wie wir wissen es immer genau, bis aufs letzte Pfund, vielleicht bis auf die letzten fünfzig Pence, aber die Tobias und Ellisons dieser Welt, ob die nun zwei Millionen oder drei oder irgendwas dazwischen haben, das wissen die gar nicht so genau. Es ist überall verteilt und wird immer noch mehr, es sammelt sich an, und sie haben gar keinen Überblick mehr, wieviel es eigentlich ist.«

Das Geld lag nur so herum, in rauhen Mengen, es wurde mehr und immer mehr, und von hier und da kam etwas dazu. Vielleicht war es Mr. Tobias auch egal, er kümmerte sich nicht darum, er *dachte* nicht daran. Er war sehr alt und sehr krank und sehr reich, und das letzte, was ihm eingefallen wäre, wäre sich zu überlegen, wer nun welches Geld hatte.

Da geschah etwas Unerwartetes. Eve war inzwischen schon zwei Jahre in Oxford, und Jonathan besuchte abwechselnd sie und seinen Großvater. Mr. Tobias war mit seinen vierundachtzig Jahren zwar sehr schwach und brauchte ständige Betreuung, war aber nicht in akuter Lebensgefahr. Gracie, die zeit ihres Lebens immer gesund gewesen war, zeigte plötzlich besorgniserregende Symptome. Man machte Tests und teilte ihr mit, sie habe Unterleibskrebs. Sie wurde sofort ins Krankenhaus gebracht, wo man eine Totaloperation vornahm.

Nun mußten schließlich doch Pflegerinnen her, eine Tagesschwester und eine Nachtschwester. Bettschüsseln und Waschprozeduren waren zu viel für Jonathan. Die ganze Zeit gingen Krankenschwestern ein und aus, unablässig rund um die Uhr war jemand da. Jonathan saß bei seinem Großvater, schrieb Briefe an Eve und ging auf die Fasanenjagd. Was während Gracies Krankenhausaufenthalt noch geschah, stellte sich erst heraus, nachdem Mr. Tobias gestorben war.

Er nahm es ihr sehr übel, daß sie ihn im Stich gelassen hatte. Es war unmöglich, ihm begreiflich zu machen, daß sie gar keine Wahl gehabt hatte. Sie war in Lebensgefahr gewesen. Vielleicht hätte sie ihm genauer erklären sollen, was mit ihr los war. Aber sie hatte Angst. Zum ersten Mal im Leben dachte sie nur noch an sich.

Er wollte anscheinend nicht einsehen, daß außer ihm noch andere Menschen eine lebensgefährliche Krankheit haben könnten. Er sprach mit ihr im ungehaltenen Ton eines Vaters, dessen Tochter ihn durch unmoralisches oder kriminelles Verhalten bitter enttäuscht hat. Ständig machte er Anspielungen auf »damals, als Sie mich im Stich gelassen haben«.

Wieder übernahm Gracie seine Pflege. Die Krankenschwestern gingen. Jonathan fuhr nach Frankreich zu seiner Mutter. Gracie hatte man angewiesen, ein halbes Jahr lang nichts Schweres zu heben, und Mr. Tobias war, obwohl alt und ganz dünn, doch sehr schwer. Wenn sie ihn im Bett nicht richtig aufrichten und in die Kissen stützen konnte, brummte er und machte ihr Vorwürfe.

An Weihnachten kam Eve nach Hause und kehrte im Januar nach Oxford zurück. Man rechnete damit, daß sie mit Auszeichnung abschließen würde.

»Was heißt das?« fragte Sean.

»Das ist der beste akademische Grad. Wie wenn man den ersten Preis bekommt.«

Als dann der Frühling kam, wurde Mr. Tobias so krank, daß er nicht mehr zu Hause bleiben konnte. Er wurde in ein Pflegeheim gebracht, wo er ins Koma fiel, noch ein paar Wochen dahinsiechte und im Mai schließlich starb. Ein bißchen traurig war Gracie schon, aber weil er sie in den letzten paar Monaten so unfreundlich behandelt hatte, empfand sie kaum mehr Zuneigung für ihn. Sie wußte, daß Shrove jetzt ihr gehörte. Am Morgen nach Mr. Tobias' Tod war sie hinausgegangen, hatte die Hände auf das Mauerwerk der Hauswand gelegt und gesagt: »Du gehörst mir, du gehörst mir.« Dann dachte sie, sie sollte wohl den Anwalt anrufen und sich erkundigen, wann sie das Erbe offiziell antreten könnte.

Er teilte ihr mit, sein Klient habe Jonathan Tobias Ellison, bekannt als Jonathan Tobias, alles vermacht. Nun ja, fast alles. Ihr stehe ein Erbe von eintausend Pfund zu.

»Er hat ein neues Testament gemacht, während sie im Krankenhaus lag«, sagte Liza.

»Er hat Jonathan gebeten, den Anwalt kommen zu lassen, und die Krankenschwestern waren Zeuginnen. In Gegenwart des Erblassers und voreinander.«

»Du meinst, das hat Jonathan so hingetrickst.«

»Eve bestreitet es. Sie behauptet, er habe seinem Großvater gesagt, er brauche Shrove nicht, er habe ja von seinem Vater geerbt. Aber das begriff Mr. Tobias nicht oder wollte es nicht begreifen. Er sagte zu ihm, ›dieser Frau, die mich im Stich gelassen hat‹, würde er es nicht vererben.«

»Und was hat deine Oma dann gemacht?«

»Was konnte sie schon machen? Eve war es ziemlich egal, damals zumindest. Für sie käme es am Ende sowieso aufs gleiche heraus, weil sie und Jonathan ja heiraten würden.«

Jonathan bat Gracie, zu bleiben, und im Torhaus zu wohnen. Er würde vielleicht eines Tages auf Shrove wohnen, aber jetzt noch nicht. Sie sollte lediglich als eine Art Verwalterin fungieren. Keine Krankenpflege, kein Kochen, das wäre doch fast so, als ob es ihr richtig gehörte. Gracie lehnte ab, sie war zu sehr gedemütigt worden. Darüber ärgerte Eve sich maßlos. Wo sollte sie nun ihre Ferien verbringen, bis sie und Jonathan heirateten? Gracie blieb hart. Sie zog nach Coventry und mietete sich bei ihrer Schwester in einem Zimmer ein.

Damit war beinahe alles aus. Eve verschwand eine Weile von der Bildfläche, und als sie wiederauftauchte, hatte sie zwar keinen Abschluß, weder mit Auszeichnung noch ohne, aber dafür ein Baby.

»Mich«, sagte Liza.

»Mehr weißt du darüber nicht?«

»Sie sagte, wenn ich älter sei, würde sie mir's sagen.«

Eve wußte, daß Jonathan vorhatte, nach Südamerika zu fahren. Er hatte damals schon einige Reisen gemacht, »nur um zu sehen, wie es ist«. »Komm doch mit«, sagte er, aber sie konnte am Semesteranfang nicht einfach nach Brasilien oder Peru oder weiß Gott wohin reisen. Sie stritten sich deswegen und sahen sich zwei Wochen lang nicht, aber an dem Tag, als er nach Rio fliegen sollte, begleitete ihn Eve nach Heathrow.

In drei Monaten wurde er zurückerwartet, dann wurde ein halbes Jahr daraus, doch er kam nicht, sondern blieb dort. Eve mußte Oxford aufgeben, weil sie ein Baby erwartete. In einem Krankenhaus in Coventry lag Gracie im Sterben. Man hatte die Totaloperation doch nicht früh genug gemacht.

Nach ihrem Tod wohnte Eve mit Liza bei Eves Tante. Diese stellte von vornherein klar, daß Nichte und Großnichte in ihrem kleinen Haus unerwünscht waren, weil sie Babys nicht ausstehen konnte, doch würde sie selbstverständlich ihre Pflicht tun. Eve hatte Schwierigkeiten, über die Runden zu kommen. Vor allem befand sie sich in einer seelischen Notlage, sie hatte verwunden, was vor Lizas Geburt passiert war, obwohl sie sich nie mit dem Gedanken getragen hatte, eine Abtreibung vornehmen zu lassen. Das hatte sie nie in Betracht gezogen, es war ihr ganz wichtig, daß Liza das wußte.

»Toll, einem zehnjährigen Kind so was zu sagen«, meinte Sean.

»Okay, ich weiß ja, was du von ihr hältst. Du brauchst nicht dauernd drauf rumzureiten.«

Heather setzte sich mit ihr in Verbindung und bot ihr an, bei ihr zu wohnen. Eve fühlte sich bei ihrer Tante so unglücklich, daß sie einwilligte, obwohl Heathers Wohnung in Birmingham winzig war und nur ein Schlafzimmer hatte. Zu dritt lebten sie dort zusammen, so gut es eben ging. Heather fand für Eve eine Stelle als Lehrerin an einer Privatschule, wo sie auch Lehrpersonal ohne Qualifikation nahmen. Liza kam zu einer Tagesmutter, was aber keine gute Lösung war. Als Eve sie einmal abholen kam, fand sie alle sechs Babys in Kinderwagen geschnallt vor dem Fernseher sitzen.

»Ich hatte also schon mal einen Fernseher gesehen, mit einem Jahr, bloß wußte ich es nicht mehr.«

Daraufhin beschloß Eve, ihr Kind nie fernsehen zu lassen. Und dadurch entwickelte sich eine ganze Reihe anderer Ideen, wie sie ihr Kind aufziehen wollte. Wenn sie doch nur eine Bleibe hätte, doch es gab für sie auf der ganzen Welt nur einen Ort, der dafür in Frage kam.

Jonathan wußte nicht, wo sie steckte. Sie hatte zweimal die Stelle gewechselt und drei verschiedene Tagesmütter gehabt, bevor er sie ausfindig machen konnte. Liza war drei, und Eve hatte auf der Straße kostenlose Probezeitschriften verteilt, als Sekretärin gearbeitet und zusätzlich einen Schreibmaschinenkurs gemacht, und Liza war bei der Tagesmutter hingefallen und hatte sich am Kopf verletzt. Auf Shrove hatte Jonathan einen Brief mit der Adresse der Tante gefunden und beschlossen, es einmal bei ihr zu versuchen, und so hatte er sie schließlich gefunden. Eines Abends klingelte er an Heathers Tür.

Als er sagte, er wolle ihr einen Vorschlag machen, dachte sie einen kurzen, verrückten Augenblick lang, er würde um ihre Hand anhalten, trotzdem, nach allem, was passiert war. Er war freundlich, aber reserviert. Ob sie vielleicht im Torhaus auf Shrove leben und als Gegenleistung ein Auge auf das Haus haben wollte? So hatte er sich ausgedrückt; »ein Auge darauf haben«. Er würde ihr ein Gehalt zahlen, ein recht stattliches, wie sich herausstellte.

Sie willigte ein. Sie hatte keine andere Wahl.

»Dadurch konnte sie wieder hin, verstehst du? Sie konnte wieder zurück an den einzigen Ort auf der Welt, an dem sie sein wollte, obwohl sie im Torhaus eigentlich so etwas war wie ein Peri vor den Pforten des Paradieses.«

»Ein *was*?«

»Die Peris waren in der persischen Mythologie übernatürliche Wesen, manchmal auch Pairikas genannt. Es waren böse Geister, die ihre Bosheit hinter einer freundlichen Erscheinung verbargen, aber ins Paradies kamen sie natürlich nicht hinein.«

»Natürlich nicht«, sagte Sean sarkastisch.

»Jetzt weißt du, wie es war. So kam es, daß wir dort gewohnt haben und alles anfing.«

13

Bruno war fort, und das Leben ging weiter wie früher. Die Unterrichsstunden wurden wieder aufgenommen. Zum Glück hatte Liza Spaß am Lernen, denn während seiner Abwesenheit ergab sich selten die Gelegenheit, nach Shrove hinaufzugehen und fernzusehen. Mutter gab ihr unablässig Unterricht. Manchmal war an der intensiven Art, in der sie unterrichtete und ihr Vorträge hielt, fast etwas Grimmiges.

Der Winter kam und brachte sonnenlose Tage und lange Nächte mit sich. Jeden Morgen machten die beiden einen Spaziergang, blieben aber immer nur eine Stunde weg, und der Rest des Tages gehörte Lizas Büchern. Gelegentlich bestand Mutter darauf, nur französisch zu sprechen, und so parlierten sie bei Frühstück, Mittagessen und Abendbrot Französisch und führten ihre Diskussionen über andere Themen ebenfalls auf französisch. Sie stellte Liza Prüfungsaufgaben in Englisch, Geschichte und Latein. Liza lernte seitenweise Gedichte auswendig, und abends las sie mit Mutter Theaterstücke, wobei Mutter alle männlichen Rollen und sie alle weiblichen übernahm. Sie lasen *Peter Pan, Am Ende des Regenbogens* und *Vogel Wunderbar.*

Bruno wurde nie erwähnt. Falls Briefe von ihm kamen, so sagte Mutter jedenfalls nichts. Jetzt, wo Liza älter war und nicht mehr ganz so früh aufstand, war Mutter immer vor ihr auf den Beinen, so daß Liza es nicht gemerkt hätte, falls er geschrieben hätte. Daß Heather manchmal schrieb, wußte sie, weil ihre Briefe herumlagen. Die Tobias' schickten zu Weihnachten eine Karte, Heather und die Tante ebenfalls. Schicken wir ihnen auch Karten? wollte Liza wissen. Mutter erwiderte, nein, natürlich nicht. Es sei absurd, Weihnachten zu feiern, wenn man nicht an den Christengott glaubte, oder eigentlich an gar keinen Gott, aber sie machte mit Liza eine Unterrichtsstunde über christliche Religion, ebenso wie sie sie über das Judentum, den Islam und den Buddhismus aufklärte.

Eines Tages kurz vor Lizas elftem Geburtstag, als sie gerade in Mutters Schreibtisch nach einem Schreibblock kramte, der, wie Mutter gesagt hatte, im mittleren Fach sein sollte, entdeckte sie plötzlich einen Brief mit Brunos Handschrift. Sie erkannte die Schrift sofort. Es hatte ihr zwar nie jemand gesagt, aber sie ahnte, daß man die Privatkorrrespondenz anderer Leute nicht lesen durfte. Wahrscheinlich wußte sie es von der Lektüre der hochmoralischen viktorianischen Romane aus der Bibliothek auf Shrove, unter anderen der Werke von Charlotte M. Yonge und Frances Hodgeson Burnett. Sie las den Brief trotzdem.

Mutter war hinaufgegangen. Sie konnte sie oben herumwerkeln hören. Liza las den Absender – ein Ort namens Cheadle –, dann das Datum – letzte Woche – und die erste Briefseite. Es fing folgendermaßen an: »Meine geliebte, süße Eve.« Liza rümpfte die Nase, las jedoch weiter. »Du fehlst mir sehr, wenn ich Dich bloß anrufen könnte, es ist doch verrückt, wenn man sich in der heutigen Zeit nicht gegenseitig anrufen kann. *Bitte,* ruf mich an. Du kannst auch ein R-Gespräch anmelden, wenn du Angst hast, daß J. T. sich sonst ins Hemd macht. Weißt Du, jetzt, wo meine Ma tot ist, bin ich nicht mehr arm! Es dauert auch gar nicht mehr lange, ich muß hier nur noch einiges in Ordnung bringen, nichts zu machen, das muß wohl oder übel sein. Wenn ich nur Deine Stimme hören könnte ...«

An dieser Stelle mußte sie Schluß machen, weil Mutters

Schritte auf der Treppe zu hören waren. Sie wagte nicht, die Seite umzublättern. Das »anrufen« und »R-Gespräch« war ihr schleierhaft, nicht aber das »es dauert auch gar nicht mehr lange«. Er würde zurückkommen. Sie fragte sich, was die Tatsache, daß seine Mutter gestorben war, wohl damit zu tun hatte, daß er nicht mehr arm war, aber dann erinnerte sie sich an die Geschichte mit Shrove und dem alten Mr. Tobias und verstand, wie es zusammenhing.

Es war ein harter Winter. Vor Weihnachten schneite es ein bißchen, doch den ersten richtigen Schnee hatten sie erst Anfang Januar. Tiefe Schneewehen deckten die Grenzmarkierungen zwischen dem Straßenbelag und dem Grasstreifen zu, türmten sich vor dem Graben auf und breiteten einen dicken, alles verhüllenden Mantel über die seitliche Heckenreihe. Als der Schnee schmolz und es kurz darauf noch heftiger als vorher gefror, verwandelte sich der aufgetaute Schnee, der in großen und kleinen Tropfen herunterfiel, in Eiszapfen, spitz wie Nadeln und messerscharf.

Die Eiszapfen hingen längs der Dachtraufen am Torhaus wie Spitzenborte an einem Baldachin. Auf dem hohen Schnee lag eine dünne Eisschicht. Seit zwei Tagen schon hatte kein Auto mehr die Straße passieren können. Die Gemeindeverwaltung, sagte Mutter, mache sich nicht die Mühe, den Schnee zu räumen, weil außer ihnen sonst niemand dort wohnte und sie ja kein Auto hätten.

Als auch der Postbote wegblieb, freute sich Liza, denn das bedeutete, keine Briefe von Bruno mehr. Solange die Straße dermaßen blockiert war, käme Bruno bestimmt nicht zurück. Das kleine orangegelbe Auto würde nie durchkommen, wo sogar der Postbote mit seinem Kombi es nicht schaffte. Und immer noch fiel tagein und tagaus der Schnee und häufte immer noch mehr Schichten auf die tiefe, frische, alles verhüllende weiße Decke.

Sie fütterten die Vögel. Sie hatten ein Futtertischchen

mit Brotkrumen, zwei mit Nüssen gefüllte Futterstellen aus Maschendraht, und an einer Schnur hängten sie ein paar Speckstreifen auf. Eines Morgens sah Liza an einer der Futterstellen aus Draht einen Specht und kopfüber daneben einen Baumläufer, die beide an den Nüssen herumpickten. Sie erinnerte sich an damals, als Jonathan das Foto gemacht hatte, und meinte, es wäre doch schön, wenn sie auch eine Kamera hätten, aber Mutter sagte, nein, das Gehirn ist das beste Aufnahmegerät, fotografier es doch mit deinem Gedächtnis.

Und dann sagte sie, der Vogel sehe aus wie ein *Trochilus*, eine Art Kolibri. Liza schlug im Lexikon unter *Trochilus* nach und wußte gleich, was Mutter gemeint hatte, denn sein Beiname war Krokodilwächter, so hatte man ihn genannt, weil er das einzige Lebewesen ist, das ein Krokodil unbehelligt in sein Maul läßt, damit er ihm zwischen den Zähnen pickt. Er stößt auch einen Schrei aus, um das Krokodil vor einem herannahenden Feind zu warnen.

Liza liebte den Schnee. Sie war schon zu alt für Schneemänner, baute aber trotzdem welche. Dann machte sie sich ein Iglu. Als es fertig war, setzte sie sich hinein, verzehrte ihr Picknick aus Streichwurstsandwiches und Nice-Keksen und freute sich über den Schnee, der Bruno fernhalten würde und wünschte sich ganz fest, es möge doch immer noch mehr Schnee fallen und bis März oder April schwer und undurchdringlich auf der Straße liegenbleiben. Mutter hatte ihr von einem ganz schlimmen Winter erzählt, als sie selbst noch ein kleines Mädchen war, bevor sie und Gracie und Ray nach Shrove gekommen waren; damals hatte es im Januar zum ersten Mal Schnee gegeben, der sieben Wochen liegengeblieben war, und sämtliche Wasserleitungen waren eingefroren gewesen. Es war ein schlimmer Winter, aber Liza nannte ihn insgeheim einen »guten« Winter.

Mutter hatte eine Erkältung, die sie sich wahrscheinlich

bei ihrem letzten Besuch in der Stadt geholt hatte, bevor der Schnee kam. Weil der Husten sie nachts wachhielt, legte sie sich nachmittags etwas hin; dann konnte Liza für ein oder zwei Stunden nach Shrove hinauf zum Fernsehen. Sie hatte die alten Filme, Schulfunksendungen und Rateshows vermißt. Auf eine etwas vage, konfuse Art begann sie auch zu verstehen, daß der kleine, rechteckige Bildschirm für sie das Guckfenster zu einer Welt darstellte, über die sie ansonsten recht wenig wußte.

Als sie das zweite Mal hinaufging, sah sie den Schneepflug, während sie gerade durchs Gartentor am Cottage trat. Er machte die Straße frei. Die große Schaufel an der Vorderseite hob die Schneemassen hoch, die mit Kieselsteinen wie Rosinenpudding gespickt waren, und häufte sie am Straßenrand auf. Nun wußte Liza, daß der Weg für Bruno frei war. Sie bildete sich ein, er habe auf der anderen Seite der Brücke in seinem orangegelben Auto nur darauf gewartet, daß der Schneepflug kam und ihm schön säuberlich die Straße ebnete.

Aber als sie zurückkam, war kein Auto da und auch kein Bruno. Sie hätte Mutter eigentlich fragen sollen, sie hätte zu ihr sagen sollen: »Kommt Bruno zurück?«, doch sie konnte sich nicht dazu durchringen. Sie befürchtete, als Antwort ein Ja zu erhalten und den genauen Zeitpunkt zu erfahren. Zweifel war besser als Gewißheit.

Tauwetter setzte ein, und er war immer noch nicht gekommen. Vom Schnee waren nur noch kleine Häufchen übriggeblieben, die an den kältesten, schattigen Stellen lagen, landkartenförmige weiße Flecken im grünen Gras. Mit dem Schnee verschwand auch Mutters Erkältung, und folglich gab es kein Fernsehen mehr, sondern jede Menge Unterricht. An einem ungewöhnlich warmen Tag im Februar ging Liza in den Wald hinauf, um nachzusehen, ob der Hahnenfuß schon blühte, und als sie zurückkam, stand ein Wagen vor dem Torhaus, ein brauner Wagen von ihr unbekannter Form und Marke. Statt am Anfang stand der Buchstabe auf dem Nummernschild am Ende. Auch das war ihr neu. Der Wagen war ein sogenannter Lancia.

Die Tobias', dachte sie, das respektvolle Mr. und Mrs. ließ sie schon lange weg. Die schafften sich doch andauernd neue Autos an. Argwöhnisch betrat sie das Haus, um ein kühles Guten Tag zu sagen, bevor sie nach oben ging. Sie hatte die Geschichte mit den Rebhühnern nicht vergessen, und nun war da auch noch die Sache mit Gracie und dem Großvater.

Weil sie sich lautlos bewegte, sah sie Bruno, noch bevor er sie sehen konnte. Er saß händchenhaltend neben Mutter auf dem Sofa und blickte ihr tief in die Augen. Liza rührte sich nicht. Er hatte sich nicht verändert, außer daß sein langes, weiches, gewelltes Haar jetzt länger war und die Sommersprossen ausgebleicht waren. Er trug immer noch Jeans und Lederjacke und die zwei goldenen Ohrringe in einem Ohrläppchen.

Vielleicht war doch etwas dran an der Theorie, von der sie einmal gelesen hatte die besagte, daß man es spürt, wenn einen jemand ganz intensiv anstarrt, denn obwohl sie sich nicht bewegt und keinen Laut von sich gegeben hatte, hob Bruno plötzlich den Kopf und sah ihr direkt in die Augen. Für einen Augenblick, nur einen winzigen Moment trat ein Ausdruck von so abgrundtiefem Haß und solcher Verachtung auf sein Gesicht, daß sie spürte, wie ihr ein Schauer über den Rücken lief. So einen Blick hatte sie noch nie gesehen, wußte aber sofort, was er bedeutete. Bruno haßte sie.

Gleich darauf war der furchterregende Ausdruck wieder verflogen, und an seine Stelle trat gleichgültige Resignation. Nun drehte sich Mutter auch um und ließ Brunos Hände los. Sie sagte: »Meine Güte, Lizzie, du bist ja so leise wie ein Mäuschen.«

Bruno sagte: »Hallo, Liza, wie geht's denn so?«

So redete der. Nicht wie ein richtiger Engländer und auch nicht wie ein richtiger Amerikaner – im Fernsehen hatte sie davon genügend gehört –, sondern so, als lebte er irgendwo dazwischen, aber das war ja unmöglich, denn da war der Atlantik. Sie bemerkte die Schamröte in Mutters Gesicht. Mutter hatte ihr nichts davon gesagt, daß er kommen würde. Sie mußte es aber gewußt haben. Wieso hatte sie es ihr dann nicht gesagt?

»Na, was hältst du von meiner neuen Mühle?«

»Er meint sein Auto«, sagte Mutter.

»Es ist okay«, sagte Liza, eine Redensart aus dem Fernsehen, die bei Mutter ein Stirnrunzeln hervorrief. »Mir hat das Orangegelbe gefallen.«

»Das Orangegelbe, wie du es nennst, ist dahin gekommen, wohin alle bösen, alten Autos kommen, wenn sie sterben, nämlich auf den Schrottplatz.«

»Und wo kommen die guten hin, Bruno?« fragte Mutter.

»Die kommen zu Leuten wie mir, mein Schatz. Unter gut versteh ich eins wie das da draußen. Es gehörte meiner Ma, besser gesagt, es gehört ihr immer noch, ich hab's nie umgemeldet. Sie hat es zehn Jahre gefahren, es hat bloß siebentausend Meilen drauf.«

Mutter fing an zu lachen. Liza dachte, sie hat mir deswegen nichts gesagt, weil sie genau weiß, daß ich ihn hasse. Ob ihr wohl klar ist, daß er mich auch haßt? In diesem Moment ging etwas von ihrem Respekt vor Mutter verloren, wenn auch nicht von ihrer Liebe. Es war der Abend, an dem sie Mutter, sobald sie sie kurz allein sprechen konnte, fragte, ob sie von nun an Eve zu ihr sagen dürfte.

»Wieso möchtest du das?«

»Alle anderen sagen doch auch so.«

Falls Mutter der Ansicht war, »alle anderen« sei ein ziemlich schwaches Argument, so sagte sie jedenfalls nichts. »Na gut, wenn du willst«, sagte sie, obwohl es sich nicht besonders glücklich anhörte.

Liza hatte sich getäuscht, als sie dachte, Bruno habe sich nicht verändert. Sie hätte es auch gemerkt, wenn Eve es nicht direkt angesprochen hätte, wenn sie beim Abendessen nicht gesagt hätte: »Früher hast du dir nichts aus Geld gemacht, da war es dir ganz gleichgültig.«

Er hatte gerade darüber gesprochen, was »sie« alles machen könnten, wenn er erst das Haus seiner Mutter verkauft hätte.

»Warte lieber ab, bis du es verkauft hast«, sagte Eve in dem trockenen Tonfall, den sie manchmal an sich hatte.

»Das ist doch so gut wie erledigt«, sagte Bruno mit seiner näselnden Stimme. »Ich hab da einen Käufer an der Hand, der noch viel schärfer aufs Kaufen ist als ich aufs Verkaufen.«

Das war in der Zeit des Immobilienbooms vor fünfeinhalb Jahren. Eve sagte, sie hätte gehört, daß sich heutzutage alles verkaufen ließe, eine Bemerkung, die bei Bruno nicht besonders gut ankam, der auf einmal betonte, wie hübsch das Haus seiner Mutter sei, und daß er *und* Eve bestimmt liebend gern darin gewohnt hätten, wenn es nicht im Norden wäre.

»Mich läßt du aus dem Spiel«, sagte Eve. »Ich wohne hier und werde für den Rest meines Lebens hier wohnen.«

Er war kein Anarchist mehr. Er hatte vergessen, daß er einmal behauptet hatte, Geld und Besitz seien unwichtig. Daß er ein großes Haus zu verkaufen, ein richtiges Auto und auf der Bank ein paar hundert Pfund liegen hatte, war ihm zu Kopf gestiegen.

»Als ich letztes Mal hier war, hatte ich nicht mal ein Bankkonto, Eve.«

»Können wir vielleicht über etwas anderes reden als über Geld?« sagte Eve.

Sie war dermaßen ruppig zu ihm, »ätzend« war wohl der richtige Ausdruck, daß Liza damit rechnete, er würde abfahren und irgendwo anders übernachten. Doch unten ging die Gitarrenmusik leise und unaufhörlich weiter, manchmal sang Bruno etwas mit seiner Johnny-Cash- oder Merle-Haggard-Stimme, und es überraschte sie eigentlich nicht, als sie ein paar Stunden später von ihren Schritten auf der Treppe aufwachte und sie zusammen in Eves Schlafzimmer gehen hörte.

Das einzig Gute an Brunos Rückkehr waren die freien Nachmittage, an denen sie fernsehen konnte. Die Unterrichtsstunden wurden zwar nicht ganz eingestellt, fanden jedoch seltener und in größeren Abständen statt. Fast immer war Bruno dabei und machte sich über Eves Lehrmethoden lustig, hänselte sie, weil sie keine richtige, ausgebildete Lehrerin war und redete andauernd davon, daß »das Kind« eigentlich in die Schule gehörte.

»Wieso?« fragte Mutter ihn schließlich.

»Tu doch nicht so, Mutter, hier kriegt sie doch keine richtige Erziehung.«

»Nenn mich nicht dauernd Mutter, du bist auch bloß zwei Jahre jünger als ich. Wie viele elfjährige Kinder kennst du, die französisch lesen, schreiben und sprechen, aus dem Stegreif Latein übersetzen, Lysias rezitieren und eine ausgefeilte Zusammenfassung von mindestens vier Stücken von Shakespeare geben können?«

»Sie hat keine Ahnung von Naturwissenschaften und keine Ahnung von Mathematik.«

»Natürlich nicht. Sie ist ja erst elf.«

»Das ist aber das Alter, in dem sie mit solchen Sachen anfangen, weißt du nicht mehr?«

»Dann bring du es ihr bei. Du warst doch in Mathe gut, hast du immer behauptet.«

»Ich bin aber kein Lehrer. Im Gegensatz zu dir kenne ich meine Grenzen. Die braucht doch richtige Lehrer. Wetten, das Kind kann nicht mal einfache Rechenaufgaben lösen. Ich meine nicht Integralrechnen und Logarithmen und so weiter, ich rede von, na sagen wir, Dividieren. Komm her, Liza, hier hast du Papier. Jetzt dividier mal achthundertvierundzwanzig durch zweiundvierzig.«

Eve riß ihm das Blatt weg. »Heute muß doch keiner mehr achthundertvierundzwanzig durch zweiundvierzig teilen können. Das weiß sogar ich, weltfremd wie ich bin. Dafür gibt es Taschenrechner.«

»Taschenrechner können aber keine Algebra«, erwiderte Bruno.

Und so ging es weiter. Liza wußte ganz genau – Eve anscheinend nicht –, daß Bruno sie nur deshalb auf die Schule schicken wollte, damit er sie los war, damit sie ihm aus dem Weg war. Ihm war es doch egal, ob sie Algebra lernte oder sich mit Biologie auskannte, er wollte sie einfach nicht dahaben, solange er im Haus war. Nachdem Bruno es ihr gesagt hatte, begriff sie, daß Eve sich gesetzeswidrig verhielt, weil sie sie nicht zur Schule schickte. Bruno machte daraus eine Riesensache, dauernd redete er davon, Eve würde sich gesetzeswidrig verhalten, obwohl er sich auch gesetzeswidrig verhielt, weil er nämlich keine neue Verkehrssteuermarke für sein Auto kaufte.

Obgleich er viel an ihr auszusetzen hatte, wollte Bruno mit Eve zusammensein und wünschte sich, daß sie es auch wollte. Sobald er das Haus seiner Mutter verkauft hätte, wollte er für sich und Eve ein neues kaufen. Es konnte ja durchaus in der Nähe von Shrove sein, in der Stadt zum Beispiel, oder in einem der Dörfer auf der anderen Talseite. Ihm gefiel es hier ganz gut, von ihm aus konnten sie gern in der Gegend bleiben, weil er ja wußte, wie sehr Eve sie liebte.

»Ich dachte, du willst frei sein«, sagte Eve. »Du hast doch immer davon geredet, wie sehr du deine Freiheit liebst und daß du dich nicht anbinden lassen willst.«

»Ich hab mich eben verändert. Wenn man Hauseigentümer wird, verändert man sich. Man versteht auf einmal, was Verantwortung heißt.«

»Ach, tatsächlich, Bruno, und als nächstes hältst du jetzt wohl um meine Hand an.«

»Kann ich nicht. Du weißt, ich bin bereits verheiratet. Aber für den Rest des Lebens mit dir zusammenbleiben will ich.«

»Oh, wirklich?« sagte Eve. »Ich weiß gar nicht, was ich für den Rest des Lebens machen will, außer hier bleiben.«

»Das mein ich doch. Wir bleiben hier. Du *kannst* ja hierbleiben. Nur eben vier oder fünf Meilen weiter weg.«

»Ich meine aber, *hier.* Hier auf diesem Fleck. Am besten gewöhnst du dich gleich an den Gedanken, Bruno. Kauf dir ruhig ein Haus, ich besuche dich dort auch, wenn du möchtest, aber ich bleibe hier.«

Mit keinem Wort erwähnte Bruno, ob Liza auch in dem Haus leben würde, das er zu kaufen gedachte. Sie wollte Eve fragen, was denn eigentlich nun passieren würde. Meinte sie es ernst, wenn sie sagte, sie wolle unter keinen Umständen von hier weg? War sie fest dazu entschlossen, nicht in Brunos Haus zu wohnen? Und was war mit Liza? Würde Eve ihm nachgeben und sie auf eine Internatsschule schicken? Liza wollte von Eve die Wahrheit erfahren, sie wollte es unbedingt wissen, aber sie war nie mit ihr allein, immer war Bruno da.

Im März, als das Wetter ein bißchen wärmer wurde, unternahmen er und Eve häufig Ausflüge in dem braunen Auto mit der abgelaufenen Steuermarke, das Brunos Mutter gehört hatte. Eve versuchte Liza zu überreden, doch mitzukommen, aber Liza hatte keine Lust. Statt dessen ging sie nach Shrove hinauf und sah fern. Bruno hatte gesagt, und Eve hatte es abgestritten, daß sie die Ausflüge machten, um zum Verkauf stehende Häuser zu besichtigen.

»Mal angenommen, ich käme mit«, sagte Eve eines Abends, während sie zu dritt im Cottage am Kaminfeuer saßen, »ich denke natürlich nicht im Traum daran, aber nehmen wir's mal an, wovon würden wir denn dann leben? Hast du dir das schon mal überlegt? Das bißchen Geld von deiner Mutter reicht ja nicht ewig. Jedenfalls nicht *lang*. Solange du hier bist, lebst du auf meine Kosten, gestatte, daß ich dich daran erinnere, aber wenn ich von hier wegginge, bekäme ich ja kein Geld mehr. Ich werde nämlich dafür bezahlt, daß ich hier bin, hast du das vergessen?«

»Ich bin Maler. Und wenn ich nicht besonders viel verdiene, dann deshalb, weil ich mich weigere, Kompromisse einzugehen, das weißt du. Aber es geht bergauf. Wie sagt man so schön, nichts ist so erfolgreich wie der Erfolg. Die Tobias' haben doch ein Bild gekauft, stimmt's? Oder wir machen zusammen ein Geschäft auf, zum Beispiel für Inneneinrichtung.« Zum ersten Mal schien ihm aufzugehen, was sie da eben gesagt hatte. »Was soll das heißen, du denkst nicht im Traum daran? Wieso bist du dann die ganze Zeit mitgekommen und hast dir Häuser angeschaut, wenn du nicht im Traum dran denkst?«

»Ich hab es dir doch gesagt«, erwiderte sie. »Ich hab es dir schon hundertmal gesagt. Kauf du nur ein Haus, wenn du willst, ich komme mit und sehe es mir an, aber darin wohnen werde ich nicht. Ich wohne hier in diesem Haus, auf Shrove. Ist das klar?«

Solche oder ähnliche Gespräche führten sie jeden

Abend, bis Liza schon gar nicht mehr hinhörte. Sie saß da und las ihr Buch oder ging schlafen, während sie sich unten weiterstritten. Doch eines Abends nahmen die Dinge eine andere Wendung. Es war ein schlimmer Tag gewesen, ein Tag, an dem etwas Scheußliches passiert war, etwas Beängstigendes, gänzlich Unvorhergesehenes.

Das Wetter war fabelhaft, ein Apriltag, der eher in den Juni paßte, nur daß es viel klarer und frischer war als im Juni. Bruno war irgendwo draußen und malte. Das hieß, Liza hatte eine Lateinstunde ohne Angst vor Unterbrechung, ohne seine sarkastischen Kommentare oder seine bloße schweigende, bedrohliche Gegenwart und den gelangweilten Augenaufschlag.

Hätte Liza es in Worten ausdrücken können, so hätte sie gesagt, Bruno riß die Macht an sich, kontrollierte, setzte das Tempo fest, gab den Ton an. Doch diese Redensarten kannte sie nicht, sie wußte nur – wo Eve geherrscht hatte, wurde sehr plötzlich er zum Herrscher. Eve fuhr ihn an, kritisierte ihn vernichtend, setzte ihm jedoch immer weniger Widerstand entgegen. Nach und nach hörte sie schließlich auch mit dem Unterricht auf, weil er dagegen war.

Diesmal war es eine richtige Stunde, weil er nicht da war. Es mußte wie etwas Unrechtes, Verbotenes heimlich geschehen. Die Französischstunde mußte draußen im Garten stattfinden. Damit, vermutete Liza, er dachte, falls er wider Erwarten früher zurückkam, sie wären irgendwo spazierengegangen, und sie nicht dort unterm Kirschbaum suchte.

Alles war voller Kirschblüten, die Wälder waren ganz weiß davon, nicht weiß gesprenkelt wie im März, wenn der Schlehdorn blühte, sondern strahlend weiß wie eine vom Himmel gefallene Wolke. Nach dem Unterricht machten Liza und Eve einen Spaziergang, um sich die

Kirschbäume anzusehen, denn Eve sagte, und zitierte dabei einen Dichter, man könne es ja nur einmal im Jahr sehen, und so würde sie in ihrem Alter wahrscheinlich nur noch vierzigmal Gelegenheit dazu haben. Sie gingen in den Wald an der Brücke unten und dann hinüber in ihr eigenes Wäldchen, danach kehrte Eve nach Hause zurück, für den Fall, daß Bruno schon da war.

Liza schlenderte allein weiter. Sie überquerte die Brücke und ging dann an der alten Bahnstrecke entlang, die nun seit einem halben Jahr stillag, Gleise und Bahnschwellen waren noch da. Wenn man der Strecke folgte und etwa eine Viertelmeile durch den Tunnel und auf der anderen Seite ins nächste Tal ging, kam man schließlich in die Stadt und von dort in die nächste Stadt und am Ende in die ganz große Stadt. Heute nicht, aber eines Tages würde sie das vielleicht einmal machen.

Es war abends um sechs, doch noch nicht Zeit für den Sonnenuntergang. Die Wärme hatte sich gehalten, es wehte kein Wind. Sie ging die Gleise entlang auf die Bahnstation von Ring Valley Halt zu. Ob sie das Bahnhofsschild abgenommen hatten? Und was war aus dem roten Backsteingebäude mit der Lebkuchenhausverzierung am Vordach und den Blumenkästen und Pflanzbecken geworden, in dem auch der Bahnwärter gewohnt hatte?

Sie sah Bruno erst, als sie nur noch ein paar Meter von ihm entfernt war und nicht mehr ausweichen oder sich verstecken konnte. Aus der Entfernung sah das Stationshäuschen noch genauso aus wie vorher, aber beim Näherkommen bemerkte sie, daß oben die Vorhänge fehlten und die Tür mit der Aufschrift »Privat« offenstand. Anstelle von Blumen wucherte in den Kästen vor den Fenstern und in den Beeten hinter den beiden Bahnsteigen das Unkraut. Wo vor einem Jahr noch Narzissen und Traubenhyazinthen geblüht hatten, wuchs nun der Löwenzahn. Liza erklomm den Bahnsteig und betrat durch die Tür mit der Aufschrift »Ausgang« den Raum, in dem die Leute Fahrkarten gekauft hatten, durchquerte ihn und ging dann, nichts Böses ahnend, durch den Hauptausgang auf die sandige Straße hinaus, die ehemalige Zufahrt zum Bahnhof.

Dort saß Bruno, jedoch nicht auf seinem Klappstuhl, sondern auf dem niedrigen Mauervorsprung, vor sich seine Staffelei. Er hielt einen von gelber Aquarellfarbe triefenden Pinsel in die Höhe und starrte sie unverhohlen an.

In Wirklichkeit hatte er natürlich den Bahnhofseingang angestarrt, aus dem sie gerade gekommen war. Sie näherte sich, ging direkt auf ihn zu, denn ein Rückzug war unmöglich. Das Bild, das er gerade malte, stellte den Blick durch die offenen Türen dar, die leere Bahnstrecke, den verlassenen Bahnsteig, den Farbanstrich, der von der Lebkuchenverzierung am Vordach abblätterte, die Sonnenblumengesichter des Löwenzahns.

Wenn Eve nicht dabei war, bemühte er sich gar nicht erst um ein freundliches »Hallo, wie geht's?« Er schlug gelangweilt die Augen auf, wie er es bei ihrem Anblick oft tat. Sie wußte nicht mehr weiter, bekam auf einmal Angst, obwohl es eigentlich keinen Grund gab. Sollte sie vielleicht einfach weitergehen? War es möglich, ihn zu ignorieren und auf dem sandigen Weg einfach weiterzugehen, bis er sie nicht mehr sehen konnte?

Der Pinsel näherte sich der Leinwand, berührte sie, malte die Blütenblätter des Löwenzahns auf. Neben sich auf dem Mäuerchen hatte er seinen Farbkasten, den Haufen farbfleckiger Lappen und das Glas mit den verklebten Pinseln. Bedächtig wischte er den Pinsel an einem Stoffstreifen ab, der, wie sie sich erinnerte, von einem von Eves alten Röcken stammte, den sie vor vielen Jahren getragen hatte, als sie gerade nach Shrove gezogen waren.

Zuerst sprach er in einem milden Plauderton. »Du bist alt genug, um zu merken, was da mit dir passiert. Sie verweigert dir dein Geburtsrecht – na ja, also, was Kindern in einem zivilisierten Land von Geburt her zusteht. Wir reden ja nicht von der Dritten Welt. Wir befinden uns im Vereinigten Königreich in den achtziger Jahren, falls sie das noch nicht gemerkt hat.«

Liza sagte nichts.

»Sie verstümmelt dich. Sie hätte dir genausogut ein Bein oder einen Arm abhacken können. In gewissem Sinn hat sie dich begraben. Du bist zwar nicht tot, aber begraben hat sie dich trotzdem. In einer der abgelegensten Gegenden von England. Von allem abgeschnitten hat sie dich. Du bist kein bißchen besser dran als die armen Teufelchen, die als Babys verlorengehen und von Bären und Wölfen aufgezogen werden.«

»Romulus und Remus«, sagte Liza.

»Siehst du, da haben wir's. Genau das mein ich. Diesen Mist kennst du, dieses bescheuerte, unnütze Zeug, aber wetten, du kannst mir nicht mal sagen, wie der Präsident der Vereinigten Staaten heißt.«

Liza zuckte die Achseln, so wie Eve.

»Du bist haargenau wie deine gottverdammte Mutter, man könnte meinen, du wärst ein Klon von ihr, nicht ihre Tochter. Bist du vielleicht auch, hä? Mit dem Unterschied, daß du keine Ahnung hast, was ein Klon ist, genausowenig wie du weißt, was H_2O ist oder pi oder alles, was nicht mit Shakespeare zu tun hat oder mit deinem verfickten Vergil.«

Der Ausdruck war ihr neu. Trotzdem spürte sie, daß er ihn nicht hätte benutzen dürfen, daß er ihn vor ihr nicht hätte aussprechen dürfen. Die Schamröte kroch an ihrem Nacken empor und ließ ihr Gesicht ganz heiß werden.

»Bloß eins will ich dir noch sagen, dann kannst du ja

nach Hause rennen und mich verpetzen. Witzig, was? Gepetzt wird sonst in der Schule. Eins sag ich dir noch, paß auf. Wenn du dich nicht auf der Stelle in die Schule schicken läßt, oder allerspätestens im nächsten halben Jahr, wenn du das nicht machst, dann hast du im Leben keine Chance, dann bist du verratzt. Dann ist die ganze Paukerei umsonst. Meinetwegen soll sie behaupten, Erziehung darf keinen Zweck verfolgen, ist nicht *für* irgendwas, soll sie doch ihren verfickten Aristoteles und Plato zitieren und behaupten, daß sich dadurch das Auge der Seele lichtwärts richtet oder sonst irgendein Scheiß, aber erzähl das mal jemand, wenn du aufs College willst, wenn du einen Job willst und keine Zeugnisse vorweisen kannst, nicht mal den allgemeinen Schulabschluß. Die scheißen doch auf dein Französisch und deinen Romulus und Remus!«

»Ich hasse dich«, sagte Liza.

»Na, so was. Wundert mich nicht. Ich sag's dir in deinem eigenen Interesse, eines Tages kapierst du's vielleicht. Wenn's zu spät ist. Los, geh jetzt nach Hause und sag ihr, du willst in die Schule. Die fängt nächste Woche wieder an. Geh, sag's ihr.«

Liza ging tatsächlich. So weit, bis sie sicher war, daß er sie nicht mehr sehen konnte, dann rannte sie. Sie zitterte, und etwas in ihrem Inneren, das sie ihr Herz nannte, fühlte sich auf einmal ganz dick geschwollen an, als sei es fast zu groß für ihren Brustkorb, als müßte es gleich zerbersten.

Wenn sie in diesem Moment Eve begegnet wäre, während sie den Pfad an der Ahornhecke entlangrannte, wenn Eve herausgekommen wäre, um sie zu suchen und sie sich getroffen hätten, dann hätte sie sich ihrer Mutter in die Arme geworfen und ihr alles erzählt, was er zu ihr gesagt hatte. Aber Eve kam nicht, sie war zu Hause und machte das Abendessen. Bevor Liza das Torhaus erreichte, hatte sie ihre Schritte verlangsamt, um Atem zu holen, sie hatte sich wieder gefaßt.

Mit furchtbarer Gewißheit hatte sie erkannt, daß es völlig unerheblich war, was sie Eve von dem erzählte, was Bruno zu ihr gesagt hatte. Eve war ihm irgendwie hörig, auf eine Art, die Lizas Vorstellungskraft überstieg. Sie schien Bruno kein bißchen mehr zu mögen als Liza selbst, trotzdem wollte sie ihn um sich haben und legte Wert auf seine Zuneigung. Sie behandelte ihn grob, und doch wollte sie, daß er sie mit diesem Blick ansah, wie einen Engel in den Wolken.

Um ihm zu gefallen, zog sie sich sogar anders an, trug ihr langes Haar offen, um den Hals die Jadekette und schmückte sich mit Schärpen, Tüchern und Kettchen, alles Sachen, die er ihr auf ihren Ausflügen gekauft hatte. Die beiden klapperten mit Perlen und Ketten, hatten zottelige Haare und liefen entweder barfuß oder gestiefelt herum. Er redete in seiner mittelatlantischen Sprache daher, und manchmal ahmte Eve, die präzise, pedantische Eve, seine Ausdrücke nach. Aber wieso wurde Liza dann den Gedanken nicht los, daß Eve, obwohl sie ihn nie wegschicken würde, über seinen Abgang ebenso froh wäre wie Liza?

Sie rief Eve in der Küche zu, daß sie wieder da sei, ging nach oben und fixierte sich lange im Spiegel. Es war ihr vorher noch nie aufgefallen, aber nun sah sie, daß er zumindest in diesem Punkt recht gehabt hatte, sie sah tatsächlich aus wie Eve, sie war eine haargenaue, jüngere Version von Eve, die gleichen Gesichtszüge, die gleiche goldbraune, blühende Haut, die klaren, hellbraunen Augen und das golden glänzende, dunkelbraune Haar, genauso lockig und genauso lang.

Diesen Tag nannte sie, in Erinnerung an die sonnenförmigen Gesichter des Unkrauts und die gelbe Farbe auf der Pinselspitze, den Tag Des Löwenzahns, aber allmählich gewöhnte sie es sich ab, besondere Tage mit Namen zu versehen, nur einmal noch benannte sie einen.

Kurze Zeit später hörte sie Bruno hereinkommen. Nach seiner Ankunft wurde es mucksmäuschenstill. Sie hoffte, es würde etwas passieren, wußte aber nicht recht, was. Insgeheim hoffte sie, Eve würde von sich aus merken, daß sie sich unglücklich fühlte und den Grund erraten. Sie würde erraten, was los war, und alles wieder in Ordnung bringen, so wie früher, wenn Liza sich elend gefühlt hatte. Daß Bruno ihretwegen ausgezankt wurde, richtig ausgezankt, das wünschte sie sich sehnlichst. Wenn Bruno doch umgemodelt würde, irgendwie netter gemacht, dann könnte sie es schon mit ihm aushalten.

Ebenso leise wie die beiden schlich sie auf Zehenspitzen die Treppe hinunter.

Sie saßen auf dem Sofa, umarmten sich, wanden sich umeinander, verschlangen einander fast, waren so eng ineinander verklammert, daß es aussah, als müßte es weh tun. Bei diesem Anblick wurde Lizas Gefühl, ausgeschlossen, zurückgestoßen zu sein, fast panisch. Unwillkürlich entfuhr ihr ein kleiner Aufschrei, ein schmerzliches Wimmern. Doch die beiden waren so miteinander beschäftigt, daß sie es gar nicht hörten.

Mutter zumindest. Brunos blaues, engelhaftes Auge tauchte über Mutters Wange auf. Kalt und reglos starrte es Liza an. Das Schlimmste war, es starrte immer noch weiter, während Brunos Mund an Mutters Lippen saugte und Brunos geballte Fäuste auf ihren Rücken eintrommelten.

Liza drehte sich um und rannte weg. Die Märchengeschichten von Andrew Lang fielen ihr wieder ein, und sie dachte, nun habe er Mutter verhext.

14

»Verhext«, sagte Sean spöttisch, »so was gibt's doch heute gar nicht mehr.«

»In dem Fall schon.«

»Und du, hast du so eine Wachsfigur von ihm gemacht und mit Nadeln reingestochen?«

Sie verstand ihn nicht. »Ich brauchte gar nichts zu machen. Er hat es selbst erledigt. Ich hätte ihm gleich sagen können, daß es da etwas gab, was ihr mehr bedeutete als er. Na ja, eigentlich zwei Sachen.«

»Shrove und du.«

»Na, jedenfalls Shrove. Ich war ihr auch wichtig, aber nicht so sehr.« Sie zögerte. »Heute frage ich mich, wie wichtig ich ihr eigentlich bin, Sean. Ich weiß, sie ist im Gefängnis, aber sie hat ja gesagt, es ist kein Verlies, es ist nicht der Tower von London. Die würden ihr doch erlauben, mit mir Kontakt aufzunehmen, oder nicht? Sie weiß nicht, wo ich bin, sie denkt, ich bin bei Heather, aber dort hat sie bestimmt nicht nachgefragt, sonst wüßte sie Bescheid. Würden die mich dann nicht polizeilich suchen lassen?«

»Beides gleichzeitig geht nicht, Liza. Du kannst nicht verlangen, daß sie dich suchen und dann wieder nicht.«

»Stimmt, du hast recht. Aber trotzdem, ich glaube, sie hat mich geliebt, als ich klein war und sie mich sozusagen neu erschaffen konnte, so wie sie mich haben wollte, aber als ich größer wurde, hatte sie kein Interesse mehr dran. Ich hab es direkt *gespürt*, wie sie das Interesse verlor.«

»Jetzt hast du ja mich.«

»Ich weiß. Ich erzähl dir weiter von Bruno und wie der böse Zauber gebrochen wurde, ja? Es war wirklich dumm von ihm, sie zu bedrohen und nicht wahrhaben zu wollen, daß es nicht funktionieren würde. Heute begreife ich es, aber damals nicht, ich war noch zu jung. Ich dachte, sie würde mich fortschicken und wegziehen, und wenn das passierte, dachte ich, wäre alles aus.«

Bruno bedrängte Eve unablässig, doch mitzukommen und mit ihm in dem Haus zu wohnen, das er kaufen wollte. Er hatte eins ausfindig gemacht, das ihm gefiel, aber er wollte dem Verkäufer erst ein Angebot machen, wenn er Eves Versprechen hatte. Das Haus seiner Mutter war inzwischen verkauft, er hatte viel mehr dafür bekommen, als es wert war, aber das war Ende der achtziger Jahre ja oft so. Das Haus, das er gefunden hatte, war groß und vor fünfzig Jahren am Rand des Dorfes gebaut worden, von dem aus Eve immer mit dem Bus in die Stadt fuhr.

Sogar Liza hatte es schon gesehen. Sie nahmen sie im Auto einmal mit. Sie fand es ziemlich häßlich, mit den dunklen Holzleisten auf dem gelben Gips, es sollte wohl aussehen wie die Häuser auf den Bildern aus der Zeit, als Elizabeth die Erste auf dem Thron von England saß, mit einem roten Dach und Fenstern aus Hunderten von winzigen, rautenförmigen Glasscheiben zusammengesetzt.

Der Garten war riesig, was, wie Bruno immer wieder betonte, Eve gefallen würde, und auf drei Seiten von immens hohen Hecken einer Zypressenart gesäumt, die Liza unter dem Namen *leylandii* kannte. Der häßlichste Baum auf der Welt, hatte Eve einmal gesagt. Sie fuhren durchs Dorf, und Eve zeigte ihr die Stelle, an der Rainer Beck tot umgefallen war, als er die Ziegelwand mauerte. Jemand anderes mußte das Haus zwischen den Cottages und dem Gemeindehaus aber fertiggebaut haben, denn da war es und sah so alt aus, als stünde es schon seit hundert Jahren da.

Etwas außerhalb der Stadt hielten sie kurz an einem Supermarkt an, der so ähnlich aussah wie Brunos neues Haus, bloß daß er fünfzehnmal größer war und nur ein Stockwerk hatte. Der Besuch dort war wieder etwas, das Liza zum ersten Mal erlebte, und es machte ihr riesigen Spaß. Sie schlenderte an den Regalen entlang und zählte nach, wie viele Sorten Fruchtsäfte es gab, wie viele Sorten Dosengemüse. Sie kam auf weit über hundert verschiedene Arten von Keksen. Da gab es Dutzende von Lebensmitteln, die sie gar nicht kannte, von denen sie nicht einmal gewußt hatte, daß es sich dabei um Lebensmittel handelte. Die Seifen, Sprays und Putzmittel fand sie faszinierend. Nur zu gern hätte sie den Rest des Tages hier verbracht, doch Eve wurde allmählich nervös und schob sie gleich wieder hinaus, sobald sie Obst und Cornflakes gekauft hatten. An diesem Ort war Liza genau den Dingen ausgesetzt, die Eve am meisten verabscheute.

Am selben Abend, als sie sich gerade wieder wegen des Hauses stritten, während Liza es sich in einem Sessel gemütlich gemacht hatte und in der rot-goldenen Ausgabe von *Kim* aus der Bibliothek von Shrove schmökerte, sagte Bruno plötzlich: »Hat Mr. Jonathan Tobias, dein Lehensherr und Meister, eigentlich eine Ahnung, daß das Kind nicht in die Schule geht? Daß sie noch nie in die Schule gegangen ist?«

Die Frage lenkte Lizas Aufmerksamkeit von Kim Rishti Ke und dem Auge der Schönheit ab, und sie sah hoch. Tatsache war, daß Jonathan Tobias keine Ahnung hatte. Selbst sie wußte das oder konnte es sich zumindest denken. Natürlich war sie immer zu Hause, wenn die Tobias' nach Shrove kamen, aber sie kamen ja nicht oft und wenn, dann immer in den Schulferien oder am

Ende des Quartals. Falls Jonathan Tobias Eve je danach gefragt hatte, wie Liza denn in der Schule vorankam, hatte sie ihm zweifellos eine Lüge aufgetischt. Liza hatte es zwar nicht direkt gehört, aber es hätte sie nicht überrascht.

»Er weiß es also nicht, stimmt's?«

»Es geht ihn gar nichts an«, sagte Eve.

»Jeden in der Gemeinde geht es was an. Wenn er es wüßte, bezweifle ich, daß er dich hier wohnen lassen würde. Es ist ja nicht bloß, daß sie nicht in die Schule geht, es ist auch alles andere. Daß du sie hier draußen isolierst, daß du keine Putzfrau anstellst, weil du nicht noch mehr neugierige Blicke willst, daß du das Geld für diese imaginäre Person selbst einsteckst, nicht zu vergessen, daß du der da erlaubst, auf Shrove rumzutoben und sich nach Belieben aus der Bibliothek zu bedienen. Schau sie dir doch an. Das ist bestimmt eine Erstausgabe, was sie da hat. Eine Erstausgabe in den Pfoten einer Elfjährigen, die nie eine Schule besucht hat!«

»Ich hab sie nicht genug isoliert«, sagte Eve ruhig. »Ich hab mich selbst nicht so isoliert, wie ich es mir geschworen hatte. Ich war schwach, ich war eine dumme Kuh. Und mein größter Fehler war, dich ins Haus zu lassen.«

Er sagte zu Liza: »Ab ins Bett. Es ist beinahe neun, du hast hier unten nichts mehr verloren.«

»Was fällt dir ein, so mit ihr zu reden!« Eve stand auf und stellte sich vor ihn hin. »Dies ist Lizas Zuhause, sie darf hier machen, was sie will. Glaubst du wirklich, du könntest mich mit Drohungen dazu bringen, mit dir in diese Monstrosität im Pseudo-Tudor-Stil zu ziehen? Hast du denn überhaupt keine Menschenkenntnis?«

Er wich vor ihrem funkelnden Blick zurück. »Ich dachte, das Haus gefällt dir«, sagte er verdrießlich.

»Dachte ich wirklich. Von Monstrosität hast du nie was gesagt.«

»Und du, du hast doch gesagt, Hauseigentümer seien *bourgeois!* Geld ist wahrhaftig die Wurzel allen Übels, wenn es einen Menschen so verändert wie dich.«

Liza stand auf, nahm ihr Buch und sagte, sie ginge jetzt schlafen. Draußen auf der Treppe blieb sie auf halber Höhe stehen und lauschte. Es ging schon wieder los. Wollte sie wirklich hören, was da gesagt wurde, oder nicht? Sie wußte nicht recht. Wenn Eve ihm schließlich glaubte, daß er es den Tobias' sagen würde, müßte sie dann nicht nachgeben? Müßte sie Liza dann nicht auf die Schule schicken und zu ihm ziehen, auch wenn sie behauptete, sie würde sich mit Drohungen nicht zwingen lassen? Ob es in der Schule so war wie bei Jane Eyre?

Sie schlich wieder nach unten und horchte.

»Ich brauch es Tobias gar nicht zu sagen«, Bruno hatte inzwischen aufgehört, Eve mit »Mutter« anzureden. »Ich brauch bloß beim Bezirksschulamt anzurufen. Nein, das ist keine Bosheit, Eve, das ist keine Rache, dazu bin ich verpflichtet. Dazu wäre doch jeder verpflichtet.«

Eve sagte in einer schmeichlerischen Stimme, in einem Ton, den Liza noch nie bei ihr gehört hatte: »Und wenn ich einverstanden bin, das heißt, wenn ich mit dir in dein Haus ziehe, bewahrst du dann Stillschweigen über die Sache?«

»Mehr oder weniger. Ich hoffe natürlich, dich zu überzeugen, daß es falsch ist, was du da tust, aber ich würde nichts unternehmen. Vorerst jedenfalls nicht.«

»Wahrscheinlich hast du recht, wenn du sagst, dann würden sie sie in ein Heim stecken. Ich würde wohl auch dieses Haus und meinen Job verlieren. Und ohne das alles weiß ich wirklich nicht, was aus uns werden sollte.«

Liza trat näher an die Tür.

»Hör doch auf mit deinem gottverdammten Sarkasmus.«

»Ich bin nicht sarkastisch. Ich meine es ernst. Ich sag ehrlich, wie es ist. Ohne das alles hier weiß ich nicht, was aus uns werden sollte. Wo könnte ich mit Liza denn sonst hin?«

»Einen Ort gibt es, wo du hinkannst. Ein echtes Heim. Ein weitaus besseres Heim als dieses antiquierte Loch. Diese Bruchbude ohne Badezimmer!«

Liza hörte Eve leise lachen. »Und du wolltest Anarchist sein. Ein Freigeist.«

»Also gut. Dann bin ich jetzt auch mal ehrlich. Schon mal von einem Anarchisten gehört, der Geld hat, oder von einem Freigeist mit einem dicken Bankkonto? Sieh doch ein, daß es so am besten ist, Eve! Akzeptier es doch, geh aufs Ganze, zieh mit mir zusammen und gib dieses bescheuerte Projekt hier auf! Schick das Kind in die Schule und laß es ein normales Leben führen wie andere Kinder auch. Ich könnte mir das Schulgeld fürs Internat leisten, weißt du, für eine gute Privatschule mit gemischten Klassen. Und am Wochenende könnte sie nach Hause kommen.«

Es wurde still. Liza hielt den Atem an. Plötzlich flog die Tür auf, und Liza sah das wilde Gesicht vor sich, das Bruno nicht sehen durfte, die weitaufgerissenen Augen, die verzerrten Lippen und die schmalen Nasenlöcher wie bei einer Katze.

»Geh sofort ins Bett! Was fällt dir ein, an der Tür zu horchen! Vielleicht sollte ich dich *wirklich* zur Schule schicken, vielleicht hab ich es all die Jahre falsch gemacht. Ich hab dich abgeschirmt, ich hab dich verwöhnt. Geh jetzt ins Bett.«

Liza weinte selten, doch in dieser Nacht weinte sie. Sie weinte sich in den Schlaf und wachte beim Geräusch von

Eve und Bruno wieder auf, als die beiden zärtlich flüsternd und gar nicht mehr wütend, sondern versöhnt und zufrieden miteinander heraufkamen, um ins Bett zu gehen.

Drei oder vier Jahre später sah sie sich das Haus, das Bruno hatte kaufen wollen, noch einmal an.

Es befand sich auf der anderen Seite des Tals, etwa zwei Meilen mit dem Auto entfernt, in Vogelfluglinie oder zu Fuß war es nur eine Meile, wenn sie an der seichten Stelle durch den Fluß watete und die stillgelegte Bahnstrecke überquerte. In der Zwischenzeit hatte man die Gleise und Bahnschwellen entfernt, und die Strecke war nur noch eine grasbewachsene Spur zwischen den von Stechginster und Wildblumen überwucherten Böschungen. Sie kletterte den Abhang hinauf und sah sich nach dem Stationshäuschen um, wo sie damals dieses beängstigende Erlebnis gehabt hatte, bei dem sie Bruno beim Malen begegnet war. Das Bild hatte Eve gefallen, und sie hatte es im Torhaus im Wohnzimmer aufgehängt. Jedesmal, wenn Liza die Löwenzahngesichter im Vordergrund ansah, mußte sie wieder an die gelbe Aquarellfarbe auf seinem erhobenen Pinsel denken, als er ihr die barschen Worte entgegenschleuderte.

Sie kletterte den Hang hoch und ging erst auf dem Fußweg und dann quer über die Felder, die zwar zu einem Privatgrundstück gehörten, wo aber nie jemand kam, außer den Schafen, die dort grasten. Es war eigentlich gar kein richtiges Dorf, nur eine Kirche, ein Gemeindesaal und ein Rasenplatz, dazu ein paar alte Häuser und die vier neueren, die um eine halbmondförmige Straße gruppiert standen. Die Leute, die das Haus gekauft hatten, das sie Brunos nannte, obwohl es ihm nie gehört hatte, obwohl er dafür nicht einmal ein Angebot gemacht hatte, hatten sämtliche Leylandzypressen abgeholzt und die Hauswände rosa gestrichen. Mitten auf dem Rasen stand ein Klettergerüst für Kinder. In einem drahtumzäunten Gehege lag ein großer gelber Hund mit buschigem Schwanz und langen Ohren und schlief.

Fast hätte sie selbst dort gewohnt. Aber vielleicht auch nicht, vielleicht hatte es nie wirklich zur Debatte gestanden. Sie setzte sich eine Weile auf den Rasenplatz, legte sich dann mit dem Gesicht nach unten in die Sonne, so daß die rauhen, duftenden Halme sich in ihre Haut drückten. Als sie wieder aufstand, befühlte sie mit den Fingerspitzen die Linien, die das Gras in ihrer Wange hinterlassen hatte – wie Runzeln.

Diesmal nahm sie zur Abwechslung den Rückweg durch den Wald, obwohl das länger dauerte. Hier gab es immer noch große Lücken, wo die riesigen Bäume umgestürzt und noch keine neuen gepflanzt worden waren. Felsige Erdschichten waren überall am Abhang zu sehen, zwischen den Bäumen wie auf dem offenen Heideland. Es war ganz hellgraues Gestein, das an manchen Stellen fast weiß aussah, wie Knochen zwischen dem braunen Buchenlaub und den knorrigen dunklen Wurzeln. Man konnte sich einbilden, vor sich einen Totenschädel zu sehen, aber wenn man näherkam, stellte man fest, daß es nur ein topfförmiger Felsbrocken war und daß es sich bei den knochenweißen Streifen im Gestrüpp um Kalkstein handelte und nicht etwa um einen verwitterten Schenkel- oder Armknochen.

»Hat sie schließlich nachgegeben?« fragte Sean.

»Keine Ahnung. Ich weiß nicht genau, was passiert ist. Ich hab ihn nie wieder gesehen.«

Sean zog die Augenbrauen hoch. »Was heißt das, du hast ihn nach dem Abend nie wieder gesehen?«

»Ich hab doch gesagt, ich bin nicht besonders früh aufgestanden. Ungefähr um neun kam ich runter, und Eve sagte, er sei draußen beim Malen. Es war ja Hochsommer, und manchmal war frühmorgens das beste Licht zum Malen. Er ging oft früh raus. Jetzt, wo er es nicht mehr nötig hatte, malte er die ganze Zeit. Dann machten wir unseren Unterricht. Das hatten wir uns so angewöhnt, solange er nicht im Haus war. Ich kann mich nicht mehr genau erinnern, aber ich glaube, an dem Morgen war Französisch dran oder vielleicht Geschichte. Richtig, es war Geschichte, ich weiß noch, Eve sagte, ich sollte Carlyles *Französische Revolution* lesen, und ich konnte nicht, weil es mir zu schwer war, es waren zu viele schwierige Wörter drin.«

»Na, so eine Überraschung«, meinte Sean.

»Sie war sauer. Sie fuhr mich an, ich sollte mich nicht so anstellen und mir mehr Mühe geben. Du mußt wissen, daß sie ganz selten sauer auf mich war und dann auch nie wegen so was. Aber an dem Morgen wirkte sie gereizt und nervös. Gegen Mittag sagte sie, sie hätte mir ein Picknick gemacht, an einem so schönen Tag sei es doch ein Jammer, im Haus zu bleiben, ich sollte lieber raus an die frische Luft. Auch das war ungewöhnlich, sonst kam sie nämlich zum Picknick immer mit, aber diesmal nicht. Du fragst dich bestimmt, woher ich die Einzelheiten alle noch weiß, aber ich hab seitdem viel über diesen Tag nachgedacht, ich hab immer wieder hin und her überlegt.«

Brunos Auto stand an seinem gewohnten Platz draußen vor dem Cottage. Daraus schloß Liza lediglich, daß er nicht weit sein konnte. Denn wenn er mehr als eine Meile von hier malen wollte, fuhr er immer mit dem Auto hin. Mit dem Picknickpaket in der Hand ging sie vorsichtig auf Shrove House zu. Diesmal würde sie nicht aus Versehen auf ihn stoßen wie damals, als sie so beherzt durch die Bahnstation marschiert war. Er war nirgends zu sehen, bestimmt hatte er den oberen Weg durchs Wäldchen genommen oder war auf der Straße in Richtung Brücke gegangen.

Für einen Spaziergang oder um in der Sonne zu sitzen, war es viel zu heiß, und im Schatten unter den Bäumen wimmelte es von Fliegen. Sie schloß auf und betrat die stillen Räume von Shrove, in denen es im Sommer schön kühl und im Winter schön warm war, stellte *Kim* wieder ins Bücherregal und nahm sich *Stalky and Co.* heraus. Die folgenden vier Stunden verbrachte sie vor dem Fernseher.

An solchen Tagen, wenn sie lange weggewesen war, mußte sie sich jedesmal zusammenreißen, um nach Hause zu gehen und ihm wieder gegenüberzutreten. Damit war es im Lauf der Zeit, als sie ihn genauer kennenlernte, nicht besser, sondern immer schlimmer geworden, und auf dem Heimweg stellte sie sich ihre schreckliche Zukunft vor, in der sie tagaus, tagein Bruno begegnen und mit ihm zusammensein mußte, oder aber – wobei sie nicht wußte, ob das nun schlimmer war – auf eine Schule seiner Wahl geschickt wurde. Und selbst dann würde er ihr nicht erspart bleiben, denn ihre Wochenenden und Ferien würde sie, von Shrove ausquartiert, in der »Monstrosität« verbringen müssen.

Sein Auto war weg. Ihr Herz machte einen Sprung und sank gleich wieder. Natürlich hieß das wahrscheinlich bloß, daß er und Eve irgendwohin gefahren und zum Abendessen wieder zurück wären. Niedergeschlagen ging sie ins Haus. Eve war allein und bereitete gerade ein Brathähnchen zu, mischte die Füllung und stellte die Innereien zum Kochen auf.

»Wo ist er hin?« Sie nannte seinen Namen nicht mehr, wenn sie von ihm sprach.

Eves Gesicht ließ nichts erkennen, zeigte weder Freude noch Traurigkeit, es war ausdruckslos, ihre großen braunen Augen blickten leer. »Er ist weg. Für immer weg. Er hat uns verlassen.«

Liza war plötzlich überglücklich, sprudelte fast über vor Freude und Entzücken. Nur eine vage Vorstellung von Anstand hielt sie davon ab, in Jubelgeschrei auszubrechen. Sie sagte nichts, sie sah Eve nur an. Ihre Mutter legte den Kochlöffel weg, hielt die Hände unter den Wasserhahn, trocknete sie ab und nahm Liza ganz fest in die Arme.

Abends lasen sie zusammen Shakespeare. Liza übernahm die Rolle von Macbeth und Eve die von Lady Macbeth. Wie Eve prophezeit hatte, gab es in der Szene, in der die Frau ihren Mann zum Mord an dem alten König drängt, vieles, was Liza nicht verstand, doch Eve reagierte nicht sauer, als Liza Sätze falsch sagte oder manche Wörter mit der inkorrekten Betonung aussprach. Danach hörten sie sich die Kassette mit Mozarts *Sinfonia concertante* an und unterhielten sich auf französisch, alles Dinge, die in Brunos Gegenwart nicht möglich gewesen waren.

Liza war so glücklich, eigentlich hätte sie in dieser Nacht tief schlafen müssen, aber so war es nicht. Sie bildete sich ein, alle möglichen Geräusche zu hören, knarrende Bretter, dumpfe Schläge, als ob etwas Schweres die Treppe hinuntergeschleift würde. Möglicherweise war alles ein Traum gewesen, genau wußte sie es nicht. So hatte sie zum Beispiel keinen Grund zu der Annahme, daß Eve erst um vier oder fünf Uhr morgens zum Schlafen heraufkam, es war nur so ein Gefühl oder eine Ahnung. Sie war nicht etwa ins andere Zimmer gegangen und hatte nachgesehen. Das Auto, das sie irgendwann zu hören glaubte, war höchstwahrscheinlich weiter entfernt, als sie dachte, und fuhr nicht an der Tür zum Torhaus, sondern hundert Meter weiter auf dem Sträßchen vorbei.

Am nächsten Morgen erwähnte sie nichts davon, denn sie und Eve hatten noch nie die Angewohnheit gehabt, sich gegenseitig ihre Träume zu erzählen. Nichts sei langweiliger, sagte Eve bisweilen, als anderer Leute Träume. Doch später, während ihre Mutter auf Shrove war und in ihrer Rolle als Mrs. Cooper das Haus putzte, ging Liza ins Schlößchen hinüber, das Bruno als Atelier benutzt hatte.

Seine Staffelei stand da und seine beiden Farbkästen sowie unzählige weitere Tuben mit Farben, deren Namen sie faszinierend fand, obwohl sie sich ihr Interesse nie hatte anmerken lassen. Krapprot, helles Blaugrün, Chinesischweiß, verbranntes Umbra. Merkwürdig, daß er ohne seine Malsachen weggegangen war. Und noch merkwürdiger, daß er die Pinsel, bei denen er immer gejammert hatte, wie teuer sie seien, nicht gereinigt, sondern in einem mit etwas Terpentin gefüllten Marmeladenglas stehen lassen hatte. Fertige und halbfertige Bilder und leere Leinwände standen an die Wand gelehnt. Ihr Porträt war auch darunter.

Erst viel später brachte sie die Mallappen im Schlößchen mit Brunos Verschwinden in Verbindung. Damals, bei ihrem morgendlichen Besuch, waren es ganz gewöhnliche Lappen, allerdings ein etwas größerer Haufen als sonst, die da über den Fußboden verstreut lagen. Um ehrlich zu sein, ein wesentlich größerer Haufen als sonst. Alte, in Streifen gerissene Röcke von Eve, ein Leintuch, das auf ihr eigenes Bett gehört hatte, bis sie mit dem großen Zeh ein Loch durchgebohrt hatte, ein zerrissenes Handtuch.

Da war noch etwas Seltsames an den Mallappen, das sie damals nicht besonders registrierte, es jedoch im Gedächtnis behielt, und das war deren Farbe. Einer hatte am Rand einen Streifen Harzgrün, ein anderer sah aus, als hätte man damit einen Tropfen Preußischblau aufgetupft, die meisten jedoch waren rötlichbraun gefleckt – nicht nur gefleckt, sondern über und über mit dieser Farbe bedeckt.

Liza überlegte, was für eine Farbe es wohl sein könnte. Karminrot oder Scharlachrot oder Zinnoberrot war es nicht, dafür war es nicht hell genug. Zu dunkel für Krapprot und nicht dunkel oder matt genug für Van-Dyck-Braun. Ein helles Sienabraun vielleicht? Oder verbranntes Siena? Beides war möglich, doch das erklärte noch nicht, weshalb Bruno soviel von dieser Farbe benutzt hatte.

Waren die Unordnung hier und der Stapel Leinwände ein Hinweis darauf, daß er zurückkommen würde? Sie suchte in Eves Kleiderschrank nach seinen Sachen, der Lederjacke, den karierten Hemden, dem Sweatshirt mit der rätselhaften Aufschrift »University of California, Berkeley«. Alles war weg. Manchmal ließ er seine goldenen Ohrringe auf Eves Kommode liegen, aber auch die hatte er mitgenommen. Die schreckliche Vorstellung, er könnte Eve nach seiner Abreise doch noch an die Tobias' oder die Schulbehörde verraten, ließ ihre Euphorie verfliegen und machte einer niedergeschlagenen Stimmung Platz.

Sie mußte sie fragen.

»Er wird niemandem etwas erzählen«, sagte Eve. »Glaub mir. Das versprech ich dir.«

Als ein an ihn adressierter Brief ankam, machte Eve ihn auf. Er habe sie darum gebeten, sagte sie. In dem Umschlag steckte eine Nachricht von einem Makler, der schrieb, er hätte schon längst angerufen, aber Mr. Drummond und Mrs. Beck stünden anscheinend nicht im Telefonbuch. Und ob Mr. Drummond immer noch daran interessiert sei, ein Angebot für »Die Koniferen« zu machen? Der Name brachte Eve komischerweise zum Lachen.

Sie schrieb dem Makler einen Brief, aber Liza sah nicht, was darinstand. Sie gingen ihn zusammen einwerfen, das Sträßchen hinauf zur Hauptstraße, wo ein kleiner alter

Briefkasten mit der Aufschrift VR für Victoria Regina angebracht war, was bedeutete, daß er schon seit hundert Jahren dort stand.

Das war im Monat Juli, als Liza elfeinhalb war. Das schöne Wetter hielt nicht sehr lange; es regnete und wurde kalt, und Eve und Liza blieben im Haus und machten so viel Unterricht wie schon seit Monaten nicht mehr. Inzwischen konnte Liza Aufsätze auf Französisch schreiben und Keats »*Ode on a Grecian Urn*« auswendig hersagen.

Wegen des Sudelwetters kamen die Tobias' nicht wie geplant herauf, statt dessen kam Jonathan Tobias im August allein. Liza fiel auf, daß er ein paar graue Haare hatte. Vielleicht weil Victoria nicht dabei war, verbrachte er so viel Zeit bei ihnen wie schon seit Jahren nicht mehr. Unfreiwillig hörte Liza ein paar Dinge, die die beiden austauschten, denn Jonathan schien zu glauben, wenn jemand las, sei er seiner Umwelt gegenüber taub.

Victoria, sagte er, sei mit Freunden in Griechenland. Für Liza war Griechenland ein Ort voll grauer Steintempel mit Säulengängen und Marmorstatuen, wo in Flüssen und auf Bäumen die Götter lebten. Es paßte nicht recht in ihre Vorstellung, als sie hörte, daß Victoria und ihre Freunde dort Strände zum Sonnenbaden fanden und in großen Hotels wohnten, was ihnen, wie Jonathan sagte, lieber sei als Shrove und Ullswater.

Manchmal merkte er, daß sie von ihrem Buch hochsah, dann beugte er sich näher zu Eve und flüsterte, pssh, pssh, pssh, so wie Heather damals. Dann nickte Eve verständnisvoll und antwortete ihm ebenfalls flüsternd. Es beunruhigte Liza, daß Jonathan offensichtlich dachte, Bruno sei nur vorübergehend nicht da, denn dadurch erschien seine Abwesenheit weniger endgültig.

»Irgendwie beneide ich dich, Eve«, sagte er eines sonnigen Nachmittags.

Der Sommer war noch einmal zurückgekehrt, und sie saßen zusammen im Garten unter dem Kirschbaum beim Tee. Die Traubenkirschen reiften schon gelb und rot, und Eves Stangenbohnen blühten scharlachrot. An den Gurkenpflanzen saßen schwertlilienförmige Blüten, und die Stachelbeeren waren dunkelrote Perlen, allerdings Perlen mit Haaren auf der karminroten Haut.

»*Mich*?« sagte Eve. »Mich beneidest du?«

»Du hast jemanden, mit dem du glücklich bist. Du lebst in einer guten Beziehung.«

Liza rechnete damit, daß Eve es verneinte oder sogar sagte, er solle es nicht »Beziehung« nennen. Das tat sie aber nicht. Sie warf Jonathan einen mysteriösen Seitenblick zu, die Augen halbgeschlossen.

»Du sollst mich nicht beneiden«, sagte sie. »Es wäre mir lieber, du wärst eifersüchtig.«

Es wurde still. Schließlich sagte Jonathan: »Auf ihn?«

»Warum nicht? Was glaubst du, wie ich mich damals wegen Victoria gefühlt habe?«

Eve stand auf und trug das Teegeschirr ins Haus. Statt ihr zu folgen, blieb Jonathan im Gras sitzen und sah niedergeschlagen aus. Er rupfte ein Gänseblümchen heraus und zupfte die Blütenblätter ab. Liza fand, daß er allmählich richtig alt aussah. Sein Gesicht hatte alle Frische verloren, und über seine Stirn zogen sich Falten. Seine Augen, die früher einmal strahlend blau und klar gewesen waren, hatten nun die Farbe von schmutzigem Wasser in einer blauen Porzellanschale.

Sie dachte, er würde zum Abendessen dableiben und vielleicht auch über Nacht. Bestimmt würde sie ihn am nächsten Morgen in Eves Bett finden, an Brunos Platz. Doch er blieb nicht einmal zum Essen und war um sieben bereits weg. Am nächsten Tag hatte Liza den Eindruck, daß Eve besonders glücklich und zufrieden war, und führte dies auf die Tatsache zurück, daß Jonathan um neun Uhr morgens an der Tür erschienen war, um sich vor der Rückfahrt nach London zu verabschieden.

Sean sagte: »Du redest jetzt von vor fünf Jahren, stimmt's?«

Sie nickte. Sie lagen schon im Bett und hatten sich unter den beiden Steppdecken wärmesuchend aneinandergekuschelt. Die zweite Decke hatte Sean bei einem Räumungsverkauf gesehen und gleich gekauft. Im Wohnwagen herrschte nachts bittere Kälte, und selbst wenn sie eine Herdflamme brennen ließen, lief das Kondenswasser morgens an den Wänden herunter, und die Kissen fühlten sich klamm an. Den Kopf auf seiner Schulter, seine Arme eng um sich geschlungen, dachte Liza an jene warmen, trockenen Sommerwochen, an ihr Zimmer mit den nachts weitgeöffneten Fenstern, an die zahllosen täglichen Unterrichtsstunden im Garten und an Eves Bemerkung: »Siehst du, wenn du auf einer sogenannten richtigen Schule wärst, hättest du jetzt Ferien und würdest nichts lernen, sondern bloß herumtoben.«

»War das nicht etwa die Zeit von dem großen Sturm? Dem Orkan, wie es damals hieß? Das weiß ich noch, ich war damals gerade sechzehn und hatte meinen ersten Job und mußte um fünf raus. Wie ich gerade zu Hause in der Küche steh und mir eine Tasse Tee mache, bläst es plötzlich nebenan die Eiche um, und die kommt bei uns durchs Dach. Das war nämlich bloß ein Anbau, unsere Küche, und das Dach ist eingekracht wie eine Eierschale. Zum Glück hab ich schnell geschaltet und bin noch rechtzeitig raus. Das muß so im September gewesen sein.«

»Im Oktober war es. Am fünfzehnten Oktober.«

»Hast du aber ein Gedächtnis! Ich nehm an, bei euch auf Shrove sind die Bäume massenhaft umgekracht. Weißt du es deshalb noch so gut?«

Der Tag Des Orkans, der letzte Tag, dem sie einen Namen gegeben hatte.

»Dräng mich doch nicht so, Sean. Dazu komm ich schon noch. Bei uns hat der Orkan ziemlich gewütet, wir gehörten zu den am schlimmsten betroffenen Gebieten. Du wirst schon sehen, warum ich das alles noch so gut weiß, das genaue Datum und so. Aber zuerst ist noch was anderes passiert.«

Die Nebengebäude auf Shrove wurden kaum benutzt. Früher waren darin die Pferdeställe untergebracht gewesen, auch eine Remise gab es. Architektonisch waren die Ställe im gleichen Stil gebaut wie das Haupthaus, aus kleinen Ziegeln mit weißem Verputz, mit einem Ziergiebel über dem mittleren Bau und einer Turmuhr mit blauem Zifferblatt und goldenen Zeigern. Die Wetterfahne auf dem Turm stellte einen fliehenden Fuchs mit ausgestelltem Schweif dar.

Mr. Frost bewahrte seine Rasenmäher, den großen mit dem Hochsitz und den kleinen für die Beetumrandungen, in dem links vom Torhaus gelegenen Teil des Stallgebäudes auf. Andere Gartengeräte wie eine Leiter und ein Allzwecksauger wurden ebenfalls dort aufbewahrt. Soviel Liza wußte, waren noch nie Autos im Stall abgestellt worden. Damals vielleicht, als der alte Mr. Tobias noch lebte, doch Jonathan ließ seinen Wagen immer im Hof vor dem Stallgebäude stehen, und wenn Besucher kamen, machten sie es genauso. Im Grunde gab es für die Ställe keine Verwendung, nie ging jemand hinein, und sie wurden nur deshalb stehengelassen, hatte Liza Jonathan einmal sagen hören, weil sie so hübsch waren und unter Denkmalschutz standen. Das bedeutete, daß sie von historischem Wert waren und nicht abgerissen werden durften.

Sie war noch nie drinnen gewesen, nur einmal hatte sie gesehen, wie Mr. Frost den kleinen Traktor, der den Rasenmäher zog, aus der Stallecke neben dem Torhaus herausgefahren hatte. Hier wollte sie als letztes nachsehen.

Sie brauchte die Bibliotheksleiter schon seit Jahren nicht mehr, um an den Fernsehzimmerschlüssel heranzukommen, der auf dem Bilderrahmen lag. Mit fast zwölf war sie inzwischen fast so groß wie Eve. Inzwischen machte sich Eve schon lange nicht mehr die Mühe, den Schlüssel zu verstecken oder ihn auch nur aus dem Schloß zu ziehen. Sie sagte sich wahrscheinlich, daß Liza inzwischen zu alt für die Verlockungen des Fernsehens war, erwachsen genug, um sich nicht mehr von verschlossenen Räumen faszinieren zu lassen, oder aber vollkommen angepaßt an die Disziplin des zurückgezogenen Lebens. Inzwischen hantierte sie dort sogar in Lizas Gegenwart mit dem Staubsauger und schien es völlig normal zu finden, daß ihre Tochter nie wissen wollte, was es mit dem Kasten und dem Bildschirm auf sich hatte.

Diesmal brauchte Liza die Trittleiter, die sie jedoch nicht finden konnte, für einen anderen, nämlich den ursprünglichen Zweck. *Die Bekenntnisse eines englischen Opiumessers* standen im allerobersten Regal, vollkommen unerreichbar. Selbst Jonathan hätte das Buch nicht herunterholen können, und er war einsneunzig. Obwohl sie sich erinnerte, die Leiter schon vor zwei Jahren wieder in die Bibliothek gestellt und sie dort auch mehrmals benutzt zu haben, ging sie ins Damenzimmer hinüber und sah hinter dem langen Vorhang nach.

Als sie wieder in die Bibliothek kam, sah sie, weshalb man sie durch eine neue ersetzt hatte. Die neue Leiter, die weit weg von den Fenstern in der dunklen Ecke stand, war aus dunklem Holz, vielleicht Eiche. Sie hob sich von dem dunklen Eichenholzboden neben dem Teppich kaum ab und war eigentlich gar keine richtige Leiter, sondern sah eher aus wie ein aus drei Stufen bestehender Teil einer Treppe. Sicher hatte Jonathan sie bei seinem Besuch im August mitgebracht. Auch ohne es auf einen Versuch ankommen zu lassen, wußte Liza, daß sie selbst von der obersten Stufe aus nicht bis zum gewünschten Regal hinaufreichen würde.

Sie begann das Haus nach der fehlenden Trittleiter zu durchforsten. Eve war der Ansicht, sie sei noch nicht alt genug für De Quincey, sie würde die *Bekenntnisse* nicht verstehen und hätte noch genügend Zeit, sie zu lesen, wenn sie älter wäre. Liza hatte es auch gar nicht darauf abgesehen, als sie vorhin in die Bibliothek gekommen war. Der Titel hatte sie fasziniert, er hatte wohl mit Drogen zu tun, davon war einmal etwas im Fernsehen gekommen. Doch jetzt wollte sie das Buch. Sie wollte es, weil sie es nicht haben konnte, weil es unerreichbar war; dort oben stand es in seinem verschlossenen blauen Einband mit den verblaßten, vergoldeten Blumen auf dem Buchrücken behäbig an seinem Platz, wo es viele, vielleicht hundert Jahre lang unbehelligt gestanden hatte.

Die Trittleiter war bestimmt in keinem der Schlafzimmer, sie durchsuchte sie aber trotzdem. Im Wandschrank ihres Lieblingsschlafzimmers, einem großen Raum mit Aussicht über die Rieselwiesen bis zum Fluß, fand sie Kleider, die wahrscheinlich Victoria gehörten. Dort hingen ein Rock, ein Paar Jeans und auch die grüne Seidenbluse, die sie damals angehabt hatte, als Liza sie zum ersten Mal gesehen hatte. Auch ein besticktes weißes Baumwollnachthemd mit passendem Morgenmantel war da. Anscheinend hatte Victoria in diesem Zimmer geschlafen, während Jonathan gewöhnlich in dem großen Zimmer nach vorn hinaus schlief. Die Leiter war aber weder dort noch in einem der Räume neben der Küche, der

Schuhkammer oder dem Vorratsraum, der Waschküche, der Speisekammer oder dem Abstellraum.

Liza ging hinaus in Richtung Stallgebäude. Auf der Grasfläche hinter den Hecken war das Dröhnen von Mr. Frosts Rasenmäher zu hören. Der Stall war nie abgeschlossen. Es gab an den Türen auch gar keine Schlösser, außer an der Remise, wo die Griffe an den Flügeltüren mit einem Vorhängeschloß aneinandergekettet waren. Einer plötzlichen Eingebung folgend, beschloß sie, sich die Ecke, in der der Rasenmäher gestanden hatte, bis zum Schluß aufzuheben, obwohl es eigentlich der naheliegendste Platz war. Bis auf die, in der das Werkzeug aufbewahrt wurde, waren alle Pferdeboxen leer. Da sich das Remisentor nicht öffnen ließ, konnte sie bloß durch die Ritzen spähen. Das Tor war alt, und zwischen zwei Brettern klaffte eine ziemlich breite Ritze. Im Innern konnte sie die Umrisse eines Autos erkennen.

Die Trittleiter stand zwischen dem Traktorstellplatz und dem kleinen Rasenmäher an die Wand gelehnt. Liza nahm sie mit ins Haus, trug sie in die Bibliothek und stieg hinauf, um sich *Die Bekenntnisse eines englischen Opiumessers* aus dem Regal zu holen. Erst als sie mit dem Buch in der Hand wieder herunterstieg, kam ihr die Bedeutung der Tatsache, daß in der Remise ein Auto war, wo vorher keins gewesen war, voll zu Bewußtsein.

Mr. Frost war nun in Sichtweite und kurvte mit Handschuhen und Ohrenschutz auf seinem Traktor über die große Rasenfläche. Er sah sie nicht. Sie stellte die Leiter an ihren Platz, überlegte es sich dann aber anders, trug sie wieder ins Freie und stellte sie dicht vor dem verschlossenen Tor auf. Hoch oben unter dem Ziergiebel waren zwei kleine Fenster.

Liza stieg auf die oberste Stufe. Dadurch hatte sie gerade die richtige Höhe, um über einen der Fenstersimse sehen zu können. Das Auto stand mitten in der Remise, außenherum war noch reichlich Platz. Trotzdem konnte sie das Schild mit der Fabrikatsbezeichnung nicht erkennen, das Nummernschild mit dem Buchstaben am Ende statt am Anfang sah sie jedoch. Es war so hell, daß sie sogar die Farbe erkennen konnte, ein kräftiges Braun, wie das verbrannte Siena aus Brunos Farbkasten. Bruno war verschwunden, doch hier stand Brunos Auto, der Lancia, den Brunos Mutter zehn Jahre lang gefahren hatte, der aber nur siebentausend Meilen draufhatte.

Beim Geräusch des näherkommenden Rasenmähers drehte sie sich um. Mr. Frost stieg vom Traktor, um das Stalltor zu öffnen. Er sagte nie besonders viel und gehörte auch nicht zu den Erwachsenen, die dauernd wissen wollten, was sie machte.

»Paß auf, daß du nicht runterfällst«, sagte er.

Während sie, das Buch unterm Arm, nach Hause ging, dachte sie an die Nacht, in der Bruno weggegangen war und sie so unruhig geschlafen und so viel geträumt hatte, daß sie am nächsten Morgen nicht mehr wußte, was Traum und was Wirklichkeit gewesen war. Das Auto, das sie gehört hatte, war Brunos gewesen. Sie hatte gehört, wie Eve Brunos Auto hierher gefahren hatte, um es in der Remise zu verstecken.

Sean war eingeschlafen.

Liza fragte sich, wie lange er wohl schon schlief, ab welcher Stelle ihrer Erzählung er nicht mehr zugehört hatte. Scheherazade. Ob der König oder Sultan oder was auch immer wohl eingeschlafen war, während sie ihre Geschichten erzählte? War das der wahre Grund dafür, daß sie mit ihrer Geschichte nie zu Ende kam? Weil ihr Gatte vorher einschlief?

Sean schnarchte leise. Sie schob ihn auf seine Seite

hinüber, so daß er mit dem Rücken zu ihr lag. Und noch etwas hätte sie brennend interessiert: Ob sich der Sultan und Scheherazade liebten, bevor sie mit der Geschichte anfing, oder mittendrin oder wann sonst? Sie mußten es getan haben, aus dem Grund hatte er die Frauen doch alle geheiratet, oder nicht? Darüber hatte in ihrem Buch gar nichts gestanden. Natürlich nicht, dachte sie, denn aus den Fassungen für Kinder wird ja manches gestrichen. Auch für Kinder, die gesehen hatten, was sie gesehen hatte.

Sie mußte im Dunkeln über Seans Zimperlichkeit lächeln. Sie hatte ihm nichts von dem Geruch der fleckigen Lappen erzählt, um ihn zu schonen, auch nichts von den roten Fingerabdrücken auf dem Steinfußboden im Schlößchen. Hoch oben zwischen den Balken des Deckengewölbes hatte sich eine Spinne den Totenkopfschwärmer in ihrem staubigen Netz gefangen. Auch davon hätte Sean bestimmt nichts hören wollen, von dem seltenen Falter, der nun schon lange tot in den staubigen Fäden hing, dessen Totenkopfzeichnung auf dem Rücken jedoch immer noch bleich schimmerte.

15

Auf einem stillgelegten Flugplatz nicht weit von der Stelle, wo der Wohnwagen stand, konnten sie Lizas Fahrstunden abhalten. Mit Sean auf dem Selbstmördersitz – sein eigener Ausdruck – fuhr sie die alten Landebahnen auf und ab und lernte auf der ebenen Fläche vor einem heruntergekommenen Flugzeugschuppen Zurückstoßen und Wenden.

»Du bestehst die Prüfung bestimmt aufs erste Mal«, sagte Sean.

Seit Anfang November mußte Liza immer öfter an Eve und den Prozeß denken, der sicher bald stattfinden würde. Inzwischen bereute sie es, daß sie früher nicht mehr über Verbrechen und Justiz und Gerichte gelernt hatte. Eve hätte sich damit ausgekannt, Eve hätte es ihr erklären können.

Zum Beispiel, würde der Prozeß hier stattfinden, in der Stadt, die früher die erste Eisenbahnstation gewesen war? Oder weit weg von hier in London an einem Ort, der, wie sie sich vage erinnerte, Newgate hieß? Ich muß unbedingt mal nach London, dachte sie bei sich, es ist doch absurd, daß ich noch nie in London war, wenn sogar Sean schon dort war. Vielleicht sollte sie sich ein paar Zeitungen kaufen, aber sie wußte nicht, welche die beste war. Sie hatte bereits genügend gesehen, um zu wissen, daß die kleinen mit den fetten Schlagzeilen nur über die sensationellsten oder die anzüglichen Aspekte eines Prozesses berichteten, während die großformatigen mit den Fotos von Politikern vielleicht gar nichts darüber brachten. Wahrscheinlich kam im Fernsehen nur einmal etwas darüber, und dann ausgerechnet an einem Abend, wenn Sean sein Fußballspiel sehen wollte.

Das Leben im Camper war nicht einfach. Wenn man es warm haben wollte, wurde es gleichzeitig feucht. Von einem Bauern hatte Sean sich eine Plastikplane besorgt, die sie über den Wohnwagen breiteten. Das half zwar ein bißchen, machte es aber auch dunkel. Ihr Wasser mußten sie immer aus dem Flüßchen holen und abkochen. Kleider und Bettwäsche zu waschen war unmöglich, damit mußte man in den einzigen Waschsalon, der im Umkreis von zehn Meilen noch in Betrieb war. Mit zwei Fingerbreit Wasser in einer Schüssel gelang es ihnen, sich notdürftig zu waschen.

Mittlerweile war Liza richtig gut in der Kunst, bei Mrs. Spurdell heimlich zu baden; sie brachte sich ein Badetuch mit zur Arbeit und schaffte es sogar manchmal, während Mrs. Spurdell im Haus war. Sie wartete, bis diese am Telefon war – mit ihrer Tochter oder ihren Freundinnen telefonierte sie oft stundenlang –, und setzte sich dann ein paar Minuten in die Wanne, bevor sie das Bad saubermachte. Trotzdem hatte Mrs. Spurdell ein- oder zweimal eine Bemerkung über die Unmengen von Wasser gemacht, die sie den Abfluß hatte hinunterlaufen hören.

Während der Quartalsferien, als Mr. Spurdell ebenfalls im Haus war, konnte sie nicht baden, es war einfach zu riskant. Sein Arbeitszimmer lag oben gleich neben dem Bad. An besagtem Tag Ende Oktober, einem Montag, kam sie mit dem festen Entschluß, ein Bad zu nehmen, in Aspen Close an. Mrs. Spurdell war eine Stunde außer Haus, beim Friseur. Liza hörte, wie sie den Termin vereinbarte. Deshalb war ihre Bestürzung groß, als sie feststellte, daß Mr. Spurdell zu Hause war, offensichtlich um eine Grippe auszukurieren, die er sich am vergangenen Freitag, wie seine Frau sagte, während der Lektüre von Spensers *Faerie Queene* im Englischunterricht mit der Abschlußklasse zugezogen hatte.

Er lag zwar im Bett, doch konnte sie nicht damit rechnen, daß er schlief. Mrs. Spurdell sagte, später würde er wahrscheinlich aufstehen und im Morgenmantel herunterkommen. Dann könnte ihm Liza ja, falls sie selbst noch beim Friseur sei, eine Tasse Tee machen. Mrs. Spurdell zog ihren neuen Burberry an. Sie band sich eine Plastikregenhaube um den Kopf, nicht etwa weil es regnete, sondern um sie später für den Nachhauseweg zum Schutz ihrer Frisur auch bestimmt dabeizuhaben.

Liza sah sich schon in der Verlegenheit, das zu tun, was sie Sean geraten hatte. Obwohl sie von Hotels keine Ahnung hatte, stellte sie sich vor, daß es dort sicher eine Menge Badezimmer gab. In *The Duke's Head*, einem Hotel, an dem sie auf dem Weg nach Aspen Close immer vorbeikam, gab es bestimmt mehr Badezimmer als in einem privaten Wohnhaus. Wenn Sean kein Geld für Schwimmbad oder Duschen ausgeben wollte, wieso marschierte er dann nicht einfach ins *The Duke's Head*, ging wie ein ganz gewöhnlicher Gast nach oben, suchte sich ein Bad aus und badete? Wer würde es schon merken? Er müßte natürlich ein Handtuch mitnehmen, er könnte sich ein zusammengefaltetes Handtuch unter die Jacke stopfen und es später, wenn es feucht war, in eine mitgebrachte Plastiktüte stecken.

Wasser stehlen, sagte Sean, das sei Betrug. Er war ziemlich schockiert. Dann bleibst du eben schmutzig, meinte Liza. Sie würde wahrscheinlich später hingehen, bevor sie ihn von der Arbeit abholte. Doch dann stellte sie fest, daß das nicht ging, weil sie ihr Handtuch vergessen hatte, und trampelte verärgert ins Arbeitszimmer, den Staubsauger hinter sich herziehend.

Seit sie das letzte Mal dort gewesen war, hatte Mr. Spurdell zwei neue Bücher erworben. Es war Liza ziemlich egal, ob Mrs. Spurdell nun einen neuen Burberry hatte oder zum Friseur ging oder unbegrenzt heißes Wasser hatte oder ob Mr. Spurdell einen sechs Monate alten BMW fuhr, doch um die Bücher beneidete sie sie. Sie mißgönnte ihnen die Bücher, Mr. Spurdell haßte sie regelrecht deswegen, obwohl er in vieler Hinsicht netter zu sein schien als seine Frau. Freitag nachmittags, kurz bevor sie ging, begegnete sie ihm manchmal, wenn er nach Hause kam. Bei den neuen Bücher, die er gekauft hatte, handelte es sich um *Das Leben von Charles Dickens* und die *Gesammelten Erzählungen* von Saki.

Was gäbe sie darum, *Das Leben von Charles Dickens* lesen zu dürfen! Sie würde es sich niemals leisten können, nicht einmal, wenn es als Taschenbuch herauskam. Augenblicklich vergaß sie die Tatsache, daß Mr. Spurdell im Haus war. Sie horchte nicht mehr, was er gerade machte. Den *Dickens* in seinem braungoldenen Einband in Händen, saß sie am Schreibtisch und las gerade die Einleitung, als er leise ins Zimmer trat. Erst nachdem er sich leise geräuspert hatte, bemerkte sie ihn. Erschrocken sprang sie auf, das Buch fest umklammert.

Er war ein kleiner Mann und ebenso dünn, wie Mrs. Spurdell fett war. Liza hatte sie schon manchmal mit dem dünnen Jack Sprat und seiner fetten Frau verglichen, dem Paar aus dem Kinderreim. Er wirkte alt, ein alter Mann, der schon längst pensioniert sein sollte, mit hängendem Unterkiefer, der in einen runzeligen Hals überging, und einem bis auf den weißen Haarkranz am Nacken kahlen Schädel. Über dem gestreiften Schlafanzug trug er einen braunen Tweedbademantel mit einer säuberlich geknoteten Kordel um die Taille.

Als er sie freundlich anlächelte, fiel ihr ein Stein vom

Herzen. Nun müßte sie nicht zu Sean gehen und beichten, daß man sie hinausgeworfen hätte. Doch ihre Erleichterung verwandelte sich in Entrüstung, als er, immer noch lächelnd, wie zu einem unwissenden Kind fast entschuldigend sagte, es sei doch schade, daß in dem Buch so wenig Bilder seien.

»Ich will gar keine Bilder«, sagte Liza und merkte sofort, daß es sich säuerlich anhörte.

Seine buschigen weißen Augenbrauen gingen erstaunt in die Höhe. »Wie alt bist du denn?« fragte er.

Erst als die Wahrheit bereits heraus war, fiel ihr die Lüge ein, die sie seiner Frau aufgetischt hatte. »Ich bin fast siebzehn.«

»Ja, das hätte ich ungefähr gedacht. Einige meiner Schüler sind in deinem Alter, nur daß sie sich lieber Studenten nennen lassen.« Er streckte die Hand nach dem Buch aus, und sie gab es ihm. »Danke. Ich habe es noch nicht gelesen.« Ohne die geringste Ahnung, wie sie darauf kam, bildete sie sich ein, daß wohl alle Lehrer sich so verhielten. Herrisch. Kommandierend. Belehrend. Gerade als sie das dachte, sagte er etwas Belehrendes. »Dickens war ein bedeutender englischer Schriftsteller, manche würden sagen, der bedeutendste. Hast du in der Schule etwas von ihm gelesen?«

»Ich gehe nicht in die Schule«, sagte sie, fügte aber gleich hinzu, »nicht mehr. Ich gehe nicht mehr zur Schule.« Was glaubte der eigentlich, daß sie schulfrei machte, um für ihn und seine Frau zu arbeiten? »Aber Dickens habe ich gelesen. Ich habe *Bleak House* gelesen und *David Copperfield* und *Oliver Twist* und *Nicholas Nickleby* und *Eine Geschichte aus zwei Städten.*«

Sein offenkundiges Erstaunen amüsierte sie. Sicher würde er sie nun gleich fragen, weshalb sie so früh von der Schule abgegangen sei, auf alles mögliche machte sie sich gefaßt, nur nicht darauf, daß er auf die Taschenbuchausgaben von Dickens deutete und sie fragte, ob sie *Unser gemeinsamer Freund* schon gelesen hätte.

»Ich hab Ihnen doch gesagt, welche ich gelesen habe«, sagte sie, diesmal jedoch nicht in säuerlichem Ton.

»Nun, du bist ja eine ganz erstaunliche junge Dame. Nicht gerade das, was man erwarten würde, hab ich recht?«

Liza dachte, daß er gar nicht ahnte, wie recht er hatte. Sie wechselte das Thema und fragte ihn, ob sie ihm vielleicht eine Tasse Tee machen sollte, und als er bejahte, ging sie ihm voraus die Treppe hinunter.

Bevor das Teewasser kochte, war Mrs. Spurdell wieder da und erzählte ihrem Mann lang und breit, daß die Friseuse den Namen ihrer Tochter Philippa in einer Zeitschrift entdeckt hatte, und zwar als Verfasserin eines Leserbriefes über Familienrecht. Die Friseuse – »eigentlich ein recht intelligentes Mädchen, wenn man bedenkt« – hatte den Brief ausgeschnitten, jedoch vergessen, ihn mitzubringen. Nächstes Mal würde sie ihn mitbringen. Philippa war ja so bescheiden, sie hatte es mit keinem Wort erwähnt. Sie hatte ihrem Vater gegenüber doch nichts gesagt, oder?

Währenddessen ging Liza wieder nach oben. Sie putzte im Arbeitszimmer fertig, machte Mr. Spurdells Bett und saugte den Teppich. Dann war es Zeit zu gehen. Mrs. Spurdell gab ihr ihren Lohn, fischte dazu aus einem Glasgefäß auf dem Fensterbrett umständlich eine Fünfpfundnote und tat so, als hätte sie eine Zehnpencemünze mit einer Fünfzigpencemünze verwechselt, als ihr Mann noch einmal in die Küche kam und Liza *Unser gemeinsamer Freund* und *Der Raritätenladen* von Dickens in die Hand drückte. »Die hätte ich gern irgendwann zurück, es eilt aber nicht.«

»Schreib lieber deinen Namen vorne rein, Schatz«, sagte Mrs. Spurdell. Sie lachte, als ihr etwas einfiel. »Weißt du noch, wie Jane immer in *ihre* Bücher geschrieben hat: *Dieses Buch wurde Jane Spurdell gestohlen*?«

Das war ziemlich unverschämt, aber Liza machte sich nichts daraus. Es war wundervoll, etwas Neues zu lesen zu haben. Sie hatte die Lektüre von *Das Leben der Mary Wollstonecraft* künstlich in die Länge gezogen, was allerdings eine etwas irritierende Lesemethode war. Daß Mr. Spurdell ihr *Unser gemeinsamer Freund* geliehen hatte, war ein recht interessanter Zufall, denn genau an diesem Buch hatte sie sich damals versucht, nachdem sie *Die Bekenntnisse eines englischen Opiumessers* aufgegeben hatte. Eve hatte doch recht gehabt, sie war dafür noch nicht alt genug gewesen, genausowenig wie für *Unser gemeinsamer Freund*. Aber jetzt wäre sie dafür alt genug.

Sie hatte noch am selben Abend angefangen, es zu lesen, gleich nachdem sie Brunos Auto auf Shrove in der Remise entdeckt hatte. Seltsamerweise hatte sie nie erwogen, Eve von ihrem Fund zu erzählen oder sie zu fragen, weshalb das Auto dort war. Sie glaubte den Grund zu kennen, dann wiederum war sie sich doch nicht so sicher. Vielleicht bedeutete es nur, daß Bruno wiederkommen würde, daß er aus irgendeinem Grund ohne Auto verschwunden war und Eve es für ihn aufbewahrte, daß er nicht für immer fort war. Das hatte Eve zwar behauptet, doch glaubte Liza inzwischen nicht mehr, daß sie immer die Wahrheit sagte.

Nach lediglich einer Stunde recht intensiver Lektüre hatte sie den De Quincey weggelegt und sich an *Unser gemeinsamer Freund* versucht. Aber vielleicht war sie müde, denn sie schaffte es nicht einmal über die erste Seite hinaus. Sie lag noch geraume Zeit wach und machte sich Gedanken über das Auto und was wohl mit Bruno geschehen war. Außer seiner Mutter hatte niemand gewußt, wo Bruno war, und die war jetzt tot. Seine Frau hatte es nicht gewußt und ihr Freund, der Zahnarzt, auch nicht. Der Makler hatte es gewußt, aber dem hatte Eve geschrieben.

In dieser Nacht träumte sie, Bruno sei noch bei ihnen, stünde aber kurz vor der Abreise. Sein seidigbraunes Haar war mit einem Band hinten zusammengehalten, und die beiden kleinen goldenen Reifen in seinem Ohr waren deutlich zu sehen. Stärker als sonst hatte sein Gesicht diesen engelhaften Ausdruck, wie auf einem Heiligenbild, der die rauhen Töne, die dem cherubinischen Munde bisweilen entströmten, Lügen strafte. Sie sah ihn im Traum nicht wegfahren, das erfuhr sie erst danach von Eve; später hörte sie, wie sich ein Schuß aus einem Gewehr löste. Sie ging gerade im Wald spazieren, als sie hinter sich Schüsse hörte. Aber das hatte sich alles im Traum abgespielt, nicht im richtigen Leben. In jener Nacht, nachdem Eve gesagt hatte, Bruno sei gegangen, hatte sie keine Schüsse vernommen, hatte nichts gehört, außer daß ein schwerer Gegenstand die Treppe hinuntergezerrt wurde und ein Auto weggefahren war.

Wo war das Auto den ganzen Tag gewesen? Bruno hatte ja gar nicht damit wegfahren können, sonst hätte Eve es bei Nacht nämlich nicht nach Shrove hinaufbringen können. Aber es war nicht da, es hatte nicht draußen gestanden, als Liza ins Haus gekommen war. Also hatte Eve es irgendwo versteckt? Liza war klar, daß sie es eigentlich überall hätte verstecken können, hinter dem Birkenwäldchen oder unter den überhängenden Zweigen einer Hecke; selbst wenn sie es ein paar Meter weit vom Torhaus versteckt hätte, wäre es Liza nicht aufgefallen.

Weil er sich gerade ein Fußballspiel ansah, das irgendwo in Deutschland stattfand, kam Sean vorerst nicht auf die

Idee, sie am Lesen zu hindern. Genausowenig wie sie von ihm verlangte, Dickens zu lesen, verlangte er von ihr, sich ein Fußballspiel anzusehen. Sie tranken zusammen eine Flasche Wein, die der Supermarkt diese Woche im Sonderangebot hatte.

Der Regen peitschte gegen die Plane auf dem Caravan. Ein heulender Sturmwind peitschte den Regen so heftig gegen die ungeschützten Fensterscheiben, daß es sich anhörte, als würden sie gleich zerbersten. Der Wohnwagen wankte und zitterte.

Liza und Sean saßen dicht nebeneinander und hatten sich eine Steppdecke um die Beine gewickelt. Während Liza in ihrem Buch über Eugene Wrayburn las, verfolgte Sean im Fernsehen, wie die deutsche Mannschaft die englische haushoch besiegte. Dann schaltete er seufzend den Apparat aus, legte zärtlich den Arm um sie und fing an, sie zu kämmen. Das war ein kluger Schachzug von ihm, er wußte, was für ein sinnliches Vergnügen es ihr bereitete; wie eine Katze streckte sie sich wohlig aus und machte den Nacken lang, während der Kamm langsam durch den Vorhang aus weichem, dunklem Haar fuhr.

Leise sagte er: »Was war mit ihm, mit Bruno, mein ich?«

Liza klappte ihr Buch zu. »Weiß ich nicht. Das heißt, damals wußte ich es nicht. Ich hab's später herausgekriegt.« Sie dachte nach. »Warte, bis ich zu dem Orkan komme.«

»Okay, also dann, was war mit den Tobias'? Die haben sich getrennt, oder?«

»Erst im darauffolgenden Jahr. Victoria hab ich nie wiedergesehen. Jonathan hat Eve geschrieben, er wohne jetzt in Ullswater und Victoria in dem Haus in London, und bald darauf ging Victoria ganz weg. Ich glaube, sie hatte einen anderen.«

»Und da hat sich deine Mum wieder Hoffnungen gemacht?«

»Ja. Aber erst viel später. Ich weiß nicht, was sie über die Scheidung gedacht hat – sie haben sich zwei Jahre später scheiden lassen –, sie hat sich ihre Gefühle darüber nie anmerken lassen. Irgendwie hat sie, glaub ich, eingesehen, daß sie es vorher ganz falsch angepackt hatte.«

»Sie hätte sich nicht so leicht rumkriegen lassen dürfen«, sagte Sean.

»Oder leichter. Wenn sie mit ihm überall hingegangen wäre, wo er hin wollte, auch ab und zu nach London, wenn sie das getan hätte, dann hätte er sich doch nie mit Victoria eingelassen. Eve war viel hübscher und intelligenter als Victoria, außerdem kannte er sie schon ewig, sie hatte alle Vorteile auf ihrer Seite. Außer daß sie nie von Shrove weg wollte, nicht einmal übers Wochenende.« Sie sah zu ihm hoch. »Hab ich mich zu leicht rumkriegen lassen, Sean? Mit mir war es leicht, stimmt's? Ich bin dir einfach in die Arme gelaufen.«

»Ach, du.« Er legte lachend den Kamm beiseite und umarmte sie. »Du warst ja noch so dumm, eine richtige Unschuld vom Lande.«

»Wirklich? Soll ich dir jetzt von dem Orkan erzählen?«

»Moment, ich schenk dir noch mal ein. Erst will ich noch was anderes wissen. Hat denn keiner Bruno gesucht?«

»Wer sollte ihn schon suchen? Es wäre etwas anderes gewesen, wenn seine Mutter noch gelebt hätte. Wenn er gesagt hätte, er will das Haus kaufen. Wenn er beim Notar gewesen wäre oder wie das heißt, wo man hin muß, wenn man ein Haus kaufen will. Wenn es mit dem Verkauf von dem Haus seiner Mutter nicht geklappt hätte und er noch auf das Geld gewartet hätte. Oder wenn er noch in den gemieteten Zimmern über dem Gemüsehändler gewohnt hätte. Aber so wußte keiner, wo er steckte, es wollte ja auch keiner was von ihm.«

»Da überläuft's einen eiskalt, wenn man sich das mal vorstellt.«

»Als ich wieder ins Schlößchen ging, waren alle seine Sachen verschwunden, Bilder, Leinwände, Farben und der Haufen Farblappen auch. Es war alles weg, und der ganze Raum war gründlich ausgeschrubbt worden. Sogar die Decke, Eve hatte auch die Spinnweben mit dem Falter weggemacht.«

»Was denkst du, war da dran, an den Lappen?« Seans Stimme war leise, zögernd. »Du hast es doch nie für Farbe gehalten, oder?«

»Damals schon. Heute denke ich, es war Blut.«

Sean schwieg und machte ein verbissenes Gesicht. Nach einer Weile sagte er: »Also gut, erzähl mir von dem Orkan.«

»Bloß eins noch. Das Bild, das Bruno von mir gemalt hat, hing plötzlich bei uns an der Wand im Wohnzimmer. Eines Morgens kam ich runter, und da war es. Eve hatte den Sonnenuntergang über Shrove abgenommen und statt dessen das von mir hingehängt.«

»Wie kam sie denn auf die Idee?«

»Keine Ahnung. Es sah mir überhaupt nicht ähnlich, aber ihr hat es anscheinend gefallen. Jetzt erzähl ich dir das mit dem Orkan.«

Wie um sie zu ermuntern, klatschte der Wind wieder einen Regenschwall an das Fenster hinter ihnen und rüttelte am Wohnwagen. In jener Nacht hatte es nicht geregnet, in der Nacht des Unwetters, des Orkans, des großen Sturms. Ein trockener Wind hatte geweht, fast wie ein Wüstensturm, der vom Atlantik heraufgezogen war und Salz mit sich brachte. Richtige Salzflecken lagen am nächsten Tag an den Fenstern von Shrove, weiß wie Rauhreif, trockene Kristalle, die der Wind aus dem Meer gesaugt hatte.

»An den Bäumen hingen noch sämtliche Blätter«, sagte sie, »das war ja das Schlimme. Wären die Äste kahl gewesen, dann hätte der Sturmwind die Bäume nicht ausreißen können, aber sie standen noch im vollen Laub, die Blätter fallen ja erst im November, und so wirkten die Wipfel natürlich wie regelrechte Segel.«

»Wart ihr im Torhaus, du und deine Mum?«

»Wann waren wir nicht dort? Wir gingen doch nie irgendwohin.«

Beinahe hätte sie den Sturm verschlafen, obwohl er so laut war. Als Elfjährige hatte sie einen tiefen Schlaf und hätte sogar bei Bombenhagel weitergeschlafen. Eve weckte sie. Eve, die sonst vor nichts Angst hatte, fürchtete sich. Sie weckte sie, damit sie ihr Gesellschaft leistete, damit jemand bei ihr war, damit sie mit der Welt, die da um sie herum in Stücke ging, nicht allein war.

Es war kurz nach vier Uhr nachts, stockfinster und der Wind heulte durch das Tal herauf wie ein unsichtbarer Zug, wie ein Geisterzug. Der echte Zug, der früher einmal durchs Tal gefahren war, war nie so laut gewesen. Es gab noch Strom, als sie herunterkam, sich die Augen rieb und umherspähte, doch kaum hatte sie das Wohnzimmer betreten, gingen die Lichter aus. Irgendwo da draußen hatte der Wind die Stromleitungen heruntergerissen.

»Was ist denn? Was ist los?«

Eve sagte, sie wüßte es nicht, sie habe noch nie so einen Wind gehört. Nicht in diesem Land. Bei uns gäbe es keine Orkane.

»Vielleicht ist es gar kein Orkan«, sagte Liza. »Vielleicht ist es das Ende der Welt. Die Apokalypse. Oder eine Atombombe. Jemand hat eine Atombombe abgeworfen.«

Eve, die gerade Kerzen in Marmeladegläser steckte,

wollte wissen, woher sie denn über solche Dinge Bescheid wüßte? Woher wußte sie etwas über die Apokalypse? Wer hatte ihr von Atombomben erzählt? Das Fernsehen, dachte Liza bei sich. Sie gab keine Antwort.

»Es ist natürlich keine Bombe«, sagte Eve.

Die Kerzen flackerten und tropften, als die Fenster erzitterten. Sogar bis hier herein drang der Wind. Die Vorhänge bauschten sich und klebten gleich wieder flach an den Scheiben. Eve probierte am Radio herum, ehe ihr einfiel, daß es ja auch elektrisch betrieben wurde. Aus dem gleichen Grund konnte sie auch kein Teewasser kochen. Die nächste Gaszufuhr war fünf Meilen entfernt. Liza mußte daran denken, wie isoliert sie waren, die nächsten Häuser befanden sich zwei Meilen von hier in dem Dorf, in dem Bruno beinahe ein Haus gekauft hätte. Es kam ihr vor, als säßen sie mitten in der stürmischen See auf einer Insel fest.

Sie sah aus dem Fenster, das Glas zitterte vor ihrem Gesicht. Es war immer noch dunkel, so daß man über die Ranken der Kletterpflanze hinaus nichts sehen konnte, die das Torhaus, bis die Blätter fielen, in einen dichten Mantel hüllte. Die Ranken wehten wie Haare im Wind und schoben sich wie ein schwarzer Vorhang vors Fenster. Als plötzlich nicht allzuweit entfernt ein gewaltiges Krachen ertönte, wich sie erschrocken in die Mitte des Zimmers zurück.

»Geh da weg«, sagte Eve.

Dachziegel stürzten krachend herunter, einer nach dem anderen, drei Stück waren es, jeder machte einen lauten Knall, als er herunterfiel und auf den Steinen zerbarst. Der Wind war von gleichbleibender Kraft, verstärkte sich dann aber noch in kurzen Stößen, jeder wie ein Donnerschlag, fegte durch Bäume und belaubtes Geäst, zwischen die Baumstämme und unter den Büschen hindurch, und jeder

Windstoß endete heulend mit einem abschließenden lauten Knall. Die Erde bebte, der Boden hob und senkte sich.

»Die Bäume«, sagte Eve, »die Bäume.«

Ihr Gesicht war weiß. Sie hielt sich die Ohren zu, dann ließ sie die Hände sinken, verkrampfte sie ineinander, rang sie verzweifelt. Ängstlich beobachtete Liza, wie sie im Zimmer auf und ab ging. Das alles passierte auf Shrove, ihrem Shrove, das ihr mehr bedeutete als alles andere auf dieser Welt und darüber hinaus. Es waren die Bäume von Shrove, und bei jedem nahen oder fernen Krachen zuckte Eve zusammen. Einmal hielt sie sich die Hand vor den Mund, als wollte sie einen Aufschrei unterdrücken.

Etwa um sechs wurde es hell. Die Morgendämmerung war als gelber Streifen am östlichen Horizont zu sehen. Liza schlich in die Küche, um hinauszusehen, denn Eve erlaubte ihr nicht, nach oben zu gehen. Der Wind ließ jedoch nicht nach, während sich fahles Licht ausbreitete, sondern schien daraus sogar noch neue Kräfte zu schöpfen, heulend tobte er und drehte sich mit schrillem, durchdringendem Pfeifen. Ein einzelner belaubter Ast wirbelte durch die Luft und fiel krachend zu Boden. Die Mauern des Torhauses bebten. Die Fenster klirrten. Liza beobachtete, wie die Dunkelheit vom Himmel zurückwich, der bläuliche Streifen verblaßte, die graue Farbe sich in Weiß verwandelte und hoch oben ein eilig dahinjagendes Wolkenknäuel sichtbar wurde.

Der Kirschbaum lag in ganzer Länge im Garten, Zweige und dichtes Blattwerk waren über den Rasen, die Blumenbeete und Eves Gemüsegarten verteilt, die Wurzeln deuteten wie braune, faserige Finger in die Luft. Da sah sie plötzlich, wie der pfeifende Wind wie eine unsichtbare Lokomotive so heftig in die Esche fuhr, die den Straßenrand markierte, daß der riesige Baum erzitterte. Er schien sich gerade noch in der Schwebe zu halten, als ein Schauder ihn durchfuhr und er aus Lizas Blickfeld stürzte und an der Stelle, an der ihr Leben lang dieses starke, kräftige, laubgekrönte Bollwerk gestanden hatte, plötzlich einen weißen Fleck hinterließ. Entsetzt schnappte sie nach Luft und hielt sich die Hand vor den Mund.

»Geh da weg«, sagte Eve. »Sieh nicht hin.«

Erst am Nachmittag ließ der Sturm schließlich nach. Eve hatte schon vorher versucht, ins Freie zu gehen, doch der Wind hatte sie wieder zurückgetrieben. Abgebrochene Äste und Zweige und sterbende Blätter bedeckten den Vorgarten und die Auffahrt. Eines der Hoftore hatte sich aus seiner Halterung gelöst, war zugeknallt und hatte die Ranken des Nachtschattengewächses zwischen die Eisenschnörkel eingeklemmt.

Liza hatte ihre Mutter noch nie verzweifelt erlebt. Sie war noch unglücklicher als damals, als sie von Jonathans Hochzeit erfahren hatte. Sie war mehr als unglücklich, sie war außer sich. Beim Anblick des umgestürzten Kirschbaums fing sie an zu weinen und rief immer wieder, es sei doch nicht wahr, es könne doch nicht wahr sein.

»Das glaub ich nicht, das glaub ich nicht. Was ist das? Was ist mit unserem Klima los? Das ist doch Wahnsinn.«

Vom Torhaus aus konnten sie nicht viel sehen. Die Balsamtanne stand noch, wenn auch eines ihrer Äste beraubt, doch auf allen Seiten versperrten ihnen umgestürzte Bäume die Sicht. Das Torhaus wirkte wie von einer Barrikade aus zerborstenen Baumstämmen und Ästen umgeben, als habe der Wind sie in boshafter Entschlossenheit dort aufgehäuft, um sie einzusperren. Sie befanden sich inmitten einer Festung aus sturmgefälltem Holz. Liza wußte, daß sie über Stämme klettern und sich durch belaubte Zweige wühlen müßten, um zum vorderen Gartentor zu gelangen. Nachmittags um drei wagten sie sich endlich hervor und stiegen über den riesigen Ast der Balsamtanne, der ihnen den Weg versperrte.

Liza fühlte sich winzig und allein, wäre sich aber zu alt dafür vorgekommen, Eves Hand zu nehmen, hätte Eve nicht zuerst nach ihrer gegriffen. Hand in Hand stolperten sie auf den Torweg von Shrove zu. Im Park waren sie auf beiden Seiten von einem Werk der Verwüstung umgeben, zerstörte Bäume und Gestrüpphaufen lagen da, wo sie gerade hingefallen waren, ein Chaos wie von Menschenhand gemacht, flüsterte Eve, wie auf den Landschaftsbildern nach einer Schlacht, die sie gesehen hatte. Baumstämme standen mit zersplitterten, himmelwärts gerichteten Stümpfen da. Ein Vogelnest, ein großes Geflecht aus kräftigen Zweigen und Schilfrohrhalmen, war aus einem einst hohen Wipfel gezerrt worden und lag nun vor ihnen auf dem Weg.

»Das zerstörte Paradies«, sagte Eve.

Zwei von den Zedern fehlten. Die Linden waren umgestürzt, auch die meisten der uralten Bäume, nur die schlanken, biegsamen Birken und die kleinen, pyramidenförmigen Weißbuchen waren übriggeblieben. Den Park hatte er völlig verwüstet, doch das Haus hatte der Wind verschont, ruhig starrte es sie an, alle gläsernen Augen intakt, das Dach unversehrt. Nur eine steinerne Vase am Fuß der Treppe war vom Sockel gestürzt.

Die bleiche Sonne war schwach und wässerig, obwohl es nicht geregnet hatte, und schimmerte wie eine silberne Pfütze zwischen den weichen, dahintreibenden Wolken hindurch. In der Ferne hinter den Gärten, hinter den Rieselwiesen, einer Ödnis aus gefällten Weiden und zersplitterten Pappeln, hinter dem glitzernden Band des Flusses waren in den Bergwäldern leere Stellen auszumachen, wie von einer Schere in Stoff gerissene Löcher im Gewebe des dichten Baumbestands.

Die Luft duftete nach dem Saft der abgerissenen Blätter und dem Salz des fernen Meeres. Alles war still, die Vögel schwiegen bis auf einen Regenpfeifer, der über ihnen kreiste und seinen schauerlichen Schrei ertönen ließ.

»Eve war in einem furchtbaren Zustand«, sagte Liza zu Sean. »Wie nach einem schrecklichen Todesfall, wie in Trauer. Na ja, wie ich mir eben jemanden in Trauer vorstelle. Du weißt ja, was man in Büchern so liest, von Leuten, die sich die Haare ausreißen. Bei ihr war es beinahe so schlimm. Ich fand sie im Wohnzimmer, wie sie sich verzweifelt die Haare raufte. Sie jammerte, schrie, warf sich hin und her, als ob sie Schmerzen hätte. Ich wußte nicht, was ich tun sollte, so hatte ich sie noch nie gesehen.

Ich frage mich manchmal, ob es ihr wohl so schlecht gegangen wäre, wenn nicht die Bäume vernichtet worden wären, sondern ich. Damals bekam ich allmählich das Gefühl, daß Shrove ihr mehr bedeutete als ich. Es machte mir angst, ich wußte nicht, was tun.

Es war ja auch keiner da, dem ich mich hätte anvertrauen können. Keiner. Na ja, der Milchmann, aber mit dem war ja nichts los. Jetzt, wo kein Zug mehr fuhr, redete der bloß noch übers Wetter, und davon hatte ich so ziemlich die Nase voll. Mr. Frost kam und fragte, ob er irgendwas für uns tun könnte. Ich sagte, Sie könnten ihr einen Arzt holen, und wahrscheinlich hielt er mich für übergeschnappt. Was fehlt ihr denn, fragte er, und ich konnte ihm keine Antwort geben, ich wußte, dann würde er eine von uns beiden für verrückt halten. Bei niemandem funktionierte das Telefon, sagte er, und es könnte eine Woche dauern, bis wir wieder Strom hätten. Ich saß allein mit ihr da und kam mir so hilflos vor. Ich war ja erst elf.

Am nächsten Tag hatte sie sich ein bißchen beruhigt. Sie lag auf dem Sofa. Kochen konnten wir ja nicht, aber wir hatten Brot und Käse und Obst. Auf Shrove hab ich ein

Päckchen Kerzen gefunden. Und einen Calor-Gaskocher, auf dem wir Teewasser und ein Ei kochen konnten, obwohl das Stunden dauerte. Am Nachmittag schlief sie ein, und ich ging in das kleine Waldstück hinauf, unser sogenanntes Wäldchen.

Warum, weiß ich eigentlich auch nicht. Ich regte mich nicht so auf wie sie, aber ich hatte genügend umgestürzte Bäume und Verwüstung gesehen, ich wollte nichts mehr davon wissen. Ich ging trotzdem hinauf. Vielleicht dachte ich, wenn der Wind dort oben nicht soviel Schaden angerichtet hat, wenn das Wäldchen irgendwie verschont geblieben ist, dann wird es sie aufheitern, wenn ich ihr das erzähle.

Später hab ich es bereut, da wünschte ich, ich wäre zu Hause bei ihr geblieben. Es hat mir solche Angst gemacht.«

»Wie meinst du das?« fragte Sean.

»Du wirst schon sehen. Es hat mit dem zu tun, was ich dort gefunden habe«, sagte sie. »Aber am Ende war das natürlich auch egal.«

Sobald sie sich dem Wäldchen näherte, oder dem, was einmal das Wäldchen gewesen war, mußte sie einsehen, daß sie umsonst gehofft hatte. Aus der Entfernung war nicht zu erkennen, was hinter dem äußeren Baumkreis lag, sie hatten es am Vortag nicht sehen können, als sie die Auffahrt heraufgekommen waren, denn die Eichen und Kastanien im Umkreis waren stehengeblieben. Wie ein Wirbelsturm hatte sich der Wind einen Weg durch den äußeren Ring gebohrt und sich im Innern wie ein tollwütiges Tier gebärdet, war herumgewirbelt und hatte alles Verwundbare in seiner Reichweite zerstört.

Nicht alles, stellte sie fest, als sie sich vorsichtig den aufrechten Eichen näherte. Ein paar von den Schößlingen waren stehengeblieben. Hier und da hatte ein Riese der

Vernichtung widerstanden, während zwei bis drei ausgewachsene Bäume schief dalehnten und ihr endgültiges Zusammenbrechen nur aufgeschoben war. Doch dazwischen war alles verwüstet.

Das Laub an den zerzausten Ästen und Zweigen war noch frisch. Es sah aus, als würde es an den Zweigen weitertreiben, die an den dicken Ästen aus dem lebenden, noch verwurzelten Stamm herauswuchsen. Vor ihr lag ein Meer von Blättern. Es wehte kein Wind, nur ein leichtes Lüftchen; ein Scherz, den sich die Natur mit der Zerstörung erlaubte, ließ die Blätter erzittern, bogenförmige Eichen-, spitzzulaufende Kirschen-, fünffingrige Kastanien- und ovale Buchenblätter. Das Blättermeer war ein dunkles, bebendes Grün, aus dem hier und da wie eine Flosse eine ausgerissene Wurzel ragte oder ein zerborstener Stamm wie der Schornstein an einem gesunkenen Schiff. Der Anblick erinnerte sie an das Gemälde mit dem Meer nach einem Unwetter, das in der Bibliothek auf Shrove hing, denn das echte Meer hatte sie noch nie gesehen.

Eine Weile stand sie nur da und schaute. Dann watete sie in das grüne Meer. Doch da verflog dieses Bild auch schon, denn der Vergleich stimmte nicht. Hier konnte man nicht durchs Wasser schreiten, hier mußte man sich mühsam durch unwegbares Gelände kämpfen. Wo einst Wege und Lichtungen gewesen waren, lag nur noch zerborstenes Holz und abgerissenes Gestrüpp, versteckte Baumstümpfe ließen sie stolpern, zersplitterte Stämme versperrten ihr den Weg.

Gestern noch hätte sie ungläubig reagiert, wenn ihr jemand gesagt hätte, sie würde den Weg durchs Wäldchen nicht mehr finden. Doch genauso war es nun. Alles war anders. Der Wind hatte es völlig zerstört und in eine nahezu undurchdringliche Wildnis verwandelt, wo gestern früh noch Baumreihen gestanden hatten, zwischen denen sich im mysteriösen, grünen Schatten tiefe Gänge erstreckt hatten. Jetzt war alles verwüstet, und merkwürdigerweise sah alles gleich aus. War hier die Stelle, wo die große Buche allein gestanden und ihre Äste in einem so weiten Bogen ausgestreckt hatte, daß sich ein dunkler Schattenkreis mit einem Radius von fünfzig Metern gebildet hatte, in dem kein Grashalm oder sonst eine Pflanze gewachsen war? Oder war hier die Stelle, wo die Lärchen gestanden hatten, kahle Koniferen zur Winterzeit, doch im Frühling mit frischen grünen Nadeln bedeckt? Sie wußte es nicht mehr, doch als sie die Buche entdeckte, gefällt und vornübergeneigt, der gewaltige Stamm grau wie ein nasser Seehund, Erdreich und Steine an den herausgezerrten Wurzeln, als sie das sah, hätte sie wie Eve am liebsten nur noch geweint.

Sie kämpfte sich weiter voran, über umgestürzte Stämme steigend und Büschel von dichtem Blattwerk beiseiteschiebend, ging ziellos weiter und wußte dabei gar nicht, was sie eigentlich suchte. Eine Stelle, wo vielleicht doch nichts passiert war? Einen Teil des Wäldchens, der vielleicht wie durch ein Wunder verschont geblieben war?

Eine Stelle gab es. Aber nur, weil auf der Lichtung, zu der sie nun kam, keine Bäume gestanden hatten. Sie hatte eine ungefähre Vorstellung, wo sie war, im Herzen des zerstörten Wäldchens, im Zentrum, wo einst Kirschbäume und Feldahorn eine Grasfläche umschlossen hatten. Auf dem Baumstumpf inmitten dieser Grasfläche hatte sie einmal Picknick gemacht.

Darauf ging sie nun zu und setzte sich auf den breiten, glatten Stumpf. Sie sah umher, und zum ersten Mal wurde ihr die Stille bewußt. Kein Vogel sang. Im Wäldchen waren sonst immer Vögel gewesen, aber beim Ausbruch des Orkans hatten sie sich davongemacht.

Fast alle Ahornbäume und Kirschen waren umgestürzt,

doch einige standen noch, die höchsten und ältesten Bäume lehnten schief da. Sie überlegte, ob man die halb umgestürzten Bäume wohl retten, sie vielleicht irgendwie hochziehen und abstützen konnte. Wer würde das tun? Wen kümmerte es? Sie stand auf, ging auf den halb liegenden Kirschbaum zu und legte die Hände an den Stamm. Er fühlte sich fest an, kräftig wie ein aufrecht stehender, lebender Baum.

Ihr blieb nichts übrig, als wieder nach Hause zu gehen, sich durch das Wirrwarr abgebrochener Äste einen Rückweg zu bahnen. Sie duckte sich unter einem überhängenden Ahornast durch, sah hinunter, wich erschrocken zurück und schlug sich bei der abrupten Bewegung den Kopf an. Sie spürte den Schmerz kaum. Entsetzt rang sie nach Atem und hielt sich die Hand an den Mund, bekam aber keinen Schrei heraus.

Knapp vor ihren Füßen, nein, *an* ihren Füßen, bevor sie ein paar Schritte zurückgetreten war, lag ein langes Bündel Sackleinen. Sie konnte sehen, daß es ein Sack war, solche benutzte man für Kartoffeln, hatte Eve gesagt, und im Stall auf Shrove lag ein ganzer Stapel davon, allerdings war dieser hier von Erde und Kies ganz steif. Es war auch nicht bloß ein Sack, eher ein Bündel, in dem irgend etwas steckte. Das obere Ende war mit einem inzwischen ziemlich schwarzgewordenen Stück Schnur zusammengebunden, das untere Ende ebenfalls.

Nein, nicht das obere und das untere Ende, hörte Liza sich plötzlich sagen, sondern am Kopf und an den Füßen. Sie trat etwas näher, nicht ängstlich, eher ehrfurchtsvoll. Zuerst war sie erschreckt zurückgewichen; nun war sie neugierig. Was es auch sein mochte, der Sturm hatte es jedenfalls ans Licht befördert, eine Baumwurzel herausgerissen und es aus seinem Grabe gehoben.

Aus seinem Grabe ... Nun fiel ihr auch der Geruch auf.

Es war ein Geruch, den sie nicht kannte. Seltsam also, daß sie wußte, wonach es hier roch, nämlich nach Verdorbenem, nach Verwestem, es erinnerte sie – ja, jetzt wußte sie es wieder – an früher, als Heidi und Rudi noch dagewesen waren. Einer der Hunde hatte einen dicken Knochen vergraben und später, nach einigen Wochen vielleicht, hatte Eve ihn beim Gartenumgraben zutage gefördert, stinkend, voller Maden, jadegrün, eigentlich eine schöne Farbe...

Sie kniete sich hin. Sie hielt den Atem an, irgendwoher wußte sie, daß sie den Atem anhalten mußte. Der Sack hatte am oberen Ende des Bündels knapp unter der Schnur einen Riß. Sie zupfte daran herum und weitete das Loch ein bißchen. Es klaffte plötzlich auf, und eine Flut von weichem, seidigem braunem Haar quoll heraus. Dicht und glitschig ergoß es sich über ihre Hände. Das Haar löste sich, bis sie es auf einmal in den Fingern hatte. Sie taumelte davon und übergab sich zwischen die abgebrochenen Äste.

16

»Es war Bruno?« sagte Sean.

Sie nickte.

»Armes Kleines. Kann sein, daß ein Kind so 'n Ding nie verwindet.«

Sie wünschte, er würde nicht »so 'n Ding« sagen, aber da war nichts zu machen.

»Ich schon. Ich hab's verwunden. Ich hab nicht einmal davon geträumt. Komisch, weißt du, aber wenn man sich übergeben muß, kann man nichts machen. Das kommt nicht vom Kopf, das kommt vom Körper. Ich war neugierig, ich wollte es unbedingt wissen, es hat mich sozusagen *interessiert.* Ich wußte, daß es Brunos Haare waren, ich wußte, daß es Bruno war, ich konnte Bruno absolut nicht ausstehen, ich hab ihn gehaßt, ich war froh, daß er tot war, und trotzdem hab ich mich erbrochen. Komisch, nicht?«

Er verstand nicht. »Du mußt total durcheinander gewesen sein. Du hast nicht gewußt, wie dir geschieht.«

Es hatte keinen Zweck. Sie gab auf. »Ich wußte nicht, was ich machen sollte. Mir blieb gar nichts anderes übrig, als wieder nach Hause zu gehen und das Ding liegenzulassen, bis es jemand finden würde.«

»Also, jetzt noch mal genau«, sagte Sean. »Sie hat ihn umgebracht, stimmt's? Du, die ist ja der reine Horror, deine Mum! Sie hat ihn umgebracht, so wie damals den Mann, auf den die Hunde los sind?«

»Ja, sie hat ihn umgebracht. Wie, weiß ich nicht. Ich hab die Sache nie vor ihr erwähnt. Ich war zwar erst elf, aber mir war klar, daß sie ihn umgebracht hatte – na ja, da gab's eigentlich sonst nicht viel zu sagen, verstehst du?«

Er verstand es nicht. Das war offensichtlich. »Sie war sowieso schon völlig durcheinander. Sie war deprimiert, sie war ziemlich lang in einer tiefen Depression. Ich hätte ihr doch so was nicht gesagt, damit sie sich darüber auch noch aufregt.«

»Da muß doch jemand gewesen sein, dem du es hättest sagen können. Tobias oder der Alte – Frost oder wie der hieß? Von dir konnte keiner verlangen, daß du zur Polizei gehst, nicht in deinem Alter, aber das hätten die ja dann hoffentlich getan. Bist du denn darauf nicht gekommen?«

Es war dunkel im Wohnwagen. Sie sah ihn im Dunkeln an und konnte seinen verwirrten Gesichtsausdruck erkennen. »Sie ist doch meine *Mutter*«, sagte sie leise. Er gab keine Antwort, und als sie sagte, es hätte sich doch alles erledigt, die Leiche sei wieder verborgen worden, reagierte er kaum. »Sie hat ihn umgebracht, weil sie ihn als Bedrohung sah«, sagte Liza. »Er hatte vor, uns auseinanderzubringen und dafür zu sorgen, daß wir von Shrove weggingen.«

»Schon gut. Reg dich nicht auf.« Sean zögerte. »Wie hat sie es getan?«

»Keine Ahnung. Ich habe keine Schüsse gehört an dem Tag, als er verschwunden ist, aber das wäre ja auch viel zu weit weg gewesen. Erinnerst du dich an die blutigen Lappen im Schlößchen? Kann sein, daß sie ein Messer benutzt hat.«

Er war ziemlich blaß geworden. »Hattest du denn keine Angst vor ihr? Ich meine, sie hätte doch auf dich losgehen können.«

»O nein.« Liza mußte lachen. »Ich war doch der kleine Vogel im Maul des Krokodils, ich war sicher, wenn auch sonst niemand sicher war.«

»Das hättest du lieber nicht sagen sollen, das mit dem Sack und den Haaren. Jetzt kann ich bestimmt nicht schlafen.«

»Ich schon«, sagte Liza und schlief, den Arm um seine Mitte und die Stirn zwischen seine Schulterblätter gedrückt, sofort ein. Sollte er doch wachliegen und sich gruseln vor dem, was sie ihm erzählt hatte, sie merkte jedenfalls nichts davon.

Vorsichtshalber blieb sie am nächsten Morgen ziemlich wortkarg. Sie kochte Teewasser und verrichtete schweigend ihre oberflächliche Morgentoilette. Es war vielleicht nicht ratsam, ihn zu sehr in die Einzelheiten einzuweihen. Sie hatte ihm in der vergangenen Nacht ein bißchen zu viel erzählt, von nun an würde sie sich etwas zurückhalten. Seine Bemerkung über die Polizei hatte ihr gar nicht gefallen. Eve war verhaftet worden, zweifellos vor einem Gericht erschienen und saß nun irgendwo im Gefängnis, aber es gab bestimmt noch einiges, was sie nicht wußten und auch nicht zu wissen brauchten.

Es war zwar nicht ihr Tag bei Mrs. Spurdell, doch sie sagte trotzdem: »Ich komme mit in die Stadt.« Es waren an diesem Morgen fast ihre ersten Worte. Die Ersatzschlüssel fürs Auto nahm sie mit.

Zum ersten Mal fuhr sie mit bis auf den Parkplatz beim Supermarkt und merkte sich, wo er parkte. Er ging zur Arbeit, und nachdem sie bei *Marks and Spencer* zwei Badetücher gekauft hatte, betrat sie gelassen *The Duke's Head,* wo sie weder in der Eingangshalle noch auf der Treppe jemandem begegnete.

Im Badezimmer fehlte Seife. Damit hatte sie nicht gerechnet, doch woher hätte sie es auch wissen sollen? Sie badete trotzdem, genoß das ausgiebige heiße Wannenbad, ohne sich Sorgen über Mrs. Spurdells unerwartete Rückkehr machen zu müssen, und trocknete sich mit den beiden dickflauschigen Badetüchern ab. Beim Hinausgehen erkundigte sich ein Mann in Anzug und Krawatte, ob er ihr behilflich sein könne. Liza sagte, sie suche eine gewisse Mrs. Cooper. Sie kannte nicht viele Namen, sie war bisher recht wenig Menschen begegnet und mußte sich deshalb mit Romanfiguren oder, in diesem Fall, mit dem Namen von Eves imaginärer Putzfrau behelfen.

»Wohnt sie hier im Hotel?«

Liza sagte, sie werde heute oder morgen erwartet. Der Mann schaute in seinem Buch nach und meinte, das sei wohl ein Irrtum, schöpfte jedoch keinen Verdacht beim Anblick der prallen Einkaufstasche mit den nassen Badetüchern. Er schien auch gar nicht verärgert zu sein oder sie loshaben zu wollen, und während er über die fiktive Mrs. Cooper redete und laut überlegte, wo diese Frau denn nun wohnen könnte oder ob einem seiner Mitarbeiter vielleicht ein Fehler unterlaufen sei, bemerkte Liza, daß in der Art, wie er sie ansah und mit ihr sprach, Bewunderung mitschwang. Sean würde sagen, er hatte einen Narren an ihr gefressen.

So etwas kannte sie bisher nur bei Sean und hatte es akzeptiert, ohne sich darüber Gedanken zu machen, ob andere vielleicht die gleichen Gefühle hatten. Nun verstand sie auf einmal, daß das Verlangen nach ihr keine spezielle Eigenart von ihm war, sondern auch bei anderen vorkommen konnte. Sie wurde sich ihrer Macht bewußt.

»Kommen Sie jederzeit vorbei, wenn wir Ihnen irgendwie behilflich sein können«, sagte der Mann zum Abschied.

Hinter dem Supermarkt setzte sie sich ins Auto und ließ den Motor an. Sie fuhr in der Stadt umher und brachte sich Dinge bei, die Sean ihr auf dem Flugplatz nicht hatte zeigen können. Zum Beispiel Anfahren am Hang oder eine

Schnellbremsung. Er wäre bestimmt sauer, weil sie ohne Führerschein und Versicherung fuhr, aber das war ihr egal, denn er würde es nicht erfahren.

Auf dem Rückweg mußte sie fast eine Stunde auf den Bus warten und dann von der Haltestelle im Regen noch eine Meile zu Fuß nach Hause gehen.

Die Tage nach der Entdeckung von Brunos Leiche waren ihr noch lebhaft in Erinnerung. Es waren düstere Tage gewesen, sie hatten keinen Strom, und um sich aufzuwärmen, machten sie Kaminfeuer. Da Eve fast immer tatenlos herumsaß und die Wand anstarrte oder sich im Bett verkroch, schaffte Liza, so gut sie konnte, bis auf die größten und schwersten Äste im Vorgarten alles weg. Jeden Tag ging sie allein nach Shrove hinauf, um allerlei Nützliches aus der Küche und den Nebenräumen zu holen, Feuerzeuge und Taschenlampen, Wärmflaschen, Konserven, Kaffee und Zucker. Das war zwar gestohlen, wie sie inzwischen wußte, aber daran verschwendete sie damals keinen Gedanken.

Eines Nachmittags wollte sie fernsehen. Bisher hatte sie den Fernseher nie mit der Stromzufuhr in Zusammenhang gebracht, wohl aber jetzt, als sie einschaltete und sich nichts tat. Da fiel ihr ein, sie könnte das Telefon ausprobieren, obwohl sie das noch nie getan hatte, doch es schien ebenfalls tot zu sein, denn egal wie viele Tasten sie auch drückte, es blieb stumm.

Sie und Eve hatten von dem, was in der Außenwelt vor sich gehen mochte, keine Ahnung. Und genau dies, verstand sie jetzt, hatte Eve sich immer gewünscht: isoliert sein, abgeschnitten von allem, was sich jenseits von Shrove befand. Doch in einem derartigen Ausmaß hatte sie es sich wohl kaum gewünscht. Da erinnerte sich Liza plötzlich an das Radio in Brunos Auto. Es hing nicht am

Stromnetz, irgendwie wurde es vom Auto selbst betrieben, vielleicht durch den Motor.

Aus Brunos Radio ließe sich eventuell erfahren, was der Orkan angerichtet hatte, ob die Welt untergegangen war, ob die Stromversorgung für immer weg war, ob alle Telefonleitungen zerstört waren. Aber dann verwarf sie den Gedanken wieder. Sie wußte nicht, wie man den Motor anließ oder das Radio einschaltete, und selbst wenn sie es herausbekommen könnte, würde es nichts nützen, denn das Auto war im Stall eingeschlossen und der Schlüssel irgendwo versteckt.

Am nächsten Tag hatte sich die Frage von selbst erledigt, denn die Elektriker kamen und reparierten die Leitungen. Über abgebrochene Zweige und Laubhaufen rumpelnd, kam ihr Kombi am Torhaus vorbeigefahren. Als Liza später hinausging, sah sie sie hoch oben auf den Strommasten sitzen und die Kabel neu spannen; einer der Männer, der sie wohl für eine Bewohnerin von Shrove hielt, rief ihr zu, ihre Fernsehantenne sei kaputt. Der Sturm habe sie vom Dach gerissen, und nun hinge sie an einem der Schornsteine fest.

Liza hatte keine Ahnung, was er meinte. Sie hatte noch nie von einer Fernsehantenne gehört. Für sie gehörte das komplizierte gitterartige Ding, das aussah wie ein Backofengitter, überall auf die Dächer, vermutlich war es eine Art Wetterfahne. Nachdem die Männer gegangen waren und Licht und Heizung wieder funktionierten, ging sie nach Shrove hinauf, um fernzusehen.

Diesmal kam zwar etwas, aber nicht richtig. Das Bild breitete sich nach allen Seiten aus, rollte ab, als ob jemand im Innern einen Hebel betätigte, es erschienen Linien, und dann wieder sah der Bildschirm aus wie grobgewobener, grauer Stoff. Man konnte die Gesichter der Leute nicht erkennen, und ihre Stimmen hörten sich an, als wären sie alle erkältet. Es dauerte ziemlich lange, bis Liza den Zusammenhang zwischen der Störung im Fernseher und dem kaputten Backofengitter auf dem Dach herstellte. Sie dachte sich, das Gerät funktionierte eben nicht mehr richtig. Es war alt, und nun funktionierte es eben nicht mehr richtig. Sie fühlte sich hilflos, sie wußte, daß sie nichts machen konnte, ohne Eve etwas davon zu sagen. Damit war es aus mit ihren Fernsehnachmittagen. Jonathan sah nie fern, der Apparat hatte seinem Großvater gehört, und er würde sich bestimmt keinen neuen anschaffen oder die Antenne richten lassen.

Betrübt ging sie ins Torhaus zurück. Beim Anblick von Eve, die kaum den Mund aufmachte und mechanisch das Abendessen herrichtete, während sie in Gedanken weit weg war, fand Liza, ihre Mutter hätte wirklich nicht mehr Grund zum Kummer als sie, die einen ebensogroßen Verlust erlitten hatte, die ihren einzigen Freund verloren hatte.

In den Wochen nach dem Orkan wurde sie erwachsen. Es kam ihr vor, als wäre sie drei oder vier Jahre älter geworden. Sie wußte inzwischen alles mögliche, von dem sie sicher war, daß man mit elf normalerweise darüber noch nichts weiß. Zum Beispiel kannte sie nun das Gefühl, mit einer vor Kummer und Elend fast wahnsinnigen Frau alleinzusein, und gleichzeitig zu wissen – ja, sie wußte es sogar damals schon –, daß es falsch war, derartig an einer *Sache,* einem Grundstück, einem Haus zu hängen. Wenn sie auf die gleiche Art an dem Fernseher hing, war das etwas anderes, sie war ein Kind, während Eve schon erwachsen war. Ihre Mutter erschien ihr dadurch nur noch bemitleidenswerter. Sie mußte für sie sorgen, nett zu ihr sein, durfte sie nicht aufregen und mußte sie zu der einzigen Tätigkeit ermuntern, die sie ablenken konnte: unterrichten und Wissen vermitteln. Manchmal beschäftigte sich Liza von frühmorgens bis spätabends mit ihren Lehrbüchern, nur damit Eve nicht an die Verwüstung und das Chaos draußen dachte.

Und noch etwas trug zu ihrem raschen Erwachsenwerden bei: ihre Angst und Sorge wegen Brunos Leiche. Eve hatte sie an der erstbesten Stelle vergraben, weil sie sie rasch verstecken wollte, weil sie, falls man die Leiche fand, ernsthaft in Schwierigkeiten sein würde. Aufgrund ihrer Lektüre viktorianischer Romane hatte Liza eine dunkle Ahnung von der Art dieser Schwierigkeiten. *Oliver Twist* war dabei ihr Leitfaden, ebenso *Die Frau in Weiß*. Ob man Mörder immer noch hängte? Eve konnte sie nicht fragen. Was bedeutete eigentlich Hängen? Woran wurde man aufgehängt? Über Enthauptungen wußte sie da viel besser Bescheid. Aus ihrer Lektüre über die Französische Revolution und Maria Stuart und die Frauen Heinrichs des Achten kannte sie sich mit Köpfeabschlagen ziemlich gut aus.

Würde man Eve hängen? Der Gedanke flößte ihr Angst ein, sie war wieder das kleine Kind, eher fünf als elf Jahre alt, das sich vor dem bösen schwarzen Mann fürchtete, der kam und ihm seine Mummy wegnahm. Wie Eve vor dem Anblick des zerstörten Waldes wollte sie sich verkriechen und so tun, als sei alles gar nicht wahr. Außerdem, wenn sie Eve fragte, wie das mit dem Hängen sei, müßte sie sich vielleicht noch mehr Sorgen machen. Also fragte sie nicht. Sie und Eve beschäftigten sich von morgens bis abends mit Literatur, Geschichte und Latein.

Bis zu dem Tag, an dem Eve überhaupt nicht mehr aufstand. Das Gesicht zur Wand gekehrt, blieb sie im Bett liegen. Liza trat zum ersten Mal seit Tagen wieder ins Freie. Es war der letzte Tag im Oktober, der 31., Halloween, der Tag vor Allerheiligen, ein trockener, grauer, windiger Morgen.

Das verwüstete Wäldchen sah jetzt anders aus, weil alle Blätter abgestorben waren. Sie hatten sich nicht braun verfärbt, wie die an den noch lebenden Bäumen, sondern waren grün geblieben, vertrocknet, wellig und verdorrt. Das trockene Laub raschelte, als sie sich einen Weg durch das Wirrwarr bahnte. Aus dem Dickicht ließ ein Fasan seinen rasselnden Schrei ertönen, und in den vereinzelten Baumkronen oben hörte sie Tauben gurren. Die Vögel waren zurückgekommen.

Das Herz schlug ihr bis zum Halse (hatte sie einmal gelesen) oder vielleicht wurde ihr einfach nur wieder schlecht, als sie zu der Lichtung mit dem flachen, glatten Baumstumpf kam. Diesmal brauchte sie allerdings nicht zu befürchten, sich erbrechen oder den Geruch madiger Knochen riechen zu müssen, denn das Bündel war weg.

Einen Augenblick spürte sie panische Angst, den Impuls, wegzurennen, wußte aber nicht, wohin. Jemand war gekommen, hatte Bruno gefunden und ihn mitgenommen. Doch dann sah sie, was geschehen war. Die Leiche im Sack war noch da, sie lag irgendwo da unten in einem Loch. Der halbschiefe Kirschbaum war vollends umgefallen und hatte sie wieder zugedeckt. Der Kirschbaum, um den sie prüfend die Hände gelegt hatte, um zu sehen, wie stabil er war, war überhaupt nicht stabil gewesen, sondern beim nächsten Windstoß umgestürzt, mit seinem breiten, massiven Stamm auf das Bündel gefallen und hatte es in sein Grab zurückgeschoben.

Liza sah sich die Stelle genau an. Es gab keinen Hinweis auf das Bündel, außer man wußte, wonach man suchte, außer man entdeckte den Sackzipfel, der an der Stelle herausragte, wo der unterste Ast aus dem Stamm des Kirschbaums wuchs. Der Versuch, ihn darunterzuschieben, mißlang, und so schleppte sie Äste und mehrere Armvoll Zweige heran und häufte alles darüber, um Brunos Überreste zu verbergen.

Auf diese Weise war nichts mehr zu sehen, bis die Arbeiter kämen, um das Holz wegzuräumen. Damals hatte sie nicht daran gedacht, sie war einfach erleichtert gewesen, hatte geglaubt, nun sei das Bündel für immer verborgen, doch schon ein paar Tage später waren Waldarbeiter mit Kettensägen und Äxten in einem Lastwagen angekommen. Auch Jonathan kam. Zuerst räumten die Männer den Garten am Torhaus frei und machten sich dann an die umgestürzten und beschädigten Bäume im Park.

Das beunruhigte Liza sehr. Sie war überzeugt, sie würden auch ins Wäldchen gehen und dort die Stämme und abgebrochenen Bäume fortschaffen. Einen ganzen Tag lang machte sie sich deswegen Sorgen, bis Jonathan – der stundenlang bei Eve im Cottage saß, wo die beiden über den Schaden, den der Orkan angerichtet hatte, jammerten und die Köpfe schüttelten – ganz beiläufig bemerkte, der »kleine« Wald würde als letztes aufgeräumt werden. Es könnte noch zwei Jahre dauern, bevor sie mit der Beseitigung der Bäume im »kleinen« Wald anfangen würden.

Für Jonathan nahm Eve sich sogar zusammen und stand auf. Sie wusch sich die Haare und flocht den Zopf am Hinterkopf, zog ihr enges schwarzes Oberteil und den blaulila Rock an, setzte ein Lächeln auf und machte sich für Jonathan schön.

Als er kam, tat er etwas, was Liza ihn schon seit Jahren nicht hatte tun sehen – er umarmte Eve und küßte sie. Als Eve sie wegschickte und sagte, sie solle nach oben gehen und ihren Geschichtsaufsatz schreiben – sie nannte es »Hausaufgabe«, als ob der Unterricht nicht sowieso immer zu Hause stattfinden würde –, horchte Liza an der Tür. Sie hörte, wie Eve zu Jonathan sagte, im Augenblick seien Quartalsferien. Das traf vielleicht zu. In dem Fall war das, was sie sagte, nicht wirklich die Unwahrheit. Es kam natürlich darauf an, was man unter einer Lüge verstand. Eine Lüge war, wenn man bewußt eine Täuschung beabsichtigte. Eve beabsichtigte bestimmt eine Täuschung, wenn sie Jonathan zu der Annahme verleiten wollte, Liza ginge zur Schule.

Sie sprachen lange über den Orkanschaden. Beide waren über Statistiken gut informiert, daß es nämlich der erste Orkan in England seit soundso viel hundert Jahren war und daß soundso viele Bäume zerstört worden waren. Sie sprachen über den großen Sturm von 1703. Das war alles ziemlich langweilig. Nachdem sie gehört hatte, daß die Räumungsarbeiten in dem Teil des Wäldchens, wo Brunos Leiche lag, aufgeschoben werden sollten, beschloß Liza, nach oben zu gehen und mit dem Aufsatz über den Aufstieg Napoleon Bonapartes anzufangen. In dem Moment wechselte Jonathan das Thema und teilte Eve ziemlich knapp mit, Victoria habe ihn verlassen und sei mit ihrem Geliebten nach Caracas gezogen. Es gebe keine Hoffnung auf Aussöhnung, das Gericht bezeichne die Ehe als »zerrüttet«.

Gerade als Eve etwas, wie Liza meinte, Interessantes sagen wollte, ertönte lautes Klopfen an der Haustür.

Eve sagte recht theatralisch: »Verdammt, ein frisches Unglück, was denn nun schon wieder?« und erklärte dann lachend, den Ausdruck habe eine gewisse Dorothy Parker geprägt.

Es war aber nur einer der Arbeiter, der Jonathan sprechen wollte, um zu fragen, ob sie einen in zwei Teile gespaltenen Baum nun abholzen oder stehenlassen sollten. Liza ging nach oben, und weil sie nicht genau wußte, ob Caracas die Hauptstadt von Venezuela oder von Ecuador war, schlug sie im Atlas nach.

Jonathan blieb eine knappe Woche. Eine Nacht, da war

sich Liza fast sicher, verbrachte er in Eves Bett. Es war nur so ein Gefühl von ihr, mehr nicht, denn sie hatte sie nicht zu Bett gehen hören, hatte in jener Nacht tief geschlafen, und als sie am nächsten Morgen herunterkam, deutete nichts auf seine Anwesenheit hin. Aber sie war inzwischen älter und achtete nun viel mehr auf solche Sachen.

Im Januar wurde sie zwölf.

Das nächste Mal ging Liza erst in den Nachmittagsstunden zu Mrs. Spurdell, und so hatte sie Zeit, sich die Frisur zu machen, die Eve immer zu besonderen Anlässen getragen hatte. Sie hatte dann das Haar am Hinterkopf zu einem dicken Zopf geflochten. Liza stellte fest, daß sie dadurch um einige Jahre älter wirkte. Die entliehenen Bücher nahm sie mit.

Mr. Spurdell kam selten nach Hause, bevor sie ging, doch an diesem Tag war er da und kaum zehn Minuten im Haus, als eine Frau in einem roten Wagen vorfuhr. Liza putzte gerade die Schlafzimmerfenster, als sie sie über den Weg an die Haustür kommen sah. Sie war groß und auf etwas maskuline Art gutaussehend; ihr dunkles Haar war im Nacken straff zusammengebunden. Sie trug einen dunkelgrauen Hosenanzug mit Nadelstreifen und eine rote Seidenbluse. Doch das Anziehendste an ihr war der warme, intelligente Gesichtsausdruck; sie sah aus, als sei sie gar nicht in der Lage, unfreundliche oder dumme Dinge zu sagen.

Liza erwartete, daß nun gleich die Türglocke läutete. Statt dessen hörte sie, wie die Haustür aufging. Sie muß einen eigenen Schlüssel haben, dachte sie, und wußte sofort, wer es war. Dieselbe Jane, die in ihre Bücher schrieb, man hätte sie ihr gestohlen. Damals war sie natürlich viel jünger gewesen. Jane, die Tochter, die beruflich irgend etwas mit Pädagogik zu tun hatte. Jetzt fiel ihr auch die Ähnlichkeit mit dem Foto auf.

Wie konnten so ein armseliges, verschrumpeltes Männchen wie Mr. Spurdell und ein fettes, weißhaariges Geschöpf wie seine Frau bloß eine dermaßen gutaussehende Tochter haben? Es war ihr ein Rätsel. Sie putzte die Fenster fertig und ging hinunter. Es überraschte sie nicht sonderlich, daß niemand Anstalten machte, sie vorzustellen. Mr. und Mrs. Spurdell redeten einfach weiter, als sei sie Luft, als sei sie bloß ein gut programmierter Roboter, der die Böden fegte und die Möbel abstaubte.

Liza sagte zu Mrs. Spurdell, sie sei jetzt fertig. Ob sonst noch etwas zu tun sei? Nachdem Mrs. Spurdell die Frage verneint und sie mit dem Blick einer Feudalherrin gegenüber ihrer Leibeigenen bedacht hatte, ging Liza in die Küche, setzte sich an den Tisch und wartete auf ihr Geld.

Kurz darauf kam Mr. Spurdell herein. Er sah die geliehenen Bücher auf dem Küchentisch liegen und fing an, sie über den Inhalt auszufragen. Wer war Miss Gradgrind? Was meinte Dickens mit Mrs. Sparsits koriolanischer Nase? Was sammelte Mr. Boffin? Wer war Silas Wegg? Liza war überrascht, ließ sich jedoch nicht aus der Fassung bringen. So etwas kannte sie von Eve zur Genüge und beantwortete seine Fragen gerade mit der Begeisterung einer Gelehrten, die sich in ihrem Fach bestens auskennt, als die gutaussehende Pädagogin in die Küche kam.

Sie zog überrascht die Augenbrauen hoch und zwinkerte Liza zu. »Hör auf, Dad, was machst du denn, soll sie etwa eine Prüfung machen? Dein Glück, daß sie so höflich ist, sonst würde sie dir sagen, wo du dir deine Fragen hinstekken kannst.« Sie streckte Liza ihre Hand hin und sagte: »Jane Spurdell. Ich muß mich für meinen Vater entschuldigen. Er ist und bleibt eben ein Pauker.«

»Schon gut«, sagte Liza und überlegte blitzschnell, bevor sie Seans Namen nannte. Die Spurdells hatten sich nie nach ihrem Nachnamen erkundigt. »Liza Holford.«

Mr. Spurdell verzog keine Miene. »Diese junge Dame ist äußerst schwer durchschaubar, Jane. Ich hab sie dabei ertappt, wie sie meinen Dickens las. Entweder macht sie gerade ein Sabbatjahr, oder aber sie putzt bei uns zu Forschungszwecken. Was mag sie wohl erforschen, frage ich mich. Sollen wir es gemeinsam wagen, ihr Geheimnis zu ergründen?«

»Du vielleicht, Dad«, erwiderte Jane Spurdell, »aber laß mich dabei aus dem Spiel. Ihr Geheimnis, falls sie eins hat, ist ihre Sache.« Sie lächelte Liza überaus freundlich zu. »Ich muß sagen, deine Frisur gefällt mir wirklich gut. Ist die schwer zu machen?«

Liza erklärte ihr gerade, daß es zwar nicht besonders schwierig sei, aber viel Zeit in Anspruch nehme, eine halbe Stunde würde man dafür schon brauchen, als Mrs. Spurdell hereinkam, ihre Geldbörse in der einen Hand, die andere voller Wechselgeld. Liza merkte, daß es ihr überhaupt nicht paßte, sie in ein kameradschaftliches Gespräch mit ihrer Tochter verwickelt zu sehen.

»Du hättest vielleicht Friseuse werden sollen«, sagte sie verdrossen. »Wenn du mit deinem Vortrag fertig bist, würde ich gern das mit der Bezahlung hinter mich bringen.«

Jane sah aus, als schämte sie sich für ihre Mutter – mit gutem Grund, dachte Liza – und wirkte noch peinlicher berührt, als jene sich bei ihr zwei Pfund in Münzen leihen wollte, die ihr für die vollen zwölf Pfund noch fehlten. Mr. Spurdell war nach oben gegangen, doch als sie schon in der Tür war, fing er sie mit den Taschenbuchausgaben von *Little Dorrit* und *Vanity Fair* im Hausflur ab. Liza ließ sich nicht anmerken, daß sie *Vanity Fair* schon gelesen hatte. Sie beobachtete und konnte sich das Lachen dabei kaum verkneifen, wie Mrs. Spurdell das Gesicht verzog, als Jane sich von ihr verabschiedete und sagte, es habe sie gefreut, sie kennenzulernen.

Im Auto auf der Heimfahrt überlegte sie, ob sie Sean von Jane erzählen sollte, wie gut sie aussah und wie nett sie war. Doch sie sagte ihm nichts. Ohne genau zu wissen, warum, hatte sie das Gefühl, es würde ihm nicht gefallen. Er hatte die Schule gehaßt und die Lehrer abwechselnd als machthungrig oder als eingebildeten Haufen bezeichnet. Er dachte bestimmt, eine Frau wurde nur deshalb Erziehungswissenschaftlerin, weil sie keinen Mann abbekommen hatte.

Weil er danach fragte, erzählte sie ihm statt dessen, was sich in dem Jahr nach dem Orkan auf Shrove zugetragen hatte. Es war erstaunlich, wie versessen auf Geschichten er war. Was würde er bloß anfangen, wenn er einmal eine Freundin hätte, die nichts zu erzählen hatte? Aber natürlich würde er nie eine andere Freundin haben, denn sie blieben ja für immer und ewig zusammen.

»Bei dem Sturm ging mein Fernseher kaputt – na ja, ich betrachtete ihn als meinen –, und mir war klar, daß ich keinen neuen bekommen würde. Statt dessen machten wir ununterbrochen Unterricht, und mit der Zeit ging es Eve wieder besser. In dem Jahr hatten wir einen herrlichen Sommer, den ersten von vielen, aber das war der beste, den wir je hatten.«

»Der Treibhauseffekt«, sagte Sean.

Sie war überrascht, daß er das wußte, und ärgerte sich gleich über ihre Reaktion. »Kann schon sein«, sagte sie. »Keine Ahnung. Eve sagte, Anfang des Jahrhunderts hätte es oft solche Sommer gegeben, vor dem Ersten Weltkrieg.«

»Woher wollte sie das denn wissen? Dafür war sie doch noch nicht alt genug.«

Liza zuckte die Achseln, wie Eve. »Der Milchmann

sagte, ist es euch jetzt endlich heiß genug? Das sagte er jeden Tag, er muß es irgendwo aufgeschnappt haben. Die Männer ließen sich durch die Hitze aber nicht aufhalten. Sie waren auf Shrove eifrig mit den Räumungsarbeiten beschäftigt, und es sah schon gar nicht mehr so schlimm aus. Im Park und unten am Fluß hatten sie sogar ein paar neue Bäume gepflanzt. Die Bäume gediehen auf dem sumpfigen Boden dort unten recht gut. Selbst Eve meinte, es sei doch nicht so schlimm, wie sie befürchtet hätte, und Mr. Frost meinte, jedes Unglück habe auch sein Gutes, und jetzt, da die alten Bäume weg seien, habe man ja eine ungeahnte Aussicht. Ich glaube, das war der längste Satz, den ich je von ihm gehört hatte.

In dem Jahr kam Jonathan oft nach Shrove. Eigentlich komisch, aber ihm ist anscheinend nie aufgefallen, daß ich die ganze Zeit zu Hause war. Ich meine, den ganzen Mai, Juni und Juli, wenn alle Gleichaltrigen in der Schule waren.

Genausowenig fiel ihm anscheinend auf, daß Mrs. Cooper nie zum Putzen kam, solange er auf Shrove war, obwohl er einmal fast zwei Wochen dort blieb. Es lag wahrscheinlich daran, daß er sein Leben lang bedient worden ist, er hielt es einfach für normal, daß alles für ihn erledigt wurde, daß jemand für ihn putzte, ihn bekochte und seine Kleider wusch. Entweder hat er bei uns gegessen oder Eve hat ihm sein Essen raufgetragen. Sie hat auch seine Wäsche mitgenommen und sie ihm gewaschen und gebügelt wieder hinaufgebracht.

Ich hab nie gehört, daß er sich mal bedankt oder etwas gesagt hätte, jedenfalls nicht, wenn ich dabei war. Manchmal hat sie die Nacht wohl bei ihm auf Shrove verbracht, damals und später auch noch recht oft. Dann ist sie meistens aus dem Haus gegangen, wenn ich schon geschlafen habe, und morgens in aller Frühe wiedergekommen. Alles war wieder wie vor seiner Heirat mit Victoria, jedenfalls dachte Eve das. Sie hoffte es.

Sie redeten stundenlang über seine Ehe. Dabei vergaßen sie vollkommen, daß ich da war, ich brauchte also gar nicht mehr an der Tür zu lauschen. Dauernd hat sie ihn Sachen über Victoria und die Scheidung gefragt, aber ich habe ihn nie ein Wort über Bruno sagen hören. Dabei stand Brunos Auto die ganze Zeit in seinem Stall, und Brunos Leiche lag in seinem Wald. Sie verweste in seinem Wald und wurde von den Würmern zerfressen.«

»Liza«, mahnte Sean. »Bitte!«

»Entschuldige. Du bist *wirklich* zimperlich. Ich glaube, Jonathan scherte sich nicht drum, es war ihm egal. Er interessierte sich bloß für Jonathan Tobias, andere Menschen waren nur insofern interessant, als sie für Jonathan Tobias von Nutzen sein konnten. Vielleicht sind wir alle so. Oder?«

»Für mich kämst du an erster Stelle, das weißt du.«

»Wirklich? Du bist lieb. Ich mußte immer an die Geschichte vom alten Mr. Tobias und meiner Großmutter denken, die Eve mir erzählt hat, und daß sie damals dachte, sie und Jonathan würden heiraten. Daß ihre Mutter Shrove nicht gekriegt hat, war halb so schlimm, denn sie und Jonathan würden ja heiraten. Das dachte sie auch noch, als ich klein war und er für drei Wochen kam und alles wieder so wurde wie früher.

Sie glaubte, sobald er geschieden wäre, würde er sie heiraten. Siebzehn Jahre lang hatte sie versucht, ihn für sich zu gewinnen.«

17

Wenn man eine Fortsetzungsgeschichte erzählt, verrät man dem Zuhörer nicht, daß nun eine Stelle kommt, an der nicht besonders viel passiert. Sonst verliert dieser das Interesse am Folgenden. Das hatte Liza irgendwie begriffen und unterließ deshalb, es Sean zu sagen. Doch in ihrem zwölften und dreizehnten Lebensjahr passierte tatsächlich nicht besonders viel. Eve hatte sie damals in Englisch, Geschichte und Fremdsprachen ganz schön büffeln lassen. Sie hatte ihr Nähen und Stricken beigebracht und ein paar alte Pullover aufgetrennt, damit Liza daraus etwas Neues stricken konnte. Sie hatten zusammen Musik gehört, doch Zeichnen und Malen hatte nicht stattgefunden, das hätte sie wahrscheinlich an Bruno erinnert. Der Fernseher fehlte Liza sehr, und traurig sah sie, wie eines Tages die Sperrgutabfuhr kam und das alte Gerät auf den Lastwagen geworfen wurde.

Ansonsten geschah nichts Bedeutendes. Niemand kam, um im Wäldchen freizuräumen. Die Streckenarbeiter von British Rail montierten an der ehemaligen Bahnstrecke schließlich die Gleise und Schwellen ab, den Tunnel schütteten sie jedoch nicht zu oder sperrten ihn ab, und so gähnte an der Tunnelmündung nun ein großes Loch wie an einer Höhle. Brunos Auto blieb im Stall oben eingeschlossen. Alle fünf oder sechs Wochen überzeugte sich Liza davon, daß es noch da stand. Gelegentlich sah sie in der Schmuckschatulle nach, ob der goldene Ring noch darin lag. Er war da, wie immer. Und wenn Eve einmal keine Ohrringe trug, lagen drei Paar in dem Kästchen.

Ab und zu kam Jonathan. Wenn er von Victoria sprach, dann nur, um darüber zu jammern, wieviel Geld sie von ihm haben wollte, sobald die Scheidung vollzogen wurde. Geld und Immobilien. Sie hatte es auf das Haus in Ullswater abgesehen und würde es auch zweifellos bekommen. Er schickte eine Postkarte aus Zimbabwe und brachte bei seinem nächsten Besuch im Herbst ein paar Leute mit, die Liza noch nie gesehen hatte, einen Mann namens David Cosby und seine Frau Frances. Sie kamen zur Jagd.

»David ist Jonathans Vetter«, sagte Eve.

Mit Vettern kannte Liza sich aus, davon hatte sie in ihren Romanen gelesen.

»Er kann aber gar nicht sein Vetter sein«, wandte sie ein. »Caroline hatte doch keine Geschwister und sein Vater auch nicht.«

»David ist sein Vetter zweiten Grades. Er ist der Sohn des Neffen vom alten Mr. Tobias. Er liebt Shrove, er liebt das Haus fast genauso wie ich, ich weiß, daß er sich wünscht, es wäre seins.«

»Wenn er es so liebt, warum war er denn dann noch nie hier?«

»Er hat zwölf Jahre in Afrika gelebt, aber jetzt ist er für immer nach Hause gekommen.«

David Cosbys Gesicht hatte das gleiche dunkle, glänzende Braun wie die Holztäfelung in der Bibliothek auf Shrove, während das seiner Frau faltig und gelb war. Von der afrikanischen Sonne, dachte Liza, die gerade *Die Kupferminen des König Salomon* gelesen hatte. Sie blieben zwei Wochen. Diesmal schien Eve in einer ganz anderen Position zu sein. Liza bemerkte es, ohne es genau beschreiben zu können. Vielleicht lag es daran, daß die drei auf Shrove sie, anders als Victoria und deren Freunde, überhaupt nicht als Dienstmädchen behandelten. Sie ging dreimal zum Abendessen hinauf – Jonathan hatte Köche von einem Partyservice kommen lassen, die die erlegten Rebhühner zubereiteten – und ließ den Abwasch bis zum nächsten Tag für Mrs. Cooper stehen.

Der Witz war natürlich, daß es gar keine Mrs. Cooper gab, und so mußte Eve, während die anderen auf der Jagd waren oder einen Ausflug machten, schnell hinauflaufen und ihr imaginäres Putzfrauspielchen spielen. Es war ziemlich sonderbar, und Liza war nicht ganz wohl dabei.

Überhaupt wurde Eve in jenen zwei ereignislosen Jahren ziemlich sonderbar. Oder aber sie war es schon immer gewesen, und Liza hatte es als kleines Kind nur noch nicht gemerkt. Damals war sie schlicht und einfach Mutter gewesen. Obwohl Liza immer noch nicht besonders viele Leute kannte, waren es inzwischen doch mehr als zuvor. Sie war jetzt in der Lage, Vergleiche anzustellen. Und allmählich fing sie an, den Lebensstil im Torhaus, insbesondere ihren eigenen, zu hinterfragen. Warum wollte Eve niemanden kennenlernen und nirgendwohin fahren? Gab es andere Menschen, die so leidenschaftlich an einem Ort hingen wie sie an Shrove? Welcher Zweck wurde mit den unzähligen Unterrichtsstunden verfolgt, die pausenlos, auch samstags und sonntags, stattfanden? Eve unterrichtete und sie mußte tagaus, tagein stundenlang lernen. Warum?

Eve fuhr auch nicht mehr in die Stadt. Sie hatte einen Obst- und Gemüsehändler ausfindig gemacht, der die Sachen einmal pro Woche anlieferte, und was er nicht brachte, bekam sie vom Milchmann. Wenn sie einmal in die Stadt fuhr, was ganz selten, etwa alle paar Monate, vorkam, dann nur, um Lehrbücher für Liza zu kaufen, und aus noch einem, allerdings ziemlich merkwürdigen Grund: um Geld abzuheben. Inzwischen gingen Jonathans Schecks per Post an die Bank, und das Geld wurde später abgehoben und zu Hause in einem Versteck aufbewahrt.

Eines Tages, als Eve gerade von ihrem Besuch in der Stadt zurückgekehrt war, dem einzigen in jenem Winter, sah Liza sie mit einem kleinen braunen Paket in der Hand ins Schlößchen hinübergehen. Eve hatte, soweit sie wußte, nie eine Handtasche besessen. Daß es so etwas wie Handtaschen gab, wußte Liza nur, weil sie sie bei Victoria, Claire und Frances Cosby gesehen hatte. Sie sah, wie Eve mit dem kleinen Paket ins Schlößchen ging und nach ein paar Minuten ohne Päckchen wieder herauskam.

Später, als Eve wieder einmal in ihrer Eigenschaft als Mrs. Cooper auf Shrove war, nahm Liza das Schlößchen in Augenschein. Es war nicht besonders viel darin. Inzwischen deutete nichts mehr darauf hin, daß es einmal für Mensch oder Tier als Behausung gedient hatte. Es dauerte nicht lange, bis sie den losen Ziegelstein gefunden hatte und dahinter die Stahlkassette mit dem Geld.

Die Kassette war mit Dutzenden von Geldscheinen gefüllt, Fünf-, Zehn-, Zwanzig- und sogar Fünfzigpfundnoten. Sie bemühte sich nicht, sie zu zählen, man konnte sehen, daß es mehrere hundert Pfund waren. Im übrigen hatte sie kaum eine Ahnung, was Geld eigentlich wert war. Was man zu Zeiten von Anthony Trollope für fünf Pfund kaufen konnte, hätte sie gewußt, aber nicht, was man heute dafür kaufen konnte, wobei sie vermutete, daß es viel weniger war. Eve hatte nie eine Andeutung über die Höhe des Betrages gemacht, den Jonathan ihr gab. Liza wußte lediglich, daß das Geld in Form von Schecks kam. Eve schickte die Schecks an die Bank, brachte das Geld nach Hause und versteckte es hier in der Wand.

War es denn nicht Aufgabe der Bank, sich ums Geld zu kümmern? Liza wußte es nicht genau. Vielleicht machten es alle Leute so. Vielleicht traute niemand den Banken über den Weg.

Doch in der folgenden Zeit ertappte sich Liza oft dabei,

wie sie ihre Mutter taxierte, ihr Verhalten argwöhnisch beobachtete und neugierig abwartete, was sie wohl als nächstes im Schilde führte. Sie beobachtete sie ebenso verstohlen, wie sie damals hinter der Tür gehorcht hatte. Das war aber jetzt vorbei, denn außer mit Liza oder Jonathan, falls er gelegentlich einmal auftauchte, sprach Eve mit keiner Menschenseele. Manchmal versuchte Liza, sie zu überraschen, sie unbemerkt zu beobachten. Dazu ging sie früh zu Bett, schlich sich dann nach unten und beobachtete Eve heimlich von der Treppe aus. Aber sie sah sie nie etwas anderes als die gewöhnlichen, altbekannten Dinge tun – lesen, Musik hören oder Lizas Tests korrigieren.

Erst als sie vierzehn war, begann sie sich zu fragen, was aus ihr wohl werden sollte, wenn sie erwachsen war? Werde ich für immer hier bei Eve wohnen? Wenn sie mir alles in Englisch, Geschichte, Französisch und Latein beigebracht hat, was man lernen kann, was machen wir dann? Was soll ich denn damit anfangen?

»So sein wie ich«, hatte Eve geantwortet, »wie ich gewesen wäre, wenn ich hätte hierbleiben können, glücklich, unschuldig und gut.«

Wollte sie überhaupt so sein wie Eve? Wollte sie diese Eigenschaften überhaupt besitzen?

In dem Frühling, den Jonathan allein auf Shrove verbrachte, kamen noch einmal die Waldarbeiter, um den »kleinen« Wald freizuräumen.

»Bruno war nun seit fast drei Jahren tot. Ich wollte wissen, wie lange es dauert, bis eine Leiche zum Skelett wird, wußte aber nicht, wie ich es anstellen sollte. Auf Shrove gab es keine medizinischen Handbücher oder Bücher über Gerichtsmedizin. Ich dachte mir nämlich, wenn in der Zwischenzeit nur noch Knochen von ihm übrig sind, dann fällt es vielleicht nicht so auf, wenn sie ihn ausgraben.

Ich hoffte, der Sack wäre verschimmelt, und von Bruno wäre nur noch – na ja, ein Haufen Knochen übrig.«

»Wahnsinn«, sagte Sean, »wie du darüber redest. So ein hübsches junges Mädchen wie du, verrückt. Du bist immer gleich, redest über Tote und solche Sachen, bei denen anderen Leuten das Kotzen kommt, du redest darüber, als wär es was ganz Normales.«

Sie lächelte ihn an. »Ich glaube, für mich ist es auch was ganz Normales. Leichen können mich nicht erschüttern. Klar, als ich plötzlich Brunos Haare in der Hand hatte, mußte ich mich übergeben, aber das war ja eigentlich nicht *ich*, das war so eine Art Reflex. Bestimmt geht es sogar Ärzten beim ersten Mal so.«

»Weißt du was, du hättest Ärztin werden können.«

»Kann ich immer noch«, sagte Liza. »Aber darum geht's ja gar nicht. Andere lernen als Kind vielleicht, sich vor allem Toten und Blut und so zu ekeln, ich meine, die werden so konditioniert, aber ich nicht. Du darfst nicht vergessen, an akademischem Wissen hat Eve mir alles beigebracht, was sie konnte, aber es gibt bestimmt tausend Sachen, über die Kinder, die normal aufwachsen und in die Schule gehen, Bescheid wissen und von denen ich nie gehört hatte. Es gibt wohl nicht viele«, sagte sie stolz, »die die ganze *Aeneis* von Vergil im Original gelesen und zwei Morde gesehen haben, und noch nicht einmal sechzehn sind.«

Er wich ein wenig zurück. Als sie seinen Gesichtsausdruck sah, mußte sie wieder lächeln. »Keine Sorge, Sean. Ich kann's auch nicht ändern, so ist es eben. Ich bin nun mal nicht wie andere Mädchen und wahrscheinlich werd ich auch nie so sein.«

»Jetzt hast du ja mich«, sagte er. Das sagte er immer gern und griff dabei jedesmal nach ihrer Hand.

»Ja, jetzt hab ich ja dich. Also, wo war ich stehengeblieben, die Männer haben im Wäldchen angefangen zu arbeiten, und ich war ziemlich nervös. Ich weiß nicht, ob Eve auch nervös war. Sie war immer draußen bei Jonathan, wenn sie mich nicht gerade unterrichtete. Aber wie sich dann herausstellte, haben sie nie was gefunden. Jonathan hatte ihnen Anweisung gegeben, ein paar von den Stämmen liegenzulassen und auch abgestorbene Bäume, damit sich dort Tiere einnisten konnten. Unter anderem auch den Kirschbaum. Es war eben Zufall oder Glück, nenn es, wie du willst.«

»Glück?« fragte Sean.

»Glück für Eve, oder nicht? Ich glaube, sie hat einfach abgewartet, was passiert. Sobald sie wußte, daß alles in Ordnung war, ließ sie sich von Jonathan die Batterie in Brunos Auto aufladen.«

»Was?«

Das war für sie ohne Risiko, Jonathan konnte ja nicht ahnen, daß Bruno tot war. In seinen Augen war Bruno ein gesunder junger Mann, der mit Eve zusammengelebt hatte, bis er genug von ihr hatte oder sie von ihm, und der dann ausgezogen ist. Gut, er hatte sein Auto dagelassen, aber Eve hatte Jonathan allerlei Gründe dafür genannt: Es gehörte seiner Mutter, es war alt, da, wo er hinzog, konnte er es nirgends hinstellen. Zweifellos war Jonathan froh, als er erfuhr, daß das Auto endlich verschwinden würde, daß Bruno es sich holte und der Stall wieder frei wurde. Daß er dafür mit seinem Starthilfekabel von seinem eigenen Auto die Batterie aufladen sollte, war ein geringer Preis. Liza wußte nicht genau, ob es so gewesen war, sagte sie zu Sean, aber so hätte es gut sein können.

Zu Liza sagte Eve kein Wort über Bruno. Liza hörte jedoch, wie sie zu Jonathan sagte, morgen würde Bruno kommen und sein Auto abholen; ganz zufällig war das auch der Tag von Jonathans Rückkehr nach London.

»Ich war gespannt, was sie tun würde, wie sie die Sache deichseln würde. Ich tat sogar so, als ob ich nachmittags einen langen Spaziergang machen würde, um ihr Gelegenheit zu geben, das Auto wegzubringen. Sie hat es auch weggebracht und ist damit fortgefahren, allerdings bloß zum Einkaufen. Nach einer halben Stunde war sie wieder da, den Kofferraum voller Lebensmittel, und stellte das Auto vor dem Torhaus ab.«

»Was hat sie gesagt, als du gefragt hast, wann Bruno kommt?«

»Ich hab gar nicht gefragt«, sagte Liza. »Sie rechnete damit, daß ich fragen würde, aber ich hab nicht gefragt. Ich wußte ja, wo Bruno war, ich wußte, er würde nicht kommen. Ich wußte, daß seine Leiche oben im Wäldchen unter den Blättern lag, die ich um ihn herum aufgehäuft hatte. Wir bewahrten voreinander absolutes Stillschweigen über die Sache. Brunos Auto war da, und sie benutzte es – *wir* benutzten es, einmal hat sie mich damit ins Dorf und in die Stadt chauffiert, ich hatte einen Ausschlag und mußte zum Arzt –, aber Bruno hat sie nie erwähnt und ich auch nicht. Und eines Tages war das Auto plötzlich verschwunden.«

»Was heißt das?«

»Sie hat es weggeschafft. Wie und wohin, weiß ich nicht. Aber so muß es gewesen sein. Sie muß es bei Nacht irgendwohin gefahren haben. Ich hab keine Ahnung, was damit passiert ist, mit diesen Dingen kenn ich mich nicht aus, ich weiß nicht, wie man ein Auto loswird.«

»Man läßt es irgendwo stehen, denk ich. Und hofft, daß es sich jemand nimmt.« Sean überlegte. »Wenn es die Polizei schließlich gefunden hat, dann haben die bestimmt versucht, den Besitzer ausfindig zu machen, das ist ja kein Problem, mit dem Computer haben die das in ein paar Sekunden.«

Liza wurde nachdenklich. »Der Besitzer war tot. Damit meine ich nicht Bruno, ich meine seine Mutter. Es lief ja noch auf ihren Namen, hat er gesagt.«

»Ich glaube nicht, daß die sich die Mühe machen, herauszufinden, auf wen der Wagen übergegangen ist, und wenn, dann würden sie ihn ja auch nicht finden, oder? Sie würden auch keine Suchaktion einleiten, nicht für einen Mann in seinem Alter. Die würden sich sagen, der ist bestimmt ins Ausland gegangen. Deine Mum war ganz schön clever.«

»O ja, das war sie. Falls sie nach ihm gesucht haben, sind sie jedenfalls nie in unsere Gegend gekommen. Wir haben keinen Polizisten mehr gesehen, seit dem einen, der wegen Hugh mit dem Bart gekommen ist. Als Mr. Frost gestorben ist, kam ein Krankenwagen, nicht die Polizei.«

Mrs. Spurdell empfing Liza mit der Nachricht, daß ihre Tochter Jane soeben von der Bildungsbehörde der Grafschaft zur obersten Studienberaterin für die Sekundarstufe ernannt worden war. Sie platzte fast vor Stolz. Da Liza keinen Schimmer hatte, was die Ernennung auf diesen Posten bedeutete, konnte sie nur lächelnd nicken. Mrs. Spurdell klärte sie auf, nun sei sie Teamchefin und werde nach Soulburytarif bezahlt, eine Information, die Liza nur noch mehr verwirrte.

Obgleich sie zwei Tage zuvor nichts von einem Freundschaftsbesuch erwähnt hatte – Mrs. Spurdell sprach ansonsten ständig von ihren Plänen –, teilte sie ihr mit, daß sie auf dem Weg ins Krankenhaus sei, um einer Freundin einen Krankenbesuch abzustatten. Liza nahm an, daß der Besuch lediglich dem Zweck diente, die aufregende Neuigkeit zu übermitteln und überlegte gerade, wie krank die Freundin wohl sein mochte, als sie sah, wie ihre Arbeitgeberin ein paar schrumpelige Trauben aus dem Kühlschrank holte und sie als Mitbringsel in eine saubere Plastiktüte steckte.

Sobald Mrs. Spurdell aus dem Haus war, nahm Liza ein Bad. Dann ging sie in Mr. Spurdells Arbeitszimmer hinüber, um nachzusehen, ob er ein paar neue Bücher hatte, und verbrachte eine angenehme halbe Stunde mit der Lektüre einer Kurzgeschichte von John Mortimer. Darin ging es um Gerichte, Anwälte und Richter, ein Thema, das ihr eine unbekannte, völlig neue Welt eröffnete. Sie mußte dabei auch an Eve denken und überlegte, ob vielleicht in der Zeitung etwas über sie stand. Wieviel Zeit mußte verstreichen, bis man ihr den Prozeß machte?

Um nicht selbst eine kaufen zu müssen, blätterte sie immer Mr. Spurdells Zeitung durch. Es stand jedoch wieder nichts drin. Dann wurde es Zeit zum Putzen, doch bevor sie damit anfing, schlug sie Jane Spurdells Nummer im Telefonbuch nach. Es war das erste Mal, daß sie im Telefonbuch eine Nummer heraussuchte, doch es war nicht schwierig. Sie war zweimal aufgeführt, nicht als »Miss«, sondern unter Dr. J. A. Spurdell. Die Adresse würde Liza nie vergessen. Aufgrund eines merkwürdigen Zufalls, vielleicht ein gutes Omen, war die Hausnummer ihr Geburtsjahr, und der Name der Straße hörte sich überraschend vertraut an: 76, Shrove Road.

Sie würde die Adresse nie vergessen, doch wozu brauchte sie sie? Vielleicht interessierte sie sich nur deshalb dafür, weil Jane ihr gefiel, sie gefiel ihr besser als jede andere Frau, der sie je begegnet war, mit Ausnahme von Eve. Wenn man eine bestimmte Person mochte, hatte Liza inzwischen festgestellt, wollte man soviel wie möglich über sie erfahren.

Mrs. Spurdell ließ sie warten, während sie nacheinander in mehreren Handtaschen nach einem Fünfzigpencestück kramte. Dadurch verspätete sie sich, und als sie endlich am Supermarkt ankam, stand Sean bereits am Straßenrand und wartete auf sie. Er hatte ihr etwas zu sagen, er war ziemlich aufgeregt, wollte aber erst damit herausrücken, als sie im Auto saßen und nach Hause fuhren.

»Sie wollen mich auf einen Weiterbildungskurs schikken.«

»Was heißt sie?«

»Die vom Supermarkt. Es ist ein Managementausbildungskurs. Sie sind nämlich sehr zufrieden mit mir, wie ich arbeite und daß ich immer pünktlich bin und so. Der Kurs findet in Schottland statt und dauert ein halbes Jahr, und wenn ich gut bin, kann ich danach hoffentlich in die sogenannte zweite Phase.«

Liza wußte nicht, was sie sagen sollte. Sie verstand nicht ganz, was er sagte, und hörte deshalb schweigend weiter zu.

»Ich hab dir nie was davon gesagt, Schatz. Ich hab ja nie viel über mich geredet. Ich war immer der Meinung, mit mir sei nicht viel los, wenn du weißt, was ich sagen will – also, um ganz ehrlich zu sein, ich dachte, ich wär der letzte Dreck. In der Schule war ich eine Null, und kaum war ich sechzehn, bin ich ja auch raus. Davor hab ich monatelang geschwänzt. Niemand kam je auf die Idee, ich könnte vielleicht den mittleren Abschluß machen, ich mein, das wär ein Witz gewesen. Ich selber hab mich immer bloß als ungelernten Arbeiter gesehen, und das bin ich ja dann auch geworden. Und als Mum sich ihren neuen Typ zugelegt hat und die mich nicht mehr haben wollten, bin ich ausgezogen. Na ja, das hab ich dir, glaub ich, schon alles erzählt. Ich hab mir den Wagen angeschafft und den Caravan und bin losgefahren und wenn ich mal genau überlege, hab ich mir wahrscheinlich gedacht, ich würde mich von einem Aushilfejob zum nächsten durchmogeln, bis es Zeit für die Rente ist. Und jetzt hat sich das ergeben. Das hat mich ziemlich durcheinandergebracht. Es hat mir ganz schön zu denken gegeben, das kann ich dir sagen.«

Sie war gerührt von dem, was er sagte, sie hätte ihn nie für so wortgewandt gehalten. Und so schön war er. Was gäbe sie darum, wenn er so gut sprechen und denken könnte, wie er aussah.

»Was kannst du denn dann werden?« sagte sie gedehnt.

»Das mit dem ›werden‹ ist noch nicht sicher. Ich sag doch, es hat mir zu denken gegeben. Und was ich *sein* kann – na ja, eines Tages hoffentlich Geschäftsführer. Dann hätte ich meinen eigenen Laden, vielleicht so einen großen wie die in den neuen Wohngebieten.«

»In so einem waren wir, Eve, Bruno und ich.«

Er machte eine ungeduldige Handbewegung, als wollte er ihre Bemerkung beiseitewischen. »Ja, das hast du gesagt. Ich muß noch eine Menge lernen. Zuerst wär ich dann stellvertretender Geschäftsführer. Bis dahin dauert es noch eine Weile. Aber ich bin ja noch jung, Liza, und ich will unbedingt lernen.«

Es würde ihr nichts ausmachen, nach Schottland zu gehen. Inzwischen hatte sie Gefallen am Herumreisen gefunden und stellte sich vor, wie es wäre, in den nächsten paar Jahren von einem Ort zum andern zu ziehen. »Also, gehst du?«

»Ich hab ihnen gesagt, ich will mal drüber nachdenken. Ich hab gesagt, sie sollen mir ein paar Tage Zeit lassen.«

Im Wohnwagen war es kalt und feucht. So war es meistens, wenn sie nach Hause kamen. Liza zündete die Herdflammen an und den Backofen und ließ die Ofentür offenstehen. Dann schaltete sie den Ölofen ein. Bald begann das Kondenswasser an den Fenstern herunterzurinnen und sich in kleinen Pfützen zu sammeln. Es machte ihr nichts, sagte sie zu Sean, man brauchte ja nicht hinzusehen. Solange es Fisch und Chips gab oder etwas Fertiges zum

Mitnehmen, Bücher und ein warmes Bett, in dem sie und Sean sich lieben konnten, war ihr alles andere ziemlich egal. Jetzt, da sie einen Fernseher hatte und jederzeit fernsehen konnte, tat sie es recht selten. Es hatte durchaus seine Vorteile, ohne Luxus aufgewachsen zu sein, ohne allzuviel materiellen Besitz. Im Gegensatz zu Eve hatte sie Shrove nie besitzen wollen oder mit dem Gedanken gespielt, es könnte eines Tages einmal ihr gehören.

An einem trüben Abend wie diesem, als Jonathan in ziemlich trübseliger Stimmung war, hatte sie gehört, wie er ihrer Mutter sagte, er habe sein Testament gemacht und würde David Cosby das Anwesen vererben.

»Es sollte in der Familie bleiben«, sagte er wie eine Figur in einem viktorianischen Roman.

»Er ist zehn Jahre älter als du«, sagte Eve.

»Dann bekommt es sein Sohn. Sie hängen alle an dem Haus. Nur eins ist sicher, Victoria will es bestimmt nicht, sie verlangt es ganz sicher nicht als Abfindung, sie haßt es.«

Im Alter von vierzehn, inzwischen größer als Eve und vom Aussehen her schon eine junge Frau, entwickelte Liza allmählich weibliches Einfühlungsvermögen. Inzwischen fragte sie sich, woran es wohl lag, daß Jonathan, der Eve seit seiner Kinderzeit kannte, der ihr so vertraut, ja bisweilen ihr Liebhaber gewesen war (und es wahrscheinlich inzwischen wieder war), so wenig Verständnis für Eves Gefühle gegenüber Shrove hatte. Er brachte es fertig, Eve gegenüber mit lässiger Gleichgültigkeit darüber zu reden, zu Eve, die das Haus mehr liebte als jeden Menschen, vielleicht sogar mehr als ihr eigenes Kind, dachte Liza manchmal, er brachte es fertig, mit ihr darüber zu reden, als ob es sich lediglich um ein Grundstück handelte, ein Stück Land, ja sogar etwas Lästiges. Und er brachte es fertig, zu sagen, daß er es einem Vetter vererben würde, der es bis zu diesem Jahr seit zwölf Jahren nicht gesehen hatte, und das alles, ohne daß er je auf den Gedanken gekommen wäre, es Eve zu vermachen, so wie sein Großvater versprochen hatte, es Eves Mutter zu vermachen.

Liza wurde den Verdacht nicht los, daß auch er sich nicht besonders viel aus Shrove machte. Inzwischen war Oktober, und er war erst zweimal hiergewesen. Sein eigentliches Leben spielte sich woanders ab, mit Aktivitäten, von denen sie und Eve keine Ahnung hatten. Und er wußte nicht, was sie machten. Er erkundigte sich auch nie danach. Es war, als sei Shrove etwas, das sich in eine Schachtel packen ließ, solange er weg war, und sie und Eve zwei Puppen, die man gleich mit einpacken konnte.

Am nächsten Tag kam er noch einmal, um Eve mitzuteilen, seine Scheidung sei nun endlich rechtskräftig und Victoria habe ihm »ganz schön das Hemd über den Kopf gezogen«. Aber jetzt sei er ein freier Mann. Liza hörte, wie er Eve fragte, ob sie eigentlich einmal etwas von Bruno gehört hätte. Sie sagte nein, und sie würde auch nie von ihm hören, das sei aus und vorbei, und sie sei frei wie ein Vogel im Wind. Sie sei ebenso frei wie er.

Liza horchte hinter der Tür, während Eve und Jonathan ohne Licht drinnen in der Dämmerung saßen. Sie hörte ihre Mutter das mit dem Freisein sagen und dann die Stille. Am nächsten Morgen fuhr Jonathan nach London und von dort nach Frankreich, wo seine Mutter im Sterben lag.

Etwa eine Woche später kam eine Postkarte mit einer französischen Kathedrale und der Nachricht von Caroline Ellisons Tod. Mit einem ziemlich gemeinen Lächeln sagte Eve, anscheinend dachte er, eine Karte mit einer Kirche drauf sei für eine Todesanzeige angemessen, während es eine mit Bergen oder Bäumen nicht wäre. Die Zeilen klangen nicht besonders kummervoll, obwohl sich das bei einer Postkarte nicht genau sagen ließ. Eve war überzeugt, daß er nun zurückkommen würde. Aber er kam nicht, und ein halbes Jahr später bekamen sie von ihm eine Karte aus Penang, Malaysia.

Doch vorher, bevor der Winter einsetzte, fand Liza Mr. Frost tot neben seinem Traktor im Gras liegen.

Niemand wußte genau, wie alt er war. Eve meinte, sehr alt, denn seine Tochter war nur ein paar Jahre jünger gewesen als ihre Mutter, die, wenn sie noch leben würde, jetzt siebzig wäre. Die letzten paar Jahre hatte er nicht mehr viel getan außer auf dem Traktor zu sitzen und auf dem Rasen herumzukurven. Eve war diejenige, die das Unkraut jätete und das abgemähte Gras auf den Kompost häufte.

Anfang November war es gewesen, in einem ungewöhnlich trockenen, sonnigen November, als Liza ihn gefunden hatte. Er hatte zum letzten Mal vor dem Winter den Rasen gemäht. Sie kam gerade auf dem Abkürzungsweg durch den großen Garten vom Fluß herauf. Der Motorenlärm des Rasenmähers war zehn Minuten vorher verstummt, und sie nahm an, er habe für heute Schluß gemacht. Doch der Traktor stand noch da, mitten auf dem sonnenbeschienenen Rasen, und die gelben Blätter der Linden und Kastanien fielen aufs Gras, auf den schwarzen Ledersitz und die grellrote Karosserie des Traktors und auf die Leiche des alten Mannes neben ihm.

Erst merkte sie nicht, daß er tot war. Sie war schrecklich neugierig. Ihre Hand auf seiner Stirn spürte die Kälte von Marmor. Sie sah, daß seine geäderten blauen Augen tot und ganz dunkel waren, und aus seinem schlaffen Mund oder an der Wölbung seines Brustkorbs war kein Atem zu merken. Er sah gar nicht mehr wie ein Mensch aus, sondern eher wie eine der Statuen auf der Terrasse, eine flach ausgestreckte Gestalt aus bleichem, kaltem Stein.

Plötzlich schoß ihr der seltsame Gedanke durch den Kopf, nun würde Eve ihn begraben. Sofort danach war ihr natürlich klar, daß das Unsinn war. Sie rannte zum Torhaus, holte Eve, und sie gingen zusammen nach Shrove House und riefen einen Krankenwagen. Etwas Besseres fiel ihnen nicht ein, obwohl sie wußten, daß er bereits tot war.

Mr. Frost war an Altersschwäche gestorben. Das Alter hatte ihm – im buchstäblichen Sinn – das Herz gebrochen. Wer sollte nun auf Shrove den Garten pflegen?

Im tiefen Winter wohl niemand. Wenn der Schnee kam und alles gefror, gab es nichts zu tun. An Lizas fünfzehntem Geburtstag schneite es so heftig und so lange, daß sie sich mühsam einen Weg bahnen mußten, um überhaupt aus dem Haus zu kommen.

Doch in England bleibt der Schnee gewöhnlich nicht lange liegen. Im Februar waren nur noch einige zusammengeschmolzene Haufen übrig, und bis zum März wuchs bereits wieder Gras, an den Haselnußsträuchern hingen die Kätzchen, und der Schlehdorn blühte. Liza bekam morgens ihren Unterricht, und nach dem Mittagessen fuhr Eve mit dem Traktor hinaus, um auf Shrove das Gras zu mähen. Auf den weitläufigen Rasenflächen war das ziemlich einfach, man brauchte eigentlich nur vom Sitz aus zu steuern, allerdings mußten die Wegeinfassungen und die schwierigen Stellen um die neuen Bäume herum extra gestutzt werden. Eve war noch nach Sonnenuntergang, bis es fast dunkel wurde, auf den Knien draußen und jätete.

Liza stellte sich nie die Frage, warum sie das tat. Nach Brunos Verschwinden hatte sie aufgehört, Mutter Fragen zu stellen. Es war keine bewußte Entscheidung gewesen, eher wie eine innere Stimme, die ihr zu schweigen gebot. Fragen war gefährlich, fragen richtete nur Schaden an, provozierte Lügen, bewirkte Verlegenheit. Nur nicht fragen. Deshalb fragte sie auch nicht, wieso Jonathan immer noch die Existenz von Mrs. Cooper vorgegaukelt wurde? Was schadet es denn dir oder mir, wenn eine Frau zum Putzen herkommt? Sie hatte nie gefragt, was hast du mit Brunos Auto gemacht? Und nun fragte sie nicht, wieso machst du die Gartenarbeit? Wieso suchst du für Mr. Frost keinen Nachfolger? Nicht nur bewahrte sie Stillschweigen über diese Dinge, sie unterstützte Eves Ausreden auch noch, es erschien ihr ganz natürlich, es erschien ihr richtig. Seit geraumer Zeit, wenn sie ganz selten einmal gefragt wurde, wie es denn in der Schule sei, wie sie vorankomme, ob sie gerade Ferien habe, hatte sie sich angewöhnt, mit ganz gut, ja und es seien gerade Ferien, zu antworten. Jonathan hatte sie vor seiner Abreise einmal gefragt, ob Mrs. Cooper für den nächsten Tag erwartet werde, und Liza hatte es bejaht, obwohl sie wußte, daß Eve selbst auf Shrove saubermachen würde. Sie hatte Eve sogar erzählt, daß er sie gefragt hatte. War sie denn nicht der kleine Krokodilwächter, der sein Wirtstier vor herannahender Gefahr warnte?

Eve war es nun, die die Aufgaben erledigte, für die früher Mr. Frost zuständig gewesen war. Vielleicht behielt sie die Schecks auch einfach ein, die Jonathan für ihn als Bezahlung schickte. Mittlerweile lag die Pflege von Shrove House, des Gartens und des gesamten Anwesens ausschließlich in ihren Händen, und Liza half ihr dabei. Liza haßte Gartenarbeit, aber sie konnte doch nicht einfach zusehen, wie Eve alles allein machte, und so stutzte sie eben die Wegumrandungen mit der Gartenschere, schob den kleinen Handrasenmäher vor sich her und langweilte sich dabei zu Tode.

Dann, etwa Mitte des Sommers, fand Eve jemanden für die Arbeit. Es war ein brütendheißer Sommer, der heißeste, den Liza bewußt erlebt hatte. Das Gras wuchs nicht mehr, von der sengenden Sonne wurde es ganz braun und mußte deshalb mit Wasser versorgt statt gemäht werden. Manchmal war Eve so müde vom Wasserkanisterschleppen und Schlauchherumziehen, daß sie auf dem Sofa einschlief und Liza selbst das Abendessen richten mußte. Außerdem wucherte das Unkraut. Nichts konnte die Brennesseln und Kletten am Wachsen hindern.

Eve sagte: »Ich muß es doch instandhalten. Ich muß nach den jungen Bäumen sehen. Es ist so schön, da darf ich es doch nicht verkommen lassen. In ganz England gibt es kein schöneres Fleckchen Erde. Ich könnte es nicht ertragen, wenn alles kaputt ginge.«

Ihre Hände waren fleckig und rissig, zwischen den Fingern saß der Schmutz, die Nägel waren abgebrochen. Die Sonne hatte ihr das Gesicht dunkelbraun gebrannt, aber die Nase schälte sich schon. Liza bemerkte graue Fäden in ihrem dunklen Haar, die aber nichts mit der Sonne zu tun hatten, sondern vielleicht mit der Tatsache, daß sie es so schwer im Leben hatte. Jetzt, wo Liza älter war, erkannte sie, daß Eve es sich absichtlich schwer gemacht hatte, daß sie sich dort Schwierigkeiten aufgebaut hatte, wo eigentlich alles leicht und angenehm hätte sein können. Doch sie fragte nie, warum.

Warum der? fragte sie jedoch, als der alte Mann am Tor auftauchte und sagte, im Dorf hätte er erfahren, daß sie auf Shrove eine Aushilfe suchten. Von wem er es wohl erfahren hatte? Vielleicht vom Postboten oder vom Milchmann. Zu Jonathan würde Eve später sagen, er habe es von Mrs. Cooper gehört. Er war zwar nicht ganz so alt wie Mr. Frost und hatte auch noch keine grauen Haare, aber ein ziemlich faltiges, wettergegerbtes Gesicht. Aus seinem

Rücken wuchs ein Buckel, was Liza beim ersten Anblick ein wenig erschreckte.. Der Rücken des Alten war so gekrümmt, daß es aussah, als sei seine Wirbelsäule eine zu einem Bogen geformte Weidenrute. Er hatte kräftige Arme und riesige Pranken.

Eve sagte, er könne zweimal die Woche kommen. Sie schien zu zögern, sich etwas zu sträuben, und Liza begriff, daß sie Shrove am liebsten für sich behalten hätte. Nicht nur, weil sie nicht wollte, daß die Leute darüber klatschten oder sich irgendwelche Sachen erzählten, jedenfalls war es *nicht mehr* nur das. Sie wollte die exklusive Alleinherrschaft über Shrove. Wenn sie Gib einstellte – sie kannten ihn nur unter diesem Namen –, dann bloß, weil sie völlig erschöpft war, sich den Rücken verletzt hatte und ausruhen mußte, weil sie es allein nicht mehr schaffte.

»Aber wieso der?« fragte Liza.

»Er lebt allein, ist nicht besonders intelligent und wird sich hier nicht breitmachen. Er redet nicht viel, hast du das nicht gemerkt?«

Gib hatte einen Sprachfehler und war deshalb nur schwer zu verstehen. Er fuhr gern auf dem Rasenmäher herum, arbeitete hart, und wenn er auch Nutzpflanzen nicht von Unkraut unterscheiden konnte, so gab er sich doch redlich Mühe, stutzte die Grasränder und ließ manchmal mitten in der frischen geharkten Erde ein prächtiges Exemplar von einem Löwenzahn stehen, das er, wie Eve behauptete, liebevoll aufgepäppelt hatte. Sobald er weg war, ging sie hinaus und rupfte das von ihm gehegte Unkraut aus.

Im August, als Gib immer noch bei ihnen war, kam Jonathan und erzählte ausführlich von seinem geplanten Urlaub in Britisch-Kolumbien und in den Rocky Mountains. Jetzt hatte er keine Frau mehr und hatte seit seiner

Scheidung auch keine andere Frau nach Shrove mitgebracht, mit Ausnahme von Frances Cosby, der Frau seines Vetters. Aber er fragte Eve nicht, ob sie mit ihm nach Kanada fahren würde. Liza merkte, daß er ein paarmal drauf und dran war, dann aber doch nichts sagte. Vielleicht erinnerte er sich an die Abfuhr, die sie ihm vor Jahren erteilt hatte, als Liza klein war, oder aber er dachte sich, sie könnte Liza nicht alleinlassen, und Liza mitnehmen konnten sie natürlich nicht, denn sie mußte ja in die Schule.

Wäre Eve mitgefahren, wenn er sie gefragt hätte? Hätten sie sich für Liza etwas einfallen lassen und sie vielleicht von der Schule befreien lassen? Als sie nach Jonathans Abreise den traurigen, fast verbissenen Gesichtsausdruck ihrer Mutter sah, dachte sie sich, daß sie diesmal bestimmt eingewilligt hätte.

Gefragt hatte er sie zwar nicht, aber dafür hatte er endlich das Bad einbauen lassen. Zehn Jahre war es her, daß er es versprochen hatte, doch als Liza sie daran erinnerte, zuckte Eve nur die Achseln und meinte, für kleine Wohltaten müsse man dankbar sein.

Jonathan war ins Bad gegangen, um sich die Hände zu waschen, nur daß es eben kein Bad gab, bloß das Spülbekken in der Küche. Es war vielleicht gar keine Ausrede, als er sagte, er habe gedacht, man hätte schon vor Jahren ein Bad eingebaut, er sei der festen Überzeugung gewesen, Victoria habe es in die Wege geleitet. Vielleicht glaubte er das wirklich. Eve lächelte bloß und behauptete, sie habe sein Versprechen ganz vergessen. Doch bevor er wegfuhr, kamen die Handwerker, zogen an der Rückseite des Torhauses einen Anbau hoch und bauten ein Bad ein.

Einer der beiden Handwerker war Matt. Eve und Liza hatten sich oft gefragt, was er eigentlich von Beruf war, und jetzt wußten sie es. Er war Maurer, wie Rainer Beck.

Der andere war ein Verwandter von ihm, ein junger Mann mit gelblichen Haaren, die vorn an der Stirn rosa gefärbt waren. Es war so heiß, daß sich Liza oft nach dem Baden im Fluß hinten im Garten in die Sonne legte. Sie trug einen schwarzen Badeanzug, den sie von Eve geerbt hatte. Bei ihrem Anblick stieß Matt einen leisen Pfiff aus, der auf Liza jedoch keinen Eindruck machte. Sie nahm von keinem der beiden Männer besonders Notiz, denn weder der eine noch der andere sah gut aus, und sie wußte damals schon, daß sie gutaussehende Menschen bevorzugte.

Bei den nächsten Pfiffen kam Eve heraus und sagte, sie solle sich etwas überziehen oder ins Haus kommen. Sie erklärte Liza, jetzt, wo sie allmählich erwachsen werde, fänden Matt und sein Vetter sie attraktiv, und dies sei ihre primitive, vulgäre Art, es zu zeigen.

Das mußte Liza erst einmal verdauen und dachte ziemlich lange darüber nach. Sie fragte sich, weshalb es nicht primitiv und vulgär war, daß Jonathan ein ähnliches Geräusch machte, wenn Eve sich für ihn zurechtgemacht und schön angezogen hatte, den schwarz-rot-gemusterten Rock und den schwarzen Pullover aus dem Secondhandladen in der Stadt. Aber vielleicht war es doch etwas anderes, weil er danach lachte und Eve einen Kuß gab.

Dann wurde Gib krank. Der Postbote, der Eve die Nachricht überbrachte, sagte, er sei oft krank. Er sei nicht besonders kräftig und könne die Jobs nie lange halten, obwohl er sich redlich Mühe gab. Inzwischen war es Herbst, und der Rasen brauchte nicht mehr gepflegt zu werden. Und dann regnete es endlich, tagelang regnete es, bis der Fluß über die Ufer trat und die Feuchtwiesen überschwemmte, so daß die Bäume bis zur Hälfte im Wasser standen.

In jenen letzten Monaten ihres sechzehnten Lebensjahres waren Eve und Liza meistens allein. Gib kam nicht mehr, aber im Garten gab es sowieso nicht viel zu tun. Der Heizölmann kam und füllte den Tank, während Eve und Liza spazieren waren, deshalb sahen sie ihn nicht, und der Postbote brachte die Post jetzt schon, bevor eine der beiden aufgestanden war. Auch der Milchmann verschwand und wurde von einem Mann abgelöst, der rote Haare hatte und ununterbrochen vor sich hin pfiff. Er erzählte Eve, *ihr* Milchmann sei in ein Pflegeheim gekommen, nachdem sie bei den Milchwerken gemerkt hatten, daß er infantil war und deshalb dort nicht mehr arbeiten konnte.

Jonathan war am anderen Ende der Welt, auf Hawaii, wie sie anhand einer ziemlich unchristlichen Karte feststellten, auf der ein auf weißen Wellen surfendes Mädchen abgebildet war. Heather schickte eine Karte aus dem Urlaub in Cornwall und zu Weihnachten noch eine mit der Mitteilung, daß sie nach London umgezogen sei.

Kaum war der Frühling gekommen, begann sich Eve um den Garten Sorgen zu machen. Inzwischen ging sie nur noch selten in die Stadt, nur gelegentlich mußte sie etwas besorgen. Diesmal sollte sie Liza unbedingt Jeans kaufen, ihr erstes Paar, Liza hatte ihr deswegen schon ewig in den Ohren gelegen. Als sie aus dem Jeansladen kam, sah sie beim Zeitungshändler nebenan ein Inserat im Fenster.

Darin stand: »Kräftiger Mann erledigt für Sie Renovierungsarbeiten in Haus und Garten, Materialfuhren, Arbeiten aller Art, Gartenarbeit und Sonstiges.« Eine Chiffrenummer war angegeben, was, wie Eve ihr erklärte, bedeutete, daß er in den Laden kam und sich die Antwortbriefe abholte. Liza machte sich weiter keine Gedanken darüber, denn Eve hatte auf ihrer Antwort ja keine Telefonnummer angeben können und gesagt, daraus würde sowieso nichts, weil heutzutage niemand mehr Briefe schrieb.

Anscheinend hatte er aber doch geschrieben und der Brief war morgens, als Liza noch im Bett lag, angekommen, denn eines Tages verkündete Eve, es sähe so aus, als hätte sie einen Gärtner gefunden, und diesmal sei es hoffentlich kein Greis. Wahrscheinlich ahnte sie nicht, wie jung er tatsächlich war.

»Er heißt Sean Holford«, sagte sie, »und kommt am Dienstag zu einem Vorstellungsgespräch.«

18

Das Foto ihrer Mutter in der Zeitung zu sehen war ein Schock, schlimmer als der Anblick dessen, was die Hunde angerichtet hatten, und weitaus schlimmer, als Bruno zu finden. Sie saß in Mrs. Spurdells Küche, wartete auf ihr Geld und genoß ihren eigenen sauberen, nach Seife duftenden Geruch. Es war ihr wieder gelungen, ein Bad zu nehmen, und gerade wollte sie sich ein Herz fassen, Mr. Spurdell zu fragen, ob er ihr sein *Morte d'Arthur* leihen würde, allerdings keine Taschenbuchausgabe, als er mit der Zeitung in der Hand ins Zimmer trat.

Er sagte nichts, sah sie nur an, und als seine Frau auftauchte, in zwei Handtaschen gleichzeitig nach Kleingeld stöbernd, bedeutete er ihr, auch hineinzusehen. Beide starrten Liza an. Dann sagte Mr. Spurdell: »Ist die Ähnlichkeit nicht beinahe unheimlich?«

Mrs. Spurdell erwiderte nichts darauf. Sie wirkte ziemlich verdrossen, wie immer, wenn Liza auch nur für kurze Zeit im Mittelpunkt des Interesses zu stehen schien. Kopfschüttelnd, als könne er es nicht fassen, hielt Mr. Spurdell Liza die Zeitung hin und deutete mit dem Finger auf ein Foto.

Lizas Herz schlug auf einmal sehr schnell. Auf dem Foto war Eve. Sie starrte es an. Es stellte eine sehr viel jüngere Eve dar und war wahrscheinlich schon vor einigen Jahren gemacht worden; als sie genauer hinsah, wußte sie es wieder. Jonathan hatte es gemacht. An einem Sommerabend hatten Eve und sie die Hunde nach Shrove hinaufgebracht, und Jonathan war die Treppe heruntergekommen und hatte das Foto geschossen. Sie hätte eigentlich auch darauf sein sollen, doch sie hatte sich schüchtern hinter einem Baum versteckt.

Der Tag, an dem er das Foto gemacht hatte, war der Tag Der Nachtigall gewesen. Sie konnte sich nicht erklären, wie es in einer Zeitung gelandet war.

»Du bist ihr wie aus dem Gesicht geschnitten, meine Liebe«, sagte Mr. Spurdell. »Das ist mir sofort aufgefallen. Ist doch amüsant, nicht? Ich dachte mir, ich komme gleich runter und zeige es Liza, bevor sie geht. Nicht, daß ich denke, es wird sie freuen, wenn sie erfährt, daß sie einer Mörderin ähnlich sieht, häh?«

Dann wußten sie es also nicht, hatten es nicht erraten. Liza zwang sich zu einem Lächeln, als sie hochsah und seinem Blick begegnete.

»Also, ich sehe da keine Ähnlichkeit«, sagte Mrs. Spurdell unterdessen. »Das Geschöpf da in der Zeitung ist wirklich außerordentlich attraktiv, ob kriminell oder nicht. Wenn man's nicht wüßte, könnte man sie für einen Filmstar halten.«

Liza hätte fast laut gekreischt vor Lachen, obwohl ihr bewußt war, daß es ein hysterisches Lachen war und nichts mit Belustigung zu tun hatte. Sie versuchte zu lesen, was da stand, doch die Buchstaben verschwammen vor ihr und hüpften auf und ab. Die Schlagzeile konnt sie entziffern: *Mutmaßliche Mörderin vergräbt männliche Leiche.* Sie mußte *unbedingt* an diese Zeitung kommen.

Mr. Spurdell streckte bereits die Hand danach aus. »Im Grunde genommen dürfen wir sie eigentlich noch gar nicht als Mörderin bezeichnen oder als Kriminelle. Sie hat ihren Prozeß ja noch vor sich, sie ist noch nicht schuldig gesprochen. Kann ich jetzt meine Zeitung wiederhaben, meine Liebe?«

Selbst wenn er sich über sie wundern sollte, sie mußte

unbedingt diese Zeitung haben. Sie wußte, daß ihre Stimme sich rauh anhören würde, als sie sagte: »Könnte ich – würde es Ihnen was ausmachen, wenn ich sie behalte?«

Er ließ sein nachsichtiges, etwas herablassendes Lachen hören, ein Lachen, daß sie in Gedanken manchmal mit dem Ausdruck gönnerhaft-patriarchalisch bezeichnete. »Und wie soll ich mein Kreuzworträtsel lösen?«

Das Problem erledigte sich dadurch, daß Mrs. Spurdell ihr die Zeitung aus der Hand riß und ihr statt dessen – zum ersten Mal in Form eines Scheins und zweier Münzen – die zwölf Pfund für vier Stunden Arbeit hinknallte. Liza stand auf und ging ohne ein weiteres Wort. *Morte d'Arthur* hatte sie völlig vergessen.

Beim nächsten Zeitungshändler waren die Morgenzeitungen schon ausverkauft. Irgendwann einmal hatte sie Mr. Spurdell etwas von einer Abendzeitung sagen hören, die es damals zu kaufen gab, doch ihr Erscheinen war seither eingestellt worden. Als sie sich schließlich mit Sean traf, war sie fast außer sich und sprudelte in einem unzusammenhängenden Wortschwall alles hervor.

In Krisensituationen war Sean immer gut. Es gefiel ihm, sie zu trösten, sie zu beruhigen und seine männliche Stärke zu beweisen. Er sah sie gern schwach und verletzlich. Morgen würden sie die Zeitungen kaufen, alle Zeitungen würden sie kaufen. Mr. Spurdell hatte doch gesagt, der Prozeß sei noch gar nicht vorbei! Heute war er bestimmt fortgesetzt worden. Sie würden es sich im Fernsehen anschauen, alle Nachrichten, die gebracht wurden.

Als sie zu Hause waren, machte er ihr einen Tee. Er nahm sie in den Arm und sagte, sie solle sich nur keine Sorgen machen, sie hätte ja ihn, er würde sich schon um alles kümmern, sie solle nur alles ihm überlassen, und fing an, sie zu küssen und zu streicheln. Das führte natürlich dazu, daß sie miteinander schliefen, eine Stunde blieben sie im Bett und verpaßten prompt die Sechsuhrnachrichten.

Um neun kam nichts über Eve und um zehn auch nicht. Sean, der schon Hunderte von Fernsehfilmen und Videos über Morde und polizeiliche Ermittlungen gesehen hatte, meinte, das läge vielleicht daran, daß der Fall nicht spektakulär genug sei. Es sei ja kein Kind oder junges Mädchen umgebracht worden oder etwas passiert, das damals schon die öffentliche Aufmerksamkeit auf sich gezogen hatte.

»Wenn ich bloß mehr darüber wüßte«, sagte Liza, die sich inzwischen beruhigt hatte. »Ich wüßte so gern mehr über Gesetze.«

»Du kannst ja nicht über alles Bescheid wissen.«

»Ich wäre gern Anwältin. Eines Tages werd ich *bestimmt* mal Anwältin.«

Sean lachte. »Träum nur weiter, Schatz. Kürzlich wolltest du Ärztin werden.«

Als sie am nächsten Morgen in die Stadt fuhren, war Liza nervös und angespannt. Da es kein Putztag in Aspen Close war, würde sie den Tag entweder mit einem einsamen Bummel über die Geschäftsstraße verbringen und ihr schwerverdientes Geld fürs Kino ausgeben müssen oder aber mit dem Bus zurückfahren. Doch sie konnte nicht abwarten, bis Sean nach Hause kam, sie mußte die Zeitungen sofort sehen.

Sie kauften sich drei, lauter sogenannte seriöse Blätter, die über die Geschichte aber fast identisch berichteten. Diesmal war kein Foto von Eve abgedruckt. In der ersten, die Liza aufgeregt noch im Auto las, lautete die Überschrift: *Torhausmord war vorsätzlich!*

Der Bericht war ziemlich lang, ging fast über eine halbe Seite. Liza kam beim besten Willen nicht über die beiden ersten Absätze hinaus.

»Ich versteh das nicht, Sean. Ich weiß nicht, was das alles bedeutet. Da steht, daß sie des Mordes an Trevor Hughes angeklagt ist. Wer ist Trevor Hughes? Von dem hab ich noch nie gehört.«

»Lies doch erst mal zu Ende. Alle drei mußt du lesen. Schatz, ich muß gehen, sonst komm ich zu spät. Und das riskier ich lieber nicht, an so einem entscheidenden Punkt. Du kannst ja im Auto bleiben, da sieht dich bestimmt niemand.«

Sie saß im Auto in der Tiefgarage des Supermarkts und las die Berichte in sämtlichen Zeitungen. In keinem kam etwas über die Morde, von denen Liza wußte, daß Eve sie begangen hatte. In allen ging es um diesen Trevor Hughes, einen 31jährigen Handelsvertreter, der seit zwölf Jahren als vermißt galt. Anscheinend hatte er eine Auseinandersetzung mit seiner Frau gehabt, und anstatt mit ihr wie geplant in Urlaub zu fahren, war er allein weggefahren.

Mrs. Eileen Hughes sagte, sie habe ihren Mann anhand seiner Armbanduhr und seines Eherings, in dem ihre beiden Namen eingraviert waren, identifiziert. Ein Zahnarzt hatte ihn anhand seines Gebisses identifiziert. Wie machten sie so was?, fragte sich Liza. Wenn sie Sean danach fragte, würde er wissen wollen, ob sie nun auch noch Zahnärztin werden wolle, und ihr raten, nur weiterzuträumen.

An der Stelle, wo der Mann vergraben gewesen war, hatte man Schrotkugeln gefunden. Im Wäldchen? Aber dort oben war doch bloß Bruno. Und nun redeten sie davon, daß dieser Mann auch vergraben war. Es schien nicht so, als habe Eve vor Gericht schon ausgesagt oder sonst jemand für sie gesprochen. Aber heute wurde weiterverhandelt. Am Schluß des Artikels hieß es, der Prozeß gehe weiter.

Liza war verwirrt. Sie wollte es unbedingt wissen, sie

wünschte, sie könnte jemanden fragen, aber der einzige, der ihr einfiel, war Mr. Spurdell. Bei der Lektüre der Zeitungsartikel hatte sie befürchtet, auf ihren eigenen Namen zu stoßen, aber er kam nicht, ihr Name wurde nicht erwähnt. Vielleicht stand er morgen drin?

Sie verbrachte einen langweiligen, doch etwas bangen Tag damit, in der Stadt herumzutrödeln. Der Hotelmanager, ihr Verehrer, hatte seinen freien Tag, und so war es auch nicht besonders interessant, in *The Duke's Head* ein heimliches Bad zu nehmen. Sie kaufte drei Taschenbücher und gab dafür zwei Drittel der vierundzwanzig Pfund ihres Wochenlohnes aus. Sean wäre bestimmt sauer. Sie ahnte bereits, daß Sean von ihr erwarten würde, sich zu freuen, daß ihre Mutter jahrelang ins Gefängnis wanderte. Aber für wie lange? Zumindest hängten sie einen heutzutage nicht mehr.

Am Nachmittag, nachdem sie bei McDonald's einen Hamburger und einen Eisbecher verspeist hatte, ging sie ins Kino und sah sich *Wiedersehen in Howards End* an. Wieso hatte sie eigentlich nie etwas von E. M. Forster gelesen? Weil er zu spät geboren war und deshalb nicht in der Bibliothek auf Shrove stand, dachte sie ziemlich mißmutig. Nächste Woche würde sie sich *Auf der Suche nach Indien* kaufen und alles, was er sonst noch geschrieben hatte. Es kostete sie gewaltige Überwindung, das Kino zu verlassen und nicht sitzenzubleiben und sich den Film noch einmal von vorn anzuschauen.

Sean wartete bereits. Er war sicher, daß sie den Prozeß heute abend im Fernsehen bringen würden. Sie schalteten um sechs ein und noch einmal um neun und um zehn, aber es kam nichts.

Liza sagte: »Ich hab noch mal darüber nachgedacht. Ich glaube, ich weiß jetzt, wer Trevor Hughes ist. Das war der Mann mit dem Bart. Hier steht, daß er zwölf Jahre lang als vermißt galt, und das war vor zwölf Jahren. Ich war nämlich vier. Ich dachte, der Polizist, der damals kam, hätte ihn Hugh genannt. Erinnerst du dich, ich sagte Hugh? Aber das war's nicht, er hieß Trevor Hughes.«

»Der Mann, auf den die Hunde los sind«, sagte Sean. »Der, den sie erschossen hat.«

»Die haben bestimmt das Torhaus durchsucht und den Ring mit den Initialen und dem Datum gefunden. Aber warum ihn?«

»Es ist ein Rätsel«, sagte Sean. »Wie du sagst, warum ausgerechnet ihn? Warum nicht die anderen?«

»Ich weiß nicht. Ich weiß gar nichts. Ich komme mir so dumm vor.« Liza fuhr sich durch die Haare und sah ihn herausfordernd an. »Zur Polizei können wir nicht, fragen können wir niemanden. Ich begreif gar nichts, es macht mich noch rasend.«

Als sein Blick auf die neuen Bücher fiel, sagte Sean kein Wort. Sie merkte, daß sie nicht immer voraussagen konnte, wie er reagieren würde. Er war lieb, er war gut zu ihr. Sie mußte an die Männer in den Büchern denken, die sie gelesen hatte, auch in dem, das sie gerade las, sie erinnerte sich an Trevor Hughes, an Bruno und Jonathan und fand, daß sie mit Sean wirklich Glück hatte. Sie wiederholte es ein paarmal, um sich zu überzeugen: mit Sean hatte sie wirklich Glück.

Nachdem Eve Jonathan den Namen des neuen Gärtners genannt hatte, dauerte es ziemlich lang, bis Liza ihm tatsächlich begegnete. Sie entdeckte ihn bereits an seinem ersten Arbeitstag, ließ sich aber nicht sehen. Es war Mitte März und noch kalt, und sie kam gerade von einem langen, ziellosen Spaziergang zurück; oberhalb des Flusses war es so morastig, daß ihre Stiefel im Schlamm versanken. In jenem Winter hatte sie sich solche Spaziergänge zur Gewohnheit gemacht, weil sie die Einsamkeit, der ewig gleiche Trott, die Tatsache, daß sie außer Eves nie ein anderes Gesicht zu sehen bekam, zusehends bedrückten. Der Unterricht wiederholte sich inzwischen, und sie wurde das Gefühl nicht los, Eve habe ihr alles beigebracht, was sie wußte. Nun blieb ihr nur, immer noch mehr Aufsätze über Shakespeare zu schreiben, immer noch mehr Prosa aus dem achtzehnten Jahrhundert zu interpretieren, Maupassant zu übertragen und Lateinübersetzungen aus dem Stegreif zu machen. In der Bibliothek auf Shrove hatte sie alle Bücher, die sie je lesen wollte, bereits gelesen. Das Fernsehen war fast vergessen, sie wußte gar nicht mehr richtig, wie es gewesen war, weshalb sie solchen Spaß daran gehabt hatte.

Sollte etwa das ganze Leben so vergehen? Sean hatte sie später einmal gefragt, wieso sie denn nicht weggelaufen sei. Er hatte das Ausmaß ihrer Gelehrsamkeit und die Tiefe ihres Unwissens nicht begriffen. Bei dem Gedanken an Weglaufen war ihr, bevor sie ihm begegnet war, vor Angst beinahe schlecht geworden. Sie war nie Bus oder Zug gefahren, hatte nie selbständig in einem Laden etwas eingekauft, war kaum je in einem gewesen, hatte nie einen Telefonanruf gemacht, vor allem aber hatte sie niemals irgendeine Art von Beziehung zu Gleichaltrigen gehabt.

Und so machte sie eben lange Spaziergänge, manchmal in die abgelegenen Dörfer, um dort ein Dorflädchen zu betrachten oder die Mitteilungstafel im Eingang vor einer Kirche, den Busfahrplan zu studieren oder sich vor die Schule zu stellen und die Kinder herauskommen zu sehen. Sie brachte sich selbst Dinge über die Welt bei, die Eve ihr vorenthalten hatte. Einmal, Seans Frage vorwegnehmend, hatte sie sich sogar gesagt, ich hätte weglaufen können. Doch schon die Worte, unausgesprochen im Kopf, hatten ihr schreckliche Angst eingeflößt. Sie sah sich bereits nächtens auf der leeren Straße stehen, ohne eine Vorstellung, wohin sie gehen, wie sie etwas zu essen auftreiben oder einen Schlafplatz finden sollte. Sie stellte sich vor, nicht wegzulaufen, sondern *nach Hause* zu laufen und sich Eve schluchzend in die Arme zu werfen.

Doch was sollte aus ihr werden? Oft malte sie sich die Zukunft in den düstersten Farben aus. Sie sah sich selbst als alte Frau, dreißig oder darüber, und Eve als Greisin, wie sie einfach so weiterlebten, wie sich alles gleichblieb, außer daß die jungen Bäumchen zu großen, hohen Bäumen mit dicken Stämmen und ausladenden Baumkronen herangewachsen waren. Würde sie Gärtnerin auf Shrove werden müssen, wenn Eve für die Arbeit zu alt war? Oder Nachfolgerin von Mrs. Cooper? Sie würde mit den Einkaufskörben und der Liste in die Stadt geschickt, die Brücke überqueren und auf den Bus warten.

Sie sah sich den Marktplatz überqueren, furchtsam den drängelnden Halbwüchsigen ausweichend. Sah sich auf die Straße treten, um ihnen auszuweichen, mit dem zu Boden gerichteten Blick der Nonne, die sie einmal auf einem Gemälde gesehen hatte. Sah sich furchtsam mit niemandem sprechen außer mit den Verkäufern und dann auch nur im Flüsterton das Gewünschte verlangen.

Entmutigt von diesen Gedanken ging sie zwischen den neugepflanzten Bäumen hindurch und sah plötzlich, daß im Garten von Shrove jemand war. Er war weit entfernt, und einen Augenblick dachte sie, es wäre Jonathan. Doch Jonathan würde ganz sicher nicht die Eibenhecke stutzen. Jonathan tat nie etwas, er rupfte nicht einmal ein Unkraut heraus oder zupfte an einer Rose die verwelkten Blütenblätter ab.

Der Mann bearbeitete mit einer Gartenschere die Hecke. Das war sicher der neue Gärtner. Sie war noch so weit weg, daß sie ihn nicht gut erkennen konnte, doch auch aus knapp hundert Metern Entfernung sah sie, daß er jung war. Nicht jung wie Jonathan oder Bruno, sondern richtig jung, etwa in ihrem Alter. Sie war nie auf den Gedanken gekommen, sich vor Mr. Frost oder vor Gib zu verstecken, aber jetzt war sie sich absolut sicher – dieser Mann durfte sie auf keinen Fall sehen. Er durfte nicht sehen, wie sie sich ihm langsam näherte.

Es war nicht schwer, seinem Blick auszuweichen, sie brauchte sich nur dicht an die Bäume zu halten und, sobald sie den Garten erreicht hatte, schnurstracks aufs Haus zuzugehen. Die Frage, weshalb sie eigentlich so heimlich tat, stellte sie sich gar nicht, sie hätte keine Antwort gewußt.

Verstohlen näherte sie sich, vorsichtig, um nicht auf ein Ästchen zu treten oder, als sie den Fußweg erreichte, auf dem knirschenden Kies ein Geräusch zu machen. Nun war er nur noch so weit weg, wie die Wohnzimmerwand im Torhaus lang war. Sie betrachtete ihn durch die Zweige und die spitzen Blätter der Immergrünsträucher hindurch. Er war mit der Hecke fertig und sammelte mit vollen Armen die abgeschnittenen Äste auf und lud sie in eine Schubkarre; er war ein hochgewachsener, sehniger junger Mann, eigentlich ein Junge, mit breiten Schultern und schmalen Hüften. Sein Haar war kohlrabenschwarz. Der Ausdruck fiel ihr ein, weil Dichter es immer so beschrieben. Das Gesicht hatte er abgewandt. Wenn sie jetzt nicht sein Gesicht zu sehen bekam, dachte sie, würde sie vor Enttäuschung schreien. Gleichzeitig wußte sie, daß sie sich nicht mucksen würde, egal, was er machte und wohin er ging.

Hatte sie sich etwa doch gemuckst? Sie war sich dessen gar nicht bewußt, vielleicht hatte sie ein bißchen lauter geatmet. Irgend etwas hatte ihn dazu veranlaßt, sich von der Schubkarre, die er gerade wegfahren wollte, abzuwenden und in ihre Richtung zu schauen.

Er konnte sie nicht sehen. Das wußte sie. Sie starrte wie gebannt auf ihn. Er war absolut schön. Sein Gesicht war von einer blassen Olivenfarbe, doch mit einem matten Schimmer auf den Wangen, seine Augen waren von einem dunklen, klaren Blau. Sie sah eine wohlgeformte Nase und wohlgeformte Lippen und mußte an die Stars in den alten Filmen denken, die sie gesehen hatte, an Radierungen von Statuen in alten Büchern und Porträts von Tizian.

Seine Hände waren lang und braun. Früher hatte sie Jonathans Hände bewundert, aber nun nicht mehr. Dieser Mann hatte Sterne in den Augen, und an seinem Blick ließ sich ablesen, daß er von wunderbaren Dingen träumte. In solchen Hainen, vom Blätterwerk halb verborgen, lebten die Götter, über die sie gelesen hatte.

Weil er sie nicht sehen und nun auch nichts mehr hören konnte, zuckte er leicht die Achseln und fuhr die Schubkarre davon. Speer und Sonnenwagen hätte er haben sollen, doch er hatte nur eine Gartenschere und eine Schubkarre. Liza machte sich nichts daraus. Es machte ihr auch nichts aus, daß er wegging, er sollte ja auch gar nicht zurückkommen. Irgendwie hatte sie das Gefühl, vorläufig genug gesehen zu haben. Erfüllt von einer ungeahnten Energie, rannte sie den ganzen Weg nach Hause, völlig außer Atem kam sie an und warf sich aufs Sofa.

Mit so unbeteiligter Stimme wie möglich fragte sie Eve: »An welchen Tagen kommt eigentlich der neue Gärtner?«

»Montags, mittwochs und freitags. Wieso?«

»Nur so. Wollte ich bloß wisssen.«

Am folgenden Nachmittag ging sie nach Shrove hinauf und suchte nach einem Bild, dem er ähnlich sehen könnte. Das gleiche hatte sie getan, als Bruno gekommen war, aber diesmal war es etwas anderes. Damals wollte sie ihre Neugier stillen, diesmal geschah es als Akt der Anbetung. Im Obergeschoß hing neben dem Gemälde von Sodom und

Gomorrha das Porträt eines jungen Mannes in schwarzer Seide und silberner Spitze. Eve nannte es »unbedeutendes, wertloses Zeug aus dem achtzehnten Jahrhundert«, aber Liza hatte es schon immer gemocht und betrachtete es nun andächtig. Der neue Gärtner im eleganten Kostüm ließ sie erschaudern, jedoch auf angenehme Weise.

Der nächste Tag war ein Freitag, und sie hielt an Eves Fenster Ausschau nach seinem Auto. Es war ein großer alter Wagen, dunkelblau mit Rostflecken auf der Karosserie, aber wenn sie nicht gewußt hätte, daß ein Auto einen Fahrer haben muß, hätte sie geglaubt, es käme aus eigenem Antrieb angefahren. Am Montag regnete es den ganzen Tag, also kam er nicht, und erst am Mittwoch erhaschte sie wieder einen Blick auf ihn. Sein Wagen stand auf dem Kiesweg vor der Remise. Sie schloß auf und ging nach oben in das Schlafzimmer, das Victoria immer bewohnt hatte und wo noch ihre Kleider im Schrank hingen. Erschrocken wich sie zurück, als sie ihn draußen vor dem Fenster bemerkte, fast direkt unter ihr.

Klematis überwucherte die dem Garten zugewandte Wand des Hauses. Er stand auf der alten Trittleiter, die früher in der Bibliothek gewesen war, und band die Ranken am Spalier fest. Wenn er den Kopf ein wenig gehoben und nach rechts gedreht hätte, dann hätte er sie gesehen. Heute konnte sie so viele Geräusche machen, wie sie wollte, er hätte es nicht bemerkt. Er trug einen Kopfhörer und hatte am Jeansgürtel einen Walkman befestigt.

In der vergangenen Woche hatte sie sich manchmal überlegt, ob sie ihn vielleicht schöner in Erinnerung hatte, als er in Wirklichkeit war. Nun stellte sie fest, daß er noch viel schöner war, als sie sich erinnerte. Warum war sie so angetan? Das alles verwirrte sie schrecklich. Sie kannte ihn doch gar nicht.

Plötzlich drehte er sich um und sah sie. Tiefe Scheu

ergriff sie, fast Scham, und sie spürte, wie ihr das Blut ins Gesicht schoß und auf den Wangen brannte. Er hob grüßend die Hand und grinste. Sie schreckte sofort zurück und rannte aus dem Schlafzimmer. An der Treppe hing auf halber Höhe ein goldgerahmter Spiegel. Obwohl sie es noch nie getan hatte, blieb sie nun stehen, um sich in diesem Spiegel zu betrachten.

Sie fand sich – nun ja, sehr hübsch. Vielleicht mehr als hübsch. Schöne Augen, groß und dunkel, volle Lippen, eine gesunde Haut, hatte Eve immer gesagt, und dichtes, langes dunkles Haar. Aber – sahen alle jungen Mädchen so aus? Ganz so naiv brauchte sie nicht zu sein. In der Stadt hatte sie doch schon welche gesehen, aber wie sollte sie es beurteilen? Die alten Fernsehbilder waren inzwischen vage und verschwommen. Wieso machte sie sich darüber überhaupt Gedanken? Sie starrte sich immer noch wie gebannt an, als würde sie über ein großes Rätsel nachsinnen.

Für ein paar Augenblicke, fünf Minuten vielleicht, hatte sie den Jungen auf der Leiter vergessen. Selbstverliebt hielt sie mit sich Zwiesprache, betrachtete prüfend ihr glattes Gesicht und die weichen rosigen Lippen, den schlanken Körper und die vollen Brüste. Wie würde sie wohl in einem Kleid wie dem von Caroline aussehen? Rote Seide, tief ausgeschnitten. Die Vorstellung brachte sie fast zum Lachen. Sie trug Jeans, einen schwarzen Rollkragenpullover und Eves alten braunen Parka.

Weil sie wußte, daß er hinten im Garten war, ging sie, ohne lange zu überlegen, zur vorderen Haustür hinaus. Sie sah nicht erst vorsichtig aus dem Fenster, sondern trat direkt ins Freie. Und da stand er auf den Steinplatten und begutachtete die Kletterhortensie, die die Vorderfront von Shrove House überwucherte.

Sie blieb wie angewurzelt stehen und starrte ihn an, wußte nicht, was tun, brachte keinen Ton heraus.

Er lächelte. »Hallo, du.«

Es hatte ihr die Sprache verschlagen.

»Wohnst du hier?«

Sie mußte etwas sagen. Diesmal errötete sie nicht. Wahrscheinlich war sie ganz blaß geworden.

»Ich hab dich da am Fenster gesehen, und da hab ich mir gedacht, du wohnst vielleicht hier. Aber die Dame hat gesagt, da wohnt keiner. Na, ein Gespenst bist du jedenfalls nicht.«

Damit wollte er sie zum Lachen bringen, aber sie konnte nicht lachen. Sie fand ihre Sprache wieder, aber nicht ihre Selbstsicherheit. »Das war meine Mutter, die das gesagt hat. Wir wohnen drüben im Lodge.«

»Mitten in der Pampa, was? Da kriegt man ja das kalte Grausen.«

Eve würde ihn hassen, weil er »das kalte Grausen« gesagt hatte. Was »Pampa« heißen sollte, davon hatte sie keinen blassen Schimmer. »Ich muß jetzt gehen«, sagte sie. »Ich bin spät dran.«

»Dann bis bald.«

Sie traute sich nicht zu rennen. Sie vermutete, daß er ihr nachsah, und ging deshalb betont langsam die Zufahrt hinunter durch den Park, sie war sich ganz sicher, daß er ihr mit den Augen folgte. Doch als sie sich umdrehte, war er verschwunden. Sein Wagen fuhr an ihr vorbei, bevor sie es richtig merkte, und er winkte ihr zu. Sie war so verwirrt, daß sie nicht zurückwinkte.

Im Torhaus angekommen, las sie in *Romeo und Julia:* »Wär ich der Handschuh doch auf dieser Hand / Und küßte diese Wange!« Ihre Zukunft, die Einsamkeit und Eintönigkeit, Eves kuriose Eigenheiten, alles war vergessen. »Die Jugend dranzugeben / Im hohen Alter noch davon zu träumen...«. Sie flüchtete sich in die Poesie, denn andere Vergleichsmöglichkeiten und Maßstäbe besaß sie nicht.

Bei dem Gespräch mit Eve drängte es sie danach, seinen Namen auszusprechen, doch sie getraute sich nicht. Sobald sie ihn ausgesprochen hatte, wollte sie nur noch über ihn reden, dabei wußte sie gar nichts über ihn.

»Wo wohnt Sean?«

»In einem Wohnwagen irgendwo. Wieso interessiert dich das eigentlich?«

»Wo Gib gewohnt hat, wollte ich auch wissen.« Das stimmte. Eve sollte ruhig glauben, daß sie, nachdem sie sowieso schon kaum Leute kannte, sich für die, die sie kannte, mehr interessierte als vielleicht jemand, der ein anderes Leben führte als sie.

»Wo hat denn Sean seinen Wohnwagen?« Diesmal hätte sie seinen Namen nicht zu sagen brauchen, tat es aber dennoch.

»Woher soll ich das denn wissen? Ach ja, er hat gesagt, unten an der alten Bahnstation. Hast du mit ihm gesprochen?«

Liza sah ihr zwischen die Augen und erwiderte: »Nein.«

Es war der Ort, an dem sie so einen Schreck bekommen hatte. Sie war durch das Stationshäuschen gegangen, fröhlich und unbeschwert den sonnigen Tag genießend, und hatte Bruno mit seinen Malsachen dort sitzen sehen, in der erhobenen Hand einen Pinsel, von dem die gelbe Aquarellfarbe troff. Er hatte ihr mit seinem unverhohlenen Haß einen gehörigen Schreck eingejagt.

»Du hast mir nie gesagt, warum du damals gekommen bist«, sagte Sean. »Weißt du, daß das jetzt sieben Monate her ist. Wir kennen uns seit sieben Monaten. Wieso bist du damals gekommen?«

»Ich wollte sehen, wo du wohnst. Wenn man dieses Gefühl hat, will man alles wissen über den anderen, wo er wohnt, was er ißt und trinkt, was er gern macht, wie er sich verhält, wenn er allein ist. Man will ihn in verschiedenen Umgebungen erleben.« Sie überlegte. »In so vielen verschiedenen Umgebungen wie möglich. Man will sehen, wie er bei Regen ist und wie bei Sonnenschein. Wie er sich kämmt und den Teekessel füllt und sich die Hände wäscht und ein Glas Wasser trinkt. Man will ihn bei den alltäglichen Dingen beobachten.«

Sean nickte ernsthaft. »Stimmt, so ist es. Du bist ein schlaues Mädchen, Liza, du kennst dich ja richtig aus.«

Sie machte eine ungeduldige Handbewegung. »Ich wollte ja gar nicht dich sehen. Auf keinen Fall wollte ich, daß du mich siehst. Ich wollte bloß wissen, wo du wohnst und mich dann wieder davonschleichen.«

»Aber ich hab dich gesehen und bin rausgekommen.«

Gleichmütig, als spräche sie von anderen Leuten, von einem anderen Paar, sagte sie: »Es war Liebe auf den ersten Blick.«

»Genau das war es.«

»Ich hab mich nicht besonders geziert. Ich hab dich nicht hingehalten. Ich bin mit dir in den Wohnwagen, und als du gefragt hast, ob ich jemanden hätte, wußte ich nicht, was du meinst. Ich sagte, ich hätte meine Mutter. Dann hast du es noch mal probiert, du hast gefragt, ob ich mit jemand gehe? Nichts zu machen. Du mußtest erst fragen, ob ich einen Freund hätte. Dann hast du gefragt, ob ich mit dir spazierengehe, und da war ich beruhigt, denn das sagten die Leute in den viktorianischen Romanen, die ich gelesen habe, auch immer.«

»Der Rest«, sagte Sean, »wie heißt es, ist Geschichte.«

»Heute mußt du aber die Zeitungen kaufen. Ich gehe erst nachmittags in die Stadt. Ich werde Mr. Spurdell bitten, es mir zu erklären. Ich meine, das mit Trevor Hughes.«

»Und was ist, wenn er's spitzkriegt?«

»Wenn er es errät, meinst du? Der nicht.«

Als sie mit der Arbeit fertig war – und sie sorgte dafür, daß sie rechtzeitig fertig war und noch etwas Zeit hatte –, ging sie hinüber zu Mr. Spurdells Arbeitszimmer und klopfte an die Tür. Er war vor einer halben Stunde nach Hause gekommen und gleich nach oben gegangen.

Er trug seine goldgefaßte Lesebrille, wodurch er noch älter und gelehrter aussah als sonst.

»Falls du mein Zimmer noch nicht gemacht hast, laß es für heute«, sagte er.

Es ärgerte sie ziemlich, daß es ihm gar nicht aufgefallen war. Sie hatte sich mit seinem Arbeitszimmer besondere Mühe gegeben, hatte seine Bücher abgestaubt und sie sorgfältig in der korrekten Reihenfolge wieder hingestellt.

»Darf ich Sie mal etwas fragen?«

»Das kommt ganz darauf an, was. Worum *handelt* sich's denn?«

Sie kam sofort zur Sache. »Wenn jemand drei Leute umbringt, A, B und C, und die Polizei weiß über C Bescheid, wieso wird sie dann – ich meine, er oder sie – nur wegen Mordes an A angeklagt?«

»Liest du gerade einen Thriller?«

Es wäre einfacher, ja zu sagen, obwohl sie keine Ahnung hatte, was er meinte. »Ja.«

Er erklärte so gern, er beantwortete so gern Fragen. Das wußte sie und war sich daher auch sicher gewesen, daß er keinen Verdacht schöpfen würde. Er interessierte sich nämlich weit mehr fürs Dozieren als für sie.

»Es kann als wahrscheinlich vorausgesetzt werden, daß die Polizei, obwohl sie von C wußte, nicht beweisen kann, daß er oder sie ihn ermordet hat. Dasselbe könnte auch für B gelten. Gegen ihn oder sie wird formell Anklage wegen Mordes an A erhoben, weil man meint, genügend Beweismaterial in der Hand zu haben, das der gerichtlichen Prüfung standhält. Na, hilft dir das bei der Aufklärung deiner Detektivgeschichte weiter?«

»Warum klagt man dann – warum erhebt man dann nicht formell Anklage gegen die Person, A *und* C getötet zu haben?«

»Aha, das geht nicht. Paß auf, falls dein mutmaßlicher Mörder nun von den Geschworenen für nicht schuldig befunden und freigesprochen wird, kann die Polizei doch auf C zurückkommen – oder meinetwegen auf B – und ihn unter dieser neuen Anklage noch mal vor Gericht stellen. Wenn man für beide Fälle gleich Anklage gegen ihn erheben würde und er freigesprochen würde, dann gäbe es keine Möglichkeit, ihn zu bestrafen.«

Dauernd redete er von »er« und »ihn«, als ob Frauen nicht ebenfalls Opfer oder Täterin sein könnten. »Ach so«, sagte sie, »und wo ist er – oder sie –, bevor es zum Prozeß kommt?«

Daraufhin sagte er etwas vom sogenannten Criminal Justice Act von 1991, einer gesetzlichen Maßnahme, die irgendwie mit Verurteilung und Gefängnisstrafen zu tun hatte, aber als er zu der Stelle kam, an der er sagte, daß der Act gerade in Kraft treten würde »jetzt, in dem Moment, wo ich das sage, Liza«, klingelte das Telefon. Sie wollte hinausgehen, aber er bedeutete ihr, dazubleiben, und nahm den Hörer ab.

»Hallo, Jane«, hörte sie ihn sagen, »was kann ich für dich tun, Liebes?«

Das Gespräch dauerte nicht lange. Sie hätte Jane Spurdell gern eine Nachricht zukommen lassen, herzliche Grüße oder so etwas, aber das ging natürlich nicht. Nachdem er wieder aufgelegt hatte, sagte Mr. Spurdell: »Ich dachte eigentlich, du möchtest dir wieder ein Buch ausleihen.« Ziemlich streng fügte er hinzu: »Etwas Sinnvolles.«

Damit bezog er sich wohl auf ihre vermeintliche, aktuelle Lektüre. Sie ergriff die Gelegenheit.

»Für wie lange schicken sie einen Mörder ins Gefängnis?« Seit ihrer Bekanntschaft mit Zeitungen hatte sie lediglich von recht kurzen Strafen für Tötungsdelikte gelesen. »Ich meine, hängt es davon ab, wie oder warum man es getan hat?«

»Wenn in diesem Land jemand wegen Mordes verurteilt wird, ist eine lebenslängliche Haftstrafe obligatorisch.«

Sie erschrak. »Immer?« sagte sie, und er dachte, sie wüßte nicht, was »obligatorisch« bedeutete.

»Der Ausdruck bedeutet, es ist eine Art Vorschrift. Etwas Obligatorisches ist etwas, das zwingend vorgeschrieben ist. Bei uns gibt es keine Morde ersten oder zweiten Grades wie in den Vereinigten Staaten. Also, wenn es Totschlag wäre, könnte die Strafe recht kurz ausfallen.«

Der Ausdruck sagte ihr nichts. Es würde bestimmt Verdacht schöpfen, wenn sie weiter nachbohrte. Er hatte zwei Taschenbücher von Hardy aus dem Regal genommen. Sie kannte sie noch nicht, bedankte sich und ging hinunter, um sich ihr Geld abzuholen.

19

An dem Tag war Eve im Zeugenstand gewesen.

Staunend las Liza, daß sie den Mord an Trevor Hughes zugegeben hatte. Doch sie hatte sich für nicht schuldig bekannt. Das ließ sich vielleicht durch die Tatsache erklären, daß ihr Verteidiger versuchte, die Mordanklage in das umzuwandeln, was Mr. Spurdell erwähnt hatte: Totschlag. Sean kannte sich anscheinend damit aus.

Heute brachten sie ein Foto von Trevor Hughes, einem gesichtslosen Mann, dessen Züge von dem dichten, hellblonden Bart verdeckt waren. Eve sagte aus, sie habe ihn getötet, weil er versucht habe, sie zu vergewaltigen. Sie war ganz allein im Haus, im Umkreis von einer Meile wohnte keine Menschenseele. Sie konnte ihm entkommen, rannte ins Haus, um ihr Gewehr zu holen und erschoß ihn in Notwehr.

Der Vertreter der Anklage verhörte sie eingehend. Man konnte sich denken, daß da viel mehr vor sich ging, als in der Zeitung erschien. Er wollte wissen, wieso sie eine geladene Schrotflinte im Haus hatte? Wieso sie sich nicht im Haus eingeschlossen und die Polizei gerufen hatte? Als sie sagte, sie hätte kein Telefon, machte er einen bissigen Kommentar über die Frau, die nervös genug war, eine geladene Flinte im Haus zu haben, aber kein Telefon. Als sie wußte, daß er tot war, wieso hatte sie dann nicht von Shrove aus, wo sich ein Telefon befand, nach Hilfe gerufen? Und wieso hatte sie den Tod des Mannes verheimlicht, indem sie die Leiche vergraben hatte?

Bevor sie ihre Ausssage gemacht hatte, war ein gewisser

Matthew Edwards in den Zeugenstand getreten. In der Zeitung brachten sie die Dinge nicht der Reihe nach, sondern stellten sie wie Sensationsmeldungen zusammen. Es dauerte eine Weile, bis Liza begriff, daß es sich um Matt handelte, und als sie las, was er gesagt hatte, mußte sie wieder an damals denken, als sie frühmorgens aus dem Fenster gesehen und beobachtet hatte, wie er die Hunde aus dem Schlößchen ließ.

Dem Gericht erzählte er von dem frisch aufgegrabenen Erdreich und daß die Hunde aufgeregt schnüffelnd hin und her gerannt seien und Eve herumgedruckst habe, als er fragte, ob sie vielleicht dort Knochen vergraben hätten. Liza erinnerte sich noch an alles. Eve hatte ihm überhaupt nicht geantwortet, sie hatte ihn nur gefragt, ob er eigentlich wüßte, wie spät es sei, und ihm mit eisiger Stimme die Uhrzeit mitgeteilt, morgens halb sieben.

Der Prozeß würde am nächsten Tag enden. Das hieß an diesem Tag, heute. Inzwischen wäre er sicher vorbei. Der Verteidiger hielt sein Plädoyer, in dem er von Eva Becks schwerem Leben sprach. Sie habe mehr Anlaß als die meisten Frauen, sich vor Vergewaltigung zu fürchten, denn sie habe es bereits einmal durchgemacht.

Liza hörte für einen Augenblick auf zu lesen. Sie spürte das dumpfe Pochen ihres eigenen Herzschlags. Unbewußt hatte sie die Zeitung mit der Hand bedeckt, als wäre keiner hinter ihr, als würde Sean ihr nicht über die Schulter sehen und mitlesen.

»Du mußt es lesen, Liebling«, sagte er sanft.

»Ich weiß.«

»Soll ich's dir vorlesen? Soll ich es zuerst lesen und dir's dann vorlesen?«

Sie schüttelte den Kopf und zwang sich, die Hand wegzunehmen. Die unerbittlichen Worte schienen schwärzer als der Rest des Artikels, das Papier weißer.

Im Alter von 21 war Eva Beck, nachdem sie einen Freund zum Flugzeug nach Rio begleitet hatte, auf dem Rückweg von Heathrow nach Oxford mit einem Lastwagenfahrer per Anhalter mitgefahren. Im Lastwagen waren noch zwei weitere Männer gewesen. Man war zu einem Rastplatz gefahren, wo alle drei Männer sie vergewaltigten. Die Folge war gewesen, daß sie sehr krank geworden war und sie sich einer längeren psychologischen Behandlung hatte unterziehen müssen. Durch die Vergewaltigung war sie menschenscheu geworden und hatte nichts mehr vom Leben gewollt, als in Ruhe gelassen zu werden und auf dem Landsitz von Shrove ihrer Arbeit als Verwalterin nachzugehen.

Die Gesellschaft anderer Menschen hatte sie gemieden und war im nahegelegenen Dorf so gut wie unbekannt gewesen. Sie hatte mit einer erwachsenen Tochter zusammengelebt, die aber inzwischen aus dem Haus war.

Als sie fertiggelesen hatte, blieb Liza reglos und stumm sitzen. All ihre Fragen waren beantwortet. Sie spürte, wie Sean sie ansah. Dann legte er ihr die Hand auf die Schulter, und als sie nicht abwehrte, schlang er den Arm um sie.

Nach einer Weile sagte sie: »Seit ich ungefähr zwölf war, also sobald ich mir darunter etwas vorstellen konnte, dachte ich, ich wäre das Kind von Jonathan Tobias. Es gefiel mir nicht besonders, ich mochte ihn ja damals nicht mehr so, aber zumindest bedeutete es, daß ich einen Vater hatte.«

»Er hätte es doch auch sein können.«

»Nein. Sie hat mir das alles nie gesagt, was da in der Zeitung steht, aber daß sie Jonathan zwei Wochen nicht gesehen hat, bevor sie ihn zum Flughafen brachte, das hat sie mir erzählt. Einer von den Männern im Lastwagen war mein Vater. Irgendwo laufen drei Männer rum, vielleicht hier in der Stadt, oder fahren einen Lastwagen, den wir auf der Straße überholt haben, und einer davon ist mein Vater.« Sie sah ihn an und wandte gleich den Blick ab. »Ich werd mich schon noch daran gewöhnen.«

Sie merkte, daß Sean nicht wußte, was er sagen sollte. Sie nahm sich zusammen. »Das meiste von dem, was sie sagen, stimmt nicht. Sie hat sie umgebracht, weil sie ihr Leben auf Shrove bedrohten. Sie hat sie umgebracht, weil sie sie daran hindern wollten, das zu haben, was sie wollte. Von ihrer Liebe zu Shrove hat niemand gesprochen. Und ich – ich bin bloß die erwachsene Tochter, die aber inzwischen aus dem Haus ist.«

Er nahm sie in die Arme.

Erwachsen. Sean hatte sie danach gefragt. Nicht beim ersten Mal, als sie sich am Wohnwagen trafen, auch nicht beim zweiten, aber etwas später dann. Sie hatte mit ihm einen Spaziergang gemacht, wie versprochen; zu Eve hatte sie gesagt, sie werde den Abend in der Bibliothek auf Shrove verbringen und Bücher lesen, die seien aber so schwer, daß sie sie nicht mit nach Hause schleppen wollte. Nach dem Spaziergang setzten sie sich in den Wohnwagen. Er trank Bier und sie eine Cola.

Damals fing sie an, ihm zu erzählen, wie sie bisher gelebt hatte, isoliert, fast ohne jeden Kontakt, in der kleinen Welt von Shrove. »Wie alt bist du?« hatte er gefragt und eingeräumt, daß sie ein bis zwei Jahre älter aussah, trotzdem hatte er befürchtet, sie würde sagen, sie sei erst fünfzehn.

Damals, beim ersten Mal, hatte er sie nicht einmal geküßt. Zwei Abende später, als es für einen längeren Spaziergang zu heiß war, eine intensive, feuchte Abenddämmerung, hatten sie sich an der Ahornhecke ins tiefe, blühende Gras gelegt. Sie hatte zwischen den bleichen, schlanken Halmen hindurch sein Gesicht dicht vor ihrem betrachtet. Ein Geruch von Heu und Trockenheit lag in der Luft. Die buschigen Samenköpfchen streuten braunen, staubigen Blütenstaub auf sein Haar. Er zerteilte die dünnen Grassträhnen und legte den Mund auf ihre Lippen und küßte sie.

Sie war machtlos, sie konnte sich nicht beherrschen. Ihre Arme lagen um seinen Hals, sie hielt seine Haare fest, erwiderte leidenschaftlich seinen Kuß, legte alles, was sie über Liebe und Verlangen gelesen hatte, in diese Küsse. Er war derjenige, der ihnen schließlich Einhalt gebot, aufsprang, sie hochzog und unvermittelt fragte, ob sie sich denn sicher sei, ob sie wisse, was sie da tue, denn wenn sie »alles miteinander tun« würden, müßte sie sich ganz sicher sein.

Sie war zu keinem klaren Gedanken fähig. Wenn sie es versuchte, sah sie immer nur Bilder von Sean und spürte seine Küsse, ihr wurde heiß und schwach, ganz komisch naß wurde sie auf einmal, kein Unterricht und keine Lektüre hatten sie darauf vorbereitet. Sie versuchte, in Ruhe zu überlegen, es logisch durchzudenken, aber in ihrem Kopf überschlugen sich die Bilder von Sean, Bilder von ihr selbst mit Sean, ihr Körper zitterte vor Verlangen, und sie kam mit der Frage, ob sie sich sicher sei oder wüßte, was sie da tue, nicht weiter als vorhin auf der Wiese. Im Grunde lief es auf folgendes hinaus: Wenn sie ihn das nächste Mal sah, würde sie alles tun, was er wollte und was sie wollte, aber wenn sie ihn nie mehr sehen sollte, würde sie sterben.

Noch einmal las sie *Romeo und Julia,* doch es hatte irgendwie nichts mehr mit dem zu tun, was sie fühlte. Am Montagabend regnete es, und so trafen sie sich im Wohnwagen und liebten sich, kaum daß sie beieinander waren, stürzten sich in atemloser, freudiger Verzückung aufeinander.

Das alles schien jetzt weit weg.

Sean schaltete den Fernseher ein, und sie sahen die Nachrichten. Zum ersten Mal, jedenfalls soviel sie wußten, kam etwas über Eve. Sie mußten bis fast zum Ende der Nachrichten abwarten. In der letzten Meldung ging es um die Bestrebungen, dem Stierkampf in Spanien ein Ende zu setzen, aber vorher verkündete der Nachrichtensprecher lakonisch, Eva Beck, die Killerin im Torhausmordfall, sei schuldig gesprochen und zu einer lebenslänglichen Haftstrafe verurteilt worden.

Sean nahm sie in den Arm, die ganze Nacht hielt er sie fest umarmt und drückte sie, wenn sie zwischendurch wimmernd aufwachte, liebevoll an sich. Trotzdem konnte er nicht nachvollziehen, wie ihr zumute war. Nachdem Eve sie verleugnet hatte – was für gute Gründe sie dafür auch gehabt haben mochte –, existierte sie nicht mehr, nach der Enthüllung von Eves Geschichte war sie nun mehr als nur vaterlos.

Sie fand keine Worte, um das auszudrücken, was sie fühlte. Sie hatte Sean nichts zu sagen, und so sprach sie von banalen, alltäglichen Dingen, was sie zum Abendessen machen würden, was er an Lebensmitteln aus dem Laden mitbringen sollte. Ihm war deutlich anzumerken, daß er erleichtert war, nicht über Eve oder den Prozeß oder Lizas eigene neue Verletzlichkeit sprechen zu müssen; das schmerzte sie, es machte sie wütend. Ein paarmal in dieser unruhigen Nacht hatte er gesagt, sie müsse »das alles« hinter sich lassen.

Als er gerade wegfahren wollte, überraschte sie ihn mit der Mitteilung, daß sie auch mitkommen wollte.

»Heute ist doch nicht dein Tag bei Mrs. S., oder?«

Sie schüttelte den Kopf. Er dachte vermutlich, sie käme nur mit in die Stadt, um den Tag nicht allein im Wohnwagen verbringen zu müssen. Sie saß neben ihm und redete davon, wie schön doch das Wetter sei, was für ein herrlicher, sonniger Tag für Mitte Dezember. In gut einem Monat wäre sie siebzehn, aber er wußte nicht, wann sie Geburtstag hatte, obwohl er es sich hätte ausrechnen können. Als sie das erste Mal zusammengewesen waren, hatten sie nicht viel geredet. Nur miteinander geschlafen, sich genüßlich ausgeruht und wieder miteinander geschlafen.

Eifrig wie noch nie darauf bedacht, nicht zu spät zu kommen, eilte er in den Laden. Die Autoschlüssel steckten in seiner Hosentasche, aber sie hatte ja die Ersatzschlüssel dabei. Eine Landkarte, die er nie brauchte, weil er einen guten Orientierungssinn hatte, lag in der hintersten Ecke des Handschuhfachs. Sie studierte sie eingehend und ließ sie dann aufgeschlagen auf dem Beifahrersitz liegen.

Sie konnten ihr nichts anhaben, falls sie sie ohne Führerschein und Versicherung erwischten. In der Verfassung, in der sie sich heute befand, war es ihr ziemlich egal, was mit ihr geschah. Es spielte keine Rolle mehr, ob sie sie schnappten und herausbekamen, wer sie war, denn sie war ja niemand, sie besaß keine Identität. Sie war bloß die erwachsene Tochter, die aber inzwischen aus dem Haus war.

Sie fuhr an der Stelle vorbei, wo der Wohnwagen stand, und nahm dann die Landstraße. Die Welt hier erschien ihr ganz anders, die letzten drei Monate war es ihr schon so vorgekommen, und dabei war sie nur ungefähr zwanzig Meilen von ihrem Ziel entfernt. Als sie an einer Tankstelle vorbeikam, warf sie einen kurzen Blick auf die Benzinuhr. In Ordnung, der Tank war fast voll. Sie überlegte sich gerade, wie ihr wohl zumute sein würde, wenn sie an die Brücke kommen und den Fluß mit den Rieselwiesen unter sich sehen würde, und dann das Haus, über dem tief auf dem flachen Land liegenden, weißen Dunst schwebend, wenn sie das Anwesen sehen würde, das bis vor drei Monaten der einzige Ort gewesen war, den sie je gekannt hatte.

Doch als es schließlich soweit war, reagierte sie nicht überrascht. Es war ein frischer, windiger, keineswegs dunstiger Tag. Die Sonne schien und verbreitete ein grelles, winterliches Licht. Shrove House hatte noch nie so glänzend und funkelnd dagelegen. Schon als sie mitten auf der Brücke war, noch eine halbe Meile entfernt, konnte sie die dunklen, langen, dünnen Spuren der Klematis an den rückwärtigen Hausmauern und die Gesichter der steinernen Frauen in den Nischen erkennen.

Die Sonne funkelte gleißend auf dem Fenster, von dem aus sie Sean beim zweiten Mal beobachtet hatte. Sie fuhr die Zufahrtsstraße hinauf. Jemand hatte die Hecke hier radikal zurückgeschnitten, die Weißdornbüsche erbarmungslos ausgedünnt. Das Torhaus tauchte plötzlich auf, wie immer, wenn man die Kurve passiert hatte. Es sah aus wie früher, auch die Auffahrt nach Shrove war gleichgeblieben, nur daß das Tor zum ersten Mal, seit sie denken konnte, geschlossen war. Das Tor, das bis auf den Tag nach dem Sturm immer sperrangelweit offen stand, war nun so fest verschlossen, daß der Park nur durch das kunstvoll getriebene Schmiedeeisen und die verschnörkelten Buchstaben *Shrove House* hindurch zu sehen war.

Sie ging den Gartenweg entlang auf das Torhaus zu. Ihren Schlüssel hatte sie ja noch bei sich. Sie steckte ihn ins Schloß und sperrte die Haustür auf. Drinnen war es eiskalt und roch nach Feuchtigkeit. Es war der Gestank hohler Baumwurzeln, in denen Pilze schimmelten.

Die Küche war schwach erleuchtet, fast dunkel, denn das Rollo war heruntergezogen. Sie hob es ein wenig an, um hinauszuschauen, ließ dann aber, erschrocken über das, was sie dort sah, die Schnur los, so daß das Rollo krachend hochschnellte. Im hinteren Garten, wo Eve Gemüsebeete und Blumenrabatten angelegt hatte, wo an der Stelle des umgestürzten Kirschbaums ein neues Bäumchen gepflanzt war, herrschte nun eine Wildnis aus wirr wucherndem Unkraut. Allerdings war es nicht zwischen den vernachlässigten Nutzpflanzen hervorgeschossen, sondern wuchs aus dem umgegrabenen Erdreich hervor. Der gesamte Garten war mit dem Spaten gewendet worden.

Zuerst konnte sie sich darauf keinen Reim machen. Hatte etwa zeitweilig jemand hier gewohnt, den Garten umgegraben und war dann fortgegangen? Hatte ein neuer Gärtner voller Tatendrang die Sache in Angriff genommen und dann im Stich gelassen?

Dann fiel es ihr wieder ein; in der Zeitung hatte gestanden, daß Eve die Leiche von Trevor Hughes vergraben hatte. Irgendwo da draußen mußte sie ihn vergraben haben. Matt hatte behauptet, daß die Hunde dort herumgeschnüffelt hätten. Hier hatte die Polizei gegraben und nach den anderen gesucht, nach einem ganzen Friedhof. Mit ihren Spaten hatten sie diese Wildnis angerichtet. Sie dachte an die unzähligen Male, die sie im Garten unter dem Kirschbaum gesessen hatten, an die Arbeit, die Eve da hineingesteckt hatte, wie sie gehackt, gepflanzt und geerntet hatte, doch es berührte sie kaum. Es machte ihr nicht viel mehr aus als über einen Kirchhof zu gehen.

Sie zog das Rollo wieder herunter und wandte sich dem Inneren des Torhauses zu. Nachdem sie so lange nicht mehr hiergewesen war, sah sie die Zimmer nun mit anderen Augen, mit einem Blick, der inzwischen an so viel Verschiedenem geschult war, daß dies hier ihr nun recht merkwürdig vorkam: die gewölbten Decken, die spitzgiebligen Fenster, die dunkle Holzvertäfelung. Jetzt wunderte sie sich, daß sie ihr Leben lang hier gewohnt hatte, oder jedenfalls solange sie zurückdenken konnte.

Dieser Raum, das Wohnzimmer, war ganz anders, als sie ihn in Erinnerung hatte. Sie wußte natürlich nicht, wie lange Eve noch hier gewesen war. So hätte sie den Raum jedenfalls nicht hinterlassen, die Bilder schief an der Wand, die Nippsachen auf dem Kaminsims falsch angeordnet, der Kaminvorleger verrutscht. Liza fiel ein, daß sie keine Ahnung hatte, wem diese Möbel eigentlich gehörten. Waren es Eves oder gehörten sie zum Haus? Waren sie schon dagewesen, als Eve und sie hierhergekommen waren? Das Sofa hatte noch nie so dagestanden, dicht gegen die Wand gerückt. Jemand hatte diesen Raum durchsucht. Die Polizei hatte ihn durchsucht. So etwas hatte sie einmal in einer Krimiserie im Fernsehen gesehen.

Etwas fehlte in dem Raum. Ein Bild. Ein bleiches Rechteck an der Wand bezeichnete die Stelle, an der es gehangen hatte, ihr Porträt, das Bild, das Bruno von ihr gemalt hatte.

Ihrer Meinung nach hatte es ihr nie besonders ähnlich gesehen. Die Farben waren zu kräftig und die Gesichtszüge zu grob. Aber Eve hatte es gefallen. Vielleicht hatte Eve es mitnehmen dürfen, hatte es jetzt bei sich, würde es die langen Jahre hindurch bei sich behalten. Die Vorstellung fand sie tröstlich.

Ob die Polizei auch das Schlößchen durchsucht hatte?

Die grüne, eisenbeschlagene Tür war wie immer unverschlossen. Falls sie dort alles durchsucht hatten, hätten sie doch bestimmt danach abgeschlossen! Liza lockerte den Ziegelstein am Wandsockel zwischen den Spitzbogenfenstern, zog ihn heraus und fand die Stahlkassette. Das Geld war noch da. Sie nahm die Kassette samt Inhalt mit.

Im Torhaus ging sie ins Obergeschoß. Sie warf einen Blick in Eves Zimmer, makellos aufgeräumt und trostlos. Das Schmuckkästchen war noch in der Schublade, aber es war leer. Natürlich kein goldener Ehering, damit hatte sie gerechnet, aber auch keine Ohrringe, keine Jadekette, keine Broschen. Sie fragte sich, was wohl daraus geworden war.

Aus dem Kleiderschrank in ihrem Zimmer nahm sie sich ihren warmen Steppmantel, die beiden Röcke, die Eve ihr genäht hatte, und den rot-blauen Pullover, den sie ihr gestrickt hatte.

Hier waren die Vorhänge zugezogen, weshalb, wußte sie nicht. Sie machte sie auf und sah über den zerstörten Torhausgarten hinüber auf das große Grundstück. Es versetzte ihr einen ziemlichen Schreck, als sie plötzlich David Cosby zwischen den jungen Bäumen über den Rasen gehen sah. Er hatte einen Hund bei sich, einen rotweißen Spaniel. Als sie sich sicher war, daß er nicht in ihre Richtung schaute, zog sie die Vorhänge wieder zu.

Sein Spaziergang führte ihn aber nicht einmal in die Nähe des Wäldchens. Liza legte die Stahlkassette und die Kleider in den Kofferraum und schloß ihn ab. Sie überlegte, ob es ratsam war, den Wagen die zehn Minuten dort stehenzulassen, die sie brauchte, um noch etwas anderes zu erledigen, und entschied sich dafür.

Die Sonne schien für die Jahreszeit immer noch ungewöhnlich hell. Es ging bereits auf das Jahresende zu, und die Schatten waren sogar zur Mittagszeit sehr lang. Der Untergrund war für Anfang Dezember ziemlich trocken; weiche, übereinanderliegende Laubschichten knackten leise unter ihren Sohlen. Sie ging auf das Wäldchen zu, eigentlich wollte sie gar nicht, doch irgend etwas trieb sie dazu. Dies war eine ebenso wichtige Mission wie die Suche nach der stählernen Geldkassette.

Einen Großteil der Aufräumarbeiten hatte sie mit eigenen Augen gesehen, aber nicht die Neuanpflanzung. In wohlüberlegten Gruppen standen überall junge Bäumchen, mit Maschendraht gegen Rehe und Kaninchen um die dünnen Stämme. Erleichtert fiel ihr Blick auf die beiden abgestorbenen Lärchen, die man als Futterplatz für die Spechte stehengelassen hatte, und die zerborstene Pappel mit den neuen Trieben.

Der Stamm der Kirsche lag noch dort, wo er damals umgestürzt war, zumindest glaubte sie dies. Wie konnte sie sich sicher sein? Inzwischen war er tief im Laub versunken, fast über und über bedeckt von einer Decke brauner Buchenblätter, die zwei Drittel des Stamms verbargen. Soviel Laub war seit Oktober gefallen...

Sie hockte sich hin und begann mit den Händen unter die Blätter zu graben. Ihre Erleichterung, als sie den Sack mit den Fingerspitzen erfühlen konnte, war so groß, daß sie fast losgelacht hätte. Eingeklemmt unter den Baumstamm, war das Bündel noch an seinem Platz, mit jedem Winter wurde es tiefer begraben. Mit der Zeit würde das Laub kompostieren und sich wieder in Erde verwandeln. Eines Tages, wenn sich der Untergrund allmählich, wenn auch langsam, gehoben hatte, wäre auch der Stamm begraben, und Bruno würde ungestört weiterschlafen.

Am Auto waren keine Polizisten mit Notizblöcken zu sehen, kein David Cosby mit seinem neugierigen jungen Hund. Sie setzte sich ans Steuer und fuhr die Zufahrt hinunter, über die Brücke, und bog dann auf die Straße in das Dorf ein, in dem Bruno mit Eve hatte wohnen wollen. Dort kaufte sie sich im Dorflädchen ein paar Schinkensandwiches, eine Dose Cola und einen Bountyriegel. Es belustigte sie, daß es ihr überhaupt nicht schwerfiel, diese Sachen zu kaufen, wo sie sich doch früher nicht einmal getraut hatte, dort hineinzugehen.

Zuvor begutachtete sie jedoch den Inhalt der Stahlkassette.

Als sie das letzte Mal in die Kassette gesehen und sich daraus bedient hatte, hatte sie vom Wert des Geldes kaum eine Ahnung gehabt, kaum gewußt, was viel und was wenig Geld war. Das hatte sich geändert. In diesen drei Monaten hatte sie den Erfahrungsschatz eines ganzen Lebens gesammelt, hatte Geld verdient und kannte sich mit Preisen aus. An einer abgeschiedenen Stelle neben der Kirchhofmauer blieb sie hinterm Steuer sitzen und zählte die Scheine.

Es waren etwas über tausend Pfund: genauer gesagt, eintausendfünfundsiebzig. Liza konnte es kaum glauben. Sie hatte sich bestimmt verzählt. Doch als sie noch einmal und noch einmal nachzählte, kam sie immer wieder auf die Summe von eintausendfünfundsiebzig. Das Geld lag schwer auf ihr, nicht in ihren Händen, sondern wie eine Last auf ihrem Rücken. Sie schüttelte sich und versuchte, es doch anders zu sehen, es als einen Segen zu betrachten. Sie traute sich nicht mehr, es im Wagen zu lassen, sondern stopfte sich die tausend Pfund in die Hosentaschen und ging zum Laden hinüber. Weil es so viel war, fand sie, konnte sie sich ruhig ein Schinkensandwich leisten anstatt bloß Käse.

Nachdem sie das Auto wieder beim Supermarkt abgestellt hatte, streifte sie unschlüssig in der Stadt umher; im *The Duke's Head* ein Bad zu nehmen, scheute sie sich, falls man sie erwischte und das ganze Geld bei ihr finden würde. Und fürs Kino hatte sie nicht genug Zeit. Statt dessen ging sie in den Buchladen und erstand dort ungeahnte Schätze, darunter *Die Göttliche Komödie* und eine zweisprachige Ausgabe der *Metamorphosen* von Ovid, doch dann fand sie es besser, mit dem Geld vorsichtig umzugehen. Sie brauchten das Geld, sie und Sean.

Trotzdem wollte sie ihm vorerst noch nichts davon sagen. Später wäre dafür Zeit, am nächsten Tag. Sie zeigte ihm auch nicht die neuen Bücher. Sie sei auf Shrove gewesen, sagte sie, und habe sich ihre Kleider geholt. Das einzige, was ihn beunruhigte, war die Tatsache, daß sie ohne Versicherung und Führerschein Auto gefahren war, er war darüber ziemlich verärgert. Als sie ihn kennenlernte, hätte sie nicht im Traum gedacht, er könnte sich als so gesetzestreu erweisen.

Das erste Mal war ihr das aufgefallen, als der Besitzer des Grundstücks hinter der Bahnstation den parkenden Wohnwagen dort entdeckt und Sean befohlen hatte, ihn wegzubringen. Liza, die sich an den Tag bei den Demonstranten erinnerte, als der Zug zum letzten Mal gefahren war, meinte, mehr als fünfzig Meter brauchte er nicht wegzufahren. Wenn er neben dem Bahnsteig parkte, wäre er auf dem Grundstück der Eisenbahngesellschaft, und die würden nichts merken. Sean war nicht dazu zu bewegen gewesen. Er sagte, er wisse genau, daß er unerlaubt auf dem Grundstück gestanden hatte, und wolle so etwas nicht noch einmal riskieren. Lieber würde er über die Brücke und durch die Felder und Wälder nach Rings Common hinauffahren, wo bestimmt niemand wäre.

Das war vier oder fünf Meilen entfernt. Natürlich kam er weiterhin und arbeitete auf Shrove im Garten. Liza sprach ihn nie an, während er auf dem Traktor saß oder das Gras an den Wegeinfassungen stutzte oder Unkraut jätete, es gefiel ihr, mit einem lässigen »Hallo« oder, wenn Eve dabei war, einem schüchternen »Guten Tag« an ihm vorbeizugehen, und dabei an den letzten Abend zu denken, als sie miteinander geschlafen hatten. Woher hatte sie das Gefühl, Eve würde ihre Verbindung zu Sean nicht akzeptieren? Eve und sie als die Capulets und Sean ein Montague? Sie hatte es instinktiv gewußt und deshalb ihre Liebe streng geheimgehalten.

Gleichzeitig bereitete es ihr höchstes Vergnügen, ihn auf dem Grundstück herumwerkeln zu sehen, ohne daß er merkte, daß sie ihn beobachtete. Beim Betrachten seiner

Schönheit und Anmut schwelgte sie in Erinnerungen und Vorfreude. Sie genoß regelrecht die schmerzliche Lust, dieses Verlangen, auf ihn zuzugehen und ihn zu berühren, ihn zu küssen und von ihm berührt zu werden, leidenschaftlich spürte sie es und zwang sich, ihm zu widerstehen.

Eines Tages sah sie einen Mann mit ihm reden. Erschrocken stellte sie fest, daß es Matt war. Die letzten paar Male, als Jonathan nach Shrove gekommen war, hatte er Matt mitgebracht. Es war schon ziemlich lange her, allerdings eher Wochen als Monate, daß sie und Eve Jonathan gesehen hatten. Die Jahre, in denen er, wenn überhaupt, dann nur selten gekommen war, waren vorbei. Im April war er auf Shrove gewesen, und nun hatten sie Juni. Matt redete mit Sean über irgend etwas und gestikulierte dabei auf eine, wie Liza fand, etwas herrische Art in der Gegend herum, bevor er wieder ins Haus ging.

»Was hat er damals eigentlich zu dir gesagt?« fragte sie Sean fünf Monate später. »Matt? Als du den Traktor ausmachen und die Schutzbrille abnehmen mußtest?«

»Ich weiß nicht mehr. Ist doch auch egal! Der wollte mich wahrscheinlich bloß rumkommandieren. Vielleicht, daß ich die Fliederbüsche stutzen sollte. Ich hab nicht gewußt, daß man das muß.«

»Wir hatten keine Ahnung, daß Jonathan kommen würde. Er hat uns vorher nicht verständigt, aber das war ja oft so; ich sagte Eve, daß ich ihn gesehen hatte, ich wußte, das wollte sie, damit sie sich vorher schön anziehen und die Haare waschen konnte. An dem Abend hat er zum ersten Mal von dem Geld gesprochen, das er verloren hatte. Er hatte auch nichts dagegen, daß ich mithörte, er hat vor mir davon gesprochen. Er war ein sogenannter ›Name‹ bei Lloyds. Hast du eine Ahnung, was das ist?«

»So ungefähr. In der Zeitung hab ich was darüber gelesen. Das war so eine Art Versicherungsgesellschaft, bloß riesengroß und unheimlich wichtig, und dann ist mit denen irgendwas passiert, und sie mußten viel mehr Geld rausrücken, als sie eigentlich hatten.«

»Es hatte was mit der Ölpest in Alaska zu tun, so fing es an. Sie bekamen viel mehr Ansprüche eingereicht als sie – ›abdecken‹ konnten, heißt das wohl. Statt Geld zu bekommen, mußten die ›Names‹ plötzlich alle Geld einzahlen. Unter anderem auch Jonathan. Er sagte, er wüßte nicht genau, wieviel, wahrscheinlich eine ganze Menge, aber zum Glück könnte er ja das Haus in Frankreich verkaufen, das früher Caroline gehört hatte. Er wirkte ziemlich unglücklich. Aber, weißt du, wir haben es nicht besonders ernst genommen, Eve und ich. Eve jedenfalls. Ich interessierte mich sowieso nicht dafür. Sie schon, sie interessierte sich für alles, was mit ihm zu tun hatte, aber nicht einmal sie dachte, er würde Schwierigkeiten haben, das Geld zusammenzubekommen. Sie war daran gewöhnt, daß die Tobias' und Ellisons soviel davon hatten. Das sind Leute, sagte sie zu mir, die behaupten, sie seien arm, wenn sie bei ihrer letzten Million angelangt sind.«

Sean zuckte die Achseln. Er legte den Arm um Liza. »Jetzt fühlst du dich schon ein bißchen besser, was, Liebling? Wegen, na, du weißt schon?«

Sie wußte es. Die Enthüllungen in der Zeitung. Eves Vergangenheit. »Schon gut. Ich würde sie bloß gern mal besuchen.«

»Deine Mum?«

»Ja, aber jetzt noch nicht. Vielleicht nach Weihnachten. Ich werde herausfinden, wo sie ist, wo sie sie hingebracht haben, und dann geh ich sie besuchen.«

»Du bist wirklich erstaunlich, weißt du das? Nach allem, was sie getan hat? Nachdem sie drei Typen ermordet hat? Und wie sie dich aufgezogen hat? Die ist doch der reine Horror, Liza.«

»Mir hat sie nie was getan, nicht das geringste«, sagte Liza. »Sie ist meine Mutter. Du verstehst doch, warum sie diese Männer umgebracht hat, ich verstehe es. Einen Ort auf der Welt gab es, an dem sie Zuflucht gefunden hat, wo sie leben konnte, wie sie wollte, und dabei – na ja, eben verrückt bleiben konnte, und alle haben sie es ihr wegnehmen wollen, einer nach dem anderen.«

»Trevor Hughes aber nicht.«

»Doch, er auch. Irgendwie schon. Jonathan hatte behauptet, sie sei dort, um wieder besser zurechtzukommen, aber sie wußte, damit meinte er, wie es *ihm* in den Kram paßte. Sie war dort nur auf *Probe*. Ihm hätte es nicht gepaßt, wenn man seine Hunde hätte einschläfern müssen, weil sie sie auf jemanden losgehetzt hatte.

»Und Bruno wollte sie zwingen, von dort wegzugehen, falls sie *mich* nicht fortschickte. Jetzt verstehst du, wieso sie sie umgebracht hat, sie hatte doch gar keine andere Wahl. Sie hatten sie in die Enge getrieben, und da hat sie eben reagiert wie ein Tier. Nachdem ich jetzt gelesen habe, was ihr passiert ist, bevor ich auf die Welt kam, begreife ich, daß sie sich rächen wollte, sie rächte sich an drei Männern für das, was drei Männer ihr angetan hatten.«

»Aber doch nicht die gleichen Männer«, wandte Sean ein.

»Nein, natürlich nicht. Kapierst du denn überhaupt nichts?« Sofort tat es ihr leid. »Entschuldige. Jetzt erzähl ich dir von dem letzten, soll ich?«

Er zuckte gleichgültig die Achseln und sagte dann ziemlich mürrisch: »Ja.«

»Ich sag dir, wie sie ihn erschossen hat.«

20

Das sei die letzte der Scheherazadegeschichten, sagte sie. Nicht tausendundeine Nacht, eher hundert. Dreieinhalb Monate, um ein ganzes Leben zu erzählen.

»Wann bin ich weggelaufen, Sean?«

»Im August. Nein, falsch, am ersten September.«

Sie zählte es an den Fingern ab. »Solche Sachen hab ich nie gelernt. Kopfrechnen hab ich nie richtig gelernt. Ich komme auf hunderteins Nächte, morgen.«

»Wirklich?«

Sie kehrten gerade von der Arbeit zurück, am folgenden Tag, dem hundertsten Tag. Liza hatte das Geld nach Aspen Close mitgenommen, sie traute sich nicht, es im Caravan zu lassen. Mittags hatte sie eine Pause eingelegt und war in der ganzen Stadt herumgelaufen, bis sie ein Geschäft gefunden hatte, in dem sie Geldgürtel verkauften. In einer öffentlichen Toilette packte sie alle Geldscheine in den Gürtel und zog ihn über die Jeans an. Sie war so schlank, daß der Gürtel modisch schick wirkte, nicht plump.

Sie hatte Sean immer noch nichts von dem Geld gesagt, er glaubte, sie hätte sich nur ihre Kleider aus dem Torhaus geholt. Froh über ihren Steppmantel, rieb sie sich die kalten Finger. Die Autoheizung funktionierte nur sporadisch.

»Bis Juni war ich gekommen, stimmt's?« sagte sie. »Als Jonathan zum ersten Mal von dem Geld geredet hat. Er hatte damals Matt dabei.«

»Der kam andauernd in den Garten raus, um mir vorzuschreiben, wie ich meine Arbeit machen soll«, brummte Sean.

»Wirklich? Das wußte ich gar nicht. Matt hatte irgendwo in Cumbria einen Handwerksbetrieb gehabt, aber der ist pleite gegangen. Wenn er nicht gewesen wäre, säße Eve jetzt nicht im Gefängnis. Er haßte uns. Ich glaube, weil er Eve früher mal attraktiv gefunden hatte, aber *sie* fand ihn eklig.«

Sean nickte. »Das wird's sein. Sie hat ihn behandelt wie den letzten Dreck.«

»Wenn der nicht gewesen wäre, hätte die Polizei keinen Verdacht geschöpft, und Eve wäre heute noch im Torhaus und ich auch.«

»Dann sollte ich mich eigentlich bei ihm bedanken, oder?«

Sie lächelte. »Jonathan hat ihn sozusagen unter seine Fittiche genommen. Er heiratete oder wollte heiraten, und Jonathan hatte irgendwie vor, ihm eine Wohnung in der Nähe von Shrove zu verschaffen und ihn als Verwalter einzustellen. Die ganze Zeit über war er jeden Abend draußen und hat bei Scheinwerferlicht Kaninchen geschossen. Nacht für Nacht das Geballer und das grelle Licht auf den Feldern. Ich fand es schrecklich, ich konnte Matt noch nie leiden.«

»Die muß man kurz halten, die kleinen Räuber, Schatz. So viele Kaninchen wie letzten Sommer hab ich noch nie gesehen. Und die Tauben, die machen doch die ganze Ernte kaputt.«

»Wenn er auf Shrove war, hat er in einem Raum über der Remise geschlafen. Siebzehn Zimmer haben sie auf Shrove, aber er mußte da draußen schlafen. Er mußte das Außenklo hinter dem Stall benutzen und sich am Wasserhahn bei der Pferdetränke waschen.«

Sean sagte ernsthaft: »Tobias konnte ihn doch nicht im Haus wohnen lassen, einen Bediensteten doch nicht. Das hätte Matt auch gar nicht erwartet.«

Liza warf ihm einen vielsagenden Blick zu. Er sollte sehen, wie sie den Kopf über ihn schüttelte, doch er achtete auf die Straße. »Zu Eve hat Jonathan gesagt, du wärst bloß eine vorläufige Maßnahme. Das waren seine Worte. Er hatte vor, dich Ende des Sommers rauszuschmeißen, an Michaeli – was weiß ich, wann das ist –, und Matt und seine Frau oben in der Remise einzuquartieren. Er sagte, er würde es so herrichten lassen, daß es bewohnbar wäre. Eins von seinen berühmten Badezimmern einbauen lassen, nehm ich an.«

»Er hat mich tatsächlich rausgeschmissen. Das heißt, er hat es Matt überlassen.«

»Ich bin wahnsinnig erschrocken, als er davon anfing. Ich dachte, wenn er dich jetzt wegschickt und du gehst fort, dann seh ich dich nie wieder.«

Sie hatten die Stelle erreicht, an der der Wohnwagen stand. Sean legte die Arme um Liza und drückte sie an sich.

»Du hast mir nicht vertraut.«

»Ich glaub, ich hab damals niemandem mehr vertraut, nicht einmal Eve.«

Im Wohnwagen zündeten sie die Gasflamme und den Ölofen an. Schnell wurde es warm, wenn es auch eine feuchte, etwas seltsam riechende Hitze war. Sean zündete sich eine Zigarette an, wodurch es noch schlimmer wurde, machte die Flasche Wein aus dem Supermarkt auf und wickelte dann die Samosas und Zwiebel-Bhajis aus dem indischen Imbiß aus, ihr Abendessen. Nachdem sie den Mantel ausgezogen hatte, kuschelte sich Liza fröstelnd in den bequemen, weiten Pulli, den Eve gestrickt hatte. Während sie ihren Wein trank, erzählte sie weiter.

Eve war von der Idee, daß Matt und seine Frau auf Shrove wohnen sollten, nicht sehr angetan. Jonathan meinte, dann könnte sie doch Mrs. Cooper abbestellen und brauchte sich auch nicht mehr um die Löhne und die organisatorischen Dinge zu kümmern, müßte einfach nur *da*sein; natürlich läge die Oberaufsicht ganz in ihren Händen, die anderen müßten das tun, was sie anordnete.

»Warum kann es denn nicht so weiterlaufen wie bisher?« wollte sie wissen.

So wäre es für sie doch viel einfacher, sagte Jonathan, im übrigen müsse er für Matt etwas finden, dazu sei er ihm sozusagen verpflichtet.

Liza war klar, was ihre Mutter in Wirklichkeit dachte. Mittlerweile hatte sie begriffen, welch tief emotionale Gefühle Eve Shrove gegenüber hegte. Eve wollte, daß sich niemand, absolut niemand, zwischen sie und das Haus und das Anwesen, das ganze Landgut drängte. Schon die Tatsache, daß Sean dort war, mißfiel ihr. Mr. Frost war bereits vor ihrer Zeit dagewesen, als ihre Mutter noch dort war, ihn nahm sie wie den Zug und die unvermeidlichen Wochenendgäste in Kauf, aber Sean war neu. Natürlich sagte sie Jonathan gegenüber nichts davon, und Jonathan verbrachte die Nacht im Torhaus. Liza hatte deswegen ein komisches Gefühl, weil sie selbst in einer sexuellen Beziehung steckte und genau wußte, was hinter der Wand zwischen den beiden Schlafzimmern vor sich ging.

Am nächsten Tag sah sie, wie Eve vor dem Spiegel stand, eingehend ihr Gesicht betrachtete und sich ein graues Haar ausriß. Sie stellte sich hinter Eve, unabsichtlich, nicht etwa, um den Gegensatz deutlich zu machen. Ihr Gesicht spiegelte sich, mit etwa einem Meter und zweiundzwanzig Jahren Abstand, rein zufällig hinter dem von Eve.

Eve drehte sich um und sagte: *»Mater pulchra, filia pulchrior.«*

Liza wußte nicht, was sie darauf erwidern sollte. Sie konnte ja schlecht wiederholen, daß es stimmte, daß die Mutter schön, die Tochter aber noch schöner sei, oder so tun, als hätte sie es nicht verstanden. Ein lahmes »Ich finde, du siehst wirklich hübsch aus« war alles, was sie herausbrachte. Doch dann fragte sie sich, was das hektische Flackern in Eves Blick zu bedeuten hatte, ihr ungestümes Verhalten den ganzen Tag über und ihr unvermitteltes, lautes Gelächter.

Zufällig hörte sie, was Eve zu Jonathan sagte. Sie hatte sich angewöhnt, hinter der Tür zu lauschen. Auf diese Weise, meinte sie, könnte sie sich gewissermaßen retten. In jenen Tagen überkam sie nämlich bisweilen das unbestimmte Gefühl, ihr Leben sei in seinen Grundfesten in Gefahr. Wenn Matt kam, würde Eve dann trotzdem hierbleiben? Falls sie und Eve weggingen, wohin würden sie denn gehen? Was würde sie tun, wenn Sean nicht mehr da war? Dann wäre alles aus. Sobald sie merkte, daß Eve oder Jonathan oder alle beide sie loswerden wollten, war sie fest davon überzeugt, nun hätten sie Geheimnisse vor ihr, in die sie eigentlich eingeweiht werden müßte, denn sie war es doch, mehr als alles andere, die von ihnen bedroht wurde.

Den Abend hatte sie bei Sean im Wohnwagen verbracht. Eigentlich nicht nur den Abend. Von vier Uhr, als er mit der Arbeit aufgehört hatte, bis um neun, als er sie nach Shrove zurückgefahren hatte, war sie mit ihm zusammengewesen. Zu Hause im Torhaus angekommen, dachte sie erst, die anderen wären nur spazierengegangen oder vielleicht oben in Shrove House.

Jonathans Jackett hing über einer Stuhllehne, doch das hatte nichts zu bedeuten. Sie ging in ihr Zimmer und sah aus dem offenen Fenster zum Haus hinüber, in der Erwartung, sie im fahlen roten Licht der bereits untergegangenen Sonne dort draußen spazierengehen zu sehen. Sie waren jedoch ganz in ihrer Nähe. Auf einem ausgebreiteten Teppich saßen sie direkt unter ihrem Fenster im Gras. Genauer gesagt, Eve saß da und hatte die Arme um die angezogenen Knie geschlungen, während Jonathan auf dem Rücken lag und zu der Mondsichel hinaufsah, die am stillen, hellen Himmel aufgetaucht war.

Sie sprachen nicht, doch Liza wußte, sobald sie etwas sagten, würde sie jedes Wort verstehen. Sie kauerte sich, das Kinn auf die Fensterbank gestützt, auf ihr Bett, und dachte an Sean, und daß er ihr an dem Abend vorgeschlagen hatte, zu ihm in den Wohnwagen zu ziehen. Er hatte sie gefragt, er hatte gesagt, daß sie ihm fehlte, wenn sie nicht bei ihm war, und er wüßte gern, was sie eigentlich dort festhielt? Darauf wußte sie keine Antwort, sie konnte ja schlecht sagen: »Ich hab Angst wegzugehen.«

Irgendwie hatte sie große Lust dazu und dann doch wieder nicht. Dabei war es erst ein paar Jahre her, seit sie sich dauernd gefragt hatte, was aus ihr einmal werden würde und wie sie den Absprung schaffen sollte? Die Stille dort unten war bedrückend. Gerade als sie sich überlegte, hinunterzugehen und sich zu ihnen zu setzen, fing Eve plötzlich an zu sprechen.

»Jonathan, willst du mich heiraten?«

Diesmal war die Stille noch schlimmer. Alles andere wäre besser gewesen als diese Stille. Inzwischen sah er nicht mehr den Mond an, sondern Eve. Voller Kühnheit – wie Liza ihren Mut bewunderte! – sagte sie: »Ich habe dich gefragt, ob du mich heiratest. Das können Frauen doch auch, oder nicht? Es war ja einmal so gedacht gewesen, daß wir heiraten, damals, als wir noch sehr jung waren. Es ist alles schiefgegangen, wir wissen beide warum, aber ist es denn zu spät, es noch geradezubiegen?«

Er klang beschämt, fand Liza. »Ich fürchte, es ist zu spät.«

Eve stöhnte leise auf. Flüsternd sagte sie: »Warum?«

»Dafür ist die Zeit schon vorbei, Evie. Verzeih mir, aber es ist nun mal zu spät.«

»Aber warum denn? Wenn wir zusammen sind, sind wir

doch immer so glücklich. Mache ich dich denn nicht glücklich? War es denn nicht immer – schön mit mir?«

»Ich werde nicht mehr heiraten. Allein bin ich besser dran und du wahrscheinlich auch. Ehrlich gesagt, ich will gar nicht verheiratet sein. Ich hab es ausprobiert, und es hat nicht geklappt. Victoria und ich haben uns gut verstanden, bis wir geheiratet haben. Ab dann ging alles den Bach hinunter. Mit uns beiden wäre es genauso.«

»Dann habe ich mich umsonst bloßgestellt«, sagte Eve in hartem Ton, wandte sich aber gleich wieder zu ihm um und warf sich in seine Arme, hielt ihn ganz fest und rief: »Jonathan, Jonathan, du weißt, wie sehr ich dich liebe, warum willst du nicht mit mir zusammen sein? Warum hast du mich all die Jahre hingehalten? So lange hab ich auf dich gewartet, eine Ewigkeit, und jetzt darf ich dich trotzdem nicht haben. Jonathan, bitte, bitte ...«

Liza hielt es nicht mehr aus. Sie sprang vom Bett herunter und lief in Eves Zimmer, so wie damals, als sie klein gewesen war.

»Das hätte sie besser bleiben lassen«, sagte Sean.

»Das Ganze war wirklich paradox, nicht? Zu mir sagt jemand, bitte, komm und zieh zu mir, und ich traue mich nicht, und sie sagt zu Jonathan, komm, bitte heirate mich, und wird abgewiesen.«

Seine Antwort verstörte sie, auch wenn sie als Kompliment gedacht war. »Na, mein Schatz, du bist sechzehn, stimmt's? Und sie ist ja eigentlich schon ein bißchen übers Verfalldatum raus.«

»Jonathan war älter als sie.«

»Aber er ist ein Mann. Das ist was anderes. Ich wette, der ist über Nacht nicht dageblieben.«

Den ersten Teil seiner Bemerkung mußte sie erst einmal verdauen. Er hatte etwas angeschnitten, das ihr vorher noch nie in den Sinn gekommen war und das sie äußerst unbefriedigend fand. »Ungefähr eine halbe Stunde danach ging er wieder nach Shrove, und am nächsten Tag fuhren er und Matt weg. Ich dachte, er käme nie wieder.«

»Und ob er wiederkam und dieser Matt noch dazu. Das war Ende August. Matt kam daher, scheißfreundlich hat der getan, so daß ich schon gedacht hab, jetzt gibt's bestimmt mehr Geld. Das war zehn Minuten, bevor ich Schluß machen wollte, ich hab die Zeit ausgenutzt und noch kurz die Pflaumenbäume ausgeschnitten. Der eine verdammte Baum hatte so viele Pflaumen, daß die Äste abgebrochen sind. Matt redete daher, als wäre er mein Boß: ›Holford, besten Dank auch, aber nach diesem Wochenende werden deine Dienste hier nicht mehr gebraucht.‹ Ich sagte: ›Nennen Sie das eine Kündigung?‹ Er grinste immer noch. ›Mach, was du willst‹, sagte er zu mir, ›deinen Lohn kriegst du noch bis einschließlich Freitag nachmittag‹, sagt's und geht davon.«

Liza hatte Sean an dem besagten Mittwoch abend nicht gesehen, und so erreichte sie die Nachricht von seiner Entlassung über Umwege. Sie war beinahe verzweifelt, als sie es erfuhr. Das geschah aber nicht im Torhaus, sondern oben im großen Haus. So selten kam es vor, daß sie und Eve während Jonathans Anwesenheit einmal hinaufgebeten wurden, daß sie bereits Schlimmes ahnte.

Jonathan kam nachmittags ungefähr um vier Uhr herüber. Da es ein für August ziemlich kühler Tag war, blieben sie und Eve im Haus, und Jonathan redete durchs Fenster mit ihnen. Er kam nicht einmal herein. Er sagte lediglich: »Kommt doch so um sechs auf einen Drink herauf, ich habe euch etwas zu sagen.«

Eve war sauer. Sie wirkte trotzig und beleidigt. Außer Liza hätte niemand geahnt, daß sie schlicht und einfach unglücklich war. »Was denn?« fragte sie.

Er antwortete nicht. »Ich führe euch danach auch zum Essen aus, wenn ihr wollt«, sagte er.

Eve stellte sich wahrscheinlich schon alle möglichen furchtbaren Dinge vor – aber nicht so furchtbar wie die Wahrheit. Jonathan empfing sie sehr pompös im Salon. Sie nahmen auf der Sitzgruppe mit den karmesinrot-goldenen Stühlen und Sofas Platz, die in einer Ecke des Zimmers um einen Bronzetisch mit Marmorplatte angeordnet standen. Ein beträchtlicher Teil des Glanzes verblaßte jedoch, als Matt mit einem Tablett voller Flaschen und Gläser und einem Päckchen Erdnüsse hereingeschlurft kam. Matts mittlerweile ergraute Haare hingen ihm bis auf die Schultern herunter, und er hatte einen dicken Bauch angesetzt, so daß sich Liza nicht vorstellen konnte, welche Frau auf die Idee käme, ihn heiraten zu wollen. Sie hatte noch nie einen Betrunkenen gesehen, auch das Wort, das Jonathan dafür benutzte, hatte sie noch nie gehört; sie hätte gedacht, Matt sei vielleicht krank, wenn Eve sie nicht später aufgeklärt hätte.

»Was fällt Ihnen eigentlich ein, hier besoffen hereinzukommen? Füllen Sie die Nüsse um und dann verschwinden Sie.«

Jonathan hatte ebenfalls getrunken, sie konnte es an seinem Atem riechen, als er sich zu ihr herbeugte und fragte, ob sie denn auch ein Glas Wein haben dürfe.

»Ich hab Matt gerade gesagt, er soll deinen jungen Mann da rausschmeißen«, sagte er zu Eve.

»Welchen jungen Mann?«

»Den Gärtner.«

»Du hast ihn entlassen? Wieso?«

Liza bemerkte die Erleichterung in Eves Stimme. Sie war entsetzt, aber Eve war erleichtert, denn sie hatte Schlimmeres erwartet. Deswegen hat Jonathan uns also heraufgebeten, dachte Eve zweifellos, bloß um zu sagen, er habe Sean Holford an die Luft gesetzt, um Platz für Matt und seine Frau zu schaffen, und jetzt sagt er wahrscheinlich gleich, ich soll Mrs. Cooper entlassen.

Was mach ich bloß?, dachte Liza voller Aufregung. Wenn er nun schon weg ist, wenn er nie mehr kommt, wenn ich ihn jetzt nie wieder sehe?

»Ich sagte ja, ich habe dir etwas mitzuteilen, Eve. Es hat nichts damit zu tun, daß ich den Gärtner gefeuert habe. Auch nicht, daß Matt das jetzt übernimmt. Die Sache ist die – ich muß das Haus verkaufen. Shrove House muß verkauft werden.«

Voller Bangen, wie ihre Mutter wohl reagieren würde, wandte sich Liza zu ihr. Eve saß stocksteif da. Sie war bleich geworden und wirkte plötzlich unheimlich alt, nicht wie achtunddreißig, sondern eher wie achtundsechzig, eine alte Frau mit Falten auf der Stirn und eingefallenem Mund.

»Mach doch nicht so ein Gesicht, Evie«, sagte Jonathan. »Glaubst du etwa, ich tu das gern? Mir bleibt gar nichts anderes übrig. Ich habe dir doch von meinen finanziellen Schwierigkeiten erzählt. Ich muß bedeutend mehr bei Lloyds einzahlen, als ich in meinen schlimmsten Träumen befürchtet hätte, das war für mich ein furchtbarer Schock. Du weißt doch bestimmt, was mit den Names passiert ist, die Zeitungen waren ja voll davon – ach nein, ich hab ganz vergessen, du liest ja keine Zeitung. Tatsache ist, daß ich unbedingt eine Million aufbringen muß, und das schaffe ich nur, indem ich Shrove verkaufe. Ich kann froh sein, wenn ich für Mamas Haus in Frankreich fünfzigtausend bekomme, das ist mehr, als ich zu hoffen wage, wahrscheinlich eher dreißig. Seit zwei Jahren versuche ich bereits, es zu verkaufen. Eben wollte ich sagen, du weißt ja, was auf dem Immobilienmarkt los ist, aber du weißt es wohl nicht, nehme ich an. Ich muß Shrove verkaufen. Und selbst dann sind gerade mal meine Schulden gedeckt, dann komme ich gerade noch mit einem blauen Auge davon.«

Eve starrte ihn an. Es war das erste Mal, daß Liza Wein trank, und sie nutzte die Gelegenheit weidlich aus. Es half. Sie streckte ihr Glas wieder hin, und Jonathan schenkte ihr zerstreut nach.

»Um Gottes willen, Eve, sag doch etwas.« Er versuchte witzig zu sein, allerdings kaum überzeugend. »Sag wenigstens: Adieu.«

Liza sah, wie Eve um Fassung rang. Sie beobachtete, wie sie die Lippen zusammenkniff und wie unter Schmerzen die Schultern hochzog. Als sie schließlich etwas sagte, war ihre Stimme atemlos und dünn.

»Du kannst Ullswater verkaufen.«

»Das Haus in Ullswater gehört doch jetzt Victoria – hast du das vergessen?«

»Wieso warst du auch so idiotisch, sie zu heiraten?«

»Glaubst du, das habe ich mich selbst nicht auch immer wieder gefragt?«

»Jonathan«, sagte Eve und verkrampfte die Hände ineinander, »Jonathan, du kannst Shrove nicht verkaufen, das ist undenkbar, es muß eine Alternative geben.« Sie überlegte. »Du kannst das Haus in London verkaufen.«

»Und wo soll ich wohnen?«

Eve, die den Blick nicht von ihm abgewandt hatte, schien ihn noch gespannter anzustarren. Der Gesichtsausdruck ihrer Mutter, dieser glasige, etwas irre Blick gefiel Liza gar nicht, und sie rutschte unruhig auf ihrem Stuhl hin und her. Eve sagte: »Du kannst hier wohnen.«

»Nein, das kann ich nicht.« Jonathan wurde zusehends gereizter. »Ich will nicht hier wohnen. Es ist sowieso schon alles schlimm genug, da will ich nicht auch noch in einem Haus wohnen, das ich nicht ausstehen kann.« Er klang wie ein eigensinniges Kind. »Also gut, ich weiß, ich habe dir nie gesagt, daß ich es hier nicht mag, aber so ist es, ich habe das Haus noch nie leiden können. Es ist isoliert, total abgelegen, und falls dir das noch nicht aufgefallen ist, feucht ist es auch. Kein Wunder, wo es in diesem gottverdammten Flußtal hockt. Victoria hat sich hier eine Bindegewebsentzündung geholt.«

»Victoria soll zum Teufel gehen«, sagte Eve in einem Ton, daß es Liza eiskalt den Rücken hinunterlief.

Jonathan ließ sich nicht beirren. »Einverstanden. Von mir aus gern. Ich habe bestimmt mehr unter ihr zu leiden gehabt als du, mehr, als du dir auch nur im Traum vorstellen kannst. Lassen wir sie aus dem Spiel. Ich muß dieses Haus verkaufen, ich brauche die Million, die es einbringt.«

»Es wird dir nicht gelingen, es zu verkaufen. Das weiß sogar ich. Kann sein, daß ich weltfremd bin, aber ein Radio habe ich, ich weiß, was los ist. Auf dem Häusermarkt sieht es so mies aus wie nie, jedenfalls solange ich mich erinnern kann. Du wirst keinen Käufer finden. Nicht bei dem Preis, den du verlangst.«

Jonathan schenkte Eve noch einen trockenen Sherry nach. Sie hob das Glas und musterte ihn abwägend. Einen Augenblick rechnete Liza damit, daß sie ihm den Inhalt des Glases ins Gesicht schütten würde, aber sie hatte sich geirrt. Sie trank auch nicht.

Jonathan sagte ruhig: »Doch. Ich habe einen Käufer gefunden.«

Eve stieß einen leisen, gequälten Schrei aus.

»Eine Hotelkette. Die Country Heritage, sie haben ein Projekt für ländliche Romantikhotels lanciert. Shrove wird ihr Vorzeigeobjekt, wie sie es nennen.«

»Das glaube ich dir nicht.«

»Tu doch nicht so, Evie, natürlich glaubst du es. Wieso sollte ich es denn sagen, wenn es nicht stimmt?«

»Der Vertrag«, sagte Eve, »die Transaktion, oder wie das heißt, ich kenne mich damit nicht aus – ist das schon abgeschlossen?«

»Noch nicht. Sie haben mir ein Angebot gemacht, und ich habe meinen Anwalt gebeten, ihnen vorab schon mal positiven Bescheid zu geben. So sieht es im Moment aus. Du bist die erste, die es erfährt.«

»Das will ich doch hoffen«, sagte Eve verächtlich.

»Selbstverständlich sage ich es dir zuerst, Evie.«

»Was soll aus mir werden, aus uns? Hast du dir das mal überlegt?«

Daraufhin sagte Jonathan, er würde ihr ein Haus suchen. Matt und seine Frau könnten auf Shrove wohnen, bis Country Heritage es gekauft hätten, und dann müßte für sie auch eine neue Bleibe gefunden werden. Er habe an ein paar aneinandergebaute Cottages gedacht. Vielleicht auf der anderen Seite des Flußtals, und er nannte den Namen des Dorfes, in dem Bruno beinahe ein Haus gekauft hatte. Überall stünden jetzt Häuser zum Verkauf, die meisten davon zu lächerlich niedrigen Preisen.

Eve im Stich zu lassen, käme ja gar nicht in Frage. Er sei sich der Verantwortung für sie wohl bewußt. Unglücklicherweise, für sie, wolle die Hotelkette aber im Torhaus die Rezeption einrichten. Das sei in ihrem Angebot ausdrücklich angeführt.

Eve sagte kategorisch: »Ich werde nie von hier weggehen.«

»Das ist ja schön und gut. Ich fürchte, du mußt. Glaubst du denn, es fällt mir leicht, dir das sagen zu müssen? Und überhaupt, denkst du, es macht mir Spaß, mein halbes Vermögen zu verscherbeln? Mein Großvater würde sich im Grabe umdrehen, wenn er das wüßte.«

»O nein«, sagte Eve. »Der nicht, der schmort in der Hölle.«

»Es hat doch keinen Sinn, so daherzureden. Davon wird es auch nicht besser.«

»Ich werde nie von hier weggehen. Wenn man mich hier weghaben will, muß man mich schon mit Gewalt fortschaffen.«

Es war eine Prophezeiung, die sich schon bald erfüllen sollte.

Nach einer schlaflosen Nacht, in der sie sich nicht einmal hinlegte, ging Eve am nächsten Morgen nach Shrove hinauf, um Jonathan noch einmal inständig um Nachsehen zu bitten. Inzwischen hatte Liza die Neuigkeiten bereits an Sean überbracht, und Sean bedrängte sie, zu ihm zu kommen, ihre Mutter und Shrove zu verlassen und zu ihm zu ziehen, sie sei ja alt genug, von Gesetzes wegen könne niemand sie daran hindern.

Auf dem Rückweg begegnete Liza im Hof vor den Ställen Matt und einer fetten Frau mittleren Alters, die eine Schürze trug. Die Gegenwart seiner Frau hinderte ihn offensichtlich nicht daran, Liza von oben bis unten anzüglich zu mustern – genauso wie er vor Jahren Eve gemustert hatte – und ihr zu sagen, aus ihr sei ja ein hübsches Mädchen geworden, dem die Jungs bestimmt bald scharenweise hinterherlaufen würden.

Jonathan kam mit Eve wieder herüber, und sie stritten den ganzen Tag, wobei Eve ihn abwechselnd anflehte und dann wieder schrie und manchmal sogar weinte. Soviel Liza sehen konnte, brachten sie den ganzen Tag damit zu. Um vier traf sich Liza mit Sean und kam erst kurz vor zehn wieder. Eve sagte nichts, kein einziges Wort des Vorwurfs. Liza traute ihren Augen kaum, als Jonathan den Arm um Eve legte, sie vom Sofa hochzog und nach oben in ihr Zimmer führte, wo er für den Rest der Nacht die Tür hinter ihnen zumachte.

Draußen setzte bei grellem Scheinwerferlicht wieder das übliche Geknalle ein. Matt ging auf Kaninchenjagd. Liza zog ihre Vorhänge zu. Sie setzte sich aufs Bett und dachte an Sean. Er würde nie wieder auf Shrove arbeiten. Inzwischen hatte in den Discovery-Obstgärten nördlich von hier schon die Apfelernte begonnen. In knapp einer Woche würde er weiterziehen, um bis September von früh bis spät zu pflücken und dadurch so viel Geld wie nur möglich zu verdienen. Wie konnten zwei Leute in Verbindung bleiben, wenn keiner von ihnen ein Telefon besaß? Sean hatte nicht einmal eine Postanschrift.

Er sagte, am Montag würde er noch einmal herüberfahren und sie könnten sich doch im Wäldchen treffen. Wieso ausgerechnet im Wäldchen?, hatte sie gefragt, und er hatte erwidert, das sei so romantisch. Außerdem wollte er wissen, ob sie denn nun mitkäme. Liebte sie ihn so sehr, daß sie kommen würde?

Jetzt, wo er sich ihrer Liebe und Kameradschaft sicher war, unterbrach Sean die Geschichte, indem er sagte: »Ich weiß immer noch nicht, warum du mich so lang hast zappeln lassen.«

»Ich hab's dir doch schon so oft gesagt. Ich hatte Angst. Ich war doch noch nie weggewesen. So weit ich mich erinnern kann, hab ich nie in einem anderen Bett geschlafen als in meinem eigenen im Torhaus.«

Er tätschelte das Bett, auf dem sie saßen. »Viel geschlafen haben wir beide nie, was, Liebling?«

»An dem Wochenende wohnte Jonathan praktisch die ganze Zeit im Torhaus«, sagte Liza. »Sie hingen wie die Kletten aneinander, so hatte ich sie noch nie gesehen. Eve hat sich sonst vor anderen Leuten nie so unverstellt gegeben. Vielleicht zählte ich nicht als andere Leute, vielleicht war es ihr auch egal, ich weiß nicht. Sie haben sich vor meinen Augen umarmt und geküßt, aber sie hat Jonathan doch nicht so weit bekommen, daß er sagte, er würde Shrove nicht verkaufen. Sie hat gebettelt und geschmeichelt und ihn abgeküßt, aber am Ende sagte er bloß: ›Ich muß verkaufen.‹«

Schließlich gab Eve auf. Am Sonntagabend hörte Liza sie sagen: »Wenn es sein muß, dann muß es eben sein.«

Sie griff nach Jonathans Hand und hielt sie fest. Jonathan warf ihr einen Blick zu, den Liza, die sich inzwischen mit solchen Dingen auskannte, als verliebt interpretierte.

»Wir finden bestimmt ein schönes Häuschen für dich und Liza, und die Landschaft bleibt dir ja erhalten, die schöne Gegend...«

Jonathan blieb über Nacht, war jedoch am nächsten Morgen, als Liza aufstand, schon abgefahren. Als sie herunterkam, sah sie Eve mit glänzenden Augen am Frühstückstisch sitzen; sie zuckte fast vor kaum beherrschter Erregung und verschränkte immer wieder nervös die Hände ineinander.

»Er will Shrove verkaufen, er ist fest dazu entschlossen.«

»Ich weiß«, sagte Liza.

Der Tonfall von Eves Stimme änderte sich, wurde verträumt, als sie in Erinnerungen schwelgte. »Er hat um meine Hand angehalten.«

»Nein!«

»Was für eine Ironie des Schicksals, Lizzie! Ich habe natürlich abgelehnt. ›Nein, danke‹, hab ich gesagt, ›du bist zu spät dran.‹ Was nützt er mir denn ohne Shrove?«

Wegen Shrove hatte sie ihn haben wollen. Hätte er sie vor einem Jahr geheiratet, dann hätte er ihr Shrove überschreiben und es vor seinen Gläubigern retten können. Sie lachte leise, nicht hysterisch, viel irrer, ein fast manisches Lachen. Trotzdem nahm Liza ihr nicht ab, daß sie Jonathan so kühl abgefertigt hatte, wie sie behauptete, denn schon am späten Vormittag war er wieder da.

Als sie Eve sagen hörte, sie wolle später mit ihm Taubenschießen gehen, dachte Liza, verkehrte Welt; alles verkehrte sich so schnell, daß sie gar nicht mehr mitkam. Eve hatte doch noch nie Vögel oder andere Tiere getötet. Und nun behauptete sie, die Tauben würden ihr Gemüse kaputtmachen und müßten ausgerottet werden. Jonathan freute sich offensichtlich, daß sie von ihm das Schießen mit der Schrotflinte lernen wollte, dem Gewehr, erinnerte sich Liza, mit dem sie den Mann mit dem Bart erschossen hatte. Aber davon hatte Jonathan natürlich keine Ahnung.

Keiner von beiden schien sich von diesem Vorhaben durch die Tatsache abhalten zu lassen, daß Shrove in einem Monat bereits verkauft sein würde, daß Eve das Torhaus dann wahrscheinlich schon verlassen hatte und es ihr daher ziemlich egal sein dürfte, ob das Gemüse gedieh oder nicht.

Nachmittags ging Liza ins Wäldchen hinauf, um sich mit Sean zu treffen. Sie hatte absichtlich einen versteckten Ort für ihr Stelldichein vorgeschlagen, der von der Stelle, an der Brunos Leiche lag, möglichst weit entfernt war. Auf einem Bett aus weichem, trockenem Gras, umgeben von Schlehenbüschen, liebten sie sich. Als er sie danach in den Armen hielt, wurde Sean jedoch schwermütig. Er mußte sich seinen Lebensunterhalt verdienen, er wollte unbedingt vermeiden, auf Sozialhilfe angewiesen zu sein. Die nächsten zwei Tage konnte er einem Möbelhändler in der Stadt bei einer Wohnungsauflösung helfen, aber danach mußte er dahin ziehen, wo die Apfelernte stattfand. Er wollte sie bei sich haben. Würde sie kommen?

Ewig könne er aber nicht warten, länger als Donnerstag eigentlich nicht. Und wie sollten sie sich danach gegenseitig verständigen?

Das hatte ihr nicht besonders gefallen, die Tatsache, daß

er nicht auf sie warten wollte. In den romantischen Theaterstücken und Romanen, die sie gelesen hatte, war der wahre Liebhaber immer bereit gewesen, unbegrenzt lange zu warten, keine Bedingungen zu stellen und nicht zu drohen. Sie bekam ihn so weit, daß er ihr zusagte, am nächsten Samstag wiederzukommen, gleiche Zeit, gleiche Stelle. Bis dahin, versprach sie, hätte sie es sich überlegt. Sie hätte sich von ihrer Mutter getrennt und käme zu ihm, oder sie würde dort bleiben. Bildete sie sich sein leichtes Zögern nur ein? Statt Begeisterung hatte ihre Bitte bei ihm nur Zweifel hervorgerufen, ob er das überhaupt schaffen könnte, es käme ganz darauf an, wo er dann wäre, er würde sich aber bemühen.

Als er fort war und sie ihm noch hinterhergesehen hatte, wie er zu seinem Wagen ging, weit oben die Straße hinauf, als er aus ihrem Blickfeld verschwunden war und die Bäume ihn verschluckt hatten, stiegen ihr Tränen in die Augen, und sie begann zu weinen. Es waren Tränen der Enttäuschung, der Ohnmacht und des Selbstmitleids mit ihrer eigenen Unentschlossenheit. Sie wischte sich mit dem Handrücken die Augen, rieb sie sich mit den Fäusten wie ein Kind, während sie langsam den Weg zurück ging, den sie gekommen war.

Es war kurz vor sechs, rechnete sie sich aus, die Sonne stand noch hoch am Himmel, brannte jedoch nicht mehr so heiß herunter. Sie waren drei Stunden zusammengewesen, doch es kam ihr eher vor wie drei Minuten. Sie mußte wieder an ihr Dilemma denken und überlegte gerade, ob es nicht vielleicht einen Mittelweg gäbe, irgendeinen Kompromiß, bei dem sie weiterhin bei Eve bleiben und Sean trotzdem in der Nähe haben könnte, als sie den ersten Schuß hörte.

Instinktiv reagierte Liza auf Schüsse im Gelände jedesmal damit, möglichst weit aus der unmittelbaren Nähe des Geschehens zu flüchten und sich sogar die Ohren zuzuhalten. Am meisten fürchtete sie sich dabei vor dem Anblick eines herunterfallenden Vogels, blutig und mit davonstiebenden Federn, oder eines Kaninchens, das in seinem schutzsuchenden Lauf niedergeknallt wurde. Diesmal war sie sich jedoch nicht ganz sicher, woher der Schuß gekommen war, manchmal war das schwer zu sagen. Jedenfalls nicht aus dem Wald hier, wahrscheinlich aus dem Garten hinter dem Torhaus.

Als erstes sah sie Matt. Obgleich sie wußte, daß Jonathan die Absicht gehabt hatte, Tauben zu schießen, glaubte sie zunächst, als sie Matt weit weg fast oben am großen Haus sah, er sei hinter den Vögeln her. Dann sah sie Jonathan und Eve, die zwischen der höchsten übriggebliebenen Zeder, der blauen *atlantica glauca,* und dem neuen Baumgrüppchen standen. Sie waren nicht besonders weit von ihr entfernt, kaum hundert Meter, also nah genug, um zu erkennen, daß die beiden nur ein Gewehr bei sich hatten.

Jonathan hatte gerade irgend etwas erklärt und gab Eve nun die Flinte in die Hand. Sie hielt sie vorsichtig und richtete den Lauf etwas unbeholfen und offensichtlich mit Mühe nach oben. Er sah sie zärtlich an und korrigierte ihre Handhaltung ein wenig, indem er ihre Hände etwas weiter auseinanderrückte. Ihre Schatten waren in der langsam untergehenden Sonne länger geworden und zogen sich nun schmal und dunkel über das Gras, auf das die Sonne durch die Blätter hindurch ein Muster warf. Als Jonathan in die Hände klatschte, damit die Tauben aufflogen, wandte Liza sich rasch ab, öffnete die Gartenpforte am Torhaus und ging hinein.

Sie hatte ganz vergessen, sich die Ohren zuzuhalten. Das Gewehr ging los, einmal, zweimal, dreimal. Ein Schrei ertönte, der jedoch nicht von einem Vogel stammen konnte; ein hoher, gellender Schrei war von der Stelle aus, an der sie stand, deutlich zu hören. Sie blieb stehen. Einen kurzen Moment war sie wieder das kleine Kind, vor sich den bärtigen Mann, der in der Dämmerung sterbend im Gras lag.

Unwillkürlich hatte sie sich beide Ohren zugehalten. Aber es sollten keine Schüsse mehr folgen. Sie ließ wieder los, drehte sich um und sah Matt, die Arme schwenkend, quer über den Rasen laufen.

Zwischen den Bäumen, auf der offenen, von der Sonne und den Schatten gesprenkelten Grünfläche, lag Jonathan ausgestreckt auf dem Rücken. Eve hatte das Gewehr fallen lassen; sie stand da und sah, die Hände unter dem Kinn verschränkt, reglos auf ihn hinunter. Liza rannte ins Haus.

21

»Sie hatte ihn erschossen«, sagte Liza. »Ich wußte sofort, daß es Absicht gewesen war. Wenn er tot war, konnte er Shrove nicht verkaufen, und dann würde es an seinen Vetter David Cosby übergehen, der das Haus liebte und nicht im Traum daran dachte, es zu verkaufen. Nur so konnte sie sicher sein, daß sie es behielt. Ihn heiraten hätte nichts genützt, er hätte es ja trotzdem verkaufen können.

So wie sie mich angesehen hat, konnte ich es ihr am Gesicht ablesen. Das Problem war nur Matt. Wer weiß, was sie gemacht hätte, wenn Matt nicht dagewesen wäre? So getan, als hätte sie Jonathan abends oder am nächsten Tag tot da liegen sehen; den Leuten eingeredet, er sei allein draußen beim Schießen gewesen? Aber Matt hatte es gesehen. Ich meine, nicht gesehen, wie sie es getan hat, aber er hatte gesehen, wie sie zusammen auf die Tauben schossen.

Zu mir sagte Eve, erzähl der Polizei, du hast nichts gesehen, sag ihnen, du wohnst gar nicht hier, du bist bloß auf Besuch, aber dann meinte sie, wieso denen denn überhaupt etwas sagen? Du bist einfach nicht da. Matt hat dich ja nicht gesehen. Also ging ich hinüber und setzte mich ins Schlößchen, und sie wußten gar nicht, daß ich auch dabeigewesen war. Ich glaube, damals hab ich begriffen, daß sie die Geschichte allein in die Hand nehmen wollte.

Die Polizei hatte den Verdacht, sie habe Jonathan umgebracht, aber beweisen konnten sie es nicht, es hatte ja niemand gesehen, wie es passiert war, verstehst du? Ich hab seit dem Prozeß oft darüber nachgedacht und bin zu dem Schluß gekommen, nachdem sie den Verdacht hatten, daß sie Jonathan umgebracht hatte, ist ihnen eingefallen, daß Bruno ja vermißt wurde, und dann kamen sie auch auf die Idee mit diesem Trevor Hughes. Sie hatten sie deswegen ja sogar verhört, allerdings hatte sie damals bestritten, ihn jemals gesehen zu haben, aber davon hatten sie ja ein Protokoll, das haben sie nicht vergessen. Ich glaube, so war es.

Als sie das Torhaus durchsuchten, haben sie Brunos Ohrringe nicht gefunden, weil Eve sie ja getragen hat. Sie trug sie an dem Abend, als ich weggegangen bin, ich bin sicher, sie hatte sie auch am nächsten Morgen noch an. Trevor Hughes' Ehering mit seinen Initialen und denen von seiner Frau haben sie aber gefunden.

Bestimmt haben sie Matt gefragt, ob er über Trevor Hughes irgendwas wußte. Oder Matt ist von sich aus hingegangen und hat ihnen erzählt, was er von dem Morgen damals noch in Erinnerung hatte, als die Hunde sich so merkwürdig benommen haben. Falls sie ihn umgebracht hatte, haben die sich natürlich gefragt, was sie dann mit der Leiche gemacht hat, und gleich angefangen zu graben.

Ich bin sicher, sie hätten gern Anklage gegen sie erhoben, Jonathan erschossen zu haben, befürchteten aber, dann würde sie vielleicht freigesprochen. Und die Suche nach Bruno war ja bisher ergebnislos verlaufen. Aber als sie die Knochen von Trevor Hughes fanden, entdeckten sie auch die Schrotkugeln, die aus dem Jagdgewehr stammten, also der Waffe, mit der Jonathan ihr das Taubenschießen beigebracht hatte. Und seine Armbanduhr müssen sie auch gefunden haben, die hat seine Frau ja identifiziert. Das ging vermutlich wochenlang so weiter, nachdem sie sie verhaftet hatten. Ich möchte wirklich wissen, wie sie das hingekriegt haben – ich meine, haben sie sie des Mordes an Jonathan angeklagt und die Klage dann fallenlassen und sie statt dessen wegen Totschlags angeklagt, bloß um sie festhalten zu können? Und wann dachten sie, sie hätten genügend Beweismaterial, um auf die Anklage für den Mord an Hughes einen Schuldspruch zu erreichen?«

Sean starrte sie entgeistert an. Liza lächelte ihn an. »Ich hab dir doch gesagt, ich möchte Anwältin werden. Ich interessiere mich wirklich für Recht.«

»Du bist ein schlaues Mädchen. Du solltest nicht putzen gehen bei der Alten da.«

Liza zuckte die Achseln. Das war nicht so wichtig, es war sowieso nur vorübergehend. Sie begann, die leeren Imbißbehälter abzuräumen. »Willst du eine Tasse Tee?«

»Gleich«, sagte er. »Vorher muß ich dir noch was sagen. Jetzt bin ich dran. Jetzt hab nämlich *ich dir* was zu sagen.«

Sie füllte den Teekessel mit Wasser, zündete die Gasflamme an und drehte sie, als sie seinen strengen Blick bemerkte, etwas kleiner. »Was denn?«

»Ich bin angenommen, für den Managementkurs.«

Kaum waren die alles andere als begeisterten Worte ausgesprochen, bereute sie sie bereits, sie hätte ihm eigentlich gratulieren sollen. Doch sie hatte schon gesagt: »Na, das war ja wohl klar.«

Röte verdunkelte sein Gesicht. »So selbstverständlich ist das nicht. Im Gegenteil, es war ziemlich knapp. Von zweihundert Bewerbern haben sie nur fünf genommen.«

»Und du bist einer davon? Das ist aber schön.«

Das hatte sicher freundlich, aber neutral geklungen, mütterlich nachsichtig vielleicht. Er sagte: »Hör zu, Liza. Komm, setz dich mal hierher.«

Sie stieß einen deutlich vernehmbaren Seufzer aus, setzte sich dann aber neben ihn.

»Der Kurs fängt nach Neujahr an, aber ich soll nächste Woche schon dort sein. Er findet in Schottland statt, in der Nähe von Glasgow. Sie wollten mich mit den vier anderen in einer Wohnung einquartieren, das arrangieren die immer so, aber weil ich ja dich dabeihabe, hab ich gesagt, ich kümmere mich selbst um Unterkunft. Von dem Wohnwagen hab ich nichts erzählt, mein Privatleben geht die ja nichts an.«

»Glasgow?« sagte sie. »Das ist aber weit weg von da, wo sie Eve hinhaben. Aber es ist ja bestimmt nicht für lange, oder? Hast du nicht was von einem halben Jahr gesagt?«

»Liza, das ist hoffentlich erst der Anfang. Du hast anscheinend nicht richtig zugehört. Das wird ein ganz neues Leben. Wirklich toll, was die alles für einen machen, wenn man erst mal gezeigt hat, daß man was auf dem Kasten hat. Also, es geht darum, daß man einen von ihren Läden führen soll, die bauen ja dauernd neue Filialen. Da an der Autobahn ziehen sie gerade wieder einen hoch. Ich hoffe, bis in einem Jahr hab ich's so weit geschafft, daß ich in so einem der zweite Geschäftsführer werden kann. Die helfen einem auch mit einer Hypothek auf eine Wohnung.«

Er mußte gemerkt haben, daß sie ihm nicht mehr folgen konnte. Während er ihr erklärte, was eine Hypothek war, rutschte sie unruhig hin und her und wünschte sich plötzlich nichts sehnlicher als eine Tasse Tee, wollte aber nicht extra aufstehen, um welchen zu machen. Er griff nach ihrer Hand und ließ sie nicht mehr los.

»Du, das ist eine Riesenchance für mich. Ich seh mich auf einmal mit ganz anderen Augen, gar nicht mehr wie der, für den ich mich immer gehalten hab, viel besser; auf eigenen Füßen stehen, Verantwortung, ein richtiger Beruf mit Aufstiegschancen.«

Ja, dachte sie, du redest sogar schon besser. Richtig wortgewandt bist du, auf einmal kannst du dich ausdrücken. Dann verpaßte er ihr einen Schock.

»Und noch was wollte ich sagen, Liebes. Ich will, daß du mich heiratest, ich will, daß wir beide heiraten.«

Nur mit Mühe gelang es ihr, etwas zu sagen. *»Heiraten?«*

»Ich wußte, du wärst überrascht.« Er beugte sich zu ihr und gab ihr einen leichten Kuß auf die Wange. Zärtlich sagte er: »Du Dummes, jetzt bist du ganz rot geworden. Wenn's das mit deiner Mutter ist, das ist mir egal. Für mich wäre es genau dasselbe, wenn du ein anderes Mädchen wärst mit einer ganz normalen Familie.«

»Sean ...«, begann sie, aber er merkte gar nicht, daß sie etwas sagen wollte.

»Ich verdiene während dem Kurs auch, das ist noch so was Tolles. Dann mußt du hoffentlich auch nicht mehr arbeiten. Ich hätte es sowieso nicht gern, daß meine Frau putzen geht. Und wenn dann die Kinder kommen, willst du ja auch zu Hause sein ...«

Diesmal rief sie es laut, um seinen Redefluß zu unterbrechen. »Ich bin doch noch nicht einmal siebzehn Jahre alt!«

»Das macht nichts. Zum Heiraten muß man bloß über sechzehn sein, nicht über siebzehn. Das mit siebzehn ist für den Führerschein.«

Da mußte sie lachen. Es war zu viel. Das war ja wohl ein grandioser Witz, obwohl ihm das eigentlich gar nicht ähnlich sah. Erst nach einer Weile verstand sie; an seinem verletzten Gesichtsausdruck merkte sie, wie todernst es ihm war. »Oh, Sean, mach doch nicht so ein Gesicht, sei doch nicht so *dumm*.«

»Dumm?«

»Ach, natürlich ist das dumm, übers Heiraten zu reden und Kinderkriegen und so ein, wie hast du gesagt, so eine Hypothek. Wir müssen doch erst einmal leben. Ich bin ja noch nicht mal richtig erwachsen. Gesetzlich gesehen darf ich ja nicht mal einen Vertrag unterschreiben oder ein Testament machen oder so was.«

»Halt's Maul mit deinem verdammten Gesetz, okay?«

Sie zuckte zusammen, stand auf und ging zum Herd hinüber. »Ich mach mir einen Tee, was ist mit dir?« fragte sie mit eiskalter Stimme, Eves Stimme. Dermaßen sauer hatte sie ihn noch nie erlebt. Plötzlich fiel ihr ein, daß er sich noch nie über sie hatte ärgern müssen, bis heute abend war immer alles nach seinem Geschmack verlaufen, aber nun besah sich der Sultan ihren Kopf und schärfte bereits seinen Säbel.

»Ich hab nichts dagegen, mit nach Schottland zu kommen«, sagte sie in versöhnlichem Ton. »Ich wäre gern zur Abwechslung mal woanders. Wir können es ja mal ausprobieren. Vielleicht gefällt dir der Kurs auch gar nicht.«

Er nahm die Tasse ohne ein Wort des Danks. »Jetzt hör mir aber mal genau zu, Liza. Hast du dir schon mal überlegt, wo du wärst ohne mich? Du wärst verloren, du wärst gar nichts. Da kannst du dich bei der blöden Kuh bedanken, die dich großgezogen hat, du kämst allein ja keine fünf Minuten durch. Du weißt nicht mal, was eine Hypothek ist! Was die Pille ist, hast du auch nicht gewußt! Und deinen Lebensunterhalt kannst du dir bestenfalls mit Putzen und Äpfelpflücken verdienen. Außer dem Quatsch da in deinen Büchern hast du doch keine Ahnung. Die hat dich auf Lebenszeit zum Krüppel gemacht, ohne mich kommst du doch gar nicht durch.«

Es war das Echo von Bruno, es waren Brunos Worte vor der alten Bahnstation. Sie hob die Teetasse an die Lippen, aber der Tee schmeckte nach nichts.

»Wenn ich dein Mann bin, sorg ich für dich. Manche würden sagen, da hab ich mir ganz schön was vorgenommen, wenn man bedenkt, was deine Mutter für eine ist und wo. Du glaubst doch nicht etwa, ich wohn lieber in der Schrottkiste hier als in einer richtigen Wohnung, oder? Für mich wär das schon okay, mit den anderen die Wohnung zu teilen, aber ich weiß, ich bin für dich verantwortlich, und darum fahr ich am Freitag mit dem Wagen und dem Anhänger nach Glasgow rauf. Ich sag jetzt nicht, das mach ich, ob du mitkommst oder nicht, weil du nämlich mitkommen mußt, du hast gar keine andere Wahl.«

»Natürlich habe ich eine andere Wahl.«

»Nein, hast du nicht. So ist das nun mal, du mußt schon deswegen mit, weil ich dich hier nicht alleinlassen kann ohne Wohnung, ohne Familie, ohne Freunde und – o ja, mein Schatz, sieh es ruhig ein – ohne berufliche Ausbildung. In Wahrheit bist du mehr wie sechs als wie sechzehn. Ist zwar nicht deine Schuld, aber genauso ist es.«

Sie sagte nichts. Er deutete ihr Schweigen als Zustimmung und schaltete den Fernseher ein. Sie fand, er sah ziemlich selbstzufrieden aus. Sein Gesichtsausdruck war der von Bruno, nachdem er gedacht hatte, er hätte Eve überredet, mit ihm in dieses Haus zu ziehen. Nach einer Weile machte Sean sich ein Bier auf und nahm einen Schluck direkt aus der Dose. Wahrscheinlich spürte er ihre Blicke, denn er drehte sich um, grinste und hielt beide Daumen in die Höhe, zweifellos als Geste der Beruhigung. Sie griff nach dem Buch, das ihr Mr. Spurdell geliehen hatte, *Englisches Recht – Ein Leitfaden für Anfänger*, und fand die Stelle, bis zu der sie am Tag zuvor gekommen war.

Es war die erste Nacht, in der sie nicht durchschlief, seit sie mit Sean das Bett teilte, und fast die erste, in der sie sich nicht liebten. Sie lag wach und dachte darüber nach, wie sehr sie ihn geliebt hatte, und fragte sich, woher es kam, daß sich das nun geändert hatte. Wie konnte man für jemanden so ein leidenschaftliches Gefühl empfinden und dann plötzlich überhaupt nichts mehr? Ein paar Worte, eine grobe Geste, ein unsensibler Kommentar, und alles war vorbei. Ob es bei Eve und Bruno auch so gewesen war?

Am Samstag verbrachte sie den ganzen Tag draußen, streifte allein in den Feldern umher, aber weil es am Sonntag regnete, blieb sie im Bett und las. Als sie sich weigerte, aufzustehen und Ordnung zu machen, die Fußmatten auszuschütteln, ihm beim Wasserholen zu helfen, machte er ihr Vorwürfe und meinte, sie sei wohl eingeschnappt. Morgens fuhren sie zusammen zur Arbeit und trafen sich danach wie gewöhnlich um fünf. Es war bereits dunkel, stockdunkel, als sie am Wohnwagen ankamen, außerdem hatten sie kein Wasser. Sie hatten am Morgen vergessen, welches zu holen. Liza nahm den Eimer und eine Taschenlampe mit.

Es war wirklich paradox – da goß es in Strömen, und sie hatten kein Wasser. Sie hielt dem Eimer unter das Rohr, das aus der Böschung herausragte, bis er voll war, und kehrte um; auf dem Rückweg rutschte sie auf dem glitschigen Schlamm einmal beinahe aus.

Im Wohnwagen machte sie sich erst einmal eine Dose Cola auf. Sie stand gerade am Spülbecken, um sich die Hände zu waschen, als sie bemerkte, was er mit den Büchern angerichtet hatte. Sie griff nach einem Handtuch und warf dabei einen flüchtigen Blick in den Wohnteil des Wagens. Ein Stück von einem Bucheinband, ein abgerissenes Dreieck mit roten Buchstaben auf schwarzem Grund lag auf dem Tisch. Es schnürte ihr den Hals zu. Sie hatten keinen Abfalleimer, nur einen Plastiksack unter dem Spülbecken. Beim Anblick seines Inhalts wurde ihr schwindlig. Sean sah nicht zu ihr herüber, er hockte vorm Fernseher, neben sich eine Dose Bier, in der linken Hand eine Zigarette. Sie hatte das Gefühl, daß er absichtlich nicht hersah, sondern seinen Blick starr auf den Bildschirm heftete.

Leichter als im Sack zu kramen, um festzustellen, was er angerichtet hatte, war es, sich die übriggebliebenen Bücher anzusehen. *Mary Wollstonecraft* war weg, auch *Die Göttliche Komödie* und die *Metamorphosen. Middle-*

march war weg. Sie fühlte einen bitteren Geschmack im Mund hochsteigen, als sie bemerkte, daß er *Englisches Recht – Ein Leitfaden für Anfänger* und die beiden Hardy-Romane verschont hatte. Die gehörten Mr. Spurdell, das wußte er. Gesetzestreu war Sean immer. Das Eigentum »anderer« Leute würde er nicht zerstören. Sie zählte nicht dazu, sie gehörte ja ihm.

Sie ging hinüber und schaltete den Fernseher ab. Er sprang auf, und für einen Augenblick dachte sie, er würde sie schlagen. Aber da kannte sie ihn schlecht. Sean würde eine Frau doch nicht schlagen.

»Warum?« sagte sie, nur dieses einzige Wort.

»Ach komm, Schatz, das weißt du doch genau. Du mußt das alles hinter dir lassen, dieses Leben da. Du bist von dort weg, sie gibt's auch nicht mehr, du bist jetzt in der wirklichen Welt. Die Bücher da, hinter denen hast du dich doch bloß vorm wahren Leben versteckt. Und die brauchst du in Zukunft ja wohl nicht mehr. Jetzt haben wir doch unsere ganze Zukunft vor uns. Das hast du selber gesagt!«

Hatte sie das? In dem Zusammenhang bestimmt nicht, da war sie ganz sicher. Er triumphierte, er war ganz obenauf. Sie verspürte dieselbe Wut, die Eve manchmal verspürt haben mußte.

»Das waren *meine* Bücher.«

»Es waren *unsere*, mein Schatz. Die Geschichte hatten wir doch schon mal. Okay, du hast sie von deinem selbstverdienten Geld gekauft. Wie fändest du denn das, wenn ich sagen würde, die Cola, die du da gerade trinkst, gehört mir, weil sie von meinem Geld gekauft ist? Das ist doch dasselbe.«

Es war unlogisch, und Eve hatte sie gelehrt, logisch zu sein, vernünftig zu sein. So mußte Eve zumute gewesen sein, als Bruno seinen Drang, sie vollkommen zu besitzen, mit dem Vorwand des sozialen Gewissens bemäntelt hatte. So mußte ihr zumute gewesen sein, als Jonathan sie nach siebzehn Jahren des Bemühens und Abgewiesenwerdens, der Hoffnung, Demütigung und des Im-Stich-gelassen-Werdens endlich fragte, ob sie ihn heiraten wolle.

Liza fühlte sich ohnmächtig, brachte nichts heraus, stellte sich nur vor, wie er das, was sie sagen könnte, ins Gegenteil verdrehen würde. Sie stellte das Essen auf den Tisch, machte Tee, schaltete den Fernseher wieder ein und wurde dadurch belohnt, daß er ihre Hand ergriff und sie in seiner fest drückte. Gemeinsam schauten sie sich eine Episode aus einer Hollywood-Serie an. Besser gesagt, Sean schaute sie sich an, während sie den Blick nur starr auf den Bildschirm richtete, in Gedanken jedoch woanders war.

Sie war in der Lage, zu putzen, frisches Wasser zu holen und Bücher zu lesen, aber er hatte schon recht – ansonsten war sie in jeder Hinsicht eher eine Sechs- als eine Sechzehnjährige. Allein kam sie nicht zurecht. Selbst wenn sie täglich acht Stunden für Mrs. Spurdell oder jemanden wie Mrs. Spurdell arbeitete, käme sie pro Woche auf nicht mehr als 120 Pfund, wobei sie bezweifelte, daß sie mehr als acht Stunden Hausarbeit überhaupt *schaffen* würde? Wo sollte sie wohnen? Wovon sollte sie leben?

Gab es denn jemanden, der sie dafür bezahlen würde, lateinische Texte ins Englische zu übersetzen? Sie hatte keine Ahnung, doch sie bezweifelte es. Außerdem wußte sie durch ihre Nachforschungen in Mr. Spurdells Arbeitszimmer, daß man Zeugnisse, Diplome und akademische Abschlüsse brauchte, um eine Stelle zu bekommen, bei der es nicht bloß um Hausarbeit ging oder darum, im Supermarkt die Regale zu füllen.

Sie hatte auch keine Bleibe. Jonathan Tobias hätte ihr vielleicht helfen können, eine zu finden, aber der war ja tot. Sie hatte keinen richtigen Vater, bloß einen von drei

Männern, der von ihrer Existenz keine Ahnung hatte. Eve sorgte sich anscheinend überhaupt nicht um sie. Sie wußte nicht einmal, wo sie war und was mit ihr los war, andererseits hätte sie in Eves Situation wahrscheinlich auch andere Sorgen. Oder aber Eve war sehr wohl um sie besorgt, erlitt vielleicht qualvolle Ängste, nachdem sie erfahren hatte – und bestimmt hatte sie es erfahren –, daß Liza bei Heather nie aufgetaucht war. Es hatte aber auch niemand Nachforschungen angestellt, niemand hatte eine Suchmeldung in die Zeitung gesetzt oder im Fernsehen gebracht. Liza war klar, daß sich außer Sean niemand um sie kümmern würde. Niemand außer Sean.

Er hielt immer noch ihre Hand. Dann legte er den Arm um sie. Sie verspürte ihm gegenüber bloß kalte Verachtung, glaube jedoch, daß dieses Gefühl, nachdem sie erst einmal darüber geschlafen hatte, einer gelinden Verstimmung weichen würde. Wenn er sie doch in Ruhe lassen würde. Damit sie es auf ihre Art bewältigen konnte. Darum kam sie schließlich nicht herum. Sie mußte sich damit abfinden, denn ohne ihn war sie unnütz und hilflos.

Wenn er sie doch bloß in Ruhe ließe. Er mußte doch gemerkt haben, mit welcher Ablehnung sie ihm begegnete, er mußte ihren Widerwillen, von ihm angefaßt zu werden, doch spüren und die Bewegung deuten können, mit der sie seine Hand von ihrem Bein wegschob, nachdem er angefangen hatte, ihren Schenkel zu streicheln. Das Bett würden sie sich teilen müssen, aber als sie merkte, daß er die Absicht hatte, mit ihr zu schlafen, sagte sie entschlossen: »Nein!« Und dann: »Nein, bitte nicht, ich will nicht.«

Daß er mit ihr schlief, war aber nicht alles, was dann geschah. Irgendwann einmal hatte sie ihn gefragt, ob er sie je dazu zwingen würde, und er hatte die Frage als lächerlich abgetan. Aber jetzt hörte er gar nicht auf sie, als sie sagte, daß sie ihn nicht wollte. Indem er seinen Mund heftig auf ihren preßte, brachte er sie zum Schweigen. Er drückte ihre Hände hinunter und versuchte mit dem Knie, ihre Schenkel auseinanderzuzwängen, und als ihm das nicht gelang, nahm er einen Fuß zu Hilfe. Um sein Tun vor sich selbst zu rechtfertigen, tat er so, als würde sie sich bloß zieren und lachte in ihren offenen Mund, während er wie ein Straßenköter stieß, sein Glied in sie hineinrammte und ihre Arme, ausgestreckt über die ganze Breite des Betts, gewaltsam hinunterdrückte.

Sie war machtlos. Es tat weh, wie es selbst beim ersten Mal nicht weh getan hatte. Als es vorbei war und er ihr zuflüsterte, er wisse, daß es ihr wirklich Spaß gemacht habe, er merke es nämlich immer genau, ob es einem Mädchen Spaß machte, da mußte sie an Eve und Trevor Hughes denken. Eve hatte damals zwei Hunde rufen können, aber sie hatte nichts.

Er schlief sofort ein. Sie weinte lautlos. Es war schwächlich und dumm, wie ein kleines Kind benahm sie sich, aber sie konnte nicht aufhören.

Eve hätte sich so eine Behandlung niemals gefallen lassen. Eve ließ es nicht zu, daß jemand sie dermaßen belästigte. Nicht nach dem, was ihr auf dem Rückweg vom Flughafen passiert war. Ihr eigenes Leiden war zwar bei weitem nicht so entsetzlich, aber schlimm genug, der Vorgeschmack auf eine mögliche Zukunft. Eve hatte sich an drei Männern für das gerächt, was drei Männer ihr angetan hatten. Deshalb hatte sie das alles getan, mehr aus Rache, denn aus Angst oder zu ihrer Sicherheit oder aus Gewinnsucht. Mehr aus Rache als für Shrove.

War dies etwa das Leben, das ihr bevorstand? Mit jemandem zu schlafen, wenn sie wollte, aber mit jemandem auch dann zu schlafen, wenn sie nicht wollte. Oder *das* da zu tun, wenn sie nicht wollte. Nach dem, was passiert war,

war sie sicher, es bestimmt nie wieder tun zu wollen. Sie erinnerte sich an den Tag, an dem Jonathan Tobias geheiratet hatte, und wie Eve bei der Gelegenheit – wie sie es oft tat – eine Unterrichtsstunde daraus gemacht hatte. Sie hatte Liza etwas über Heiraten und Hochzeitsbräuche beigebracht, aber kein Sterbenswörtchen darüber, was passierte, wenn ein Mann etwas wollte und eine Frau nicht, daß Männer sich durchsetzten, weil sie stärker waren, und daß die Frau für sie arbeiten, sie bedienen und die Tatsache akzeptieren mußte, daß sie das Recht hatten, ihr zu befehlen, was sie zu tun hatte.

Vielleicht hatte sie deswegen nichts gesagt, weil Liza damals noch ein Kind gewesen war. Das war jedoch eine Ewigkeit her, und inzwischen war sie kein Kind mehr. Doch wieder einmal befand sie sich in der Lage, nicht weglaufen zu können. Diesmal allerdings war es schlimmer als damals, wo ihr nur der Mut dazu gefehlt hatte. Diesmal konnte sie nirgendwohin laufen.

Doch Eve hatte ihr auch noch etwas anderes beigebracht, abgesehen von den vielen, wie Sean sagte, unnützen Dingen, sie hatte sie nämlich gelehrt, hart im Nehmen zu sein. Das Leben war nie leicht und sanft gewesen. Sie hatten sich ihr eigenes kleines Vergnügen gegönnt, mit einem Minimum an Hilfsmitteln, ohne Spielzeug, Fernsehen, Videos, CD-Player und externe Vergnügungen. Nach Jahren hatten sie endlich ein Badezimmer bekommen. Der Kühlschrank im Torhaus war alt, der Backofen noch viel älter, im Obergeschoß war überhaupt keine Heizung gewesen, keine Daunendecken oder Heizdecken, wie sie sie bei den Spurdells gesehen hatte, keine neuen Kleider – die Jeans und der wattierte Mantel waren ihre einzigen Kleidungsstücke, die nicht von Eve genäht waren oder aus dem Oxfam-Laden stammten –; nie hatte es Speisen außer Haus oder Fertiggerichte gegeben, an die sie sich bei Sean zwar gewöhnt, denen sie aber nie recht getraut hatte. Sie hatten im Torhaus selbst Brot gebacken, ihr eigenes Gemüse angebaut, selbst Marmelade eingekocht und sogar Frischkäse selbst hergestellt. Nach Brunos Abgang hatten sie, wenn sie irgendwo hinwollten, zu Fuß gehen müssen.

Ihre Mutter hatte ihr eine Art von Ausdauer anerzogen, eine gewisse Zähigkeit, doch was nützte diese in der Welt der Spurdells und Supermärkte? Man brauchte gar nicht zäh zu sein, man brauchte Zeugnisse und Diplome, Familien und Beziehungen, ein Dach über dem Kopf und ein Fortbewegungsmittel, man brauchte berufliche Fähigkeiten und Geld. Nun, tausend Pfund hatte sie ja immerhin.

Sie sah den Geldgürtel auf dem Tisch liegen, wo er ihn hingeworfen hatte, als er ihr hastig die Kleider heruntergerissen hatte. Wenn er von dem Geld erfuhr, wollte er es bestimmt haben. Und wenn er es erst mal haben wollte, würde er es sich auch nehmen. Er würde behaupten, was ihr gehörte, gehöre ihnen beiden. Sie stand auf, wusch sämtliche Spuren von ihm gründlich ab, zog ihre Leggings und den blau-roten Pulli über, damit ihr warm wurde, rollte den Geldgürtel so klein wie möglich zusammen und steckte ihn in einen ihrer Stiefel. Dann legte sie sich an den äußersten Rand des Bettes, möglichst weit weg von ihm, und schlief ein.

22

Stolz ihre Schachtel mit dem bei Harrods gekauften Baumschmuck vorführend, teilte Mrs. Spurdell Liza mit, es sei noch zu früh, den Baum zu dekorieren. Doch wäre es nicht sehr ratsam gewesen, den Einkauf auf einen späteren Zeitpunkt zu verschieben, da sonst die besten Teile bereits ausverkauft wären. Philippa und ihre Kinder kämen nämlich zu Weihnachten. Jane ebenfalls. Nachdem sie Liza gegenüber Philippas Vornamen einmal erwähnt hatte, sprach sie seitdem von ihr immer als von Mrs. Page, wogegen Jane als »meine jüngere Tochter« bezeichnet wurde.

Es war der erste Weihnachtsbaum, den Liza je gesehen hatte. Ja sogar der erste, von dem sie überhaupt je gehört hatte, und die logische Grundlage, die vernunftmäßige Erklärung der Sitte, eine Tanne zu entwurzeln, Lamettafäden um sie herumzuwinden und an ihren Zweigen Glaskugeln aufzuhängen, überstieg ihre Vorstellungskraft beträchtlich. Eve hatte ihr über das Christentum und christliches Brauchtum nicht mehr beigebracht als über den Buddhismus, das Judentum und den Islam.

Liza hörte Mr. Spurdell oben in seinem Arbeitszimmer rumoren. In seiner Schule hatten die Weihnachtsferien begonnen. An ein Bad war nicht zu denken. Sie schrubbte die Wanne sauber und schüttete WC-Reiniger in die Toilette. Während sie das Waschbecken saubermachte, kam ihr plötzlich die Idee, einen Blick ins Medizinschränkchen zu werfen. Dort entdeckte sie zwischen Gebißreinigungstabletten, Erkältungssalbe und Hühneraugentinktur einen zylindrischen Behälter mit der Aufschrift: Mrs. M. Spurdell, Sodiumamytal, eine Tabl. vor dem Schlafengehen einzunehmen. Wie das Mittel wirkte, wußte sie nicht, außer daß man offensichtlich danach einschlief. Sie steckte sich den Behälter in die Tasche.

Wenn sie ihr Geld nicht in der Hand hätte, bevor sie kündigte, müßte sie vielleicht damit rechnen, daß Mrs. Spurdell sich weigerte, sie zu bezahlen. Während sie den Staubsauger im Flur auf und ab schob, arbeitete sie im Kopf verschiedene Strategien aus. Mit dem festen Entschluß, ehrlich zu sein und keine Ausflüchte zu gebrauchen, klopfte sie an die Tür zum Arbeitszimmer.

»Möchtest du hier rein, Liza?« Mr. Spurdell steckte den Kopf aus der Tür. »Einen Moment noch.«

»Wenn Sie möchten, mach ich das Arbeitszimmer zuletzt. Ich hab Ihnen alle Bücher wieder mitgebracht.«

»Brav! Du kannst gern wieder welche haben. Ich habe nichts dagegen, meine alten Freunde einer vernünftigen Person auszuleihen, die weiß, wie man damit umgeht. Weißt du, Liza, ein gutes Buch ›ist das kostbare Herzblut eines großen Geistes‹.«

»Ja«, sagte Liza, »aber ich möchte mir eigentlich gar keins mehr ausleihen. Kann ich Sie mal etwas fragen?«

Zweifellos erwartete er jetzt, daß sie ihn fragte, wer das mit dem guten Buch gesagt hätte, aber sie wußte bereits, daß es von Milton war und darüber hinaus, wahrscheinlich besser als er, daß es aus den *Areapagitica* stammte. Er lächelte sie einladend an, bereit, sich ein Loch in den Bauch fragen zu lassen.

»Wie kann man herauskriegen, wo jemand im Gefängnis ist?«

»Wie bitte?« Das Lächeln war auf der Stelle verflogen.

Jetzt kam die Ehrlichkeit an die Reihe. »Meine Mutter mußte ins Gefängnis, und ich will wissen, wo sie ist.«

»Deine Mutter? Du lieber Himmel. Ist das ein Spiel, Liza? Oder meinst du das etwa ernst?«

Allmählich hatte sie ihn ziemlich satt. »Ich will nur wissen, an wen ich schreiben oder wen ich anrufen muß, um zu erfahren, wo sie sie hingebracht haben. Ich will ihr schreiben, ich will sie besuchen.«

»Du lieber Himmel. Da hast du mir aber einen ganz schönen Schreck eingejagt.« Er trat einen Schritt vor, sah verstohlen über die Brüstung und sagte mit gesenkter Stimme: »Sag davon aber bloß nichts zu Mrs. Spurdell.«

»Wieso sollte ich *ihr* was sagen?« Liza machte eine wegwerfende Handbewegung. »Kann ich vielleicht irgendwo anrufen? Auf einem Amt, ich meine, auf einem Polizeihauptquartier oder so?« Sie erinnerte sich vage an die amerikanischen Polizeifilme.

»Du meine Güte, na ja, im Innenministerium, würde ich mal annehmen.«

»Was ist das Innenministerium?«

Fragen, bei denen er um eine Information gebeten wurde, mochte er immer. Seiner Erläuterung ein »Du weißt nicht, was das Innenministerium ist?« vorausschikkend, machte er sich daran, ihr einen kleinen Vortrag über Polizei, Gefängnisse, Einwanderung und das Ministerium für innere Angelegenheiten zu halten. Liza merkte sich das, was sie brauchte.

Sie holte tief Luft und nahm ihren ganzen Mut zusammen. Seans Worte klangen ihr im Ohr, mehr wie sechs als wie sechzehn, hilflos. »Könnte ich bitte Ihr Telefon benutzen? Und darf ich vorher mal kurz im Telefonbuch nachschauen?«

Er war nicht mehr der gutmütige Pädagoge, der sie augenzwinkernd an seinem Wissensschatz teilhaben ließ. Er runzelte die Stirn und verzog mürrisch den Mund. »Nein, ich fürchte, das kannst du nicht. Auf beide Fragen lautet meine Antwort, nein. Ich kann solche Dinge hier nicht gestatten. Außerdem ist jetzt die teuerste Zeit zum Telefonieren. Hast du überhaupt eine Ahnung, was ein Telefongespräch um elf Uhr vormittags nach London kosten würde?«

»Ich bezahle es.«

»Nein, tut mir leid. Es geht mir nicht nur um das Geld. Das sind Dinge, mit denen Mrs. Spurdell und ich nichts zu tun haben möchten. Tut mir leid, aber nein, das geht auf gar keinen Fall.«

Sie warf den Kopf hoch und stellte gleich wieder den Staubsauger an. Als sie mit den Schlafzimmern fertig war und wieder ins Arbeitszimmer kam, war er verschwunden. Schnell schlug sie im Telefonbuch unter Innenministerium nach. Es waren mehrere Nummern aufgeführt. Sie notierte sich drei davon, wobei sie schon wußte, Einwanderung, Einbürgerung und Telekommunikation würde sie nicht brauchen.

Das Haus war sauber und aufgeräumt, ihre Zeit war um. Es schien noch schwieriger als sonst, aus Mrs. Spurdell zwölf Pfund herauszuquetschen; das letzte, noch fehlende Pfund bekam Liza in Form von fünfzehn einzelnen Münzen. Sie bedankte sich und sagte, sie würde jetzt gehen und käme auch nicht mehr wieder. Mrs. Spurdell tat so, als traute sie ihren Ohren nicht. Als sie es begriffen hatte, stellte sie pathetisch die Frage, wie sie denn nun über Weihnachten zurechtkommen sollte. Liza gab ihr darauf keine Antwort, sondern steckte das Geld ein und zog ihren Mantel an.

»Ich finde, du bist sehr undankbar«, sagte Mrs. Spurdell, »und außerdem ganz schön dumm, wenn man bedenkt, wie schwer es heute ist, eine Arbeit zu finden.«

Dann rief sie nach ihrem Mann, wahrscheinlich damit er kam und Liza am Weggehen hinderte. Liza trat hinaus und machte die Haustür hinter sich zu. Den ganzen Weg von Aspen Close hinunter rechnete sie damit, gleich losrennen zu müssen, weil einer der beiden sie verfolgte, doch nichts dergleichen geschah. Wenn der Manager, der sie so verehrte, im *Duke's Head* Dienst gehabt hätte, dann hätte sie ihn gefragt, ob sie vielleicht mal telefonieren könnte, aber an der Rezeption saß eine Frau. Ohne weiter aufzufallen, ging Liza nach oben und badete.

Sie wartete nicht auf Sean, sondern fuhr mit dem Bus nach Hause, und als sie gerade aufs Oberdeck ging, um sich dort in die erste Reihe zu setzen, kam ihr der Gedanke, daß sie für eine Sechsjährige – mit der geistigen Reife des infantilen Milchmanns? – eigentlich gar nicht so schlecht abgeschnitten hatte. Sie war ganz schön clever gewesen! Sie hatte sich ein Schlafmittel beschafft, erfahren, wie sie ihre Mutter ausfindig machen konnte, hatte sogar die Telefonnummer herausgefunden, gekündigt, gebadet und sich in Ermangelung eines Handtuchs mit den Hotelvorhängen im Bad abgetrocknet.

Ob sie das alles wohl besser geschafft hätte, wenn sie mitten in London aufgewachsen und auf eine Internatsschule gegangen wäre?

Sean war im Supermarkt fertig. Er hatte seine letzte Packung Cornflakes und die letzte Büchse Tomaten ausgepackt. Immer noch ein wenig argwöhnisch ihr gegenüber, aber nicht mehr so mißmutig, beschrieb er ihr, wie der Geschäftsführer ihm zum Abschied die Hand geschüttelt und ihm alles Gute gewünscht hatte.

»Weiß jemand über mich Bescheid?« fragte Liza ihn. »Ich meine, die Leute bei dir in der Arbeit? Wissen die, daß du eine Freundin hast, die bei dir wohnt, und so weiter?«

»Nein, die wissen nichts. Mein Privatleben behalte ich für mich. Soviel die wissen, bin ich allein.«

»Fährst du mit dem Auto nach Schottland?«

»Klar fahr ich mit dem Auto. Was hast du denn gedacht? Erster Klasse mit der Eisenbahn und Übernachtung im Luxushotel? Über Geld mußt du noch eine ganze Menge lernen, mein Schatz.«

Dann schimpfte er, eben hätten sie ein neues Gesetz eingeführt, nach dem Wohnwagen nur parken durften, wo der Eigentümer des Grundstücks es ausdrücklich genehmigte. Je früher sie also weg wären, desto besser. Ob die in Schottland wohl andere Gesetze hatten? Er hatte gehört, das sei manchmal der Fall. Liza wußte besser Bescheid als er, sie hatte in Mr. Spurdells Zeitung darüber gelesen. Sie wußte zum Beispiel, wenn man mit dem Wohnwagen von einem Grundstück weggeschickt wurde und sonst nirgendwo parken durfte, war die örtliche Gemeinde dazu verpflichtet, einem eine Unterkunft zu besorgen. Vielleicht nicht gerade ein Haus oder eine Wohnung, wahrscheinlich bloß ein Zimmer oder auch ein Hotel, aber zumindest *etwas.* Sean gegenüber würde sie nichts davon verlauten lassen, um sich nicht womöglich für ihre Schlauheit und hochtrabenden Ideen ein höhnisches Grinsen einzuhandeln.

Den Wohnwagen hatte sie während der ganzen Zeit peinlich sauber gehalten. Reinlichkeit war ihr gewissermaßen in Fleisch und Blut übergegangen, dafür hatte Eve schon gesorgt; sie hätte es ebensowenig fertiggebracht, ihre Umgebung verschmutzen zu lassen, wie sich selbst nicht zu waschen. Trotzdem wirkte er recht armselig, alles daran war schäbig, abgenutzt, verkratzt, abgestoßen, angeschlagen, zerbrochen oder notdürftig geflickt. Im Torhaus war es allerdings auch schäbig gewesen. Hätte sie lieber ewas in der Art von Brunos »Monstrosität« oder des Spurdellschen Hauses gehabt, sie, die durch Shrove von höchster Qualität verwöhnt war?

Der Caravan und das Auto, etwas zum Wohnen und ein Fortbewegungsmittel. Damit wäre das Leben vorstellbar, eine Zukunft möglich. Sie beobachtete Sean abwägend. Der spartanische Lebensstil war nicht das einzige, das Eve sie gelehrt hatte.

Bis auf einen leicht abzuwimmelnden Makler hatte niemand gewußt, wo Bruno war, und niemand hatte sich um ihn geschert. Trevor Hughes hatte eine Frau gehabt, die allerdings getrennt von ihm lebte und froh war, ihn los zu sein. Niemand wußte, daß Sean nicht allein war. Ihre Existenz, ihr Vorhandensein in seinem Leben, all das hatte er geheimgehalten. Vom Supermarkt war er weggegangen, in dieser Filiale würde sich keiner mehr über ihn Gedanken machen, zweifellos war er dort bereits vergessen.

In Glasgow rechneten sie damit, daß er am Montag zu dem Kurs antrat. Wenn er nicht kam, würden sie nicht gleich eine polizeiliche Fahndung einleiten, sondern annehmen, daß er es sich eben anders überlegt hatte. Sie hatte zwar wenig Lebenserfahrung, doch die, die sie hatte, war von besonderer Art. Nur wenige konnten auf eine derartige Lebensgeschichte verweisen. Aus der Erfahrung beim Verschwinden von Trevor Hughes und Bruno Drummond wußte sie, daß die Polizei herzlich wenig unternimmt, um nach vermißten Männern in ungebundenen Lebensumständen zu fahnden. In so einem Fall war kaum anzunehmen, daß ein abgängiger Mann überhaupt als vermißt gemeldet wurde.

Seans Mutter interessierte sich schon lange nicht mehr für ihn. Seine Geschwister lebten irgendwo in alle Winde verstreut und hatten längst keinen Kontakt mehr mit ihm. Der kettenrauchende Großvater war zu alt, um sich wegen ihm Sorgen zu machen.

Seine sogenannten Freunde waren entweder Pubbekanntschaften oder Wohnwagennachbarn wie Kevin.

Während Sean fernsah, betrachtete sie ausgiebig ihr Spiegelbild in dem kaputten, etwa fünfundzwanzig auf fünfzehn Zentimeter großen Stück Spiegel. Früher war es ihr so vorgekommen, als ob Eve sich nie verändert hätte. Die Frau, von der sie vor hundert Tagen und Nächten weggelaufen war, war in ihren Augen immer dieselbe geblieben, sah genauso aus wie die Mutter, die sie mit vier nach Shrove gebracht hatte, nicht älter, nicht dicker und noch genauso frisch. Doch als sie nun ihr eigenes Gesicht betrachtete, sah sie eine jugendliche Eve vor sich, anders als die Eve von heute, eine Eve, die sie schon ganz vergessen hatte, und die jetzt in ihrer eigenen Gestalt zu ihr zurückkehrte. Wie Jonathan es einmal gesagt hatte, wie Bruno gesagt hatte – sie war ein Klon jener Eve, vaterlos, die Doppelgängerin ihrer Mutter, die Zweitausgabe ihrer Mutter.

Mit den Methoden ihrer Mutter, den Instinkten ihrer Mutter. Was hätte Eve wohl an ihrer Stelle getan? Es sich nicht gefallen lassen. Niemals klein beigegeben. Eve hätte gestritten, protestiert, diskutiert – das hatte sie auch –, und wenn das alles nichts nützte, wenn sie sich nicht mit ihr einigen wollten oder ihren Standpunkt nicht akzeptierten, hatte sie zum Schein nachgegeben und sich versöhnlich gezeigt.

Damit er sie nicht sehen konnte, zog Liza sich in die Küche zurück und las die Gebrauchsanweisung auf dem Etikett der Schlafmittelpackung noch einmal durch. Offensichtlich genügte eine Tablette, um ihn einschlafen zu lassen. Und während er schlief? Er hatte ihr oft vorgeworfen, nicht empfindlich zu sein, sondern locker mit Gewalt, Blut und Tod umzugehen.

Sie hatte nie gelernt, vor solchen Dingen Abscheu zu empfinden. Anders als Kinder, die in die Schule gehen, Geschwister und Freunde und Erzieher haben, war sie nie in dieser Richtung konditioniert worden. Wenn sie vor gewissen Aspekten eines gewaltsamen Todes überhaupt Abscheu empfand, dann nur vor ihrer eigenen Schwäche, sich beim Anblick von Brunos Leiche übergeben zu haben. Beim Anblick von Blut schaudernd zurückzuweichen, hatte Eve ihr nie beigebracht, wohl aber die Notwendigkeit, absolute Perfektionistin zu sein und alles, was sie tat, auch gut zu machen. Dies hier würde sie gut machen, sauber, gründlich und ohne Gewissensbisse.

»Wann fahren wir morgen früh los?« fragte sie ihn.

»Ganz früh. Um acht sind wir hoffentlich schon unterwegs.«

»Wenigstens hat es aufgehört zu regnen.«

»Der Wetterbericht sagt, es kommt eine Hochdruckfront. Dann wird es kalt, kalt und klar.«

»Solltest du nicht die Stange für den Anhänger festmachen?«

»Mann«, sagte er. »Das hab ich ganz vergessen.«

Sie bezweifelte, daß sie es selbst geschafft hätte. Wenn er es bisher immer gemacht hatte, hatte sie sich nie die Mühe gemacht, ihm dabei zuzuschauen. An diesem Abend beobachtete sie ihn natürlich die ganze Zeit sehr genau, sah gut zu, wie er es anstellte, taxierte jeden seiner Handgriffe wie damals, früher, als sie noch in ihn verliebt gewesen war.

Vielleicht war man mit sechzehn nie besonders lang in ein und dieselbe Person verliebt. Es war heftig, es war intensiv, aber nur von kurzer Dauer. Ob ein Lehrer wie Mr. Spurdell oder jemand wie Eve wohl danach fragte, ob Julia auch später immer noch in Romeo verliebt gewesen wäre?

Sean arbeitete beim Schein einer Werkstattlampe und einer aufladbaren Taschenlampe. Eingepackt in ihren dikken, wattierten Mantel, saß sie auf dem Wohnwagentreppchen in der Stille und Dunkelheit, und zum ersten

Mal fiel ihr auf, wie ruhig es hier war, wie entlegen dieser Platz war. Wie Shrove. Dieser Ort hatte sämtliche Vorteile von Shrove. Nicht ein einziges Licht war zu sehen, so weit man über Hügel und Weiden auch blicken konnte, nicht der winzigste, einsame Punkt. Die schwarze Landschaft zog sich weit hin bis ans fast schwarze Firmament. Wenn sie die Ohren spitzte, konnte sie gerade noch das sanfte Plätschern des Baches hören.

Über ihr waren inzwischen die Sterne zu sehen, der bleiche, weit ausladende Große Wagen und der hell strahlende Orion. Das weiße Gestirn, still und klar, war Venus. Die Luft fühlte sich glitzernd an, als läge unsichtbarer Frost über der Erde. Gelegentlich wurde die Stille unterbrochen von Seans metallisch klingendem Hämmern und vom leisen, gespenstischen Schrei der Eulen in den unsichtbaren Bäumen.

Sie verhakte beide Daumen in den Schlaufen ihres Geldgürtels und spürte, wie prall er war. Wie kam sie auf die Idee, daß Sean, sofern sie ihn am Leben ließ und mit ihm nach Norden fuhr, das Geld früher oder später finden und für sich beanspruchen würde? Sie wußte es einfach. Sie konnte sich die Szene sogar genau ausmalen, in der sie ihm sagte, es gehöre ihr, es stehe ihr von ihrer Mutter her rechtmäßig zu, und Sean behauptete, sie sei nicht in der Lage, Geld zu verwahren, er würde darauf aufpassen und es als Anzahlung auf ihre Wohnung verwenden.

Inzwischen hatte er den Anhänger an den Wagen gekuppelt. Sie gingen wieder hinein, und er wusch sich die Hände. Es war spät, schon nach elf, und sie mußten ja, wie er immer wieder sagte, früh aufstehen.

»Keine Sorge, ich weck dich schon«, sagte er. »Du kennst dich ja selber, du schläfst wie tot. Wenn ich dich nicht rüttle und schüttle, würdest du wahrscheinlich nie aufwachen.«

Sie machte keine Einwände. Ihre kritische Haltung hatte sie abgelegt, sie war nun ganz stillschweigendes Einvernehmen. Eve hatte Bruno in der Sache mit dem Haus nachgegeben und Jonathan in der Sache mit dem Verkauf von Shrove. Vielleicht hatte sie vor sich hingemurmelt: »Also gut«, bevor sie Trevor Hughes in die Hand gebissen hatte. Man gab nach, lächelte und sagte zuckersüß: »Du hast gewonnen.« Man wiegte sie in der Sicherheit, sie hätten gesiegt.

»Weck mich um sieben, dann mach ich dir Tee.«

An ihrer Äußerung war nichts Ungewöhnliches, weil sie es oft sagte und tat. Er trank abends nie etwas Warmes, immer erst morgens. Sie stellte den Behälter mit den Tabletten hinter die Zuckerdose, zog die Besteckschublade auf, in der die stumpfen Messer und die Gabeln mit den verbogenen Zacken lagen und vergewisserte sich, daß das einzige scharfe Messer auch darunter war, das Tranchiermesser. Gut, daß sie sich nicht scheute, eine Waffe in die Hand zu nehmen, und sich nicht davor fürchtete, sie zu benutzen.

Er lag schon im Bett. Ihr Hals fühlte sich trocken an, und ihre Bauchmuskeln verkrampften sich wie schon in der vorigen Nacht und der Nacht davor. In keiner von beiden hatte er sie berührt. Gestern abend hatte er ihr nicht einmal einen Kuß gegeben. Trotzdem hatte sie Angst vor seiner Stärke und vor ihrer eigenen Schwäche, denn inzwischen wußte sie etwas, das ihr vorher nie eingefallen wäre und das zu glauben sie sich vehement geweigert hätte: daß eine Frau, so jung und kräftig sie auch sein mochte, gegen einen wild entschlossenen Mann machtlos ist.

Nachdem sie ins Bett gekommen und das Licht ausgemacht hatte, spürte sie, daß er sie in der Dunkelheit ansah. Wie immer gewöhnte sie sich jedoch allmählich an das Fehlen von Licht, und die Finsternis war nicht mehr so undurchdringlich, wurde grau anstelle von schwarz. Draußen war der Mond aufgegangen, wohl eher ein Halbmond, weil sein Licht so bleich war. Dünn sickerte es um die Ränder der Fensterrollos herein.

Er hatte den Blick auf sie gerichtet, seine Lippen berührten zaghaft ihre Wange. Er mußte ihre abrupte Anspannung sofort gespürt haben, denn er stieß einen leisen Seufzer aus. Ein Gefühl tiefer Erleichterung ging durch ihren Körper, als er sich von ihr weg auf seine Seite rollte. Sie zog sich ans andere Ende des Bettes zurück, um so viel Abstand wie möglich zwischen sich und ihn zu bringen.

Erst einmal wollte sie schlafen, und morgen früh würde sie ihn umbringen.

23

Ein schlimmer Traum weckte sie lange vor Morgengrauen. Sie schreckte hoch, zusammengekrümmt, zitternd vor Angst saß sie in eine Ecke gekauert, bevor sie richtig zu sich kam und sich wieder erinnerte, wo sie war. Der Mond schien immer noch, immer noch drang sein grünliches Licht in den Wohnwagen, sickerte zwischen den Fensterrahmen und den Rollos herein. Es war eiskalt.

Der Traum schien sich über mehrere Tage erstreckt zu haben. In ihm war sie Eve gewesen, nicht sie selbst. Sie war Eve und plante, einen Liebhaber umzubringen, der ihr aus irgendeinem Grund im Weg war. Im Traum war sie Augenzeugin von Szenen gewesen, die sie im Leben nie gesehen hatte, Eve, die auf einen Stuhl stieg, um das Gewehr herunterzuholen, ihren ganzen Mut zusammennahm und die Zähne zusammenbiß, um den Nerv zu haben, abzufeuern. Beim nächsten Mal war es dann schon viel einfacher. Die Frau in ihrem Traum, diese Eve-Liza, durchreiste den Raum von einem Mord zum nächsten im Handumdrehen, nicht durch Jahre der Wirklichkeit hindurch.

Diese Eve-Liza wußte bereits, daß es möglich war, und daß das Leben danach weiterging. Schlaf, Seelenfrieden, ja sogar Zufriedenheit waren danach durchaus möglich. Lange Tage des Vergessens würden verstreichen. Und so hatte sie sich in zwei alte Leintücher eingewickelt, ein Messer genommen und war nach oben zu dem schlafenden Bruno gegangen. An diesem Punkt hatte sich die imaginäre Eve verflüchtigt, und die echte Liza war aufgewacht. Sie hatte sich von Eve abgespalten und war starr vor Entsetzen aufgewacht.

Erst allmählich wurde sie hellwach und konnte wieder nüchtern denken. Die Kälte brachte sie zu Bewußtsein, und sie tastete im Halbdunkel umher, erst nach Mrs. Spurdells Tablettenschachtel, dann nach dem Pullover, den Eve gestrickt hatte. Sie war gleichzeitig Eve und sie selbst gewesen, hatte Eves Gedanken gedacht, Eves Impulsen gehorcht.

Hatte sie wirklich, auch nur für einen Augenblick, in Erwägung gezogen, jemanden umzubringen? Hatte sie wirklich vorgehabt, Sean umzubringen?

Obwohl dadurch noch mehr Kälte hereinkommen würde, öffnete sie die Wohnwagentür. Auf den Stufen glitzerte der Rauhreif. Sie drückte den Deckel der Tablettenschachtel auf und schüttete die Tabletten ins hohe nasse Gras im Graben. Der Frost verbrannte ihre nackten Füße, und als sie wieder drinnen war, durchfuhr beide Füße ein stechender Schmerz.

Schreckliche Hoffnungslosigkeit, so kam es ihr vor, erwartete sie dort im Caravan. Lauerte in der kalten Dunkelheit, dem Geruch von Körpern und abgestandenem Essen. Nicht damals, als Eve ihr geboten hatte, wegzugehen, war die Welt auseinandergefallen. Sie fiel jetzt auseinander, ein standhafter Felsblock nach dem anderen krachte herunter und rutschte ab, Eve, Sean, sie selbst. Bald würde der Boden unter ihren Füßen einbrechen, aufklaffen und sie verschlingen. Sie stieß einen leisen Schrei aus und warf sich, von Kummer und Einsamkeit gepeinigt, mit dem Gesicht nach unten aufs Bett und brach in lautes Schluchzen aus.

Sean wachte auf und machte Licht. Er fragte nicht, was los war, sondern nahm sie in seine Arme, hielt sie fest umarmt an sich gedrückt und kroch mit ihr unter die

Bettdecke. Er murmelte, sie habe ja ganz kalte Hände, und schob sie zwischen ihre beiden Körper an seine warme Haut.

»Nicht weinen, Liebling.«

»Ich kann nichts dafür, ich kann nicht aufhören.«

»Doch, du kannst. Gleich hört es auf. Ich weiß, warum du weinst.«

»Nein, das weißt du nicht.« Weil ich dich nicht umbringen kann, weil ich nie jemanden umbringen kann, weil ich nämlich nicht Eve bin.

»Doch, ich weiß, Liza. Es ist wegen dem, was ich letzthin bei Nacht getan hab, stimmt's? Damals fand ich's witzig, wie ein Spaß, aber dann ist mir wieder eingefallen, was du gesagt hast, als wir's zum ersten Mal gemacht haben, in dem Sommer, also, daß ich dir's nie machen würde, wenn du's nicht willst, und ich hab gesagt, das würde ich nie tun. Ich hab mich vor mir selber geschämt, ich hab mich richtig gehaßt.«

»Wirklich?« flüsterte sie. »Hast du das wirklich?«

»Ich wußte nicht, wie ich's dir sagen sollte. Ich hab mich irgendwie geniert. Bei Licht, bei Tag, ich weiß nicht, ich konnte es einfach nicht sagen. Ich bin nicht wie du, ich kann mich nicht so ausdrücken wie du. Ich hab das gespürt, dir ist das vielleicht nie aufgefallen, aber mir schon, daß du mir nämlich in allem überlegen bist.«

»Nicht wirklich, nicht in allem.«

»Verdammt kalt ist es hier drin, ich mach mal den Ofen an. Ich glaub nicht, daß wir noch mal schlafen. Es ist schon fast sechs.«

Sie wischte sich das Gesicht mit dem Leintuch trocken, während sie beobachtete, wie er aufstand, in irgendwelche herumliegenden Sachen schlüpfte und dann ein Streichholz in den geöffneten Ofen hielt. Die Augen taten ihr weh vom Weinen, und ihr war ein bißchen übel.

Was er dann sagte, kam so überraschend, daß sie sich kerzengerade im Bett aufsetzte.

»Du willst nicht mitkommen, stimmt's?«

»*Was?*«

Er kam wieder ins Bett und zog sie unter die Decke. Er umarmte sie und drückte ihren Kopf in die Kuhle an seiner Schulter. Seine Hände waren immer warm. Das war ihr vorher nie wirklich aufgefallen, oder sie hatte einfach nicht darauf geachtet. Die sonnigen Sommertage fielen ihr wieder ein, als sie ihn zum ersten Mal auf Shrove zwischen den Bäumen hindurch beobachtet hatte, sein verwirrter Ausdruck, als er sie angestarrt hatte, ohne sie tatsächlich zu sehen, weil man sich ja manchmal unerklärlicherweise bewußt ist, daß man beobachtet wird.

Er wiederholte es: »Du willst nicht mitkommen«, diesmal jedoch ohne Fragezeichen.

Unter der Bettdecke schüttelte sie den Kopf, dann fiel ihr ein, daß er ja aus der Bewegung nichts erkennen konnte, und sie flüsterte ein leises: »Nein.«

»Ist es, weil ich – weil ich dir das getan hab?«

»Nein.«

»Ich mach's bestimmt nie wieder. Ich hab draus gelernt.«

»Es ist nicht deswegen.«

»Nein, ich weiß.« Er seufzte. Sie merkte, wie sein Brustkorb sich dabei bewegte, und konnte seinen Herzschlag an ihrer Wange spüren. »Es ist, weil wir irgendwie so verschieden sind«, sagte er. »Ich bin ein ganz gewöhnlicher – also, ich stamme aus kleinen Verhältnissen und du – na gut, du bist vielleicht ziemlich bescheuert aufgewachsen, aber du bist immerhin – du bist mir haushoch überlegen.«

»Nein, Sean. Nein.«

»Hör dir doch bloß mal an, wie wir reden. Ich weiß, ich sprech manche Wörter falsch aus und mach Grammatikfehler. Das ändert sich hoffentlich, wenn ich erst mal ins Management komme. Ich hab schon gedacht, du könntest es mir ja beibringen, aber das klappt bestimmt nicht. Irgendwie hab ich schon letzten Sommer gewußt, daß das nicht klappt. Bloß damals wollte ich's vor mir selber nicht zugeben, da war ich wohl verliebt – na ja, ich weiß, ich war verliebt. Ich war vorher noch nie verliebt gewesen.«

»Ich auch nicht.«

»Nein, du hattest ja auch nie Gelegenheit. Ich schon, aber ich war's nie. Erst bei dir. Bloß, wie willst du denn allein zurechtkommen, Schatz?«

»Ich werd's schon schaffen.«

»Ich liebe dich wirklich, Liza. Es war nicht bloß Sex. Ich hab dich vom ersten Moment an geliebt, als ich dich gesehen hab.«

Sie hob ihr Gesicht zu ihm hoch und tastete mit dem Mund nach seinem. Bei der Berührung seiner Lippen und dem Gefühl seiner Zunge an der ihren wurde ihr Körper rasch wieder warm. Sie spürte das vertraute Kribbeln der Begierde. Er seufzte genußvoll und erleichtert. Halbangezogen unter den aufgetürmten Decken liebten sie sich, seine Hände waren warm, ihre immer noch eisig; das blaue Gasflämmchen flackerte, und an den Fensterscheiben lief das Kondenswasser herunter.

Es war acht, als sie endlich aufwachten, viel später, als er geplant hatte. In ihren wattierten Mantel eingehüllt, machte sie Tee, als er plötzlich sagte: »Weißt du was, ich laß dir den Van da.«

Sie drehte sich um. »Den Caravan?«

Er dachte, sie wollte ihn schon wieder korrigieren. »Okay, Fräulein Lehrerin, den *Cara*van. Du mußt auch immer recht haben, was? Weißt immer alles am besten. Das solltest du eigentlich werden, nicht Arzt oder Anwalt, sondern Lehrerin.«

»Hast du das wirklich ernst gemeint, du läßt mir den Caravan da?«

»Klar. Schau mal, ich hätte den Van doch sowieso bloß wegen dir mitgenommen, aber wenn du nicht mitkommst, bin ich doch besser dran, wenn ich mit den anderen teile, das ist viel einfacher.«

»Du könntest ihn verkaufen.«

»Was, das alte Wrack da. Wer kauft das schon?«

Ihr Zögern dauerte nur einen Augenblick. »Ich habe Geld«, sagte sie. »Ich habe es gefunden, als ich nach Shrove gefahren bin. Es hat Eve gehört, aber sie hätte bestimmt gewollt, daß ich es bekomme.«

»Davon hast du nie was gesagt. Wieso hast du mir das eigentlich nie erzählt?«

»Weil ich gemein bin – oder gedacht habe, du wärst gemein. Jetzt werd aber *bloß* nicht sauer. Es ist ziemlich viel, mehr als tausend Pfund.«

Sie schämte sich dafür, daß sie gedacht hatte, nun würde er sich im nächsten Moment das Geld schnappen, dabei saß er nur da und schüttelte den Kopf.

»Ich hab dir immer gesagt, ich laß mich nicht von meiner Freundin aushalten, und dabei bleibt's. Auch wenn« – er lächelte ein bißchen wehmütig – »du gar nicht mehr meine Freundin bist. Du wirst es brauchen können, Schatz, egal, was du machst. Ich an deiner Stelle würde mich bei Heather melden. Die wundert sich wahrscheinlich, was mit dir los ist. Die wird erleichtert sein. Und dann könnt ihr vielleicht zusammen deine Mum besuchen.«

Liza gab ihm seinen Tee. »Weißt du, was, Sean, ich mach uns jetzt ein Riesenfrühstück mit Eiern und Speck und Bratkartoffeln und Toast, und wenn es im ganzen Wohnwagen stinkt, egal!«

»Wir sehen uns doch bestimmt mal wieder, oder?« sagte

er, bevor er das erste Ei verzehrte. »Man kann nie wissen, vielleicht sind wir bis dahin ganz verändert.«

»Klar sehen wir uns wieder.«

Sie wußte genau, daß das nicht stimmte. Was aus ihm auch werden mochte, sie selbst wäre jedenfalls bestimmt nicht wiederzuerkennen.

»Du brauchst jemand, der sich um dich kümmert.« Er wirkte etwas genervt, während er seine Taschen packte, lauter Plastiktüten vom Supermarkt. Er war genervt, weil er ihr gegenüber Schuldgefühle hatte. »Du meldest dich bei Heather, okay? Das Geld, das du da hast, das ist nicht besonders viel. Ich hab eine Idee, ich fahr dich in die Stadt, das liegt für mich sowieso auf dem Weg. Von dort kannst du sie anrufen.«

»Na, gut.«

»Dann ist mir wohler, Liebling.«

Statt sich über die veränderte Situation zu ärgern, war er erleichtert. Ein bißchen schon. Sie merkte es, sie sah es ihm an. Morgen wäre es schon mehr als ein bißchen, da würde es dann überwiegen. Und dann wäre er bestimmt heilfroh. Jetzt war es noch so, daß er ihr mit aller Gewalt vortäuschen wollte, er sei traurig.

»Ich mach mir Sorgen wegen dir.«

»Schreib mir deine Adresse auf«, sagte sie, »dann schreib ich dir, was bei mir los ist. Ich versprech's dir.«

Er warf ihr einen Seitenblick zu. »Die vielen langen Wörter läßt du aber weg.«

Beide Telefonzellen am Marktplatz waren leer. Sean hielt direkt davor an. Er kramte in der Hosentasche und gab ihr sein ganzes Kleingeld: Münzen für den Anruf bei Heather und Münzen für den Anruf im Innenministerium. Die würden genügen, selbst wenn die Leute am anderen Ende der Leitung sie lange warten ließen, während sie jemanden suchten. Als erstes, sagte er, müsse sie die Auskunft anrufen und nach Heathers Nummer fragen. Die Adresse hätte sie doch noch, oder nicht?

»Aber vielleicht kommst du doch besser mit, Schatz. Bloß für ein oder zwei Wochen, bis wir was für dich gefunden haben, bis du weißt, ob das mit dieser Heather klappt.«

Sie schüttelte den Kopf. »Denk dran, du hast keinen Van mehr! Den Van hast du doch mir dagelassen.«

Sie sah ihm an, wie er sich darüber freute, daß sie seinen Ausdruck benutzte. Sie wirkten richtig verliebt, wie damals in den ersten Tagen, zur Zeit der Apfelernte, in den warmen, sonnigen Feldern. Sie hob das Gesicht und gab ihm einen langen, weichen, leidenschaftslosen Kuß. Es beunruhigte sie, es würde sie immer beunruhigen, daß sie mit dem Gedanken gespielt hatte, ihn zu töten. Auch wenn sie es nicht richtig ernst gemeint hatte, auch wenn es ein Hirngespinst gewesen war, entstanden unter dem Druck der Erinnerung, es würde nie ganz verschwinden. Mehr als alles andere würde es dafür sorgen, daß Liebe oder Kameradschaft oder sogar Nähe zwischen ihnen nicht mehr möglich wären.

»Fahr jetzt«, sagte sie. »Und nicht winken. Ich schaff's schon. Viel Glück.«

Trotzdem sah sie dem Wagen nach, sie konnte nicht anders. Und er winkte doch. Er tat etwas Komisches, er warf ihr eine Kußhand zu. Sie blieb auf dem kalten Marktplatz zurück, auf dem Gehsteig, um sie herum überall Leute beim Einkaufen.

Die Telefonzellen waren inzwischen besetzt. Eine Frau war in die eine hineingegangen, in die andere ein Junge. Sie setzte sich auf das niedrige, um ein Blumenbeet errichtete Backsteinmäuerchen; das Blumenbeet war nackt, die Erde darin mit einer dünnen Schicht Rauhreif bedeckt. Es war ihr gleichgültig, wie viele Leute in die Telefonzellen gingen, sollte sich doch eine Schlange von fünfzig Leuten davor bilden, sollte doch jemand hineingehen und sie mutwillig zerstören, wie die vor dem Supermarkt, die Telefone aus der Wand reißen, es wäre ihr völlig gleichgültig, denn sie hatte überhaupt nicht die Absicht, jemanden anzurufen. Sie hatte jetzt nur eins zu tun, nämlich sich zu überlegen, wie sie herauskriegen konnte, wo eine bestimmte Straße war.

Sie dachte nach. Wenn sie sich nicht auf etwas Praktisches konzentrierte, würde diese Angst in ihr hochkommen, die Erkenntnis, daß sie vollkommen allein war. Früher oder später würde sie sich damit auseinandersetzen müssen, aber jetzt nicht. Ein Bild von ihr selbst als dummes, kleines, unwissendes Mädchen, das auf einem Mäuerchen saß und weinte, stieg vor ihr auf, und sie beschloß energisch, es nicht wahr werden zu lassen. Sie würde in ein Geschäft gehen und einfach fragen.

Dort wußten sie es nicht. Das Geschäft war voll mit kleinen Gegenständen, Souvenirs hießen die wohl, dachte Liza, Broschen, Schlüsselanhänger und kleine Schachteln, flauschige Stofftiere, Puppen aus Plastik, Porzellanbecher, lauter Sachen, bei denen sie sich nicht vorstellen konnte, daß irgend jemand sie tatsächlich haben wollte. Die Leute, die dort arbeiteten, waren alle von außerhalb. »Kaufen Sie sich doch einen Stadtplan«, schlug eine vor. »Wie mach ich das?« fragte sie, und obwohl sie sie etwas merkwürdig ansahen, sagten sie ihr: »Am besten in einem Schreibwarengeschäft, drei Türen weiter ist eins.«

So war es. Und einen Stadtplan hatten sie auch. Sie schienen sich nicht zu wundern, als sie danach fragte. Die Straße war ziemlich weit entfernt, über den Daumen gepeilt etwa zwei Meilen.

Unterwegs kam sie an ein paar Obdachlosen vorbei, die

die Nacht bestenfalls auf dem Gehsteig oder in Türeingängen verbracht hatten. Da fiel ihr wieder ein, was Sean gesagt hatte, »und anderswo schlafen die armen Teufel auf der Straße«. Würde sie auch bald dazu gehören? Die Möglichkeit bestand durchaus. Tausend Pfund waren kein solches Vermögen, wie sie erst gedacht hatte, als sie sich damals die Stahlkassette genommen hatte. Es schien wenig, wenn man bedachte, daß man ein Zwanzigstel davon schon für das Paar Schuhe ausgeben konnte, das sie beim Vorübergehen im Schaufenster stehen sah.

Bald darauf waren die Geschäfte zu Ende, und sie kam an ein Haus, aus dessen Tor zur Hälfte ein rotes Feuerwehrauto herausragte. Im Fernsehen hatte sie einmal so eines gesehen und erkannte es daher unschwer. Daneben erhob sich ein imponierendes Gebäude mit einer blauen Lampe über der Tür und Mitteilungsbrettern auf beiden Seiten des Eingangs. Beim Anblick der blauen Lampe, wie der auf dem Auto damals, wußte sie, was sie vor sich hatte, noch ehe sie das Schild Distriktpolizei las.

Sie blieb stehen und starrte auf das Brett mit dem Plakat. Seltsamerweise erkannte sie sofort, daß das abgebildete Gemälde von Bruno stammte, noch bevor sie merkte, daß es ja ihr Porträt war. Die groben Züge, die kräftigen Farben, die nie ihre Züge und ihre Farben gewesen waren. Keiner, der hier vorüberging, würde darin sie erkennen. Wenn jetzt jemand vorbeikam, würde er das braun-gelbe Gekleckse auf dem Plakat nie mit dem Mädchen in Verbindung bringen, das davorstand und es anschaute.

Zweifellos hatte die Polizei nichts Besseres auftreiben können. Etwas anderes gab es ja nicht. Es war wahrscheinlich das erste Mal, daß sie eine Vermißtenmeldung von einer Person hatten, die noch nie fotografiert worden war. Auf dem Plakat stand: *Wer hat dieses Mädchen gesehen?* Da stand, sie werde vermißt, Name und Alter waren angegeben, Größe, Gewicht und Haarfarbe, außerdem stand da, falls jemand sie gesehen hätte, sollte er sich bei ihnen melden.

Liza ging weiter. Auf einmal war sie viel fröhlicher, fühlte sich voller Hoffnung. Eve hatte sie also nicht vergessen, Eve brauchte sie also doch. Wenn niemand sie gefunden hatte, dann deshalb, weil das einzige Bild, das von ihr existierte, Brunos komisches Gekleckse war. Sie ging rascher die Straße mit den kleinen roten Häusern entlang, die in einer langen Reihe von Dächern, Schornsteinen und winzigen Gärten nebeneinander standen, jedes mit einem Auto auf dem Bürgersteig davor. Wohlige Wärme breitete sich in ihr aus, und sie spürte, wie ihr das Blut in die Wangen schoß.

Das Haus, auf das sie zusteuerte, würde bestimmt nicht so aussehen, davon war sie überzeugt, sondern entweder wie das von Mr. und Mrs. Spurdell oder wie das, das Bruno beinahe gekauft hätte, oder vielleicht wie eine Mischung aus beiden. Solche Häuser tauchten jetzt auf, saubere, ordentliche Häuschen, an die sich jeweils ein mit Mauern umgebenes Stückchen Land schmiegte.

Der Name des Anwesens, auf dem sie aufgewachsen war, und ihr Geburtsjahr. Shrove Road befand sich am Stadtrand, wo es schon ländlich wurde. Nummer 76 sah überhaupt nicht so aus, wie sie erwartet hatte, eher wie ein Haus, das aus einer längst vergangenen Zeit noch übriggeblieben war, in der es außer Kirche, Gutshaus und Bauernhöfen keine anderen Häuser gegeben hatte. Dieses hier war bestimmt einmal ein kleines Farmhaus gewesen, dachte sie sich; sogar heute noch stand es inmitten eines großzügigen, mit Bäumen bepflanzten Grundstücks.

Plötzlich bekam sie Angst. Davor, daß vielleicht niemand zu Hause war, daß ihre Vermutungen und Erwartungen sich als falsch erweisen könnten, daß sie auf dem

Rückweg wieder an den Obdachlosen vorbeimüßte. Die Haustürglocke läutete nicht wie die in Aspen Close oder schallte laut wie die auf Shrove. Sie summte. Liza nahm den Finger schnell wieder weg, als hätte das Insekt, das da so gesummt hatte, sie gestochen, dann drückte sie etwas zuversichtlicher noch einmal.

Jane Spurdell erkannte sie nicht. Das merkte Liza sofort und griff kurzentschlossen ein paar Haarsträhnen und zog sie straff nach hinten.

»Jetzt weiß ich's. Liza. Moment, Liza Holford.«

»Ja.«

»Komm rein. Dir ist bestimmt kalt.« Ein kurzer Blick ins Freie hatte genügt, und sie wußte, daß Liza zu Fuß gekommen war. Woher? »Ich wohne doch so abgelegen.«

»Ich bin dran gewöhnt, daß jemand abgelegen wohnt«, sagte Liza, und das war erst der Anfang der Geschichte, die sie ihr erzählte. Nicht alles, nicht hundert Nächte Lebensgeschichte, nur das Wesentliche, ein knapper Abriß ihrer gegenwärtigen Situation.

Jane Spurdell kochte Kaffee. Sie setzten sich in ihr Wohnzimmer, in dem ein ziemliches Durcheinander herrschte, aber ein angenehmes Durcheinander, mit Büchern in Regalen, auf Tische gestapelt, ja sogar auf dem Fußboden.

»Ich will Jura studieren, aber bis dahin hab ich noch viel vor mir, das weiß ich. Dazu muß ich erst mal« – sie wußte die Bezeichnung der Prüfungen nicht mehr – »ach ja, das *General Certificate,* den Sekundarschulabschluß oder so machen. Und dann will ich noch meine Mutter finden und sie besuchen. Ich hab tausend Pfund und einen Caravan zum Wohnen.«

»Jura finde ich eine gute Idee. Wieso nicht?« sagte Jane Spurdell. »Du kannst meinen Apparat benutzen, wenn du deine Mutter anrufen willst.« Sie sah sie etwas argwöhnisch an. »Mit dem Caravan, also da bin ich nicht so sicher, ich meine, wenn du mich jetzt fragen würdest, ob du ihn hier aufstellen kannst, das müßte ich mir erst mal überlegen.«

»Nein, ich hab einen Stellplatz, aber da muß ich weg, und wenn das nicht geht, suchen sie mir eine Unterkunft. Das müssen sie.« Liza trank ihren Kaffee aus. Sie hatte sich aufgewärmt und fühlte sich stark. »Ich bin eigentlich gekommen, weil ich weiß, daß Sie was ganz Bestimmtes für mich tun könnten.«

»Ja?«

Liza wollte nicht wahrhaben, daß sich Jane für einen kurzen Augenblick wie Mr. Spurdell angehört hatte. Sie sprudelte heraus: »Können Sie mir bitte einen Platz in einer Schule besorgen?«

Was Jane verspürte, war Erleichterung. Liza merkte es. Was immer Jane erwartet hatte, es war nicht eingetreten. Sie hatte mit Betteln gerechnet, mit der Bitte um Geld, Zeit, Aufmerksamkeit – vielleicht sogar um Zuneigung.

»Ja, natürlich kann ich das«, sagte sie lächelnd und strahlte erleichtert. »Nichts leichter als das. Das ist kein Problem. Du kannst im Januar anfangen. Ich wünschte, es gäbe mehr Leute wie dich. Ist das alles?«

Liza stieß einen Seufzer aus. Sie würde sich beherrschen, sie würde nicht in Tränen der Erleichterung ausbrechen oder Geständnisse machen. Dies war der Anfang einer guten Zeit, und so würde sie es betrachten und ganz gelassen bleiben.

»Das ist alles. Mehr will ich nicht. Nur eine Schule besuchen.« Sie hielt ihre Tasse hin. »Kann ich bitte noch eine Tasse Kaffee haben?«

Ruth Rendell bei Blanvalet

Die Brautjungfer
Roman. 400 Seiten

Eine entwaffnende Frau
Roman. 479 Seiten

Das Haus der geheimen Wünsche
Roman. 160 Seiten

Die Werbung
Roman. 384 Seiten

Der Krokodilwächter
Roman. 416 Seiten